PIPPA GRANT

I do regret you

Die Bücher von Pippa Grant bei LYX:

Three BFFs and a Wedding:
I Do Hate You
I Do Regret You
I Do Resist You *(erscheint August 2025)*

Weitere Bücher der Autorin sind bei LYX in Vorbereitung.

PIPPA GRANT

I do regret you

Roman

Ins Deutsche übertragen
von Ralf Schmitz

LYX

LYX in der Bastei Lübbe AG

NACHHALTIG PRODUZIERT

Die Bastei Lübbe AG verfolgt eine nachhaltige Buchproduktion. Wir verwenden Papiere aus nachhaltiger Forstwirtschaft und verzichten darauf, Bücher einzeln in Folie zu verpacken. Wir stellen unsere Bücher in Deutschland und Europa (EU) her und arbeiten mit den Druckereien kontinuierlich an einer positiven Ökobilanz.

FSC
www.fsc.org
MIX
Papier | Fördert gute Waldnutzung
FSC® C014496

Textredaktion: Julia Feldbaum
Umschlaggestaltung: © Vivien Summer unter Verwendung von
Motiven von © shutterstock (Apostrophe/Quality Stock Arts/Kowit Lanchu/
Olga_Rusinova/Merfin/letovsegda/Merydolla/tomertu)
Satz: Greiner & Reichel, Köln
Gesetzt aus der Adobe Caslon
Druck und Verarbeitung: GGP Media GmbH, Pößneck

Printed in Germany
ISBN 978-3-7363-2446-6

1 3 5 7 6 4 2

Weitere Informationen unter:
lyx-verlag.de
luebbe.de | lesejury.de

Dieses Buch ist Schroedingers Boob gewidmet.
Du weißt, was du getan hast.

Außerdem ist es für alle, denen das Leben eine Überraschung
beschert, wenn sie bereits aus dem letzten Loch pfeifen.
Ich hoffe, Sabrina, Grey und Jitter
schenken euch ein paar Stunden Abwechslung.

Vorbemerkung

Liebe Leser:innen,
wenn ihr *Mr McHottie* nicht mitzählt, was ich nicht tue – LOL! –, ist dies mein erstes Buch über einen One-Night-Stand mit dem neuen Chef, das ich jemals geschrieben habe. Kaum zu glauben, oder?

Was mir an dieser Geschichte jedoch noch besser gefällt, ist, dass es mir die Gelegenheit gab, ein Gossip Girl in einem günstigen Licht erscheinen zu lassen.

Vor ungefähr zwei Jahren schickte mir meine supertolle PA Jodie eine Nachricht, die in etwa folgendermaßen lautete:

Pippa, ich habe mir diesen Podcast mit dem Titel Normal Gossip *angehört, und du MUSST dir unbedingt die Folge über die Trauzeuginnen geben.*

Ich übertreibe nicht, wenn ich euch sage, dass *Normal Gossip* meine Einstellung zu Klatsch und Tratsch total verändert hat. Statt Klatsch und Tratsch für etwas Schändliches zu halten, habe ich erkannt, dass es in unserer Welt einem ernsthaften Zweck dient. Sabrina bringt es im ersten Kapitel von *I Do Regret You* ziemlich genau auf den Punkt, wenn sie Grey ihre Klatsch-und-Tratsch-Regeln erläutert.

Ich hoffe, ihr verliebt euch in Sabrina, Grey, Jitter und alle anderen in Snaggletooth Creek.

Diese Geschichte zu schreiben war für mich in mancherlei Hinsicht eine Katharsis, und ich hoffe, diese vollkommen unvollkommenen Figuren mit ihren Beziehungsschwierigkeiten und ihren Vertrauensproblemen finden Anklang bei euch. (Und bringen euch auch zum Lachen. Ich musste während des Schreibens jedenfalls sehr häufig kichern!)

Wie immer viel Spaß beim Lesen!
Pippa

1. Kapitel

Greyson Cartwright alias ein Typ,
der sich besser eine andere Bar ausgesucht hätte …

Es wäre nett gewesen, wenn der heutige Tag mich gewarnt hätte, dass er nicht so verlaufen würde wie geplant.

Unhöflich, heutiger Tag. Sehr unhöflich.

Allerdings nicht so unhöflich wie die Frau, die sich unlängst neben mir niedergelassen hat.

Korrektur.

Die so getan hat, als wollte sie sich neben mich setzen, während sie in Wahrheit versucht hat, mir auf den Schoß zu klettern und sich meinen Kombucha unter den Nagel zu reißen.

»Oh, ist das Lime-Mojito-Geschmack?«, fragt sie und tippt auf ein Glas in meiner Kombucha-Auswahl. Die Strandbar im Freien ist weithin von Pechfackeln erhellt, und die Musik übertönt das Rauschen der Brandung. »Die waren aus, bevor ich was davon abbekommen habe. Sind die gut?«

Ich hätte mir einen anderen Platz suchen sollen. In einer anderen Bar. Wenn man bedenkt, was für ein Totalausfall jede Minute dieses Tages war, hätte es so weit nicht auch noch kommen müssen.

Dankbar für die Ablenkung greife ich nach meinem Handy, das auf dem Tresen vibriert, und sehe, dass mir sowohl meine Schwester als auch mein ehemaliger Geschäftspartner tonnenweise Nachrichten schicken. Ich verziehe das Gesicht und drehe das Gerät um, ohne sie zu lesen. Nicht ganz. Die Kernaussagen sind schwer zu übersehen:

Selbstsüchtiges Arschloch.

Du warst damit einverstanden.

Wenn du wirklich darüber hinweg wärst, würdest du ihr ein Geburtstagsgeschenk schicken.

Hör auf, so ein Arsch zu sein, und komm wieder zu dir.

Die beiden sind aus völlig unterschiedlichen Gründen sauer auf mich.

Beide erzählen Geschichten, die völlig von der Wahrheit abweichen, um sich – seltsamerweise – wieder bei mir einzuschmeicheln.

Ich sollte meine Nummer ändern. Womöglich sogar meinen Namen. Und wenn ich nicht aufhöre, dieses Glas so fest zu umklammern, muss ich womöglich auch mein Hemd wechseln.

Ich zwinge mich, es abzusetzen, als ich bemerke, wie sehr meine Hände zittern.

»Können Sie sich etwas Traurigeres vorstellen, als Hawaii zu verlassen, ohne einen Lime-Mojito-Kombucha zu probieren?« Die Frau rückt mir noch dichter auf die Pelle, ihre Haare streifen meinen Arm.

Ich bin wegen irgendeines Wartungsproblems mit dem Flieger vier Stunden verspätet auf Hawaii gelandet. Dann wurde mir ein Mietwagen mit einem platten Reifen angedreht, sodass ich eine weitere Stunde warten musste, bis die Firma ein anderes Auto aufgetrieben hatte. Und als ich schließlich in der Ferienanlage ankam, in der ich an einer Hochzeit teilnehmen – okay, die ich ruinieren – wollte, herrschte allgemeine Funkstille.

Der Grund, warum ich den Pazifik überquert hatte, war abgesagt worden. Keine Hochzeit unter Palmen. Keine Hochzeitsfeier. Keine Chance, Chandler Sullivans Gesicht zu sehen, wenn ich seiner Familie, seinen Freunden und seiner Frischvermählten verkündete, dass er das Familiencafé in den Bergen von Colorado verkaufen musste, weil er sich bei Online-Spielen verzockt hatte.

Offenbar hatte sie ihm den Laufpass gegeben. Da das Resort kaum über Personal verfügte, gab ich es auf, jemanden finden zu wollen, der mich einchecken würde, und suchte mir ein paar Meilen die Straße hinauf ein anderes Hotel.

Und auch wenn Chandler Sullivan jeden Scheißdreck verdient, der ihm jemals widerfahren ist, ärgert es mich, diesmal keinen Anteil daran gehabt zu haben. Was nicht heißt, dass ich für gewöhnlich so ein Arsch bin. Aber zufällig kann ich im Moment mildernde Umstände geltend machen.

Es gefällt mir höllisch, wenn der Gerechtigkeit Genüge getan wird, und die Gelegenheit dazu bot sich mir in genau dem Moment, in dem ich etwas brauchte, das mich auf die richtige Seite des Schicksals beförderte.

Und nun überlege ich, ob ich die Auswahl meiner Getränke mit der Frau neben mir teilen oder ob ich es lieber lassen soll, der rätselhaften Geschmacksnote in diesem Lemon-Ginger-Kombucha auf den Grund zu gehen, um meine begrenzte Zeit auf Hawaii nach Möglichkeit an einem besseren Ort zu genießen.

Die Auswahl ist jedenfalls groß. Nichts schlägt dieses Paradies, auch wenn ich auf meine lang erwartete Rache verzichten muss.

Vorläufig.

Chandler Sullivans Café gehört immer noch mir. Ich habe die Papiere heute Morgen unterschrieben, bevor ich an Bord des Flugzeugs ging, das mich rechtzeitig hierher bringen sollte, um sein Leben so zu zerstören, wie er einst meines zerstört hat.

Nicht ganz auf dieselbe Weise. Aber fast.

Und ich werde mitbekommen, wie allen in seiner Heimatstadt klar wird, was er getan hat, und was schließlich mit dem Geschäft seiner Familie geschehen wird.

Nur nicht bereits auf seiner Hochzeit.

»Nicht, dass ich Sie fragen würde, ob Sie mit mir teilen wollen.« Die Frau kichert so schrill, dass meine Trommelfelle zu platzen drohen, während sie noch näher rückt. »Das wäre ein wenig drüber, oder? Oder nicht? Wow. Ihre Hände sind echt riesig. Schau sich einer Ihren Daumen an. Das … das nenne ich einen echt großen Daumen.«

Ich atme scharf durch die Nase ein, drehe mich so, dass ich sie mit dem Rücken abblocke, und gebe vor, als könnte ich trotz des Geschnatters der Frau sowie der aus den Lautsprechern der Bar dröhnenden Achtzigersongs die Meeresbrandung hören.

»Ein wirklich großer Daumen«, wiederholt die Frau.

Ich trinke noch einen Schluck Lemon-Ginger-Kombucha und schließe die Augen, während ich ihn im Mund herumwirble.

Was ist dieser Nachgeschmack?

Irgendwie anders. Erinnert mich an die Weihnachtsfeiertage, aber Tanne trifft es nicht und würde auch keinen Sinn ergeben.

Ich stehe gern vor einem guten Rätsel, vor allem nach einem Tag, an dem mir nicht viel geglückt ist.

»Sind Ihre … Füße … auch so groß?«, will die Frau neben mir wissen.

Okay, den Tag heute kann ich echt abhaken.

Ich setze mich in Bewegung und lasse den größten Teil meiner Auswahl unangetastet vor mir stehen, als auf meiner anderen Seite ein Wirbelwind zuschlägt.

»Hi, Schatz!«, sagt eine kleine Rothaarige. Zu mir. »Sorry,

ich bin zu spät. Es hat ewig gedauert, bis ich einen Parkplatz gefunden habe. Hast du schon was zu essen bestellt?«

Spricht sie … spricht sie wirklich mit mir?

Kaum merklich richtet sie den Blick auf die Frau auf meiner anderen Seite und verdreht dann, ähnlich unauffällig, die Augen.

»Schatz?«, sagt sie noch einmal.

Mein Verstand schaltet sich ein, ebenso mein Mund, als wieder das Handy auf dem Bartresen vibriert.

»Dummerchen. Du bist so gut darin, für mich zu bestellen. Du hättest nicht auf mich warten müssen. Ich weiß doch, dass du am Verhungern warst, nachdem …« Nun zwinkert sie.

Ein so massives, übertriebenes Zwinkern, das so unerwartet und – alles, was recht ist – so dämlich ist, dass es mir ein kurzes Auflachen entlockt.

Das ist seit Wochen nicht mehr vorgekommen. Oder seit Monaten?

Aber über eine Wildfremde zu lachen ist mir so unangenehm, dass ich fast nach meinem Smartphone greife, um nachzusehen, welche Halbwahrheiten meine Schwester oder mein ehemaliger Geschäftspartner mir jetzt wieder geschickt haben.

Stattdessen überwinde ich mich, der Frau zuzunicken. »Ich bin hungriger als ein Wal«, stimme ich ihr zu.

»Und so angeheitert, dass du vergessen hast, mir einen Platz freizuhalten.« Lachend tätschelt sie mir die Hand, als wäre es das Natürlichste auf der Welt, mich zu berühren; ihre Fingerspitzen sind so zart und leicht wie Schmetterlingsflügel. Dann zieht sie ihre Hand weg, ehe ich realisiere, dass sie in meine Komfortzone eingedrungen ist.

Eine Gänsehaut rast mein Handgelenk und meinen Unterarm hinauf.

Kenne ich die Frau?

Nein, oder? Ich bin mir absolut sicher, dass ich ihr noch nie zuvor begegnet bin.

Nicht, dass es sonderlich wahrscheinlich wäre, in einer zufällig ausgewählten Bar auf Hawaii jemand Bekanntem über den Weg zu laufen. Meines Wissens war Chandler der Einzige.

Irgendwelche seiner alten Freunde vom College hätte ich gewiss nicht zu meinen Freunden gezählt. Und diese üppige Rothaarige im glänzenden grünen Bustier, geblümten Rock und in hochhackigen Stiefeletten war keine seiner College-Freundinnen. Ich bin sicher, sie noch nie zuvor gesehen zu haben.

Aber sie hat etwas an sich.

Ein Funkeln, das mich fast an meine Großmutter erinnert.

Dieses Funkeln hätte ich wiedererkannt, wenn ich dieser Frau schon einmal begegnet wäre.

»Entschuldigung«, sagt sie zu meinem Kombucha-Flirt, der mir immer noch zu dicht auf der Pelle hängt. »Würde es Ihnen etwas ausmachen, einen Hocker aufzurücken, damit ich neben meinem Mann sitzen kann?«

Diese Aussage sollte eigentlich meine Eier verschrumpeln lassen. Besonders wenn man das Thema einer der Diskussionen bedenkt, die mein Handy auf dem Tresen vibrieren lassen.

Stattdessen realisiere ich, dass ich mich ihr unbewusst zuneige, wie sich zuvor mein Kombucha-Flirt mir zugeneigt hat.

Die unerwünschte, raumgreifende Kombucha-Diebin stammelt eine ungeschickte Antwort, während die Rothaarige mich rücklings umkreist, wobei ihre Schmetterlingsfinger meinen Arm hinauf- und über meine Schultern und den anderen Arm wieder hinunterwandern und meine Haut unter dem Hawaiihemd entflammen. »Vielen lieben Dank. Sie sind die Beste.«

Ich bekomme kaum mit, dass mein Kombucha-Flirt sich weit, sehr weit in die Bar zurückzieht.

Meine ganze Aufmerksamkeit gilt der Rothaarigen.

Es ist lockig. Ihr Haar, meine ich.

Ihren ganzen Kopf ziert eine Masse kupferroter Ringellocken.

Sie ist selbst in den hochhackigen Stiefeln so klein, dass sie sich auf den soeben frei gewordenen Barhocker wuchten muss. Und ihr Funkeln verblasst, als sie mich gequält lächelnd ansieht. »Entschuldigen Sie, dass ich in Ihre Blase eingedrungen bin. Sie sahen aus, als hätten Sie Rettung nötig, und ich muss heute noch ungefähr fünftausend andere gute Taten vollbringen. Ich werde noch ein paar Minuten so tun, als würde ich mich mit Ihnen unterhalten, dann bin ich auch schon wieder weg. Sie dürfen mich gern ignorieren.«

»Bleiben Sie.« Die Worte purzeln aus meinem Mund, während ich mich gleichzeitig wappne.

Wenn mich die Eheberatung eines gelehrt hat, was durch die jüngste Geschäftsentwicklung noch bekräftigt wurde, dann dass ich historisch einmalig unbegabt darin bin zu erkennen, wenn ich manipuliert werde.

Also unterziehe ich diese Frau einer gründlichen Prüfung, als ihr Lächeln nicht länger gequält wirkt, sondern so, als wollte sie sagen: *Ich bin in die elendsten Tiefen der Hölle hinabgesunken, aus denen ich niemals wieder hinauskomme.*

»Oh, Darling«, sagt sie dann und schüttelt energisch den Kopf. »Sie wollen ganz sicher nicht mit mir in Verbindung gebracht werden.«

Ja.

Ich bin offiziell angetan. Noch immer äußerst wachsam – dafür kann ich nichts –, aber angetan. »Haben Sie jemanden ermordet?«

Sie verzieht das Gesicht. »Nur jemandes Ruf ruiniert.«

»Und wie …?«

»Kann ich Ihnen was bringen?«, fragt der Barmann.

Die Rothaarige lässt ein Lächeln aufblitzen. »Wasser, bitte. Und seine Drinks gehen auf mich.«

Ehe ich ein Wort herausbringen kann, schiebt sie eine Kreditkarte über den Tresen.

Ich habe zig Nachrichten von meiner Schwester, die mein Handy endlos vibrieren lassen, weil ich es versäumt habe, meinen Beitrag zu der rauschenden Geburtstagsfeier zu leisten, die sie nächsten Monat in Antigua für meine Ex-Frau schmeißt, oder wenigstens auf die Einladung zu reagieren.

Meine Eltern fragen regelmäßig an, ob ich ihnen Geld leihen kann – und ich rede hier von Leihen ohne Rückzahlung –, »weil du uns nach der Spitzenausbildung im Internat, die wir dir all die Jahre spendiert haben, was schuldig bist. Du weißt, dass dein Teil des Treuhandfonds der Familie deshalb nichts mehr hergibt«.

Mein Geschäftspartner hat gerade fünf Jahre meiner Recherche an das Start-up-Unternehmen seines Kumpels verkauft, weil: »Du brauchst das Geld doch nicht, Grey, tu lieber ausnahmsweise mal was für einen anderen.«

Ausnahmsweise.

Ausnahmsweise.

Drauf geschissen.

Hier zahlt jemand meine Zeche, um eine gute Tat zu vollbringen?

Erfrischend.

Und in den Verfolgungswahn führt es auch.

Spielt diese Frau mit mir? Weiß sie am Ende, wer ich bin?

Unwahrscheinlich.

Keines meiner Geschwister oder deren Kinder waren aufgeweckt und schlau genug, sich einen Namen zu machen, während sie noch reich waren, und der Treuhandfonds des alteingesessenen *Cartwright-Apfelfarm-Imperiums* versiegte, bevor einer von ihnen auch nur versucht hatte, tatsächlich reich zu werden. Wir gelten in der Welt alter, reicher Familien als zwielichtig. Zudem sind wir nicht mehr wirklich reich. Jedenfalls nicht als Familie.

Was mich persönlich betrifft, so sind die einzigen Menschen, die sich dafür interessieren, wer ich bin und womit ich mein bescheidenes Vermögen gemacht habe, in der Bienenforschung oder der Lebensmittel-Verpackungsbranche tätig. Und genau so gefällt es mir auch.

»Keine Widerworte«, sagt die Rothaarige, als sie mitbekommt, dass ich sie beobachte, während der Barkeeper ihre Kreditkarte einliest. »Dazu muss ich heute noch zu viele gute Taten vollbringen.«

Auf Wiedersehen, Kombucha. Dieses Rätsel gefällt mir besser.

Andererseits, das ist hier ein gefährlicher Ort, um Gefallen am Geheimnis einer Frau zu finden. Dergleichen endete beim letzten Mal mit einer echt krassen Scheidung, die mir der größte Teil meiner Familie bis heute nicht verziehen hat.

»Wie kommt eine Frau wie Sie dazu, anderer Leute Ruf zu ruinieren?«, frage ich.

Sie kneift die Lider zusammen. »Das wollen Sie gar nicht wissen.«

»Scheint etwas zu sein, worüber eine Ehefrau reden würde.« Nicht, dass meine je den Mund aufgemacht hätte. Was sie getrieben hatte, erfuhr ich erst aus dem Internet – *nach* unserer Trennung.

Die Rothaarige lacht, aber es ist ein trauriges Lachen.

Habe ich mir das Funkeln nur eingebildet?

»Ich habe wirklich gedacht, diese Frau würde verlangen, dass wir unsere Ringe vorzeigen«, sagt sie.

»Ich bin gegen alles an meinen Fingern allergisch. Und Ihrer wurde nachbearbeitet.«

»Ganz schön schnell mit einer Geschichte bei der Hand. Aber in dem Moment, in dem Sie sagen, Sie sind allergisch gegen alles an Ihren Fingern, ist jeder Frau im Umkreis von zehn Bundesstaaten klar, dass Sie eigentlich allergisch gegen Bindungen sind.«

»Wir sind auf Hawaii. Hier gibt es keinen Bundesstaaten-Radius.«

»Das gilt übers Meer und von da über die andere Seite der Welt hinaus. Außerdem: Sie haben gerade Radius gesagt? Bewundernswert. Sind Sie Mathematiker?«

»Sicher. Belassen wir es dabei.«

»Abgemacht, Mr Mathematiker.«

»Ausgezeichnet. Und Ihre Branche ist …?«

»Renommee-Ruinierung. Aber das hatten wir schon.«

»Einzigartiges Gewerbe, die Renommee-Ruinierung. Machen Sie das nur nebenbei, oder ist das Ihr Hauptjob? Arbeiten Sie von zu Hause? Oder gehen Sie jeden Tag ins Büro? Ich kenne ein oder zwei Menschen, die Ihre Dienste in Anspruch nehmen könnten«, sage ich mit einem Lächeln, obwohl es mir todernst ist.

Wenn meine neue Lebensaufgabe darin besteht, Super-Vengeance-Man zu sein, könnte ich einen Sidekick, der das Renommee von Leuten ruiniert, die es nicht besser verdienen, gut gebrauchen.

Sie seufzt halb, halb stöhnt sie auf. »Hören Sie, Sie scheinen ein netter Kerl zu sein …«

»Aha, jetzt folgt die Zurückweisung. Genau genommen lächle ich gerade nicht gezwungen, sondern ganz instinktiv. Fühlt sich gut an.«

»Es geht hier nicht um Sie«, entgegnet die Rothaarige. »Es geht um mich und darum, dass ich unsachgemäß mit Klatsch und Tratsch hantiere.«

»Weiter.«

»Nein.«

»Schauen Sie, ich kann ein Nein verkraften. Es ist nicht so, als würde ich so was nicht wegstecken. Es ist so, dass ich sehe, wie traurig Sie aussehen … und dass Sie noch immer hier sitzen. Sie haben mir einen Gefallen getan. Sie scheinen mir die perfekte Wingwoman zu sein. Ich meine nur, wenn Sie sich etwas von der Seele reden wollen, ich stehe zur Verfügung.«

»Aus Klatsch und Tratsch entsteht nie etwas Gutes.«

Ich hebe die Brauen.

Wieder seufzt und stöhnt sie halb. »Was für eine Heuchelei. Jede Menge Gutes entsteht aus Klatsch und Tratsch. Haben Sie eine Ahnung, wie viele Freundinnen ich auf der Grundlage von Klatschgeschichten davor bewahrt habe, nicht bloß schlechte, sondern auch gefährliche Beziehungen einzugehen? Wie viele Leute ich davor bewahrt habe, den falschen Job anzunehmen? Kennen Sie die Zahl der Familientreffen, nicht nur meiner eigenen Familie, die ich vor dem Schlimmsten bewahrt habe, indem ich an passender Stelle fallen ließ: *Du bringst lieber etwas anderes mit, weil die Tante deines Verlobten auf Kartoffelsalat spezialisiert ist, und wenn du ihr auf die Hühneraugen trittst, vermacht sie ihre Hunde nicht ihm, sondern seiner Schwester, und du weißt ja, wie sehr er Fluffy und Sparky liebt.* Wenn du alles Wesentliche über die Menschen in deiner Stadt weißt, kannst du dein Wissen durchaus zum Guten verwenden. Du musst nicht unbedingt böse Absichten damit verfolgen.«

»Jemanden davor zu bewahren, wegen einer Schüssel Kartoffelsalat enterbt zu werden, scheint mir durchaus eine gute Verwendung von Klatsch und Tratsch zu sein.«

»Aber ich bin fertig damit.«

»Die armen Hunde. Ich hoffe, sie werden auch mit der zweiten Wahl glücklich.« Ha, was bin ich wieder komisch.

Sie riskiert einen Blick auf mich, die Andeutung eines ehrlichen Lächelns kräuselt ihre geschwungenen Lippen, und ein gewisses Funkeln kehrt in ihre grünen Augen zurück.

Alles klar. Ich bin wirklich komisch.

»Wie heißen Sie?«, erkundige ich mich.

Sie schüttelt den Kopf.

»Dann ich zuerst. Hi, ich bin Duke. Freut mich, Sie kennenzulernen.«

»Sie heißen Duke?«

»Sehe ich etwa nicht so aus?«

Sie bricht in Gelächter aus, was etwas Komisches in meinem Brustbereich anstellt, was ich jedoch mutwillig ignoriere. »Nee.«

Ich mime ein entsetztes Keuchen. »Sie tratschen gern und machen sich über meinen Namen lustig.«

»Nein, die Ironie dabei ist nur, dass ich Duchess heiße.«

Nun ist es an mir zu lachen.

Aus vollem Hals.

Wer bin ich, und was passiert hier gerade mit mir?

Sie stützt einen Ellbogen auf den Tresen, legt den Kopf in ihre Hand und betrachtet mich, während sie ein Bein vor- und zurückschwingt. »Tratschen Sie gern?«

»Ich bin Einsiedler in der Ausbildung.«

Sie deutet auf die Freiluftbar. »Das klappt ja offensichtlich ganz prima.«

»Ich versuche nur, Sie nicht mit dem Gossip in meinem Leben zu belasten.«

Sie mustert mich, als wollte sie sich darüber klar werden, welche meiner Aussagen ich ernst meine.

Beide.

Ich mag ihr einen falschen Namen genannt haben, aber beide Aussagen treffen zu.

»Sie brauchten gar keine Rettung, oder?« Sie lässt den Kopf in ihre Hände sinken und stöhnt. »Ich kriege heute nicht mal die guten Taten richtig hin.«

»Doch, doch, die brauchte ich. Und, ich Glücklicher, meine Retterin ist wirklich faszinierend.«

Der Barkeeper kommt mit ihrer Kreditkarte und einem Glas Wasser zurück. Sie sieht sich nach meinem Kombucha-Flirt um und steckt ihre Kreditkarte weg, bevor ich einen Blick auf den Namen darauf erhaschen kann. Sie versucht offensichtlich dahinterzukommen, ob sie ihre gute Tat abhaken kann oder nicht.

»Mögen Sie gebackene Calamari?«, frage ich sie.

»Nein«, antwortet sie. »Aber vielen Dank.«

»Krabbencocktail? Fischsalat? Sashimi? Sie beobachtet uns übrigens immer noch.«

Anscheinend ernte ich damit lediglich ein Auflachen. Wieder wirkt ihr Lächeln wie ein Schleier. »Sie sind heute Abend ganz und gar zu gut für mich. Bitte, trinken Sie Ihre Drinks. Ich bin gar nicht hier. Danke, Fremder in einer Bar, der viel freundlicher zu mir war, als ich es verdiene …«

»Ich bin Duke«, falle ich ihr ins Wort. »Wir sind keine Fremden mehr.«

Sie hat unfassbar ausdrucksvolle Augen.

Es sind Smaragde, umgeben von Meergrün, und bedeuten mir gleichzeitig, dass sie weiß, dass ich ihr einen falschen Namen genannt habe. Denn wäre ich wirklich Duke, würde ich nach meinem Führerschein greifen, um es ihr zu beweisen. Vermutlich ist selbst der Austausch falscher Namen für sie bereits zu viel zwischenmenschliche Beziehung.

»In Wahrheit wollen Sie nichts mit mir zu schaffen haben«, insistiert sie wieder.

»Es will mir nicht in den Kopf, dass eine Frau, die Hunde vor einer schrecklichen Zukunft bewahrt und verhindert, dass

Beziehungen an Kartoffelsalat scheitern, etwas so Furchtbares verbrochen haben soll, dass sie deshalb die leckersten Vorspeisen ausschlägt, die Hawaii zu bieten hat.«

Ihr Blick schwankt. »Haben Sie Geschwister?«

Ich verziehe das Gesicht und greife nach meinem Smartphone – das noch immer vibrierend Textnachrichten meldet – und schalte das verfluchte Ding aus, bevor ich es in meine Hosentasche stopfe.

»Geschwister, denen Sie herzlich verbunden sind, also«, meint sie, da ihr offenbar nicht entgangen ist, was auf meinem Handy los ist. »Die Sie so sehr lieben, dass sie alles für Sie tun würden?«

Sofort kommt mir Zen in den Sinn. Der Älteste meines Bruders ist aus der Art geschlagen. Meine Großmutter Mimi folgt ihm auf der Skala so dicht auf den Fersen, dass sie eigentlich nicht nur den zweiten Platz belegen dürfte.

Wie eine so faszinierende und gutherzige Frau wie Mimi einen dermaßen undankbaren und unangenehmen Mann wie meinen Vater zur Welt bringen konnte, geht über mein Begreifen.

Ich neige dazu, die Schuld meinem Großvater zuzuschreiben.

Früher habe ich noch Vince, meinen Geschäftspartner, zur Familie dazugezählt, doch als er mir nicht sagte, was genau er mir zur Unterschrift vorlegte, hat er sich mit Nachdruck in die Kategorie *ehemaliger* Freunde katapultiert. Damit kommt ihm allein die Verantwortung zu, mich in meine Villain Era befördert zu haben – und er hat nicht länger Anspruch auf meine Zeit.

»Dachte ich's mir«, sagt Duchess leise. »Haben Sie ihnen jemals so wehgetan, dass Sie nicht sicher sein konnten, ob sie Ihnen vergeben würden oder ob Sie sich selbst vergeben könnten, weil Sie die Regeln vergessen hatten?«

Heikle Frage. »Gibt es einen Menschen auf Erden, der nichts zu bereuen hat?«

»Es ist nur – ich will nicht wissen, was ich nicht mehr weiß. Ich will nur, dass es vorbei ist. Dauerhaft aus meinem Gedächtnis gelöscht.«

»Sie wissen, wo die Leichen verscharrt sind?«, flüstere ich wie ein Theaterschauspieler.

»Nein. Aber ich weiß, wo sie Wasser in ihren Wein schütten und wer die falschen Ausweispapiere für Senioren ausstellt, die auf Seniorenrabatt aus sind, bevor sie rechtmäßig dafür infrage kommen, und warum Sie nie, niemals im Leben einen Muffin vom Kuchenbasar des Winterfests essen sollten.«

»Warum kein Muffin?«

»Weil Mrs Pineapple den Teig zu heftig knetet und meint, mit Lavendel würden die Dinger besonders gut und kein bisschen nach Flüssigseife schmecken.« Sie schlägt sich eine Hand vor den Mund, spricht jedoch weiter. »Ich muss gehen. Ich muss jetzt wirklich, wirklich gehen.«

»Mrs Pineapple?«

»Danke, dass Sie sich nach allem, was ich gesagt habe, nur *daran* erinnern werden. Ist Ihre Bewunderin noch nicht weg?«

»Nein. Sie behält uns im Auge. Vermutlich fragt sie sich ernsthaft, warum wir noch nichts zu essen bekommen haben. Nach unseren Nachmittagsaktivitäten müssten wir am Verhungern sein. Eigentlich sollten Sie hier sitzen und mit mir zu Abend essen.«

Wenn ihre Lippen sich, ungeachtet der Traurigkeit in ihren Augen, nicht bemühen würden, sich nach oben zu biegen, würde ich sie wohl hier sitzen lassen. Aber sie hat mir echt einen Gefallen getan.

Ich bin fasziniert von ihr, und ich finde, ich bin ihr etwas schuldig.

»Oder wir gehen woandershin«, sage ich. Ihr Blick fällt auf die Kombucha-Auswahl vor mir. »Gute Taten kann man viel besser mit einem Partner vollbringen.« Ich erhebe mich von meinem Barhocker und reiche ihr meine Hand. »Wir werden wie sexbesessene Flitterwöchner aussehen, und meine Bewunderin wird den Wink mit dem Zaunpfahl kapieren. Wobei ich ihr auf Gedeih und Verderb ausgeliefert wäre, wenn sie glaubte, wir würden uns streiten. Im Grunde müssen Sie mit mir kommen. Wenigstens, bis sie uns nicht mehr sehen kann. Und wäre es so furchtbar, wenn wir unterwegs eine Ihrer fünf Millionen guten Taten gemeinsam abhaken würden?«

Fast beginnen ihre Augen vergnügt zu leuchten. Aber nur fast. »Sie verheißen Ärger.«

»Im Allgemeinen nicht. Das muss an Ihnen liegen.« Während sie unverkennbar mit sich ringt, grinse ich breit.

Ein komisches Gefühl. Morgen tun mir bestimmt die Wangen weh.

Trotzdem würde ich im Moment nichts auf der Welt lieber tun, als herauszufinden, wohin mich ein Abend führt, an dem ich mit einer Frau, die einen schlechten Tag hatte und es zukünftig besser machen will, gute Taten vollbringe.

Sie blickt auf meine Hand, dann neigt sie den Kopf, um mich anzuschauen. Auch wenn sie noch so sehr den Hals reckt, nimmt sie mit ihren faszinierenden grünen Augen unverwandt Blickkontakt auf, sodass mich aufs Neue eine Gänsehaut überläuft.

Spontaneität und ich sind sonst höchstens flüchtige Bekannte. Aber bei den seltenen Gelegenheiten unseres Zusammentreffens kommen wir gut miteinander aus – so hatte ich auch nicht vor, ein Café in den Bergen zu kaufen, doch die Gelegenheit bot sich mir zum richtigen Zeitpunkt –, aber keiner von uns überschlägt sich, um eine Begegnung herbeizuführen.

Aber heute ist nichts so gekommen wie zuvor geplant. Also beuge ich mich dem Unerwarteten und mache das Beste daraus.

Und da ich vorhabe, Chandler Sullivans Leben in dem Moment zu ruinieren, in dem ich seine Heimatstadt betrete, würde es mir hübsch zu Gesichte stehen, selbst ein paar gute Taten in der Hinterhand zu haben.

Auch wenn er es noch so sehr verdient.

»Als ich das letzte Mal jemanden mitgenommen habe, um eine Reihe guter Taten zu vollbringen, haben vier Hühner ein ganzes Wochenende lang den Lebensmittelladen terrorisiert, und der Stadtrat bat mich, zukünftig von meiner Teilnahme am *Random-Acts-of-Kindness-Tag* abzusehen«, sagt Duchess.

Ich kenne nicht einmal ihren richtigen Namen, trotzdem bin ich absolut dafür, meine übrige Zeit auf Hawaii mit dieser Frau zu verbringen. »Ich wurde offiziell gewarnt. Und ich hatte einen Scheißtag, der durch gutes Karma ausgeglichen werden sollte. Würde es als gute Tat zählen, wenn Sie mich zu Ihren guten Taten mitnähmen, damit ich mich amüsieren und auch noch die Welt verbessern könnte?«

Zögernd holt sie noch einmal tief Luft. Doch dann gleitet sie vom Barhocker, womit sie wieder kleiner wird als ich, und nimmt meine Hand.

Ein Stromstoß fährt durch meinen Körper.

Ich weiß nicht, wer sie ist. Ich weiß nicht, warum sie einen schlechten Tag hatte. Und ich weiß nicht, wie sehr ich das hier morgen bereuen werde.

»Die Strafe folgt auf jede erdenkliche Weise«, sagt sie leise zu sich selbst.

Oh ja.

Das wird eine unvergessliche Nacht.

2. Kapitel

Grey

Zum ersten Mal im Leben begebe ich mich auf eine Mission des Bösen – ich ziehe Gerechtigkeit vor, aber ich bin mir deutlich bewusst, dass man vom Bösen sprechen wird, also mache ich es mir zu eigen –, und die Welt stellt mich auf die Probe. Und zwingt mich anzuerkennen, dass Karma eine Realität ist.

Wie, fragt ihr?

Indem es mich mit der Frau bekannt macht, für die ich in diesem Moment meine Pläne aufgeben würde, um dorthin zu ziehen, wo sie lebt, und tagein, tagaus gute Taten mit ihr zu vollbringen.

Mir ist bewusst, das geht vorüber. Ich bin lediglich in eine hinreißende Ablenkung vernarrt. Sie ist der Trostpreis für einen misslungenen Tag, an dem endlich etwas Gutes in Reichweite ist … das auch noch Spaß macht.

Aber das ist mir egal.

Zum ersten Mal seit einer Ewigkeit gebe ich mich damit zufrieden, einfach mit jemandem zusammen zu sein, der nicht Zen oder Mimi ist. Ich will in ihrer Nähe sein, ihr zuhören, wie sie über Menschen spricht, die ich nicht kenne, und zuschauen, wie sie tut, was sie in diesem Augenblick eben tut.

Nämlich sich bücken, den runden Hintern in die Luft strecken, wobei ihr Rock so weit hochrutscht, dass ich fast den unteren Rand dieses Hinterns sehen kann, und den Hundenapf vor einem geschlossenen Geschäft am Strand – ein gutes Stück von der Stelle entfernt, an der wir uns vor Stunden begegnet sind – mit Wasser auffüllen.

Das Mondlicht spiegelt sich im Meer, während die Brandung ans Ufer rollt. Das Meer überspült die Lavafelsen unmittelbar hinter der halbhohen Mauer auf der anderen Seite des Fußwegs, auf dem wir stehen geblieben sind. Alles hier riecht nach Kokosnüssen und Blumen und Salz.

Und ich ziehe weder die Schultern hoch noch knirsche ich mit den Zähnen oder balle die Hände zu Fäusten. Ich bin einfach hier. Und bin glücklich.

»So, das hätten wir, du süßes Ding«, säuselt sie der Promenadenmischung zu, die sich schwanzwedelnd auf den Wassernapf stürzt. »Wer ist ein braves Hundchen? Ja, wer ist denn das brave Hundchen?«

Ich wäre gern ihr braves Hundchen.

Ich wünsche mir, der Rest der Welt würde nicht existieren und ich wäre ihr braves Hundchen.

Ein Zeichen dafür, dass ich schleunigst in mein Hotelzimmer zurückkehren und die Begegnung als das hinter mir lassen sollte, was es ist, um nicht länger zu denken, es könnte mehr als das sein.

Stattdessen schiebe ich die Hände in die Hosentaschen und schaukle auf den Fußballen vor und zurück, während ich meinen Schwanz zu kontrollieren versuche. Mein Smartphone anzufassen hilft mir dabei.

Ich sollte das Ding ins Meer werfen, aber ich bin kein Umweltverschmutzer. Vor allem nicht, wenn es um Elektrogeräte im Ozean geht. »Sind Sie die Hundenärrin im Ort, die sämtliche Streuner füttert?«

»Nein, aber ich kann Ihnen sagen, dass die Hunde von Mr

Trix nicht zur selben Zeit im Hundepark sein sollten wie die von Mrs Pebbles. Beide meinen, die Schuld läge beim jeweils anderen, aber ich garantiere Ihnen, das Problem ist der Hund von Mr Trix.«

Jedes Mal, wenn sie Cerealien-Markennamen für Leute verwendet, frage ich mich, ob sie weiß, wer ich bin.

Doch im nächsten Moment nennt sie Leute nach Sportmannschaften oder Kaffeesorten und spricht über Nachbarschaftsstreitigkeiten oder Machtkämpfe zwischen Ladenbesitzern in einem Ladenbesitzerverband und wer Schlagzeugspielen übt, während das Baby nebenan zu schlafen versucht – und ich bin wieder vollkommen verzaubert.

»Haben Sie einen Hund?«, frage ich.

»Wir sprechen nicht über mich.«

»Sie sind aber viel interessanter als Mr Trix.«

Sie richtet sich auf und schaut sich um. Und zum ersten Mal, seit wir die Kombucha-Bar vor vier Stunden verlassen haben, macht sie, statt sich in ihren klobigen Stiefeln so schnell auf ihre nächste Aufgabe zu stürzen, dass ich mich beeilen muss, um mit ihr Schritt zu halten, vielleicht zehn Schritte in Folge in die Richtung, die wir eingeschlagen haben. Dann bleibt sie stehen.

Ich sehe gebannt zu, wie sie sich langsam im Kreis dreht. Dann schaut sie zum Mond hinauf, seufzt und lässt sich auf dem Betonmäuerchen nieder, das die Ladenzeile vom Strand dahinter trennt.

Ich wende mich um, setze mich zu ihr, unsere Beine berühren sich beinah. »Gehen Ihnen die Ideen aus?«

Sie schüttelt den Kopf, ohne den Blick vom Mond abzuwenden. »Mir gehen die Menschen aus.«

Oh.

Oh.

Ich war so auf Duchess fokussiert – ihren richtigen Namen werde ich noch vor Tagesanbruch herausbekommen –, dass mir überhaupt nicht aufgefallen ist, dass niemand sonst in der Nähe weilt.

Aha.

Wenn ich es recht bedenke, galten bereits ihre letzten vier guten Taten schon Tieren. Drei streunenden Katzen und nun dem Hund.

Ich drücke ihren Oberschenkel. »Warten Sie hier. Ich gehe an Türen klopfen und Leute wecken, damit wir ihnen Gutes tun können.«

»So funktioniert das nicht mit den guten Taten.«

Ich liebe den Mond heute Nacht. Er scheint so hell, dass ich ihr tadelndes Lächeln sehen kann.

»Vielleicht müssen wir ja neu festlegen, wie man gute Taten vollbringt.«

Das Seufzen, das sich ihr entringt, klingt so tief empfunden, dass sie es vom Meeresboden geborgen haben muss.

Am liebsten würde ich sie auf meinen Schoß ziehen und küssen, bis die einzigen Laute, die sie dann noch von sich gibt, glückliche sind. Ekstatische.

Seit wir die Bar verlassen hatten, hat sie einem streitenden Liebespaar so lange Ständchen gesungen, bis die beiden vergaßen, warum sie wütend aufeinander gewesen waren. Sie hat ewig lange den Typen gesucht, der seine Brieftasche verloren hatte, und sie ihm zurückgegeben, und hat – ich schwöre bei Gott, ich denke mir das nicht aus – ein Kleinkind davor bewahrt, auf die Straße zu laufen und von einem Auto überfahren zu werden.

Und gemeinsam haben wir einem Haufen Menschen was zu essen und zu trinken besorgt.

Ich allerdings mehr als sie, denn ich habe jedes Mal darauf

geachtet, dass sie abgelenkt war, ehe ich meine Kreditkarte zückte und ihre Wünsche an Barkeeper oder Bedienungen um meine eigenen ergänzte.

Und dabei haben wir beide unsere Kreditkarten und Quittungen voreinander verborgen, damit keiner den richtigen Namen des anderen entdeckte.

Aber dieser Blick ist in die Vergangenheit gerichtet. Der Blick, der sagt: *Ich bin ein schrecklicher Mensch, der nie genug Gutes tun kann, um wiedergutzumachen, was er an Schlechtem schon angerichtet hat.*

»Kommen Sie«, sage ich mit einer herausfordernden Geste. »Raus damit. Lassen Sie das auch noch raus.«

»Was soll ich rauslassen?«

»Was immer Sie so seufzen lässt. Reden Sie darüber, und vergessen Sie es dann.«

»Mit Ihnen darüber zu reden würde die Freundschaft nicht wiederherstellen, die ich heute zerstört habe.«

»Sie waren die ganze Nacht hier draußen unterwegs, um nicht an diese Freundschaft zu denken.«

»Reden Sie nicht so schlau daher. Sie sind hier, weil sie süß und lustig, nicht weil Sie schlau sind.«

Habe ich gerade ein Rad geschlagen und mich aufgeplustert wie ein verdammter Pfau. Tja, das habe ich wohl. Sie sieht offenbar mehr in mir als einen Verstand ohne Emotionen. Sie hält mich für lustig.

»Vielleicht steckt ja noch viel mehr in mir als süß und lustig«, teile ich ihr mit, »vielleicht kann ich ja auch schlau sein.«

»Ich sage es Ihnen nur ungern, mein Freund, aber wenn Sie schlau wären, hätten Sie die Bar nicht gemeinsam mit mir verlassen.«

Sie glaubt nicht, dass ich schlau bin. Das ist sogar noch besser, als mir Drinks auszugeben.

»Die meisten würden nicht so breit grinsen, nachdem man ihnen gesagt hatte, sie seien nicht schlau«, bemerkt sie trocken.

»Es ist nur schön, dass mich mal eine Frau wegen meines Körpers will und nicht wegen meines Verstands.«

Darüber lacht sie schallend. Sie muss sogar so lauthals darüber lachen, dass sie sich vorbeugt, die Seiten hält und auf meine Kosten wie eine Hyäne zu wiehern beginnt.

»Finden Sie meinen Körper etwa nicht aufregend?« Ich wackle mit den Augenbrauen, obwohl ich nicht glaube, dass sie mich sehen kann, so, wie sie sich jetzt die Augen reibt.

Ich habe mich seit Jahren nicht so heiter gefühlt.

»Doch, doch, sehr aufregend«, versichert sie mir kichernd.

»Meine ganzen guten Gene sind eindeutig in mein Aussehen gegangen. Aber ich werde mich an nichts von dem erinnern, was Sie mir, in welche Richtung es auch immer geht, erzählen. Dafür bin ich viel zu hohl.«

»Ich nehme alles zurück. Sie sind schlau, Mr Mathematiker. Und es war nett von Ihnen, mit mir aus der Bar zu gehen.«

»Quatsch, ich bin ein Arschloch.«

Jetzt funkelt sie mich wieder an. Ihre Augen leuchten, ihr Mund verzieht sich zu einem breiten Lächeln. »Freut mich zu hören, weil ich es verdiene, im Leben nur von Arschlöchern umgeben zu sein.«

Ich stupse sie an, vor allem, um eine Entschuldigung dafür zu haben, sie so zu berühren, wie sie mich in der Bar berührt hat. »Raus damit, was haben Sie so Furchtbares angestellt?«

Schluss mit dem Funkeln.

Mein Fehler.

Aber immerhin dient es einem höheren Zweck. Ich bin sicher, sie wird schon wieder funkeln, wenn sie sich erst alles von der Seele geredet hat.

Doch zuerst ernte ich ein weiteres schweres Seufzen. »Ich bin mit Freunden hier.«

»Das müssen reizende Leute sein, wenn sie Ihre Freunde sind.«

Momentan lebe ich dafür, wie ihre Lippen sich kräuseln, wenn sie ein Lächeln zu unterdrücken versucht, wenn ich etwas umwerfend Charmantes oder Amüsantes gesagt habe.

Und ich lebe dafür, wie sie meinem Arm einen spielerischen Stoß versetzt.

»Sie bedeuten Ärger«, sagt sie noch einmal.

»Selten – häufiger wäre mir lieber.«

Sie zuckt zusammen.

Ich warte.

»Ich habe zugelassen, dass eine meiner besten Freundinnen im ganzen Universum mit einem Kerl schläft, obwohl ich wusste, dass er Kätzchen umgebracht hatte«, sagt sie leise. »Dann hat sie sich in ihn verliebt, und als eine andere Freundin ihr das mit den Kätzchen gesagt hat, war sie deshalb schlimmer am Boden zerstört, als ich es für möglich gehalten hatte … aus sehr gutem Grund. Und ich bin schuld, dass sie jetzt nicht so lebt, wie sie es sich erträumt hat.«

»Weil sie glücklich gewesen wäre, wenn sie nicht erfahren hätte, dass er Kätzchen umgebracht hat?«

»Genau.«

Nicht die Antwort, die ich erwartet habe.

»Menschen bestehen aus vielen verschiedenen Facetten«, fügt sie leise hinzu. »Ich dachte … was seinen Charakter sonst ausmachte … würde den Katzenmord aufwiegen.«

»Nur um das klarzustellen, er hat in Wahrheit gar keine Kätzchen umgebracht, oder?«

»In der Größenordnung.« Wieder zuckt sie zusammen. »In etwa.«

»Wieso ist es, wenn jemand anderes etwas gesagt hat, was Ihre Freundin wissen musste, überhaupt *Ihre* Verantwortung und nicht die der anderen Person?«

»Weil es das ist, was ich tue. Ich höre zu. Ich beobachte. Ich lese zwischen den Zeilen. Ich weiß Dinge, bevor andere sie erfahren. Und über diese Sache wusste ich lange vor der Person Bescheid, die es ihr gesagt hat. Ich bin … in einem Friseursalon aufgewachsen, wo ich von den Besten der Besten gelernt habe, wie man ein Gossip Girl von der guten Sorte wird. Und seitdem entscheide ich, ob ich etwas verbreite oder nicht, auf der Grundlage der Theorie, dass ich weiß, wie man unterscheidet, ob der größere Schaden dadurch entsteht, dass ich etwas verbreite oder nicht. In dem Fall habe ich mich falsch entschieden. Sie nahm an, wir wären hier … um den nächsten Schritt … in ihrer Beziehung in Angriff zu nehmen, stattdessen ist unsere gesamte Clique auseinandergebrochen. Und sie sind nicht bloß Freundinnen. Sie sind meine Familie. Wenigstens für mich.«

Ich verkneife mir die instinktive Entgegnung, dass Familie ätzend ist. Ich habe Zen, und ich habe Mimi, deshalb weiß ich, dass Familie toll sein kann.

Doch wenn ich an meine Eltern, meine Geschwister und meine Nichten und Neffen denke, finde ich Familie ätzend.

Und wenn ich an meinen Geschäftspartner und neuerdings ehemaligen besten Freund denke, finde ich Familie ätzend.

Aber diese Frau – Duchess – hat eine Familie, die sie so sehr liebt, dass es ihr leidtut, was sie angerichtet hat, ganz gleich, wie gut ihre Absichten waren.

Ihr Haar hebt sich im Wind, und meine Intuition gebietet es mir, es ihr hinters Ohr zu stecken.

Ihr Haar ist weich, so weich und wunderbar lockig.

Ich möchte meine Hand darin versenken und es mir um den Finger wickeln, während ich sie küsse.

Sie holt tief Luft, weicht aber nicht zurück. Wenn überhaupt rückt sie näher. »Sie sollten nicht nett zu mir sein. Ich verletze Menschen, die nett zu mir sind.«

»Das tun wir alle.«

»Aber nicht so.«

»Sie gehen für eine Frau, die heute Abend alles unternommen hat, um anderen Menschen und Tieren Gutes zu tun, ganz schön hart mit sich ins Gericht.«

»Das genügt nicht, um wiedergutzumachen, was ich angerichtet habe.«

Sicher steckt viel mehr hinter ihrer Geschichte, und ich würde es gern erfahren. Ich möchte absolut alles erfahren. »Wenn es hilft, ich bin selbst eine Katastrophe. Mir zu helfen ist eine größere Last, als Sie sich jemals ausmalen könnten.«

Wieder kräuseln sich ihre Lippen. »Sie sind keine Katastrophe.«

»Oh doch, das bin ich. Ich schätze, mir gilt Ihre größte gute Tat heute Abend.«

»Sie wollen, dass meine größte gute Tat heute Abend Ihnen gilt?«

»Ich bekenne mich schuldig. Aber ich hatte heute auch einen Scheißtag. Wäre das keine gute gute Tat?«

»Mein Lehrer auf der Highschool wäre über den Satz begeistert gewesen.«

»Sehen Sie? Ich mache nichts als Ärger. Ich benötige jemanden, der mir Gutes tut.«

Sie lacht erneut.

Im nächsten Moment kreischt sie und springt auf, schlägt nach ihren Haaren und dreht sich im Kreis. »Nehmen Sie das weg. Nehmen Sie's weg!«

Hinter uns jault eine Katze und verschwindet im Dunkel.

»Was …«, setze ich an und springe ebenfalls auf.

»Nehmen Sie's weg!«

»Was soll ich wegnehmen?«

Sie tanzt im Kreis herum und fährt sich mit den Fingern durchs Haar. »Ungeziefer! Eidechsen! In meinen Haaren ist Eidechsenungeziefer!«

»Halten Sie still. Lassen Sie mich sehen.«

»Ich kann nicht stillhalten. Krabbeltiere. Krabbeltiere.«

Bei ihrer nächsten Umdrehung packe ich sie bei den Schultern. »Duchess. Lassen Sie mich mal sehen.«

»Es war … Moment. Moment mal. War das eine Katze? War das eine verfluchte Katze, die mit meinen Haaren gespielt hat?« Sie hört auf zu zappeln, schaut zu mir hoch und lässt ihre Hände sinken. »Sag mir bitte, dass eine Katze mit meinen Haaren gespielt hat.«

Ich kämme mit den Fingern durch ihr Haar, was mir besser gefällt, als es sollte. »Ich finde keine großen Insekten. Kleine auch nicht. Oder Eidechsen.«

»Oh Gott.« Sie krallt ihre Finger in mein Hemd, während ich weiter ihre Haare durchkämme. »Ich dachte, eine Kakerlake kriecht mir durch die Haare. Oder so ein Gecko.«

»Nee. So böse waren Sie nicht.«

»Doch, war ich.«

»Nein, waren Sie nicht.«

Sie packt mein Hemd fester.

Dann scheint sie zu begreifen, was sie tut.

Wie nahe wir einander gegenüberstehen.

Mist.

Ich spüre ihren Bauch an meinem Halbmast-Schwanz, und sie bemerkt meine Erregung bestimmt auch.

Sie atmet schneller.

Genau wie ich.

»Ich verdiene deine Freundlichkeit nicht«, flüstert sie.

»Nenn es meine Selbstsucht. Du faszinierst mich. Und du bist rattenscharf.«

Darüber lächelt sie nicht.

Stattdessen schaut sie im Mondlicht einfach zu mir hoch, während hinter uns die Wellen an den Strand schlagen.

Und dann wölbt sie sich gegen meine anschwellende Erektion.

Fuck, das fühlt sich gut an.

Und als ihre Hände meine Brust bis zum Hals hinaufgleiten, ohne mich dabei aus den Augen zu lassen, wiegt sie sich aufs Neue gegen meinen Schwanz.

Ich schlucke schwer, was jedoch nicht verhindert, dass mein primitives Verlangen meine Stimme belegt. »Mein Hotel ist gleich um die Ecke.«

»Kannst du den Tag heute vergessen machen?«

»Das wäre mir das allergrößte Vergnügen, Duchess.«

3. Kapitel

Sabrina Sullivan alias die Frau, die nicht aufhören kann, Reue auf Reue zu türmen

Ich lande in der Hölle.

Oder vielleicht bin ich schon dort.

So oder so hätte die Belohnung dafür, dass ich die Traumhochzeit meiner besten Freundin auf Hawaii ruiniert habe, nicht der heißeste One-Night-Stand meines Lebens sein dürfen.

Doch da bin ich, wie ich im Hotelzimmer eines Mannes herumschleiche, bis zum Hals in Schuldgefühlen versunken, und im Dunkeln meine Klamotten zu finden versuche, um ihn nicht zu wecken. Und für meine Sünden zu bezahlen.

Meine *Sünde.*

Einzahl.

Aber die einzige, die zählt.

Ich hätte Duke besser nicht erzählt, dass ich meine Busenfreundin mit einem Mann habe schlafen lassen, der Kätzchen ermordet hat.

Aber das war immerhin besser als die Wahrheit.

Hast du das Video gesehen, das rasant viral gegangen ist, von dieser total entgleisten Hochzeit heute Nachmittag, auf der die Braut unmittelbar vor dem Ehegelöbnis alles gestoppt hat, um dem Bräutigam vorzuhalten, dass er ihren Bruder, einen Adult-Entertainment-Star, für etwas ins Gefängnis hatte gehen lassen, das er selbst vor zehn Jahren verbrochen hatte? Ich war Trauzeugin; vielleicht hast du mich ja auch in dem Video gesehen.

Und ich hätte den schlimmsten Moment in Emmas Leben verhindern können, wenn ich ihr schon vor Jahren von der Geschichte mit dem Gefängnis erzählt hätte, was ich aber nicht getan habe, weil ich die Hauptregel im Verbreiten von Klatsch und Tratsch vergessen hatte, die da lautet, dass es manchmal keine richtige Lösung gibt, wenn man ein Geheimnis verraten will, nur eine weniger falsche.

Früher oder später kommt er sowieso dahinter. Sehr wahrscheinlich kann man zurzeit nicht ins Internet gehen, ohne auf das Video von Emmas Hochzeit zu stoßen.

Duke wird wahrscheinlich glauben, dass Chandler tatsächlich Kätzchen ermordet.

Doch das ist mir egal.

Aber was ist mir nicht egal?

Emma wird vermutlich nie wieder mit mir reden.

Was ich ihr nicht vorwerfen kann.

Ich kann mir noch so häufig sagen, dass sie wusste, wer Chandler war, und dass sie trotzdem beschloss, ihn zu lieben, und ihn heiraten wollte, ich fühle mich deshalb kein bisschen besser.

Ich hätte es ihr sagen müssen.

Er mag mein Cousin sein, und bis gestern, als er es unversehens verkaufte, war er in unserem Familiencafé praktisch sogar mein Chef. Noch etwas, das ich emotional erst noch verarbeiten und womit ich mich auseinandersetzen muss, wenn ich wieder zu Hause bin. Aber Emma ist meine Herzensschwester, und ich hätte nicht davon ausgehen dürfen, dass sie wusste, was Chandler ihrem Bruder angetan hatte, besonders weil ich mir beinah sicher war, dass sie ebenso keine Ahnung hatte, dass er in Geldschwierigkeiten steckte.

Wir haben keine Geheimnisse voreinander, hatte sie uns immer versichert.

Sie behielt niemals etwas für sich.

Er jedoch schon.

Und das wusste ich.

Oh, fein, da ist mein BH. Mein Höschen kann ich immer noch nicht finden, aber wenigstens habe ich jetzt meinen BH. Ich stopfe ihn in meine Tasche, nähere mich kriechend dem Bett und taste nach meiner Unterwäsche und meinem zweiten Stiefel.

Der muss hier irgendwo sein.

Es sei denn, Duke hat ihn versteckt und plant, ihn zu behalten, weil er irgendeinen Cinderella-Fetisch hat.

Oder er behält ihn als Geisel, um sicherzustellen, dass ich keines seiner Geheimnisse verrate.

Er scheint jedoch keine Geheimnisse zu haben, abgesehen von dem quer über seinen breiten Brustkorb tätowierten lateinischen Satz sowie dem Umstand, dass er, aus Gründen, die er mir nicht mitteilen will, gestern einen miesen Tag hatte – und dass er mir seinen richtigen Namen nicht nennen wollte.

Und hätte ich nicht ohnehin vermutet, dass er nicht wirklich Duke heißt, hätte ich dennoch keinen anderen Beweis benötigt, als zu beobachten, wie er sich, als ich ihn nach dem Verlassen der Bar so nannte, umsah, als glaubte er, ich hätte jemand anderen angesprochen, und wie sich seine Wangen rosig verfärbten, als er sich selbst dabei ertappte und durch eine Antwort stolperte.

Was jedoch absolut kein Geheimnis ist?

Dass er heiß ist. Sein dunkles Haar ist dicht und überraschend weich. Wenn er grinst, bilden sich in den Winkeln seiner blauen Augen Fältchen, und auf seiner linken Wange erscheint die Andeutung eines Grübchens. Damit kommt die ganze Welt zum Stillstand. *Wenn er dich ansieht, kommt es dir vor, als wollte er alles über dich herausfinden, was es zu wissen gibt.* Er ist bezaubernd, ohne es darauf anzulegen, und er besitzt einen unwiderstehlichen Sinn für Humor.

Und das Wichtigste für eine Frau wie mich, die null Interesse daran hat, jemals eine langfristige Beziehung einzugehen, aber darauf steht, sich hier und da auf einen One-Night-Stand einzulassen, ist, dass die andere Frau in der Bar recht hatte: Er hat sehr lange Daumen. Und alles, was man so im Allgemeinen mit langen Daumen in Verbindung bringt.

Zudem hält er seine Ausstattung nicht für eine Selbstverständlichkeit und verlässt sich nicht allein auf deren Größe.

Java sei mir gnädig.

Ich habe nicht verdient, was dieser Mann letzte Nacht mit meinem Körper angestellt hat, und ich werde es wohl noch tagelang spüren.

»Ah, du stehst darauf, dich zu verdrücken, bevor der Kerl wach wird«, brummt er von der Bettkante und viel zu dicht an meinem Ohr.

Erschrocken japsend falle ich zurück auf meinen Hintern.

Verflixt.

Ich habe zu laut geatmet.

»Nein, nein, ich wollte nur Eis holen.« Ich bin so eine Lügnerin.

Bis gestern war ich nur jemand, der Gossip verbreitet. Aber seit zehn Stunden oder so kann ich, wann immer ich Duke ansehe, nicht umhin, es mit der Wahrheit nicht allzu genau zu nehmen.

Wenn man sein Leben lang die Menschen, ihre Beziehungen zueinander, ihre Schwächen und ihre Verwundbarkeit studiert, wenn man jedes Geheimnis in Reichweite in Erfahrung bringt und die möglichen Folgen dieser Geheimnisse erkennt, dann lernt man auch, wann man etwas ausplaudert und wann man sich besser nicht in die Karten schauen lässt.

Ich muss raus aus diesem Zimmer.

Ich muss verhindern, dass er mir folgt.

Ich glaube nicht, dass er mir bis zum Flughafen nachstellen und denselben Flieger wie ich besteigen würde, aber ich glaube sehr wohl, dass er haarscharf davorsteht, mir meine Telefonnummer abzuschwatzen. Und ich muss hier verschwinden, bevor ich einknicke und sie ihm gebe.

Ein Freund stand nicht auf der Liste der Dinge, die ich letzte Nacht zu finden erwartet hatte.

»Eis kann ich holen«, sagt er. »Komm wieder ins Bett.«

»Ich bin schon halb angezogen. Nenn es meine erste gute Tat des Tages.«

»Wenn mein Zeitgefühl mich nicht verlässt, hast du mir seit Mitternacht schon zweimal Gutes getan.«

Hitze wallt durch meinen Körper und färbt meine Wangen rot. »Von diesen guten Taten hatte ich mehr als du. Die zählen deshalb nicht.«

»Das bezweifle ich.«

»Ich bin mir absolut sicher.«

»Wie wäre es, wenn jeder von uns eine auf sich nehmen würde, dann haben wir beide heute schon eine gute Tat vollbracht?«

Genau das ist das Problem.

Er ist faszinierend und charismatisch, gemischt mit einer Andeutung von Ungeschicklichkeit, die ihn erst so authentisch macht. Und diese Mischung macht aus ihm eine eine Million Mal größere Versuchung, als es angebracht wäre. Mir fallen daheim vier Frauen ein, mit denen ich ihn gern bekannt machen würde, wenn es ihnen nichts ausmachte, dass ich vorher mit ihm geschlafen habe.

Nur dass mich die Vorstellung, Freundinnen mit jemandem bekannt zu machen, mit dem ich kurz was hatte, zum ersten Mal seit Jahren mit Widerwillen erfüllt.

Ich muss hier weg.

Dieser heiße hawaiianische One-Night-Stand mit einem netten Mann nach einem miesen Tag bringt mein Gefühlsleben durcheinander. »Abgemacht«, sage ich, statt ihm zu widersprechen, während ich weiter nach meinem Stiefel krame.

»Aber du wirst mich nicht ghosten, oder?«, fragt er.

»Ich gehe Eis holen.« Ich werde ihn ghosten. Doch je länger ich nach meinem Stiefel suche, desto eher wird er dahinterkommen. Zu der Eismaschine neben dem Aufzug könnte ich gut barfuß laufen. »Aber wenn du aufstehen willst, könntest du schon mal ein Bad einlassen. Mein Leben wird nicht perfekt sein, wenn ich, bevor ich heimfliege, nicht herausfinde, wozu du in der Badewanne fähig bist.«

Noch einmal: Meine Belohnung dafür, zur Lügnerin zu verkommen, sollte nicht der beste Sex meines Lebens sein.

Schuldgefühle drängen heiß und mächtig auf mich ein, und es ist ein Wunder, dass sie nicht Gestalt annehmen und mit meinem fehlenden Stiefel auf mich eindreschen.

»Heimfliegen?« Ich sehe, wie sich der Umriss seines Kopfes von dem durch die Lücken der Vorhänge lugenden Mondlicht abhebt. »Du fliegst heute nach Hause?«

»Ja.« Endlich. Endlich mal was, das stimmt.

»Nach Jawbone?«

»Ja.« Ups. Noch eine Lüge. »Nach Jawbone.«

Wie originell, Sabrina. Warum hast du ihm nicht gleich gesagt, du würdest aus Springfield kommen? Es gibt praktisch in jedem Bundesstaat ein Springfield. Aber es gibt nur ein Snaggletooth Creek. Oder *Tooth*, wie wir Einheimischen gern sagen. Und Tooth ist nicht groß.

Jawbone war der erste Name, der mir in den Sinn kam.

»Wo deine Tante Applebee und dein Onkel Five Guys heimlich eine offene Ehe führen, weil sie es weder miteinander noch mit ihrem lieben Kind Little McDonald lange aushalten, was du total vergessen hast?«

Ich zucke zusammen.

Die reumütige Sabrina ist offenbar auch eine redselige Sabrina. Ich bereue nicht so häufig etwas, was meine einzige Entschuldigung dafür ist, nicht erkannt zu haben, dass ich, als ich erst mal angefangen hatte, meinen Gossip bei ihm abzuladen, nicht wieder damit aufhören konnte.

Nun weiß er alles über geklaute Post. Alles über peinliche Blind Dates. Über heimliche Babys. Und über Familienfehden.

Er kennt zwar nicht die richtigen Namen, und hier und da haben sich vielleicht ein paar Einzelheiten geändert, doch im Grunde weiß er alles.

Der Mann hat dermaßen gelacht, als ich ihm von der seit Langem bestehenden Meinungsverschiedenheit der Dodgers und Seahawks hinsichtlich gewisser Ölbohrungsrechte berichtete – eigentlich eine Fehde zwischen den Harpers und den Bryants wegen eines Bachs entlang ihrer Grundstücksgrenzen –, dass ich sofort noch mehr erzählt habe.

Und mehr.

Und mehr.

Und zu hören, wie er lachte und mir versprach, meine Geschichten sicher zu bewahren, damit ich es nicht selbst tun müsste.

Ich wünschte nur, ihm die Wahrheit zu sagen hätte mich auch von den Erinnerungen befreit.

»Wo ist der Eiskübel?«, frage ich ihn. Damit ich glaubwürdig erscheine.

»Vielleicht im Teeregal?«

Teeregal? Ich nenne so was Kaffeeregal. Und wieso wirkt er noch hinreißender auf mich, wenn er »Teeregal« sagt?

»Stimmt. Gefunden.«

»Ich kann nicht glauben, dass ich das sage, aber ich wünschte, ich wäre Eis genug für dich, damit du auf der Stelle ins Bett zurückkommst.«

Seht ihr?

Er ist so lustig. Ich meine, wer sagt denn so was? »Bin in einer Minute wieder da.«

»Ich könnte dich in einer Minute zum Höhepunkt bringen, wenn du ins Bett zurückkommen würdest.«

Meine – eigentlich überstrapazierte – Vagina zieht sich zusammen. Sie glaubt ihm jedenfalls.

»Ich brauche sehr viel Aufmerksamkeit. Als Nächstes wünsche ich mir einen Orgasmus in der Badewanne. Aber zuerst Eis.«

Jetzt hat meine Vagina mir den Krieg erklärt.

Völlig zu Recht.

Schließlich weiß sie, dass ich lüge.

Nach der vergangenen Nacht müsste das Wort Orgasmus eigentlich genügen, um wieder zu ihm unter die Decke zu schlüpfen. Den Flieger nach Hause sausen zu lassen. Die hässliche Wirklichkeit zu ignorieren, in der Emma auf mich wütend, dass Café verkauft und meine Zukunft komplett ungewiss ist.

Wer würde stattdessen nicht gern noch ein paar Stunden voller grandioser Höhepunkte erleben?

Aber ich würde meine Kleidung nicht wegen der Orgasmen am liebsten gleich wieder ausziehen und zu ihm zurück ins Bett krabbeln, sondern wegen der kleinen, freundlichen Geste, mit der er jetzt einladend auf die Matratze klopft.

»Lass mich nur kurz das Eis holen.«

Ich habe diese Freundlichkeit nicht verdient.

Wo ich doch weiß, dass meine beste Freundin leidet und dass ich daran schuld bin.

Ich verdiene es, dass Chandler das Familiencafé verkauft hat, in dem ich seit jeher mein ganzes Leben verbringen wollte. Ich verdiene es, mir Sorgen machen zu müssen, dass alles auf den Kopf gestellt ist und es mir niemals gelingen wird, den neuen Besitzer dazu zu überreden, mir das Café zurückzuverkaufen. Ich verdiene es, genau zu wissen, dass ich mir das sowieso nicht leisten könnte, selbst wenn ich den neuen Inhaber, wer auch immer er sein mag, überzeugen könnte.

Ich verdiene es, dass Emma mich auf ewig hassen wird.

Ich würge eine weitere Welle ekliger Schuldgefühle hinunter, die ich während der Nacht unterdrückt habe. »Bleib. Ich hole das Eis.«

»Ich habe längere Beine. Damit ginge es schneller.«

»Würdest du das, bitte, mich machen lassen?«

»Nur wenn du mir deine Telefonnummer gibst.«

»Du willst meine Telefonnummer doch gar nicht.«

»Aber ja doch.«

»Du bist verkatert und denkst nicht klar.«

»Ich bin stocknüchtern und ein Morgenmensch und von dir angetan.«

Warum?

Wieso?

Wäre ich woanders und meine ganze Welt wäre mir nicht gerade wegen irgendwelcher Geheimnisse und Klatschgeschichten um die Ohren geflogen, würde ich sofort zu diesem Mann ins Bett zurückkriechen und ein Spiel mit ihm spielen, bei dem ich ihm für sexuelle Dienstleistung eine Ziffer meiner Telefonnummer nach der anderen verraten würde. Danach würden wir zusammen frühstücken gehen, ich würde ihn einladen, meinen Hund mit mir auszuführen, und wir würden einfach sehen, wohin uns das Ganze führen würde.

Was, nur fürs Protokoll, nicht normal für mich ist.

Ich bin eine Frau, die gern gelegentlich Typen aufreißt. Wenn du in deiner Jugend lernst, wie man zuhört und Geschichten aufschnappt, erfährt man Dinge, die man lieber nicht wissen würde. Und dann beginnt man, Dinge zu sehen, die man lieber nicht *sehen* würde.

Und manchmal ist man, ehe man sichs versieht, weil man erst neun Jahre alt ist, mittendrin, wenn es darum geht, Beziehungen implodieren zu lassen. Aber du bekommst es erst mit, wenn dich jemand schnell in die Caféküche schiebt, wo deine Großmutter deine Mutter anruft, damit sie dich dort abholt, bevor dir jemand wehtut, weil du irgendwas nachplapperst, das du überhaupt nicht hättest mitbekommen dürfen.

Dann wirst du etwas älter und hörst immer noch die gleichen Geschichten, behältst sie nun aber für dich. Und du hörst genug, um zu begreifen, dass wahrhaft feste, von wechselseitiger Liebe, Respekt und Wertschätzung geprägte Beziehungen selten sind und dass das Streben nach solchen Beziehungen in den meisten Fällen mit einem gebrochenen Herzen endet.

Zudem kenne ich auch die vollständige Wahrheit über meinen Familienstammbaum und wie sehr sowohl meine Mutter als auch meine Granny von Männern verletzt wurden, sodass ich selbst lieber voll und ganz auf sie verzichte.

Ja, meine Großmutter verbrachte ihr Leben schlussendlich mit dem besten aller Männer, meinem Großvater. Und, ja, meine Mutter hegt keinerlei Bedauern darüber, wie ihr Leben sich entwickelt hat.

Aber was ist mit dem Ausmaß an Kummer, den beide erlitten haben, um mit ihrem Leben zufrieden, aber davon keineswegs berauscht zu sein?

Keine Chance, ich habe einfach kein Interesse an einer Beziehung.

Selbst Emma, die immer mein Lieblingsbeispiel für eine Frau war, die jemanden trotz all seiner Mängel lieben konnte, erlebte diese eine große Liebesgeschichte unter Tausenden am Ende auch nicht.

Warum also will ich diesem Mann meine Nummer geben?

Wie steht es um die Vorstellung, mehr als eine Nacht mit ihm zu verbringen, wenn wir daheim wären?

Möchte ich, dass er meinen Hund kennenlernt?

Ich bin nicht ganz auf der Höhe meiner Gefühle. Und nicht ganz bei Verstand.

In diesem Zimmer riecht es nach Sex und nach noch mehr Sex, aber eigentlich riecht es nach schlechtem Gewissen und Reue.

»Ich komme nur zurück, wenn du mir versprichst, dass du ausschließlich in diesem Zimmer von mir angetan bist und nirgendwo sonst«, teile ich ihm mit.

»Du weißt, dass ich dir auf Gedeih und Verderb ausgeliefert bin und dir im Augenblick alles verspreche, was du verlangst?«

Mein ganzer Körper erhellt sich wie unser heimischer See am Valentinstag, wenn wir ihn für das Eislaufen der Liebespaare illuminieren.

Er hat die ganze Nacht lang ungezogene, unanständige, köstliche Dinge mit mir angestellt, die mich ihn um Zugaben haben anflehen lassen, weil er mir auf Gedeih und Verderb ausgeliefert war.

Nicht, dass ich ihm nicht auch vollständig ausgeliefert gewesen wäre.

»Ich gehe Eis holen«, sage ich zu ihm.

»Dreh auf dem Weg nach draußen das Badewasser auf, wir treffen uns dann dort.«

»Du solltest mal mit jemandem über deinen Frauengeschmack reden.«

Er gluckst. »Ich mag dich. Und ich mag Menschen nicht so schnell. Da musst du es wohl wert sein.«

»Sollte ich besser nicht wiederkommen? Ernsthaft, das zwischen uns bleibt in diesem Zimmer.«

»Du hast dem Barkeeper zweihundert Dollar Trinkgeld auf eine Dreißig-Dollar-Rechnung gegeben. Meinst du, das hätte ich nicht gemerkt? Du hast insgeheim Fotos von einem Paar gemacht, das sich am Strand verlobt hat, als die beiden dachten, niemand würde sie beobachten, aber du hast ihnen ihren Abend mit diesem Souvenir noch verschönert. Dann hast du für ein Kind, von dem manche sagen würden, dass es zu alt sei für einen Kuschel-Oktopus, aber doch zu klein, um so spät noch wach zu sein, einen solchen vor einer Manguste gerettet. Und ich erkenne jemand Besonderen, wenn ich jemand Besonderen sehe.«

Ich muss verschwinden. Zurück in die Ferienanlage, in der gestern Emmas Hochzeit hätte stattfinden sollen. Um herauszufinden, ob sie noch mit mir spricht und mich irgendetwas dazu beitragen lässt, die Gesamtsituation ein wenig zu verbessern. Und um mich bei Laney zu melden, meiner anderen besten Freundin, deren Herz momentan ebenfalls gebrochen ist, weil ich ihr nicht rechtzeitig gesagt habe, was ich ihr über Emmas Bruder hätte sagen müssen, in den sie sich total verknallt hat.

Ich möchte meine Mutter finden, damit sie mich in den Arm nimmt und mir verspricht, dass sie mich noch liebhat.

Ich weiß, das wird sie tun.

Wahrscheinlich muss ich sie finden, um ihr zu sagen, dass es mir gut geht, weniger um zu hören, dass sie mich noch liebhat, weil ich nicht will, dass sie sich Sorgen macht.

Und dann möchte ich nach Hause zu meinem Hund fliegen.

Und ich muss mich davon überzeugen, dass mein Großvater wohlauf ist. Er konnte wegen einer ziemlich üblen Erkältung nicht zur Hochzeit mitkommen, aber ich bin sicher, irgendjemand daheim hat ihn über das Debakel hier informiert.

Und danach würde ich gern in einer Holzhütte im Wald leben, wo ich jagen und fischen kann, um etwas zu essen zu haben, jedes bisschen Klatsch und Tratsch, das ich im Leben aufgeschnappt habe, vergessen und nie, niemals wieder jemandem wehtun, den ich liebe.

»Ich bin nichts Besonderes«, bringe ich heraus. »Ich bin eine Katastrophe.«

»Was auch immer es ist, Duchess, wir kriegen es hin«, sagt Duke.

Er hört sich so sehr nach Laney an – deren letzte Worte an mich, als ich sie gestern Abend sehr, sehr betrunken ins Bett steckte, lauteten: *Wir können nichts von alledem regeln, Sabrina.* Und ja, ich will damit sagen, dass ich sie ungefähr um acht Uhr abends ins Bett gebracht habe, und ja, ich habe jemanden, dem ich vertraue, bei ihr zurückgelassen, um auf sie aufzupassen, während ich geflohen bin …

Erneut steigen mir Tränen in die Augen. Aber ich werde nicht heulen. Ich werde, verdammt noch mal, nicht weinen.

»Erst mal das Eis«, zwinge ich mich zu sagen. »Die Probleme der Welt haben noch Zeit. Bin gleich wieder da.«

»Ich zähle die Minuten, Duchess.«

Ich nehme den Eiskübel vom Teeregal, humple mit nur einem Stiefel und ohne Unterhöschen aus dem Zimmer, und dann tue ich noch etwas, das mir das Gefühl gibt, der schlechteste Mensch der Welt zu sein.

Ich nehme die Treppe, lasse den Eiskübel an der Rezeption stehen und ghoste den nettesten Mann, der mir seit Jahren begegnet ist.

4. Kapitel

Sabrina

Neun Tage später

Auf meinem Parkplatz hinter dem Café meiner Familie in den Bergen parkt eine schwarze Mercedes-Limousine, als ich nach Emmas Hochzeitsdebakel an meinem zweiten Arbeitsmontag zu unchristlich früher Stunde dort vorfahre.

Wisst ihr, was das bedeutet?

Es bedeutet, dass die fröhliche, die Realität ignorierende Blase, in der ich zu leben beschlossen habe, nachdem ich aus Hawaii zurück war, gleich platzen wird.

Da mag alles noch so sehr wie immer aussehen – die Wälle aus Spätjanuar-Schnee rund um den Parkplatz, Mr Durbins ramponierter alter VW-Bus neben dem Müllcontainer, die im Dunkeln strahlende Lichterkette am Balkon der Wohnung über der Kunstgalerie neben dem *Bean & Nugget* –, in Wahrheit ist nichts mehr, wie es war.

Schließlich ist mir klar, dass der schwarze Mercedes bedeutet, dass der neue Eigentümer des Cafés schließlich doch noch aufgetaucht ist, um mit dem einzigen Ort, der für mich mehr Heimat und Familie ausmacht als irgendwas sonst auf der Welt, anzustellen, was immer er damit anzustellen beabsichtigt.

Mein Magen zieht sich zusammen.

Auf dem Rücksitz jault Jitter, mein ein Jahr alter Bernhardiner, und stemmt sich gegen seinen Hundegurt.

Das macht er häufig, seit ich aus Hawaii zurück bin.

Vielleicht ist es mir nicht so gut gelungen, wie ich gern geglaubt hätte, meine neue Realität zu verleugnen. Ich bin wohl doch sehr beunruhigt.

»Alles fein«, versichere ich ihm.

Doch er winselt wieder.

»Ja, du hast recht.« Ich nehme einen Schluck Kaffee aus meinem Thermobecher und drehe mich noch einmal zu ihm um. »Heute wird wahrscheinlich ätzend, aber wir stehen das durch, wie wir auch alles andere durchgestanden haben. Und vielleicht wird es ja auch gar nicht so schlimm. Vielleicht gehen wir jetzt da rein, und der neue Boss-Man sagt uns, dass wir einen fantastischen Job machen. Vielleicht ist er sogar so beeindruckt von unseren Büchern, dass er wieder nach San Diego zurückgeht und alles vertrauensvoll meinen fähigen Händen überlässt.«

Nicht, dass ich irgendwas über den neuen Cafébesitzer wüsste.

Ich bin fertig mit Klatsch und Tratsch.

Ich habe lediglich zufällig gesehen, dass die E-Mail-Signatur seines persönlichen Assistenten auf eine Adresse in San Diego schließen lässt.

Was in einer Unterschrift steht, hat nichts mit Klatsch und Tratsch zu tun.

Jitter schnaubt, als wollte er mich wegen meiner Absicht zur Rede stellen, immer so zu tun, als wäre alles super, wenn es das definitiv nicht ist.

»Fang bloß nicht damit an«, sage ich. »Würde ich nicht in meiner eigenen kleinen Glücksblase leben, könntest du nicht sicher sein, ob ich auch daran denken würde, dich regelmäßig zu füttern.«

Glücklich ist vielleicht eine etwas zu große Bezeichnung für meine Blase, aber die Lügen, die ich mir eingeredet habe, haben wenigstens dafür gesorgt, dass ich funktioniert habe.

Nein, Emma wird dich nicht für immer hassen, weil du ihr nicht gesagt hast, dass Chandler Theo dazu gekriegt hat, eine Zeit lang für ein Verbrechen ins Gefängnis zu gehen, das Chandler begangen hatte. Und ja, sie wird bestimmt wieder mit dir reden, wenn sie aus ihren Solo-Flitterwochen zurückkehrt.

Nein, Chandler hat das Café nicht an einen Wildfremden verkauft, der nichts über Snaggletooth Creek oder darüber weiß, was das *Bean & Nugget* für dich und die Stadt bedeutet.

Nein, du hast nicht sämtliche Geheimnisse, von denen du weißt, an den freundlichsten, aufregendsten, komischsten Fremden auf dem ganzen Planeten verraten, und du verschwendest auch überhaupt keine Zeit mit der Frage, ob er dich hasst, weil du ihn geghostet hast.

Ich sollte mich nicht bei dem letzten Punkt aufhalten.

Ich hätte in den vergangenen neun Tagen nicht ein einziges Mal daran denken dürfen. Geschweige denn jede Stunde der vergangenen neun Tage.

Vor dem Hintergrund meiner anderen Probleme geht es mich nichts an, was aus Duke geworden ist, seit ich Hawaii verlassen habe. Ich bin kein Mädchen, das einem Mann nachhängt, mit dem es nur einmal geschlafen hat.

Außerdem hatte ich beim Hotelpersonal eine Nachricht für ihn hinterlassen, die ihn darüber unterrichtete, ich sei noch am Leben, als man ihm das Eis aufs Zimmer brachte.

Wieder schnaubt Jitter, als wüsste er, wohin meine Gedanken abschweifen.

Womöglich muss ich ihn auch nur rauslassen, damit er sein Geschäft erledigen und sich noch mal richtig ausschütteln kann, bevor wir hineingehen und unseren neuen Boss kennenlernen.

Ich hatte gehofft, ich könnte das Café aufmachen, ehe Mr Greyson Cartwright, der neue Eigentümer unseres Familiencafés, an seinem ersten Tag in der Stadt und im Job aufschlägt, doch selbst vor fünf Uhr früh kommt er mir zuvor.

Nicht gut.

Aus sehr vielen Gründen.

Nach einer Woche des Schriftwechsels mit seinem Assistenten, der uns anwies, das Café vorläufig so weiterzuführen wie bisher, hatte ich mir eingeredet, dass der neue Chef auf unabsehbare Zeit eine abwesende Erscheinung bleiben würde. Dass ich das Café so weiterbetreiben könnte wie seit meiner Heimkehr vom College. Dass ich einfach so tun könnte, als wäre das Geschäft noch in der Hand der Familie. Dass ich uns weiterhin für einen Stand beim jährlichen Frühlingsfest, als Sponsor für das Rodeo, das im Sommer in der Stadt stattfinden sollte, und als Mannschaft für die Teilnahme am Volkslauf im Herbst anmelden könnte und dass nicht die Gefahr bestünde, wir müssten das alles aufgeben, bloß weil es unserem neuen Boss womöglich nicht gefiel.

»Denk positiv, Sabrina«, sage ich leise zu mir selbst, als ich aus dem Auto in die kalte Morgenluft steige und mich an meinen Kaffeebecher klammere wie an einen Rettungsring. Ich lasse Jitter von der Rückbank springen und gehe mit ihm zum Rand des Parkplatzes, wo er wie ein braver Hund sein Geschäft verrichtet, während ich mich mit dem restlichen Koffein stärke. Dann wende ich ihm den Rücken zu, als er das Einzige macht, wofür ich nicht wirklich gewappnet war, als ich mich für einen Bernhardiner entschied.

Er beginnt, seinen mächtigen, pelzigen, selbst mit hundert Pfund noch nicht ganz ausgewachsenen Leib zu schütteln, dass seine Hängebacken fliegen und der Sabber in alle Richtungen spritzt.

»Braver Junge«, sage ich. »Schüttle alles ab. Braver Junge.«

Wir haben eine Übereinkunft.

Er schüttelt sich gründlich, *bevor* wir das Café betreten.

Wenn er sich erst im Café schüttelt, darf er nicht wieder rein.

»Heute benimmst du dich bestens, okay, Jitter?«

Nicht mehr lange, dann geht er in die Hundetagesstätte, die Huta, aber bis dahin liegt er, bevor das Café aufmacht und ich alles für die Öffnung vorbereite, in seiner Hundehütte in der Küche.

So ist es normalerweise.

Man hat mir gesagt, ich sollte mich normal verhalten.

Als Jitter und ich auf das Gebäude zugehen, sehe ich für den Bruchteil einer Sekunde meine Granny auf einem Klappstuhl links neben der Betonplatte sitzen. Ich sehe sie noch vor mir, wie sie sich gegen die braunen Holzschindeln lehnte, sich mit einem weißen Lappen über die Stirn wischte und sich von der Hitze in der Küche erholte, nachdem sie das letzte Blech ihrer berühmten Scones aus dem Backofen gezogen und der kleinen Sabrina Geschichten darüber erzählt hatte, mit welchen Schwierigkeiten ihr Bruder und Großvater in ihrer Jugend für gewöhnlich zu kämpfen gehabt hatten.

Oder wie sie mir geraten hat, wie ich mit Emmas Bruder Theo umgehen sollte, wenn er Emma, Laney und mich mal wieder schikanierte.

Oder wie sie mir erklärt hat – geduldig und ohne über mich zu richten –, dass man manche Dinge nicht laut sagen dürfte und dass ich den Unterschied zwischen Dingen, die man anderen sagen, und solchen, die man für sich behalten muss, erst noch lernen müsse.

Gott, wie ich sie vermisse.

Ich wünschte, ich hätte daran gedacht, sie zu fragen, als sie noch lebte, was ich tun sollte, als ich vor zehn Jahren dahintergekommen war, dass es Chandler und nicht Theo gewesen war, der das Denkmal des Alten Snaggletooth vor dem Rathaus beschädigt hatte.

Hätte sie mir gesagt, dass mich das nichts angehe, wenn Theo seiner Schwester davon nun einmal nichts sagen wollte?

Oder hätte sie gesagt, Theo sei zu der Zeit so versessen darauf gewesen, seinem Ruf gerecht – oder auch nicht gerecht – zu werden, und sollte es seine Selbstzerstörung nach sich ziehen, dass ich die Einzige war, die in der Lage sein würde, Emma die Wahrheit zu sagen, nachdem sie sich nach dem College wieder mit Chandler zu treffen begann.

Aber ich weiß, warum ich Großmutter diese Frage nicht gestellt habe. Weil ich ihr nicht sagen wollte, dass ihr Goldschatz, der Enkel, der ihr ganzer Stolz gewesen war, als er die Stadt verließ, um an der Alma Mater seines Großvaters zu studieren, in Wahrheit etwas ziemlich Mieses verbrochen hatte.

Jitter winselt und drückt sich an mich, sodass ich einen Schritt zurücktreten muss, um nicht das Gleichgewicht zu verlieren.

»Sorry, Kleiner, schwerer Tag.«

Dabei ist es kaum fünf Uhr morgens.

Ich atme tief ein und wappne mich, als wir zur Tür gelangen, denn ich habe keine Ahnung, was mich dahinter erwartet.

Chandlers Eltern haben vielleicht den Rest der Familie ausgezahlt, um das *Bean & Nugget* ganz in Besitz zu nehmen, als ich auf der Highschool war. Und dann, als Großmutter vor ein paar Jahren gestorben ist, haben sie sich vielleicht zurückgezogen und das Café Chandler überschrieben, aber seit ich nach dem College wieder nach Hause gekommen bin und einen

Job im Familienunternehmen verlangt habe, hatte ich hier das Heft in der Hand.

Nicht weil ich irgendwie dominant wäre und unbedingt die Verantwortung tragen will. Sondern vielmehr, weil ich einfach weiß, wie man es anstellen muss, und weil es für alle anderen immer schon leichter war, mich die schwere Arbeit machen zu lassen, die ich liebte und die ich als Tribut an das Café, das mich ausmacht, gern übernahm.

Und nun werde ich erfahren, wie lange das noch so bleibt.

»Bist du bereit?«, frage ich Jitter.

Wieder lehnt er sich gegen mich und hechelt zu mir herauf, und da er kein kleiner Hund ist und ich eine Frau von geringerer Statur bin, reicht seine Nase jetzt fast bis an meinen Busen.

Jitter ist also bereit.

Dann muss ich es auch sein.

Ich werde nicht erfahren, welche Zukunft mich hinter Tor eins erwartet, wenn ich es nicht darauf ankommen lasse, also lege ich alles in die Waagschale, um den Schlüssel ins Schloss zu schieben, den Türknauf zu drehen, Jitter den Vortritt zu lassen und ihm schließlich mit einem gezwungen fröhlichen »Hallo? Jemand da?« zu folgen.

Mein Puls rast, die Angst gibt mir das Gefühl, dass jede meiner Schultern tausend Pfund schwer wiegt. Licht brennt, was nicht sein sollte, und das bedeutet, dass ich hier definitiv nicht allein bin. Aber aus der Küche duftet es, ganz wie es sein sollte, nach Kaffeebohnen und Croissants und Schinkenspeck. Die Edelstahlspüle blitzt, die Arbeitsplatte ist aufgeräumt, und der Fußboden ist gewienert, so wie an jedem anderen Morgen auch.

Nicht Neues auf dem alten Metallschreibtisch, an dem Großvater die Arbeitspläne noch handschriftlich aufstellte. Nichts Neues am Schwarzen Brett über dem Schreibtisch, an dem neben den Arbeitsrechtsplakaten und Wochenplänen und Papierzetteln, auf denen frühere Mitarbeiter Urlaubstage anfragten, meine Kinderzeichnungen und die meiner sämtlichen Cousins und Cousinen aufgehängt wurden.

Auf dem großen weißen Kühlschrank steht immer noch das Käsepulver aus der Zeit, in der Chandler nachmittags aromatisiertes Popcorn anbieten wollte. Der Kühlschrank hätte längst durch einen Einbaukühlschrank ersetzt werden sollen, was aber nie passierte, weil Chandler ein Geizhals ist.

Das einzig Ungewohnte ist die schwarze Lederjacke an der Garderobe über Jitters Hütte in dem kleinen, steinernen Alkoven in der Küche.

Aber das genügt, um den Kaffee in meinem Magen in einen Gesteinsbrocken zu verwandeln.

Ein großer Mensch mit kurz geschnittenem, glattem blondem Haar, mit braunen Augen, einem schmalen Gesicht, von Sommersprossen übersäter weißer Haut und einem Augenbrauenring biegt um die Ecke. Er trägt einen schwarzen Blazer zu einem schwarzen Rollkragenpullover und einer ebenso schwarzen Jeans.

»Sabrina Sullivan, ich würde Ihre Haare überall erkennen!«

Ich setze ein Lächeln auf, das sich durch meine Nervosität kämpfen muss, als ich die Küche durchquere, um ihm die Hand zu reichen. »Sie müssen Zen sein.«

»Ausgezeichnet geraten. Der Boss … Oh, ein Hund.«

Zens E-Mail-Signatur führt die Pronomen they/them, einen Marketing-Abschluss von der UC Berkeley, der fast zwei Jahre zurückliegt, sowie den Nachnamen Cartwright.

Derselbe Nachname also wie der unseres neuen Chefs, den Zen in sämtlichen Mails Mr Cartwright genannt hatte.

Vater? Bruder? Lover?

Ich weiß es nicht.

Und ich bin hin- und hergerissen zwischen dem Wunsch, alles wissen zu wollen, und der Voraussicht, dass es umso besser ist, je weniger ich weiß.

Ich bin fertig mit Klatsch und Tratsch.

Aber ich werde alles in meiner Macht Stehende dafür tun, Zens neuester Lieblingsmensch zu werden.

Ich werde nicht bekommen, was ich will, wenn ich mich auf den Kriegspfad begebe. Erst recht nicht, wenn ich streite, noch ehe ich Gelegenheit zu einem guten Start mit dem neuen Boss hatte.

»Das ist Jitter«, sage ich. »Er geht bald in die Huta, aber die ist noch nicht eröffnet.«

Zen schiebt die Hände in die Hosentasche, als müsste they es tun, als würde they sonst auf die Knie fallen und sich begeistert auf meinen Hund stürzen, der an seiner Leine zieht und mit dem Schwanz wedelt, als hätte er soeben seinen nächsten besten Freund ausgemacht.

Während ich tief und erleichtert Luft hole.

Zen liebt meinen Hund, auch wenn they mir nicht zeigen will, dass es so ist.

Und ich mag Zen.

Zen hat einen guten Geschmack. Wir werden uns fabelhaft vertragen, sobald Zen sich so für mich erwärmt hat wie jetzt schon für Jitter.

»Ich bin sicher, das Gesundheitsamt wird das begrüßen«, bemerkt Zen mit einer Steifheit, die in direktem Gegensatz zu dem verträumten Blick steht, mit dem they meinen Hund anhimmelt. »Der Boss erwartet Sie vor dem Kamin.«

Eine unheilvolle Bemerkung. Beinah so übel wie Emmas *Du wusstest, dass mein Bruder wegen Chandler im Gefängnis war, und du hast mir nichts gesagt?*, bevor sie von ihrer Hochzeit floh und die berühmteste Braut, die sich nicht traut, der Welt wurde.

Damit sind die guten Gefühle Vergangenheit.

Verflucht.

»Habe ich etwas falsch gemacht?«, frage ich mit gedämpfter Stimme. »Sie sagten, ich solle ganz normal weitermachen. Das ist normal. Jitter ist häufig mit mir hier, und die Gäste lieben ihn, und …«

»Ah, du bist so was von niedlich«, ist die einzige Antwort, die ich erhalte, als Jitter sich an Zens hochgewachsene, schlaksige Gestalt kuschelt und them umzuwerfen versucht. »Wer braucht hier mal eine Fusselbürste? Ja, wer hat denn heute mal eine Fusselbürste nötig?«

Na, der Hund ganz sicher nicht.

Immerhin scheint Zen sich deshalb nicht aufzuregen.

»Ich hoffe wirklich, du sprichst nicht so mit den Gästen«, vernehme ich von vorn eine tiefe Stimme, die mich frösteln lässt.

»Aber klar doch«, wirft Zen über die Schulter. »Die Leute lieben es, wenn man mit ihnen spricht wie mit Hunden. Oh, Verzeihung. Nein, Sir, das würde ich niemals tun. Ms Sullivan, hier entlang, bitte. Und was dich angeht, du hinreißendes, abscheuliches Fellmonster, du kannst hierbleiben und mir helfen, den Arbeitsplan zu finden.«

»Wenn Sie die Zügel nicht fest in der Hand halten, wird Jitter den Arbeitsplan eher auffressen, als ihn zu lesen«, sage ich rasch, während ich meinen Hund zu seinem üblichen Platz in seiner Hundehütte ziehe, die Laney ihm zu Weihnachten geschenkt hat, als er seiner alten Hundebox entwachsen war. »Aber er ist sehr gut darin zu erschnüffeln, wann es Zeit ist, den Mopp zu säubern. Und er weiß, dass er an seinem Platz bleiben muss.«

»Frisst du gern Mopps?«, sagt Zen zu Jitter. »Ich wette, dass du die auffrisst, du schöner Hund, du.«

Ich sichere Jitter hinter seiner geschlossenen Hundeklappe. Er wedelt mit dem Schwanz, der in der Hütte hörbar gegen die Wände schlägt, und sieht Zen mit Welpenaugen an, als wüsste er, dass sie Freunde werden, wenn er sich nur genug einschleimen kann. Dann schlüpfe ich aus meiner Winterjacke und hänge sie an die Garderobe im Alkoven neben dem Kühlschrank, direkt neben die schwarze Lederjacke, die ich für Zens Jacke halte, da sie zu dem übrigen Outfit passt.

Mein Großvater hat dieses Gebäude vor beinah siebzig Jahren gekauft, aber es steht schon seit dem späten neunzehnten Jahrhundert hier und wurde im wahrsten Sinn des Wortes in die Felswand am Rande der Main Street gebaut. Deshalb ist dieser Alkoven auf einer Seite von echten Felsblöcken begrenzt.

Unsere Häuser verfügen über reichlich Charakter.

Unsere.

Die Angst, die an mir nagt, hat inzwischen größere Zähne als Jitter.

Ich muss einfach einen sehr guten ersten Eindruck machen.

»Hilfst du mir, Mr Miesepeter seinen Morgentee zu machen?«, sagt Zen zu Jitter. »Ja? Ja, machst du das? Oh, was bist du für ein braver Kerl.«

Jetzt bin ich offiziell eifersüchtig auf meinen Hund. Jede Wette, er bekommt ein leckeres Frühstück. Während ich vor dem neuen Chef Blut und Wasser schwitze.

Logisch gesehen, ist mir klar, dass ich keinen Anlass habe, so nervös zu sein.

Ich bin eine gute Managerin. Meine Mitarbeiter lieben mich. Meine Gäste lieben meine Mitarbeiter. Ich binde uns in die Gemeinde ein, wofür die Gemeinde uns wiederum unterstützt. Wir machen jeden Monat Gewinn, was man, wie ich weiß, von den beiden anderen Standorten nicht behaupten kann, um die Chandler das Geschäft in den beiden letzten

Jahren erweitert hat und mit denen sich der neue Eigentümer vermutlich früher oder später auseinandersetzen muss.

Trotzdem zittere ich, als ich den Gastraum betrete. Ich zittere so heftig, dass ich meinen Kaffee lieber neben der Kasse stehen lasse, weil ich ihn zu verschütten fürchte – eine Angst, die ich in meinem ganzen bisherigen Leben vielleicht dreimal empfunden habe.

Ich habe es ernst gemeint, als ich sagte, ich sei in diesem Gastraum aufgewachsen.

Bis ich alt genug war, allein zum Haus meiner Großeltern zu laufen, war ich hier, wenn ich nicht in der Schule oder zu Hause bei meiner Mom war. Ich habe in der Nische direkt neben der Registrierkasse die Wände bemalt. Ich habe an den Tischen im Schaufenster oder auf den Hockern am Tresen gesessen und zahllosen Unterhaltungen gelauscht, während ich vorgab, in Tagträumen versunken zu sein oder auf den See unterhalb der Stadt hinauszuschauen. Ich half meiner Großmutter, Großvater zu überreden, die ganzen ausgestopften Tierköpfe durch Bilder einheimischer Künstler zu ersetzen – nicht aus Mangel an Respekt für Emmas Dad, der sie ausgestopft hatte –, und nach Großmutters Tod übernahm ich ihre Aufgabe, die Künstler auszuwählen, die wir an den holzgetäfelten Wänden ausstellen wollten. Sie werden erhellt, wenn die übrigen Lampen im Gastraum dunkel bleiben.

Ich habe Dutzende Glühbirnen ausgewechselt und Tausende Spinnweben von den tief hängenden Leuchtkörpern und ihren halb runden metallenen Lampenschirmen im Gastraum entfernt. Seit ich vierzehn war, habe ich pünktlich alle drei Monate die Menütafeln hinter der Bar neu beschrieben. Ich habe Großvater zu den Picknicktischen überredet, die heute noch die Hälfte des Gastraums einnehmen, und seit dem großen Schornsteinunglück, über das wir nicht sprechen, kurz nach meinem Highschool-Abschluss, habe ich den ganzen Winter über den Holzvorrat für den mächtigen Kamin in der Mitte des Raums aufgefüllt.

Heute steht da ein Gaskaminofen, dessen flackerndes Licht ein Leuchten über die Polstersessel diesseits des Steingebildes wirft.

Großvater sitzt gern in einem dieser Sessel, wann immer er das Café besucht, aber heute Morgen sitzt jemand anderes darin.

Der Haarschnitt meines Chefs kommt mir merkwürdig vor, bis ich bemerke, dass er eine Wollmütze trägt, und ich die lockigen Haarspitzen unter dem Rand entdecke. Dann fallen mir seine großen Hände auf, die er sich vor dem Feuer reibt, während er die Ellbogen auf die Knie stützt. Da er mit dem Rücken zu mir sitzt, kann ich sein Profil nicht erkennen.

»Setzen Sie sich«, sagt er verdrießlich, als ich mich nähere, sodass ich fast sicher bin, er beobachtet meine Silhouette im dunklen Fenster.

Es fühlt sich nicht so an, als würde sich hieraus eine nette Unterhaltung entwickeln. Oder es liegt an der anhaltenden Beunruhigung wegen der zahlreichen Veränderungen.

Ich wappne mich, schiebe mich in den unbesetzten Polstersessel und grabe tief nach dem Sabrina-Sullivan-Charme, der mich an jedem einzelnen Tag meines Lebens angetrieben hat, seit ich im *Bean & Nugget* arbeite.

Ich nenne es Charme. Manche sagen auch Starrsinn und Dominanzgebaren.

Es ist wohl eine Mischung aus beidem. Und, um ehrlich zu sein, habe ich während der letzten Woche ausschließlich so getan, als wäre alles eitel Sonnenschein.

»Guten Morgen, Mr Cartwright, ich bin Sabrina, die Managerin. Willkommen in Snaggletooth Creek, und vielen Dank für alles, was Sie für das *Bean & Nugget* getan haben. Ich hoffe, der Wind hat Ihre Anreise gestern nicht zu sehr erschwert.«

»Sie wollen meine Reise erörtern«, gibt mein neuer Boss zurück, als hätte ich gerade gefragt, wie er das neue Abführmittel findet, über das gestern mindestens sieben Kunden gesprochen haben.

Ein Alarm meldet sich leise in meinem Kopf, in einer Hirnregion, die für die Feststellung reserviert ist, dass mir offenbar etwas äußerst Wichtiges in diesem Gespräch entgeht.

»Oh, sind Sie aus der Nähe? Ich hatte angenommen … Nicht so wichtig. Entschuldigung.« Ich habe den Mann gegoogelt, aber ich hasse das Internet.

Ich hasse es.

Es macht nie, was es soll, und ich möchte auch nicht vor einem Bildschirm sitzen und Leute ausspionieren. Ich rede lieber von Angesicht zu Angesicht mit ihnen. Um etwas über ihre Geschichte zu erfahren. Und darüber, was ihnen wichtig ist. Um ein Gefühl für sie zu bekommen.

Als ich Greyson Cartwright gegoogelt habe, enthielt die erste Ergebnisseite einen Blog über Sukkulenten, ein Rezept für Maisbrot sowie verstreute Fakten über Gezeiten, weil meine Suchmaschine eben so arbeitet.

Ich mag ein Kind der Internetgeneration sein, aber das Internet ist trotzdem nichts für mich.

Als ich der Suche nach meinem neuen Chef schließlich das Wort *Person* hinzufügte, bekam ich eine Liste mit Highschool-Sportlern, Musikern und seitenweise Facebook-Profile, die ich nicht durchgehen wollte, denn keines sah auch nur annähernd aus wie dieser bärtige, steife, offenbar gefühlskalte Mann im Zwielicht.

Ich kann nicht sagen, wie alt er ist. Oder seine Augenfarbe erkennen. Ob er schon sein Urteil über mich gefällt hat, weil ich schon irgendwas falsch gemacht habe. Vielleicht könnte ich irgendeinen Hinweis, warum er sich so unbehaglich fühlt, ausmachen, wenn ich ihn im Licht sehen könnte.

Da schiebt sich Zen mit einer großen Tasse zwischen uns, der zweifellos Earl-Grey-Tee enthält. Meine Nase trügt mich nicht. »Trink, Onkel Grey. Im Kühlschrank sind Eier; ich mache dir ein Omelett.«

Onkel Grey? Ich bin zwar fertig mit Klatsch und Tratsch, aber ich muss wissen, wie die beiden zueinander stehen, und das bringt mich weiter.

»Keinen Hunger«, sagt er.

»Fein, Miesepeter. Hast du den Hund gesehen … Oh. Oh. Na, jetzt siehst du ihn, richtig?«

»Jitter!« Ich stürze mich auf meinen Hund, der soeben versucht, meinem neuen Boss auf den Schoß zu klettern, statt in der Küche zu bleiben, wo ich ihm einen Riegel vorgeschoben hatte. Weil Zen ihn rausgelassen hat? Oder weil der Hund ein Entfesselungskünstler ist? Was aber keine Rolle spielt. Was indes eine Rolle spielt, ist, dass Jitter kein Schoßhund ist, aber trotzdem versucht, den Chefsessel zu erklimmen. »Runter! Er ist noch ein Welpe. Ich meine, er ist kein Welpe mehr, aber hat noch viel von einem Welpen in sich und muss noch wachsen. Die Hundetagesstätte macht bald auf, und ich …«

Ich schneide mir das Wort ab, bevor mir *Ich hatte gehofft, sie wären ein Hundefreund und Jitter würde das Eis zwischen uns brechen* über die Lippen kommen.

Bei Zen hat es eindeutig funktioniert.

Jitter hechelt mich fröhlich an, als er sich vor den Kaminofen hockt.

»Platz«, sage ich zu ihm.

Er lässt sich mit einer Begeisterung fallen, die man bisweilen bis in die Dielen spürt, wälzt sich herum, sodass er auf Mr

Cartwrights Füßen liegt, und kehrt uns seinen Bauch und seine Männlichkeit zu.

»Bei Gästen macht er das nicht«, stammle ich. »Und er geht in die Hundetagesstätte …«

»Das sagten Sie bereits«, unterbricht mich Mr Cartwright.

Diesmal bekommt mein Verstand einen Schluckauf, als hätte ich ein Déjà-vu.

Und das nicht, weil ich das Wort *Hundetagesstätte* wiederholt habe.

Irgendetwas an Mr Cartwright kommt mir bekannt und zugleich falsch vor.

Ich verkneife mir die Entschuldigung: *Wenn ich ihn zu Hause gelassen hätte, hätte er, in der Phase, in der er gerade ist, meine Schmutzwäsche gefressen,* was mein neuer Boss bestimmt nicht hören will, und nehme stattdessen wieder bei dem Drehbuch Zuflucht, das ich im Kopf zehntausendmal geprobt habe, seit ich erfahren habe, dass mein Cousin das Familiencafé verkauft hat. »Mr Cartwright, darf ich Sie fragen, warum Sie das *Bean & Nugget* gekauft haben? Meine Familie ist dankbar, dass Sie die Probleme meines Cousins gelöst haben, aber wir waren überrascht, weil wir vorher noch nie von Ihnen gehört hatten.«

Er antwortet mir nicht direkt.

Stattdessen starrt er mich an, als wäre ich die größte Idiotin der Welt, was ich immer deutlicher erkennen kann, während es im Gastraum heller wird.

Und als meine Augen wahrnehmen, was mein Verstand mir längst mitzuteilen versucht hat, entzündet sich Hitze in meinem Nacken und beginnt, sich über meine Kopfhaut auszubreiten, wandert über Stirn und Nase und badet meine Wangen in Schweiß, während meine Kinnlade sich aus ihrer Verankerung löst.

Ja, Showtime, jubiliert meine Vagina. Sie ist ein bisschen einfach gestrickt, sie bekommt offenbar nicht mit, welche Schwingungen von dem Mann ausgehen. Sie erinnert sich nur an alles, was er im Bett angestellt hat. Und an der Wand. Und im Badezimmer.

»Duke?«, würge ich hervor.

Oh nein!

Oh, nein, nein, nein, nein …

Mein Verstand versucht, mir zu erläutern, was hier vorgeht, während er mir gleichzeitig klarmacht, dass es völlig unmöglich ist.

Er ist es.

Seine Hände.

Seine großen Hände.

Seine langen Finger.

Seine Stimme.

Das Déjà-vu.

Ich kenne ihn.

Ich kenne ihn.

Aber im Unterschied zu dem Mann, den ich auf Hawaii getroffen habe, verfügt dieser Mann über keinerlei Wärme.

Ganz anders als auf der Insel.

Und seine Augen – er blickt mich aus flachen, freudlosen blauen Augen an, seine Lippen zeigen einen anhaltend missmutigen, mürrischen Ausdruck. Kein Grübchen. Kein Vergnügen. Nicht das geringste Anzeichen gelegentlicher Ungeschicklichkeit.

Ich will den Mund schließen, aber es gelingt mir nicht.

In dem Sessel, in dem mein neuer Boss sitzen müsste, sitzt stattdessen mein hawaiianischer One-Night-Stand.

»Was wissen Sie von Duke?«, fragt Zen irgendwo hinter mir.

Moment.

Moment. »Oh, mein Gott, Sie sind nicht Duke. Sie sind sein

Zwilling. Sind Sie der gute Zwilling? Nein, Sie können nicht der gute Zwilling sein. *Er* war der gute Zwilling. Er hat mir gar nicht erzählt, dass er einen Zwillingsbruder hat. Aber wie … wieso …?«

Zen verschluckt sich.

Duke – oder doch nicht Duke – sieht mich aus schmalen Augen an. »Hören Sie auf zu quasseln.«

»Sie sind … nicht … Dukes Zwillingsbruder.«

»Außer er ist der Zwillingsbruder von …«, setzt Zen an, unterbricht sich jedoch, als Mr Cartwright einen sengenden Blick auf them abfeuert.

»Schon gut, schon gut, dann gehe ich mal dein Frühstück machen«, sagt Zen und verdrückt sich in die Küche.

»Was machst du hier?«, platze ich heraus, obwohl ich weiß, wäre ich Zen, würde ich von der Küche aus, außer Sichtweite, ohne jeden Zweifel jedes hier gesprochene Wort belauschen. Ich passe also besser auf, was ich sage.

»Ich erkunde mein neues Café.« Duke – Greyson oder Grey – beugt sich vor, die Ellbogen auf die Knie gestützt, zwischen denen seine Hände baumeln, während Jitter versucht, sich an seinen Beinen hinaufzuwälzen.

Ich sollte meinem Hund befehlen, in die Küche zurückzugehen, aber meine Zunge arbeitet nicht zuverlässig.

Und dann trifft mich mit voller Wucht, was hier vorgeht.

Mein heißer hawaiianischer One-Night-Stand ist mein neuer Boss.

Den ich geghostet habe.

Hardcore.

Ich bin so was von im Arsch.

»Bin ich gefeuert?«, hauche ich, als sich in meiner Brust ein riesiges Schwarzes Loch auftut und mein hämmerndes Herz und meinen wabbligen Magen zu verschlingen versucht.

Seine Augen schnellen zu mir, immer noch flach, immer noch freudlos.

»Und wie würde das aussehen?«, fragt er süffisant.

Oh Gott.

Als bestünde seine erste offizielle Handlung als neuer Chef darin, eine Frau zu feuern, mit der er geschlafen hat.

Lieber kündige ich.

Doch bei den drei kleinen Worten möchte ich mich am liebsten übergeben, kalter Schweiß rinnt zwischen meinen Schulterblättern hinab. Mein Herz krampft. Hinter meinen Augäpfeln sammelt sich Hitze.

Aber ich weine nicht.

Ich kenne die Theorie, nach der es in Ordnung ist zu weinen, aber ich tue es trotzdem nicht. Es liegt nicht in meiner Natur, anderen zu zeigen, wie aufgebracht ich bin.

Ich habe zu viele Menschen beobachtet, die unachtsam wurden und die es noch schlimmer traf, weil sie sich jemandem im Augenblick größter Verletzlichkeit offenbart hatten. Alles in allem denke ich, die Menschen sind gut und wir geben alle nur unser Bestes.

Was aber nicht heißt, dass es sicher ist, vor anderen zu weinen.

»Ich will dir ja nichts ankreiden«, bringe ich heraus, »aber du solltest wissen, dass ich hier geboren wurde. Die Fruchtblase meiner Mutter platzte, und sie hat mich hier in der Küche zur Welt gebracht, weil ich so rasant kam, dass uns keine Zeit mehr blieb, ins Krankenhaus zu fahren. Im Grunde habe ich mein ganzes Leben in diesem Café zugebracht, und es bedeutet mir die Welt. Ich bin eine gute Angestellte. Ich schwöre.«

»Du sorgst sicher immer für reichlich Eis.«

Ich zucke zusammen. Die Welt dreht sich, so falsch ist das alles. Warum war er auf Hawaii? Wieso ist er jetzt hier? Woher kannte Chandler ihn? Wieso war er auf Hawaii so freundlich und lustig und sexy, während er hier und jetzt so … so … so unleidlich ist?

Ja.

Alles dreht sich.

Alles im Raum dreht sich, in meinem Kopf auch, ich kann die Sessellehne noch so fest packen, die Füße noch so fest gegen den Fußboden pressen, es hört nicht auf.

Jitter, der immer noch auf dem Rücken liegt und alle viere von sich streckt, lässt seinen Kopf zurückfallen und sieht zwischen mir und Mr Cartwright – Duke – hin und her, als wäre das hier ein lockeres Tennismatch und nicht etwas, bei dem mir der Schädel brummt und unregelmäßig der Puls rast.

»Ich hatte nicht angenommen …«, setze ich an, doch er fällt mir ins Wort.

»… dass ich mir Sorgen machen würde, als du nicht zurückgekommen bist?«

»Ich habe dir eine Nachricht hinterlassen.«

»Der Angestellten, die du mir eine halbe Stunde später aufs Zimmer geschickt hast und die mich in meiner ganzen Pracht gesehen und sich ein unangemessenes Angebot eingehandelt hat, weil ich dachte, du bist endlich zurück und tust so, als wärst du der Zimmerservice?«, fragt er mit ungerührter Miene.

Oh, fuck. »Ich musste gehen. Und ich dachte, du würdest mir nachstellen.«

»Ja, mich zu ghosten, statt zu sagen: *Ich muss gehen, und ich will nicht, dass du mir nachstellst,* ist echt eine gute Tat.«

»Es war nicht der Plan, dass du mein neuer Chef sein würdest.« Das ist nicht das Argument, das ich jetzt vorbringen sollte, aber ich habe eine Nachricht dagelassen.

»Es war auch nicht der Plan, dass du Chandler Sullivans Cousine bist.«

Seine Stimme klingt frostig, als er Chandlers Namen ausspricht, worauf ich zu achten haben werde, aber erst später. »Ich war viral gegangen. In einer eher unbedeutenden Nebenrolle, trotzdem war ich viral gegangen. Ich kann nicht fassen, dass du nicht wusstest, wer ich war.«

»Ich hatte das Café deiner Familie gekauft. Woher weiß ich, dass du mich nicht kanntest?«

Jitter winselt leise.

Ich würde auch gern winseln, aber alles ist verdreht und steht auf dem Kopf, und die ganze Angst, die ich in den zurückliegenden neun Tagen ignoriert und unterdrückt habe, stürzt nun wieder über mir zusammen, wie ein Felsbrocken, der einen Abhang hinunterpoltert, um mein Leben unter sich zu begraben. »Wenn ich gewusst hätte, dass Chandler in Verhandlungen stand, um das Café zu verkaufen, hätte ich eine Möglichkeit gefunden, es selbst zu erwerben.«

Er starrt mich an.

Ich starre zurück, und wenn er glaubt, er könnte einen Wettbewerb darum, wer zuerst wegschaut, gegen mich gewinnen, ist er schiefgewickelt.

»Das hier ist aber nicht gerade ein Friseursalon.«

Und da gefriert der Felsbrocken, der mein Leben platt walzt, zu Eis.

Ich schätze, er hat mich soeben eine Lügnerin genannt und mich im selben Atemzug daran erinnert, dass ich ihm sämtliche Geheimnisse aller Menschen verraten habe, die ich kenne.

Das ist nicht der Mann, mit dem ich auf Hawaii geschlafen und an den ich anschließend weitaus häufiger gedacht habe, als mir lieb ist. Er ist weitaus furchterregender.

Und ich bin absolut im Arsch.

5. Kapitel

Grey

Bemerkenswert, wie schnell man seine Meinung über einen Menschen ändern kann.

Auf Hawaii lagen nur dreißig Minuten zwischen dem Gedanken, ich wäre einer Frau begegnet, die besser kennenzulernen sich lohnen könnte, und der Erkenntnis, dass sie mich geghostet hatte – wieder einmal musste ich meine Lektion lernen! Es dauerte nur wenige Stunden, bis ich entdeckte, dass meine Duchess Trauzeugin bei Chandler Sullivans Hochzeit gewesen war. Kaum hatte ich mein Handy wieder eingeschaltet, fand ich eine Nachricht von Zen – *Ist das nicht der Typ, dessen Café du gekauft hast?* – und sah das virale Video, und mit einem Schlag war alles anders.

Ich durchlief alle Stadien von Hochgefühl über Sorge und Ärger bis hin zu Leck mich doch.

Und alles wegen einer kleinen rothaarigen Frau, deren Nähe ich gespürt hatte, seit ich heute früh auf den Parkplatz hier gerollt war, und von deren Hintern ich meinen Blick nicht losreißen kann, als sie nun den Rückzug antritt, um ihren Riesenköter aus dem Gastraum zu entfernen.

Noch schlimmer ist die Erkenntnis, dass einem Teil von mir vor Erleichterung ein Stein vom Herzen fällt, als ich sie genau betrachte, um mich zu versichern, dass sie unversehrt ist, dass sie nach dem Verlassen meines Hotels nicht im Meer ertrunken oder in einen Fahrstuhlschacht gestürzt oder mit der falschen Manguste in Streit geraten ist.

Ich habe mehr Stunden an einem emotionalen Schleudertrauma wegen dieser Frau gelitten, als ich auf Hawaii in ihrer Gesellschaft verbracht habe. Und es gefällt mir ehrlich überhaupt nicht, dass ich mich immer noch für sie interessiere, während ihre Verbindung zu Chandler Sullivan sie zur Nummer eins auf der Liste meiner Verdächtigen macht.

Wusste sie, wer ich war, als sie mich in der Bar aufgabelte?

Ich weiß es nicht, aber ich weiß, dass ich der Glückspilz bin, der jetzt ständig an sie erinnert wird, bis ich einen rechtmäßigen Grund finde, um sie loszuwerden. Einen Grund, der mich nicht wie das Arschloch aussehen lässt, das sie zuerst gevögelt und dann auf die Straße gesetzt hat.

Zen stellt einen Teller mit Eiern auf dem niedrigen Tisch neben mir ab und lässt sich dann in den Sessel fallen, den Sabrina mit der hingeworfenen Erklärung: *Ich bringe Jitter in die Betreuung, dann komme ich zu meiner Schicht zurück,* geräumt hat.

Zen legt die Füße auf den schmalen Rand um den zentralen steinernen Kaminofen des Gastraums und wirft mir einen Blick zu, der mir vermittelt, dass jetzt eine Erklärung folgt. »Nach den Mails und nach allem, was ich bei Begegnungen in der Stadt erfahren habe, hatte ich erwartet, Sabrina Sullivan würde einfach sagenhaft sein, außerdem hat dein lieber Freund Charlie so viel …«

»Chandler.«

»… dein lieber Freund Schleimbeutel-Chandler konnte sie, so wie er in dem Video mit ihr umgesprungen ist, eindeutig nicht leiden, aber ich hatte ja keine Ahnung, dass sie dermaßen sagenhaft sein würde. Was hat sie für einen tollen Hund? Ach, und übrigens, wenn du das nächste Mal mit einer Angestellten schläfst, wäre vielleicht eine Vorwarnung angemessen, die über *Wir haben uns auf Hawaii flüchtig kennengelernt* hinausgeht. Das jetzt ändert natürlich alles.«

»Ich empfehle dir dringend, nichts von alldem jemals wieder laut auszusprechen.«

»Onkel Grey, du bist seit Felicia-wegen-der-ich-am-liebsten-unter-Gedächtnisverlust-leiden-würde mit keiner Frau mehr ausgegangen. Ein One-Night-Stand ist etwas, das du feiern solltest, auch wenn du die Nacht mit Chazarellas Cousine verbracht hast. Aber du hast mir nicht mal was gesagt.«

Ich greife nach dem Tee und halte, dankbar für die Wärme, die Tasse zwischen meinen Händen. Mir ist kalt hier drin. Zen besteht zwar darauf, dass es im Café fast zwanzig Grad warm ist, aber mir ist trotzdem kalt. Finger, Zehen, sogar die Nasenspitze, also gönne ich mir einen Moment, um den aromatischen Earl-Grey-Duft in seiner ganzen dampfenden Herrlichkeit zu schnuppern, ehe ich noch einen Schluck trinke.

»Man hatte es auf mich abgesehen.«

Wirklich?

Wusste sie, wer ich war?

Ich weiß es nicht. Ich habe keine Ahnung, was Chandler ihr erzählt oder was sie selbst herausgefunden hat, weil sie bei allem, was um sie herum vorgeht, die Ohren spitzt.

Was ich jedoch weiß, ist, dass man mir im Leben oft genug den Dolch in den Rücken gestoßen hat, dass es sicherer ist, wenn ich davon ausgehe, dass sie es auf mich abgesehen hatte.

Obwohl die Logik mir sagt, dass sie mich wohl nicht geghostet hätte, hätte sie mich tatsächlich aufs Korn genommen. Es sei denn, sie hätte darauf gezählt, dass ich so über ein Wiedersehen mit ihr aus dem Häuschen wäre, dass ich darüber vergessen würde, wie besorgt ich nach ihrem Verschwinden gewesen war.

Aber sie schien aufrichtig entsetzt gewesen zu sein, als sie heute Morgen hier auf mich stieß. War diese Reaktion echt, oder hatte sie lediglich viel Zeit zum Üben gehabt?

Wie ein Superhirn in Sachen Rache denken zu wollen bereitet mir Kopfschmerzen. Und das heißt schon was, wenn man bedenkt, wie sehr ich auf knifflige Rätsel stehe.

Zen gibt ein leises, unzufriedenes Geräusch von sich. »Als Mensch, der sein Leben lang aufgrund von Mutmaßungen falsch eingeschätzt wurde, lass mich dir einen Rat geben: Behandle sie nicht, als wäre sie Charisma 2.0.«

»Chandler«, stelle ich klar, statt dem schlechten Gewissen Raum zu geben, das Zens Ermahnung in mir wachruft. Wenn Sabrina jemand anders als Chandlers Cousine und meine neue Angestellte wäre, wäre ich über das Wiedersehen mit ihr heute früh tatsächlich aus dem Häuschen geraten.

»Können wir ihn gut genug leiden, um ihn bei seinem richtigen Namen zu nennen? Immerhin hast du mit bloßer Hand eine Porzellantasse zerdrückt, als du seine erste E-Mail bekommen hast, in der er dich um Geld anbettelte.«

»Soll ich dich lieber Zsa Zsa nennen?«, spiele ich den Ball zurück.

»Onkel Grey. Ich würde mich geehrt fühlen, wenn du mich für so fabelhaft halten würdest.«

Ich atme langsam durch die Nase aus, worauf mir Dampf um die Nasenlöcher weht, weil ich die Teetasse noch immer so hoch erhoben halte. »Sabrina Sullivan hat mir selbst gesagt, dass sie Gossip liebt, und eine Lügnerin ist sie auch. Erzähl ihr nichts, was du nicht verbreitet wissen willst.«

»Sie ist eine Lügnerin?«

»Sie hat mir erzählt, sie würde in einem Schönheitssalon in Jawbone, Virginia, arbeiten und dass sie ein schlechter Mensch sei und ihrer besten Freundin ihren Urlaub in den Tropen versaut hätte, weil sie ihr verschwiegen hat, dass diese mit einem Katzenmörder ins Bett ging.«

Zen verzieht das Gesicht und beginnt dann, lauthals zu lachen.

»Ich bin ja so froh, dass du dich amüsierst«, sage ich trocken. »Dir ist schon klar, dass ich dich viel leichter rausschmeißen könnte als sie?«

»Schau, Onkel Grey, ich behaupte nicht, dass sie meine beste Freundin wird, aber du kannst einem Mädchen doch nicht vorwerfen, dass sie gewisse Einzelheiten frisiert, wenn sie an prominenter Stelle in dem am weitesten verbreiteten Video im Internet seit Baby Shark vorkommt. Wenn du dir ansiehst, wie gut der Laden hier läuft, vor allem im Vergleich zu den beiden anderen, die Chipmunk gekauft hat, steht fest, dass sie eine gute Managerin ist. So ein Geschäft steht oder fällt mit jemandem, der wie sie in eine Gemeinde eingebunden ist. An deiner Stelle würde ich ihr einen Vertrauensvorschuss gewähren und dafür sorgen, dass sie nach der Renovierung und der Neueröffnung noch hier arbeiten will. Wenigstens solltest du dafür sorgen, dass sie uns nicht sabotiert.«

»Du stehst doch nur auf ihren Hund.«

»Sei kein Esel. Wenn der Hund irgendwem sonst gehören würde, würdest du jetzt deine Eier mit ihm teilen.«

Zen hat nicht unrecht, was noch ärgerlicher ist.

Die perfekte Frau auf Hawaii.

Mit fluffigem, pelzigem, sabberndem Hund hier.

Und ich traue ihr nicht über den Weg. Vor allem, weil ich es will und weil ich es besser weiß.

Ich nuschle etwas Unverständliches in die Teetasse.

»Du überlegst noch, ob diese neue Geschäftsführung für immer ist oder nur, bis du herausfindest, dass du nicht dafür gemacht bist, diese Sorte Arschloch zu sein?«, will Zen wissen.

»Nein.«

Zen zuckt die Achseln und erhebt sich. »Cool. Mir persönlich gefällt es so weit. Aber wir haben noch nicht viele Leute kennengelernt, ich könnte meine Meinung also auch noch ändern. Iss jetzt. Und trink was. Ich liebe dich, aber ich habe keine Lust, dich wieder in die Notaufnahme zu zerren, weil du miese Entscheidungen triffst.«

»Alles klar.«

Aufzugeben und im Krankenwagen wieder zu mir zu kommen – nachdem die Erkenntnis, was Vince' Verrat für mein Labor und meine Zukunft in der Bienenforschung bedeutete, meinen Körper vollends hatte zusammenklappen lassen – war auch nicht gerade mein Lieblingsmoment gewesen.

Ich hätte meine Laufbahn als Schurke lieber wie *Der unglaubliche Hulk* begonnen, aber anscheinend habe ich stattdessen schon mit Anfang dreißig Blutdruckprobleme.

Yippie.

Ich mache mich pflichtschuldig über die Eier her, während Zen in die Küche zurückkehrt, und als ich meinen Teller zurückbringe, kichert they fröhlich über ein Geheimfach hinter einer kleinen Tür unter dem Schreibtisch, das anscheinend von Flugblättern aus vielen, vielen vergangenen Jahren überquillt.

Es fällt mir schwer, nicht über diese Heiterkeit zu lächeln.

Super-Vengeance-Man zu sein bringt gewisse Probleme mit sich, aber Zen derart vergnügt zu sehen ist unbezahlbar.

They macht sich jetzt daran, die Kaffeeautomaten zu testen, während ich zurückgehe, um einen Tisch in Beschlag zu nehmen und mich in Nachforschungen über alles zu vergraben, was ich wissen muss, um ein Café in eine Kombucha-Brauerei und -Bar umzuwandeln.

Als ich Zen von meinen Überlegungen berichtete, ein Café in den Bergen zu kaufen und es zu meiner eigenen Befriedigung abzuwickeln, hatte they gegrinst, sich nach der Adresse erkundigt und Nachforschungen angestellt. Drei Tage später hatte Zen mir einen voll ausgearbeiteten Marketingplan vorgelegt, wie ich das Café in etwas verwandeln könnte, das hier wahrscheinlich prächtig gedeihen würde.

Es gab in diesem Marktsegment keinerlei Konkurrenz. Auch die Demografie stimmte, vor allem wegen der Touristen, mit denen aufgrund der nahen Skigebiete zu rechnen sein würde. Und Zen hatte mich zu Hause schon seit Jahren eigenen Kombucha herstellen sehen.

Auf diese Weise konnte ich womöglich mehr erreichen als bloße Rache.

Und hier wären wir nun.

Und alles läuft gut – einschließlich der ersten Begegnung mit der üblichen Morgenbesetzung, die gegen halb sechs eintrudelt –, bis Sabrina zurückkommt.

Sie spricht kein Wort zu mir, als sie ihre Schicht beginnt und die Schürze umbindet, aber ihre Augen zeigen einen neuen, störrischen Glanz. Ich erkenne ihn nur zu deutlich wieder.

Ich habe diesen Glanz oft genug im Spiegel gesehen, wenn ich in meinem Forschungslabor mit Testergebnissen konfrontiert wurde, die keinen Sinn ergaben, aus denen ich aber unbedingt schlau werden wollte.

Und er gefällt mir.

Aber es gefällt mir nicht, *dass* er mir gefällt.

Als Zen mich in die Küche zitiert, damit ich mir anschaue, wie Wasser aus dem Kühlschrank sickert, meldet Sabrina, dass sie den hiesigen Mechaniker bereits verständigt habe, dass er die Reparatur allerdings im Voraus bezahlt haben wolle, weil Chandler offenbar offene Rechnungen und der Ruf des Cafés in letzter Zeit gelitten habe.

Außerdem beeilt sie sich, mir mit undurchdringlicher Miene den Food-Truck-Fahrer, den Vertreter des Kaffeelieferanten sowie den Inspektor des Gesundheitsamtes vorzustellen, der allerdings nicht zu einer Inspektion erschienen ist, sondern um eine Tasse Kaffee zu trinken.

Und jedes Mal, wenn sie mich irgendwem vorstellt, sagt sie irgendwas Nettes über mich.

Er hat das Café gerettet.

Er ist so engagiert, er war heute früh sogar schon vor mir hier.

Er versteht sich sehr gut auf Mathe, deshalb weiß ich, wir sind in guten Händen.

Das kenne ich schon. Dieser Montag gilt den guten Taten. Und auch das geht mir auf den Zeiger. Sie wird mich nicht noch einmal für ihre guten Taten einspannen.

Schließlich steht sie auf meiner Liste der Verdächtigen.

»Wo ist Sabrina?«, erkundigt sich während des Vormittags jemand vor dem Tresen, als ich mit dem Fuß gegen einen Nebentisch tippe und mir gegen die Kälte die Hände reibe, während ich ungeduldig auf einen verspäteten Bauunternehmer warte, der längst hier sein müsste, um die Umbauten zu besprechen, die ich im Gastraum und in der Küche vornehmen möchte.

Ich ziehe die Schultern hoch, als ich ihren Namen höre.

Ich wünschte, die Antwort wäre: *Sie hat gekündigt und packt ihre Sachen, um nach Sibirien zu ziehen,* aber ach, weit gefehlt.

»Sie hat sich zum Küchendienst verpflichtet«, flüstert Willa, die sonst für den Küchendienst zuständig ist, mit gedämpfter Stimme. Willa ist eine pausbackige Dame mittleren Alters mit Katzenansteckern an ihrer *Bean & Nugget*-Schürze und blauen Strähnen in den braunen Haaren.

Als sie sich mir vorstellte, hat sie sich mir an den Hals geworfen, weil ich das Café gerettet und vor dem Bankrott bewahrt habe.

Worauf ich so getan habe, als hätte ich Chandler Sullivans

Familienunternehmen nicht gekauft, um ihn zusehen zu lassen, wie ich es Stück für Stück zerstöre, um an seiner Stelle etwas noch Besseres aufzubauen.

Nicht, dass er an diesem Vormittag vorbeigekommen wäre.

Aber ich habe ihn auch nicht dazu eingeladen.

Es würde mir nicht das Herz brechen, den Dreckskerl erst wiederzusehen, wenn die neuen Schilder angebracht sind, auch wenn mich der Verfolgungswahn plagt, er könnte unversehens hereinschneien und mich unvorbereitet antreffen.

»Schon wieder?«, fragt die Frau am Tresen.

»Schon wieder«, sagt Willa nickend.

»Armes Ding, ich habe ihren Großvater heute Morgen getroffen, und er sah furchtbar traurig aus. Ich hoffe nur, der neue …«

Willa räuspert sich. »Wollen Sie heute mal einen Zimt-Milchkaffee? Wo Sabrina doch in der Küche ist. Sabrinas Zimt-Spezial bekommen Sie schließlich nicht jeden Tag.«

Ich muss mich auf das konzentrieren, was ich gerade tue, und lausche deshalb nicht länger auf diese Unterhaltung, doch als ich meine Aufmerksamkeit wieder den Ausrüstern von Kombucha-Brauereien zuwende, kitzelt mich etwas in der Nase.

Etwas Süßes.

Heißes.

Und Frisches.

Zitrone? Ist das Zitrone?

Mir läuft das Wasser im Mund zusammen.

Und wie.

Als müsste ich mir klammheimlich den Sabber abwischen, der mir aus dem Mund zu entfleuchen droht.

Ich schaue mich im Gastraum um. Die Mütter und ihre Kleinen an dem Picknicktisch auf der anderen Seite bekommen anscheinend nichts mit. Das ältere Paar an einem der drei

Tische im Schaufenster blickt auf die schneebedeckten Berggipfel hinaus oder auch auf den See unterhalb der Stadt, den man von dieser Seite des Cafés deutlich erkennen kann. Der Typ mit den Kopfhörern, der vor dem Kaminofen sitzt und auf seinen Computer starrt, grinst vor sich hin.

Aber keiner von ihnen richtet sich schnuppernd auf, weil der gesamte Gastraum plötzlich absolut himmlisch duftet.

Außer Zen am Tresen, von wo aus they alles im Auge behält. Ich kann nicht erkennen, ob their Nase bebt, aber ich würde wetten, sie tut es.

»Macht sie Elsies Zitronen-Scones?«, fragt die Frau am Tresen ehrfürchtig.

Also merken es nicht nur Zen und ich. Jemand anders riecht es ebenfalls.

Aber, wer ist Elsie?

»Oh ja. Auch das«, bestätigt Willa.

»Dann möchte ich Sabrinas Zimt-Spezial und eines von Elsies Scones.«

»Kommt sofort, Ms Isabella.«

»Sabrina!«, kreischt die Frau am Tresen.

Ich blicke auf.

Ich kann nicht anders. Jeder blickt dabei auf.

Und da ist sie, Duchess Sabrina in ihrer ganzen Pracht. Sie bleibt strahlend und frohgemut und hinreißend stehen, als sie den Eingang zur Küche passiert, auf einer in einem Ofenhandschuh steckenden Hand ein silbern glänzendes Tablett balancierend.

Sie sieht aus, als würde sie hierher gehören.

Hier geboren.

Hier aufgewachsen.

Hier zu Hause.

Dies ist ihr Happy Place, und ich kann nicht umhin, mich

zu fragen, wie viel der Trauer in ihren Augen auf Hawaii dem Wissen geschuldet war, dass er ihr nicht mehr gehört.

Ich schüttle den Kopf.

Nicht mein Problem.

Was ich mit diesem Café vorhabe, hat überhaupt nichts mit ihr zu tun, und sie hat auch keinen Zugang mehr zu den empfindlichen Stellen in meinem Herzen.

»Hey, Isabella«, ruft sie vergnügt, »geben Sie mir noch eine Minute für Ihren Milchkaffee, ja?

»Oh, mein Gott, Sie armes Ding, wie geht es Ihnen?«, gibt die Frau, offenbar Isabella, zurück.

Ich ziehe die Schultern noch höher. Grunzend wende ich mich wieder ab und trinke noch einen Schluck Tee, der inzwischen kalt ist.

Ein Frösteln rieselt durch meinen Körper, aber der Tee selbst ist …

… immer noch köstlich.

Verflucht.

Alles, was ich hier an diesem Vormittag hatte, war gut, und Zen hat mir versichert, dass niemand hier meinen Reisevorrat unseres Tees für meine Getränke benutzt hat.

»Mir geht es prima«, ruft Sabrina zurück.

»Und Emma?«

»Ist noch in ihren Solo-Flitterwochen.«

»Wenn ich an all das denke, was Chandler getan hat … Wussten Sie, dass er mir mein Frühstück einmal doppelt berechnet hat und dass ich dachte, ich hätte beim ersten Mal einfach zu bezahlen vergessen, dass er aber tatsächlich ein Mistkerl war, der uns alle manchmal zweimal bezahlen ließ?«

»Schrecklich. Es tut mir so leid. Sie sollten das dem neuen Inhaber gegenüber erwähnen, vielleicht gibt er Ihnen einen Gutschein für ein Gratisfrühstück. Er sitzt da drüben am Ecktisch beim Fenster. Ich bringe Ihnen gleich Ihr Getränk, ich muss nur kurz das hier abstellen.«

Fertig mit Klatsch und Tratsch.

Natürlich.

Ich schnaube leise in mich hinein.

Konzentrier dich. Kombucha. Ausrüstung. Lieferanten. Bauunternehmer. Veränderungen.

Ignoriere den himmlischen Geruch aus der Küche.

Ignoriere die kleine Violine, die tief in meinem Inneren ein trauriges Lied mit dem passenden Text anstimmt, der andeutet, dass Chandler sie ebenso betrogen hat wie Vince mich.

»Verzeihung, sind Sie der neue Inhaber?«, fragt Isabella.

Das kann ich nicht ignorieren.

Also schaue ich hoch und nicke.

Sie ist vielleicht dreißig oder fünfunddreißig, eine durchschnittliche Lady mit braunen Haaren und ebenso braunen Augen und einer Daunenweste über einem langärmeligen Shirt, in Trekkinghose und Wanderstiefeln.

Und mehr als mein Nicken benötigt sie offenbar nicht, um mich in eine wüste Umarmung zu zerren, bei der sich mein Kinn in ihren Busen gräbt.

»Oh, mein Gott. Danke. Ich weiß nicht, ob Sie wissen, wie viel uns allen hier in Tooth dieser Ort bedeutet, aber wir wären einfach gestorben, wenn es zugemacht hätte. Das Café ist so eine Institution hier, und der Gedanke, Chandler hätte zulassen können, dass es versteigert wird, um mit dem Erlös die Steuern zu bezahlen …«

»War mir ein Vergnügen«, quetsche ich heraus.

Ich sollte meine Arbeit in die Küche verlegen, aber dort ist Sabrina, daher dachte ich, ich würde hier im Gastraum meine Ruhe haben.

Falsch.

Zen gibt irgendwo hinter mir einen Laut von sich, der mir sagt, dass they sich köstlich amüsiert, sich jedoch allergrößte Mühe gibt, sich das Lachen zu verkneifen.

»Sehen Sie diese Aussicht?«, fragt Isabella, die mit einem Arm noch immer meinen Kopf an ihrem Busen wiegt, während sie den anderen weit ausfährt, um auf die schneebedeckten Berge und den blauen Himmel über uns sowie den zugefrorenen See im Tal zu unseren Füßen zu deuten. »Das hier ist der begehrteste Grundbesitz in ganz Snaggletooth Creek, und er hätte jemand Schrecklichem zufallen können. Wir sind so dankbar, dass Sie unser Café bewahrt haben.«

Fürs Erste.

Zens Idee.

Halten wir das Café am Laufen, um Gewinn damit zu machen, während wir darauf warten, dass die Puzzleteile für die Renovierung zusammenkommen.

Integrieren wir uns in die Gemeinschaft, damit sie uns unterstützt.

Zen ist verflucht brillant.

»Isabella, nicht jeder möchte gern angefasst werden«, ruft Sabrina.

Ihre nächste gute Tat für heute.

Isabella fährt zurück. »Ich bin bloß so froh, dass ich mich vergessen habe. Aber er ist ja auch niedlich. Sind Sie noch Single, Grey?«

»Sehr«, versetzt Zen.

Ich funkle them an, während Zen so tut, als würde they die Tassen auf einem Tablett hinter dem Tresen zählen.

»Aber momentan nicht interessiert, danke«, sage ich.

»Oh, ich habe nicht meinetwegen gefragt, sondern für alle anderen in der Stadt.« Isabella zwinkert. »Sie werden hier sehr beliebt sein, weil Sie das *Bean & Nugget* gerettet haben.«

»Wie beliebt?«, will Zen wissen.

»Wir bekommen nicht viel frisches Single-Blut in der Stadt. Jedenfalls nicht auf Dauer.« Isabella schaut zu Zen. »Und wer sind Sie? Ich habe Ihren Namen nicht mitbekommen. Aber Sie sind eindeutig auch neu.«

Zen erstarrt.

»Das ist Zen«, springe ich ein. »Mein persönlicher Assistent und die richtige Ansprechperson, wenn Sie etwas auf dem Herzen haben.«

»Ich verdanke den Job der Tatsache, dass wir verwandt sind, muss also nicht unbedingt dafür geeignet sein«, erklärt Zen.

Hätte ich gerade getrunken, ich hätte ich mich an meinem Tee verschluckt.

Ist Zen immer so vorlaut? Ja, immer.

Aber in einem Raum voller Fremder?

Niemals.

Nicht aus Respekt vor mir oder um den Anschein zu erwecken, dass unser Arbeitsverhältnis von Respekt geprägt ist.

Vielmehr weil Zen ein angeborenes Misstrauen gegen die Welt im Allgemeinen hegt. Man bekommt den wahren Menschen und vor allem diese Seite erst zu sehen, wenn man sich their Vertrauen verdient hat.

Was bedeutet, dass dieser Ort entweder magisch oder Zen so stinksauer auf mich ist, dass they their Wachsamkeit fahren lässt, um mich den Wölfen zum Fraß vorzuwerfen.

Sosehr Zen auch von der Idee einer Kombucha-Bar begeistert ist, so wenig ist they Fan meiner neuen Rolle als Super-Vengeance-Man.

Wenn man bedenkt, wie gut Zen mich kennt, ist das wahrscheinlich nicht falsch, aber ich bin vorläufig nicht bereit, das zuzugeben.

»Kaffee und Scone sind fertig, Iz«, ruft Sabrina jetzt.

»Es hat mich so gefreut, Sie kennenzulernen«, sagt Isabella. Einen Augenblick lang sieht sie aus, als wollte sie mich noch einmal umarmen, doch stattdessen klopft sie mir auf die Schulter. Dann hält sie inne, um Zen die Hand zu drücken und danke zu sagen.

Während Isabella ihre Bestellung annimmt, schiebt Zen sich um den Tresen und an der Tischreihe entlang, um sich vor mir niederzulassen.

»War das jetzt die zwanzigste Person, die dich wie einen Retter behandelt hat, oder komme ich mit dem Zählen nicht mehr hinterher?«

Ich schaue misstrauisch.

Zen zuckte die Achseln. »Ich verurteile nicht, was du hier tust. Ich frage mich bloß, ob du dem überhaupt gewachsen bist.«

Der süße Zitronenduft hängt noch in der Luft, und erneut läuft mir das Wasser im Mund zusammen. Wieder schlendert Sabrina an der offenen Küchentür vorbei, was ich indes weniger sehe als spüre.

Dann tritt Willa an unseren Tisch. »Wir haben bemerkt, dass Sie keinen Tee mehr haben. Hier. Sabrina hat Ihnen noch Tee gemacht. Der ist jetzt heiß. Und ich dachte, Sie wollen vielleicht einen von Elsies Scones probieren.«

Mein Augenlid zuckt.

»Wer ist Elsie?«, fragt Zen.

»Sabrinas Großmutter. Unsere liebste Mrs Sullivan, Gott hab sie selig.«

Der Typ mit dem Laptop wirft uns einen Blick zu, und mir geht auf, wieso er mir bekannt vorkam.

Er war auch in dem Video.

Einer der Trauzeugen des Bräutigams.

Das macht ihn zu einem von Chandler Sullivans Cousins. Und zu einem Enkel von Mrs Sullivan.

Und dass Willa nicht extra darauf hinweist, erregt aufs Neue mein Misstrauen.

Spioniert er mich etwa aus?

Zen zieht das Knie an die Brust und beobachtet mich, ohne zu blinzeln, während Willa in die Küche zurückmarschiert. »Du steckst in Schwierigkeiten, Onkel Grey. Ich glaube nicht, dass du hier umsetzen kannst, was wir vorhaben, ohne dass die Leute auf die Barrikaden gehen. Damit hatte ich nicht gerechnet.«

Zen hat nicht unrecht.

Oder schlimmer?

Zen greift in die Tasche und schiebt mir über den Tisch mein Handy hin. »Ich kann nicht anders, als mich zu fragen, was sie von diesem Ort halten würde. Ich wette, sie würde es hier lieben. Wir wissen doch alle, wie sehr sie auf gute Zitronen-Muffins steht.«

Ich blicke auf die Anzeige einer Nachricht von Mimi.

Als ich darüberwische, füllt ein Bild ihres verwitterten Gesichts das Display, wie sie über einer irgendetwas Graues und Klumpiges enthaltenden Schüssel das Gesicht verzieht, begleitet von einer Nachricht:

Ich bin ein braves Mädchen und genieße meine Haferflocken. Ich weiß, du hast es satt, dass die Leute dich ständig um irgendwas bitten, aber könntest du nicht etwas erfinden, was dafür sorgt, dass Zucker, Fett und Donuts gut sind für den Cholesterinspiegel einer alten Dame? Ich verspreche auch, dass ich ewig leben werde und dir jeden Tag sage, dass du gut aussiehst.

Zen hat recht.

Sie würde die Atmosphäre in diesem Café lieben.

Aber soweit sie weiß, lecke ich noch meine Wunden, weil meine sämtlichen Forschungsergebnisse hinter meinem Rücken verkauft wurden und der Vertrag, den ich unbeabsichtigt unterschrieben habe, mich von allen weiteren apidologischen Forschungen ausschließt, es sei denn, ich forsche für das Unternehmen von Vince' Kumpel.

Sie hat keine Ahnung, dass ich in einem kleinen Ort in den Bergen weile, um den einzigen Schaden wiedergutzumachen, den ich zurzeit beheben kann.

Und sie wird nichts davon erfahren.

Dass Rache manchmal notwendig ist, heißt nicht, dass sie nicht hässlich wäre.

Ich werde Mimi da raushalten.

6. Kapitel

Sabrina

Ich hätte den halben Tag am liebsten in eine Papiertüte geatmet. Der irre Sprint, den ich hingelegt habe, um mich kurz mit Laney zu treffen, nachdem ich Jitter untergebracht hatte, hat geholfen. Genau wie der Umstand, dass Theo mir mehrere Papiertüten zugesteckt hat, in die ich tatsächlich hineinatmen konnte.

Laneys Auffassung davon, was ich jetzt tun müsste, ist zwar richtig, liegt mir aber schwer im Magen.

Als meine Schicht zu Ende ist, wünscht sich kein geringer Teil von mir, mir eine Deckenburg zu suchen, um darin für immer mit meinem Hund zu kampieren, sosehr ich Menschen eigentlich mag. Aber acht Stunden erzwungene Nähe zu Greyson Cartwright, seiner mächtigen Gestalt, die jeden Quadratzentimeter des *Bean & Nugget* mit Beschlag belegt, seinem wachsenden Bart, mit dem er aussieht, als würde er hierher nach Tooth gehören, und dem waidwunden Blick seiner blauen Augen, der mir sagt: *Du hast mich verraten*, haben mich ausgelaugt.

Ich fasse es nicht, dass er mein neuer Boss ist, und ich würde sehr gern aus diesem Albtraum erwachen. Es würde Anfang Januar sein, und ich hätte Emma gesagt, dass Theo die Schuld an der Beschädigung des Alten Snaggletooth in jenem Winter, nachdem wir alle die Highschool abgeschlossen hatten, an Chandlers Stelle auf sich genommen hat, woraufhin sie die Hochzeit abblasen würde. Und ich wäre zur Bank gegangen, um mir Geld zu leihen, und hätte Chandler davon überzeugt, das *Bean & Nugget* an mich zu verkaufen.

Aber da das alles nicht bloß ein Albtraum ist, grabe ich tief nach der Zuversicht, es zu schaffen, hole meinen Hund ab, schaue kurz bei meinem Großvater in seiner Seniorenwohnanlage vorbei und tue so, als wäre alles in Ordnung.

»Wie ist der neue Eigentümer?«, will mein Großvater wissen, während er das im hell erleuchteten Zentrum der Wohnanlage aufgebaute Schachbrett studiert.

Ich winde mich. Griesgrämig? Eiskalt? Rachsüchtig? Ja, ich habe, als ich vor dem Seniorenzentrum hielt, allen Ernstes eine E-Mail von einem Freund bekommen, der im Baugewerbe arbeitet und um einen Kostenvoranschlag für die Entkernung und Neugestaltung unseres kompletten Cafés gebeten wurde. »Ich hebe mir meine Meinung für später auf.«

»Das sieht Ihnen gar nicht ähnlich«, meint seine Freundin Pearl. Sie ist in den Siebzigern und im Ruhestand, nachdem sie fünfzig Jahre lang die Sekretärin des Bürgermeisters war, daher weiß sie ebenso viel über die Stadt wie ich.

Ich hebe eine Schulter. »Alle anderen in der Stadt lieben ihn bisher.«

Pearl sieht mich blinzelnd an, als könnte sie riechen, dass ich auf Hawaii mit ihm geschlafen habe, dass er sauer auf mich ist, weil ich ihn geghostet habe, und dass mir aufgefallen ist, dass Grey, wann immer heute jemand Chandlers Namen erwähnte, die Faust geballt und diesen gewissen Gesichtsausdruck aufgesetzt hat.

Doch ich ignoriere ihr Blinzeln geflissentlich und starre auf das Schachbrett. Schach ist eigentlich nicht mein Spiel, aber selbst ich erkenne, dass Großvater verliert.

»Es fällt schwer, das *Bean & Nugget* in anderen Händen zu sehen«, bestätige ich. »Ich bin in der Frage also nicht wirklich unparteiisch.«

»Warum hat mich keiner um das Geld gebeten?«, sagt Großvater, als er eine seiner Schachfiguren bewegt.

»Als ich es erfuhr, war es schon zu spät.«

»Er hätte mich um Geld bitten sollen.«

Mit *er* meint er Chandler.

Und obwohl ich meinen Großvater bewundere – ich schwöre, er ist einer der letzten echt guten Menschen auf der Welt –, beabsichtige ich nicht, vor ihm schlecht über meinen Cousin zu reden.

»Ist der Neue süß?«, will Pearl wissen, während sie sorgfältig eine Figur auswählt, vorrückt und eine von Großvaters Figuren vom Brett fegt.

Großvater knurrt, während mein ganzer Körper ihre Frage mit *Oh, mein Gott, ja!* beantwortet.

»Was hat das mit alldem zu tun?«, fragt Großvater.

»Sabrina ist Single. Wenn er süß ist …«

»Du hast nicht gefragt, ob er alleinstehend ist.«

»Oh, Schatz, das Problem ließe sich lösen.«

Ich zwinge mich zu einem Lachen, das ich nicht fühle. »Ms Pearl, ich werde ganz sicher keinen Mann verführen, um das Familiencafé zurückzubekommen. Sorry, Grandpa, aber für mich gibt es Grenzen.«

»Sie sind im Krieg, Sabrina«, entgegnet Pearl. »Da müssen Sie Ihre gesamte weibliche List gegen ihn einsetzen.«

Großvater knurrt wieder und macht seinen Zug.

»Was machst du denn da?«, wendet sich Pearl an ihn. »Willst du die Partie absichtlich verlieren? Wenn du keine Lust hast zu spielen, hättest du es bloß sagen müssen.«

»Wenn du noch Lust auf die Partie hättest, würdest du

aufhören, über die List meiner Enkeltochter zu schwadronieren.«

Pearl sieht mich an.

Ich hebe kapitulierend die Hände. »Okay, okay, ich sehe, ich lenke euch ab. Ich geh ja schon. Aber vorher … Ich habe heute ein paar Zitronen-Scones aus der Küche stibitzt.«

Nichts garantiert mehr, diesen gesamten Raum voller betagter Mitbürger schlagartig in Bewegung zu versetzen, als die Aussicht auf die Scones meiner Großmutter. Jitter, der bisher zufrieden hechelnd auf dem Rücken gelegen hat, während er in der Liebe von drei unterschiedlichen Freunden auf einmal schwelgte, winselt, rollt sich auf den Bauch und schleicht sich hinter ein rosa Sofa mit Blumenmuster, um sich vor dem irren Ansturm der Senioren in Sicherheit zu bringen.

»Hast du die bezahlt?«, fragt mein Großvater.

»Ich hatte nicht vor, am ersten Tag gefeuert zu werden, weil ich meinen neuen Boss bestohlen habe, also ja, ich habe dafür bezahlt.«

Noch so ein Altmänner-Knurren.

Ich habe ihn bisher nur einmal so mürrisch erlebt, und das war, als Großmutter gestorben war.

Er leidet. Das *Bean & Nugget* war auch für ihn ein Teil seiner Familie. Er hat das Café aufgebaut, und nun hat er lange genug gelebt, um mit anzusehen, wie Chandler es verschleudert.

Ich frage mich, ob er ebenfalls gehört hat, dass der neue Besitzer plant, es von Grund auf umzubauen.

Hoffentlich nicht. Doch mein Freund hat mir mitgeteilt, dass er nicht der einzige Unternehmer im Ort sei, der wegen eines Kostenvoranschlags kontaktiert wurde.

Also werden schon bald auch andere darüber reden.

Ich küsse Großvaters weiße Haarbüschel und drücke ihm

sachte die Schulter. »Schreib mich nicht ab, ja? Ich werde nicht zulassen, dass dem *Bean & Nugget* irgendwas geschieht, auch wenn es uns nicht mehr gehört.«

»Wir vertrauen auf Sie, Sabrina«, sagt Pearl.

Ich schwinge große Reden, dabei weiß ich nicht, ob das Vertrauen der ganzen Welt in mich genügen würde, um mein Versprechen wahr zu machen.

Aber ich weiß, dass ich mich bei Duke entschuldigen muss – bei Grey, wie er heute von allen anderen genannt zu werden wünschte. Ich weiß, ich muss ihn mir gewogen machen. Und ich weiß, ich muss alles in meiner Macht Stehende unternehmen, damit er das *Bean & Nugget* nicht zerstört.

Also mache ich mich nach meinem Besuch bei meinem Großvater auf zu der Erwachsenenversion des Clubhauses, in dem Laney, Emma und ich zusammen herumhingen, nachdem Theo uns, noch auf der Grundschule, als *Die hässlichen Erbinnen* tituliert hatte.

Silver Horn ist indes kein Baumhaus im Garten hinter dem Haus meiner Großeltern.

Es ist … Im Grunde kann ich euch nicht erklären, was es ist. Oder wie ich hineingekommen bin.

Alles, was ihr wissen müsst, ist, dass ich in einer Bar sitze, in der Grey mich nicht finden kann, und von Freunden umgeben bin. Ich benötige Hilfe.

»Könnt ihr rausfinden, was auch immer Chandler und Greyson Cartwright miteinander verbindet?«, frage ich Jack, einen meiner Drillingscousins. Wir sitzen auf geschwungenen Wildlederpolstern unter einem Gemälde der alten Goldmine von Snaggletooth Creek. Das Bild hängt an einer Ziegelwand, eingerahmt von roten Samtvorhängen, die dem Schwung der Sitzbänke folgen und dem Bereich einen Hauch von Abgeschiedenheit geben.

Wir neigen an manchen Orten in Tooth ein wenig zur Noblesse.

Trotzdem darf ich meinen Hund mit herbringen – abermals unter der Bedingung, dass er sich schüttelt, *bevor* er hereinkommt –, und deshalb hechelt Jitter jetzt glücklich zu meinen Füßen, schmiegt sich an mein Bein und betrachtet anbetungsvoll meine Cousins, die ihre Laptopcomputer bearbeiten, um auf ihre Weise alles über meinen neuen Boss in Erfahrung zu bringen.

Jack zuckt und reibt sich direkt über dem auf sein schwarzes T-Shirt gedruckten Würfel die Brust. »Weißt du, wieso Chandler Emma nicht gesagt hat, dass das mit dem Denkmal vom Alten Snaggletooth seine und nicht Theos Schuld war?«

Mein Augenlid zuckt. »Du meine Güte, nein, da klingelt nichts bei mir.«

Decker wirft mir einen ultimativen Stell-dich-nicht-so-blöd-an-Blick zu. »Wir fangen an zu begreifen, dass unser lieber Cousin ein verdammter Irrer ist. Oder doch wenigstens ein Egomane. Selbst wenn er uns irgendwas darüber gesagt hätte, wie er den Verkauf klammheimlich mit einem Typen eingefädelt hat, den er angeblich von irgendwoher kennt, hätte ich ihm kein Wort geglaubt. *Der Typ und ich waren eng befreundet?* Das bezweifle ich. *Er schuldete mir noch einen Gefallen?* Das kaufe ich ihm nicht ab. *Er kontaktiert mich, weil er einen Laden in den Bergen kaufen will, und das Timing passt?* Nein, nein und nochmals nein!«

»Da stimme ich dir zu.« Jack nickt.

Er, Lucky und Decker sind genetisch identisch. Alle drei haben braune Haare und blaue Augen, doch sie pflegen derart unterschiedliche Stile, dass man sie problemlos auseinanderhalten kann. Jack, der Ingenieur, hat kurz geschorene Haare und trägt stets schrullige Gamer-T-Shirts; Decker ist Schriftsteller und würde sich nur über seine Leiche in Jeans oder mit kurzen Haaren erwischen lassen. Er ist von Kopf bis Fuß der Bergbewohner, der nichts anderes am Leib hat als Trekkinghosen, atmungsaktive T-Shirts – je nach Wetter mit langen oder kurzen Ärmeln – und Daunenwesten. Lucky ist heute Abend nicht bei uns. Er arbeitet in der Pflege, seine Arbeitszeiten sind deshalb weniger flexibel als die seiner Brüder, die beide von zu Hause aus arbeiten.

Oder im *Bean & Nugget*, wie Decker es heute getan hat, um dabei den neuen Boss auszukundschaften.

Nicht, dass Grey erkannt hätte, so schien es jedenfalls, wer Decker war, obwohl die Drillinge ebenfalls ihren Auftritt in dem viralen Video hatten. Und dass Villa und Cedar, meine Vormittagsbesetzung an den Wochentagen, Grey nicht gesagt hatten, wer Decker war, spricht gleichfalls Bände darüber, wie sehr auch sie den neuen Besitzverhältnissen misstrauen, ungeachtet ihrer lächelnd geäußerten Dankbarkeit.

Außerdem sind die Drillinge womöglich Laneys Halbbrüder, was ich euch bisher nicht verraten habe. Doch die drei sind besessen von dem Thema und bringen es mit Sicherheit im Laufe des Abends auf den Tisch.

Vielleicht sogar schon in wenigen Augenblicken, denn soeben hat sich die Tür geöffnet, und Theo schleppt Laney herein ... Was noch vor drei Wochen keiner von uns hat kommen sehen, das kann ich euch sagen.

Theo hat sich in der vergangenen Woche weitgehend versteckt, nachdem er in Emmas viral gegangenem Hochzeitsvideo als der erfolgreichste Solo-Creator auf einer äußerst beliebten Website für Erwachsene enttarnt worden war. Ja, genau *die* Art von Website für Erwachsene. Er hat in seinen Videos niemals sein Gesicht gezeigt, weshalb es eine große Sache war, als die Leute erfuhren, wer er war, wie er vom Hals aufwärts und in Klamotten aussah und woher er kam.

Seit Emma ihre Solo-Flitterwochen angetreten hat und der Rest von uns wieder daheim ist, hat er diesen Erwerbszweig vor allem wegen Laney gekappt. Sie hat sich letzte Woche beim Skifahren ein Bein gebrochen, und als er von ihrem Unfall erfuhr, hat er sich schließlich überwunden, sich bei ihr entschuldigt, weil er sie auf Hawaii mies behandelt hatte, und sie angefleht, seine Freundin zu werden.

Allerdings hat sie ihn nicht darum gebeten, seine unbekleidete Nebentätigkeit aufzugeben.

Er bestand im Gegenteil selbst darauf.

Und wenn Emma jetzt hier wäre, wäre sie absolut begeistert über all das. Zumindest die Prä-Hawaii-Emma wäre begeistert gewesen.

Wie sie jetzt denken würde, weiß ich nicht.

Laney und Theo, die sich nach Jahren der Feindseligkeit ineinander verliebt haben und zusammengekommen sind, ist das Einzige, worüber ich mich in jüngster Zeit von ganzem Herzen gefreut habe. Und ja, ich sage das als ein Mensch, der nicht an Beziehungen glaubt.

Laney schon.

Und das will ich ihr nicht nehmen, denn wenn irgendwer einen Weg findet, glücklich zu sein und ihre Probleme zu bewältigen, dann die beiden.

Dabei weiß ich, dass sie auch jetzt noch Geheimnisse voreinander haben, allerdings keine wirklich schlimmen, eher solche wie: *Ich habe ganz vergessen, dir zu sagen, dass ich das Gerücht in die Welt gesetzt habe, du hättest auf der Highschool keine Unterwäsche getragen*. Laney würde es nicht im Geringsten überraschen, wenn Theo ihr diese Sünde beichtete. Und ausmachen würde es ihr auch nichts.

Schließlich weiß sie, wie Theo war und wie er es nach der Highschool in Ordnung gebracht hat. Ich kenne Theos sämtliche Schmutzwäsche, auch wenn ich mich nicht mehr daran erinnern möchte, und ich habe deshalb keinerlei Bedenken.

Nicht im Geringsten.

Die beiden gehören zu den wenigen Paaren, bei denen ich tatsächlich damit rechne, dass sie es schaffen.

Denn beide wissen, dass Beziehungen Arbeit erfordern, und sie sind bereit, an ihrer zu arbeiten.

Und heute Abend, da sie absolut in der Lage wäre, ihre Gehhilfen zu benutzen, um ihr Gipsbein zu stützen, trägt er sie auf Händen herein. Woran es Theo eindeutig nicht mangelt, ist Kraft. Dicht gefolgt von vollkommener Loyalität und Hingabe zu den Menschen, die er liebt. Wiederum gefolgt von einem Leben, das vor allem dem Austesten von Grenzen gilt.

Wenn man noch hinzunimmt, dass Theo praktisch sein ganzes Leben lang heimlich in Laney verliebt war, hat man eine Rezeptur, die Theo heute zum besten Boyfriend auf dem gesamten Planeten macht.

Was mich an einen anderen Mann denken lässt.

Fick dich, Greyson Cartwright, dass du null der Mann bist, der du auf Hawaii warst, der verstanden hätte, warum ich gehen musste.

Auch wenn ich ihm dafür dankbar sein müsste.

Denn wäre er noch der Mann, der er auf Hawaii war, wüsste nur der Kaffeesatz, ob ich ihm widerstehen könnte.

Wäre er der Mann, der er auf Hawaii war, dann wäre er in mein Café gekommen und hätte mich gefragt, wie wir gut zusammenarbeiten könnten, um alles sogar noch besser zu machen, statt der Grump zu sein, der den lieben langen Tag nur darüber nachdenkt, wie er alles verändern kann.

Jitter rappelt sich auf und wedelt mit dem Schwanz, dann schmiegt er sich sachte an mich und winselt leise, als Theo mit Laney naht. Ich packe Jitter am Kragen und kraule ihm den Nacken. »Platz, Junge, Theo wird dich gleich mit Liebe überschütten.«

Links und rechts von mir erheben sich Jack und Decker. »Hier, Laney, setz dich auf meinen Platz«, sagt Jack und klappt seinen Laptop zu.

»Meiner ist besser«, ruft Decker, der sich seinen Laptop unter den Arm schiebt.

»Bist du schon dazu gekommen, einen DNA-Test zu machen?«, fügt Jack an.

Ich wusste es.

In dem Moment wird mir klar, dass ich *noch* etwas bereue.

Ich habe Duke auf Hawaii erzählt, dass Ms Crackerjack, unsere Englischlehrerin auf der Highschool, eine Affäre mit Mr Arbys, dem Vater eines ihrer Schüler, hatte, aus der Fünflinge hervorgingen.

Vermutlich hat er sich die ganze Wahrheit hinter dieser Geschichte ziemlich schnell zusammengereimt, vielleicht aber nicht, dass Laneys Vater der Mann ist, den wir in Verdacht haben, eine Affäre mit der Frau meines Onkels gehabt zu haben.

Jedenfalls ist der Vater der Drillinge definitiv nicht ihr Erzeuger, wir sind allerdings noch nicht zu hundert Prozent sicher, dass es Mr Kingston ist.

Aber ich muss meiner Nachbarin am Ende der Straße definitiv einen Besuch abstatten. Der neuen, dreiundzwanzig Jahre alten Highschool-Englischlehrerin, die Grey jetzt verdächtigt, Fünflinge auf die Welt gebracht zu haben, falls er überhaupt noch an die ganzen Klatschgeschichten denkt, die ich ihm erzählt habe.

»Lasst die Frau erst mal ankommen, bevor ihr sie damit

drangsaliert, wer euer Vater ist.« Theo setzt Laney auf einen freien Lehnstuhl uns gegenüber, dann zieht er den niedrigen Tisch näher an sie heran und hilft ihr, das Gipsbein darauf abzulegen. »Mai Tai?«, fragt er anschließend.

Lachend legt sie den Kopf in den Nacken. »Nein.«

»Spart euch das für zu Hause auf«, meint Decker. »Keiner von uns will noch mal mit ansehen, wie sie ihre Klamotten verliert. Nichts für ungut, Laney, es ist bloß so … als würde man seine Cousine nackt sehen.«

Laney ist von durchschnittlicher Größe, hat blonde Haare und blaue Augen, nach unserer Woche auf Hawaii wegen der Hochzeit, die dann nicht stattfand, immer noch leicht gebräunte Haut und den süßesten Po der Welt. Gekleidet ist sie gewöhnlich von Kopf bis Fuß in funktionale, legere Geschäftsgarderobe, heute jedoch trägt sie eine superweite Jogginghose von Theo wegen ihres Gipses, dazu eine hellblau und grün gemusterte Bluse, die sich gut für eine Videokonferenz eignen würde. Ihre Zukunft beinhaltet die Übernahme des Online-Photo-Gift-Imperiums, das ihre Eltern aufgebaut haben, als wir Kinder waren, und das sie rocken wird, wenn ihre Eltern in den Ruhestand gehen und ihr die Zügel übergeben.

Sie hat immer die besten Überraschungen in petto, weil sie alles individuell anfertigen lassen kann.

»Alles gut?«, wendet sie sich an mich, als Theo zur Bar geht, um ihr ein Glas Wein zu holen, und Jitter mit gebrochenem Herzen zurücklässt, der nun noch länger auf Theos Liebesbezeugungen warten muss. Mein Hund hat seine Lieblinge in der Stadt. »Du bist so … still.«

»Ich muss was verarbeiten.«

»Hast du was Neues gehört?«

Gehört? Ja. Allerdings eher … aufgeschnappt.

Greyson Cartwright ist ein obsessiver Teetrinker. Mit seiner

Wollmütze und wie es ihn ständig zum Kaminofen zieht und er sich die Hände reibt, steht er anscheinend nicht auf Kälte. Falls ich die Zeichen richtig gedeutet habe, nachdem ich herausgefunden hatte, dass er Zen sein Handy überlassen hat, gibt es mindestens eine Person, mit der zu reden er vermeidet.

Dazu kam, wie sein Handy schon auf Hawaii nicht zu brummen aufhören wollte, bis er es schließlich ausschaltete. Und ich denke nicht, dass er diese Person erst seit Kurzem meidet.

Und mehr als einmal habe ich ihn dabei ertappt, wie er mein Spiegelbild in einem der Fenster beobachtete oder sich mit traurigen Augen nach der Küche umsah. Als wollte er das griesgrämige Arschloch, als das er sich ausgibt, in Wahrheit gar nicht sein – und als wäre er auch gern wieder auf Hawaii.

Aber das habe ich mir womöglich nur eingebildet.

Wie wäre der Tag heute wohl verlaufen, wenn er verstanden hätte, wieso ich ihn auf Hawaii auf diese Weise verlassen habe?

Ich schlucke und begegne Laneys Blick. »Er holt Angebote ein, das *Bean & Nuggets* vollständig umzukrempeln.«

»Wie vollständig?«

Ich weiß, ich muss es ihr sagen, aber ich kann mich kaum überwinden, die Worte herauszubringen. Um mich zu beruhigen, fahre ich erst einmal durch Jitters Fell. »Er will das Café in eine Kombucha-Brauerei mit einer komplett überarbeiteten Karte umwandeln, und wenn er eine Lizenz für den Alkoholausschank bekommt, will er Honigwein anbieten, den Laden *The Hive* nennen und eine Regalwand mit Brettspielen für regelmäßige Spieleabende aufstellen.«

Jack macht ein Geräusch.

Den Laut kenne ich.

Er bedeutet: *Der Mann setzt meine Vorstellung vom Himmel um.*

Decker langt um mich herum und schubst ihn. »Klappe!«

»Nein, ich verstehe schon«, seufze ich. »Hätte er das mit einem anderen Gebäude vor, würde es sich interessant anhören.« Wenn es in der Stadt einen Spiele-Treffpunkt gäbe, würde ich hin und wieder dorthin gehen und die Drillinge in einer Runde *Siedler von Catan* fertigmachen. Stattdessen muss ich das in der Abgeschiedenheit eines unserer Häuser tun.

Langweilig.

»Außerdem glaube ich, er plant, Bienenkörbe aufs Dach zu setzen, und ich habe mitbekommen, wie sein Assistent etwas darüber gesagt hat, dass er herausfinden will, wo er die Fiberglas-Biene anfertigen lassen kann, die er auf das Dach montieren möchte«, ergänze ich.

»Hat Chandler nicht Todesangst vor Bienen?«, will Laney wissen.

»Ja.«

»Weiß dein neuer Chef das?«

»Keine Ahnung. Aber ich habe den Eindruck, er kann Chandler nicht leiden.«

»Fuck, das ist lustig«, brummt Decker. »Nein, ich hasse diesen Kerl. Ich sollte ihn nicht lustig finden, wenn er unserer Familie und dem Café dermaßen zusetzt. Wie hast du das heute alles aufgeschnappt und ich nicht?«

»Du hast nicht dieselben E-Mails gekriegt wie ich.«

»Was weißt du sonst noch über ihn?«, fragt mich Laney.

»Nicht genug. Ich arbeite daran, Zen zu knacken, seinen Assistenten, aber ich glaube nicht, dass Zen Menschen so leicht vertraut. Dafür werde ich eine Weile brauchen.«

»Ich googele das«, sagt Decker.

»Ich googele das«, ergänzt Jack.

Decker sitzt vor einem MacBook, Jack vor seinem Laptop. Man sollte nie davon anfangen, wer von beiden am Computer besser ist.

»Wir sind in deinem Team, Sabrina«, sagt Decker. »Wenn wir hier fertig sind, wissen wir alles, von seiner Sozialversicherungsnummer bis zu seinen Lieblingssocken.«

Er trägt Socken mit Pandas drauf.

Zumindest heute und noch einmal: *Fick dich, Greyson Cartwright, weil ich wegen deiner lachhaft putzigen Socken beinah in Ohnmacht gefallen wäre.*

Was das Schlimmste daran ist, dass Duke jetzt Teil meines Alltags ist?

Dass ich es kapiere. Ich verstehe wirklich, warum er so wütend auf mich ist, und es gibt nichts, was ich daran ändern könnte … oder wollte. Ich werde mich entschuldigen und so lange eine gute Angestellte sein, wie das *Bean & Nugget* existiert, aber mehr darf er nicht von mir erwarten.

Theo kommt von der Bar geschlendert und reicht Laney ein Glas Rotwein, dann gibt er mir einen frischen Kaffee in einem alten *Bean-&-Nugget*-Becher, einem mit dem Originallogo aus der Zeit, bevor Chandler alles zu ändern begann. Angesichts dieser Geste schlichter Freundlichkeit brennen mir die Augen.

Sowohl darüber, dass Theo mir Kaffee bringt, ohne dass ich ihn darum gebeten habe, als auch deshalb, weil das *Silver Horn* die alten *Bean-&-Nugget*-Becher bereithält.

»Wo bleibt *mein* Kaffee?«, fragt Decker.

Theo ist groß wie seine Schwester Emma, auch wenn sie eine käsige Blondine mit Sommersprossen ist, während seine Haut zwei Schattierungen weniger bleich ist und sein Haar eher zu Hellbraun tendiert. Seit er für seinen Nebenerwerb trainiert hat, ist er deutlich muskulöser, und dem Mann ist immer heiß. Deshalb schlägt er hier heute Abend in Jeans und T-Shirt auf und trägt die Tätowierungen an seinen Armen zur Schau. Keine Jacke für Theo, nicht mal bei minus zehn

Grad. Grinsend schüttelt er den Kopf. »Zuerst willst du Kaffee und dann eine Privatvorführung. Ich weiß doch, wie das läuft.«

Jacks Kopf fährt hoch. »Alter, behalt deine Sachen an.«

»Nein, nein, ich finde, er sollte sich ausziehen«, meint Laney.

»Wollt ihr mich verarschen?«, jault Jack und deutet auf seinen Computerbildschirm.

Jitter jault ebenfalls und versucht, sich dann unter dem geschwungenen Sofa zu verstecken, auf dem ich sitze. Unglücklicherweise ist gerade mal ein paar Millimeter Platz unter dem Sofa, und Jitter, der selbst flach auf dem Boden liegend dreißig Zentimeter hoch ist, schafft es nicht. Er blickt zuerst Jack an, der immer noch unerhörte Laute von sich gibt, dann mich aus seinen riesigen Welpenaugen, die mich stumm bitten, auf meinen Schoß klettern zu dürfen.

»Geh und setz dich auf Theo, damit er sich nicht ausziehen und Jack erschrecken kann.«

»Ich hab dich auch lieb, Sabrina«, sagt Theo, als Jitter um den Tisch hastet und ihm auf den Schoß steigt.

»Mich kümmert nicht, ob Theo sich auszieht«, wendet sich Jack an mich. »Guck. Guck.« Damit dreht er seinen Laptop um, sodass wir ein Foto von Grey im Anzug in irgendeinem Business-Artikel sehen können. »Der Typ hat die wiederverschließbaren Cerealien-Beutel erfunden und macht im Grunde jährlich Kasse, indem er sein Patent lizenziert. Verdammt, ich liebe diese Dinger. Warum? Warum? Warum muss ausgerechnet er derjenige sein?«

»Nein«, lässt sich Decker vernehmen. »Nein. Scheiße. Haben wir etwa die ganze Zeit sang- und klanglos seinen Aufstieg an die Weltspitze finanziert, weil wir auf Lucky Charms stehen?«

»Doppelzüngiges Arschgesicht«, brummt Jack.

Decker schaut finster drein. »Ich hasse ihn besonders dafür, dass er mich dazu gebracht hat, ihn zu lieben, ohne es zu wissen, *bevor* er mich hereingelegt hat.«

»Oh, mein Gott, meint ihr zwei das ernst?«, ruft Laney. »Dass er neue Cerealien-Beutel erfunden hat, ist doch nichts Persönliches. Und auch nichts, das wir gegen ihn verwenden könnten, außer die Beutel sind umweltschädlich oder verursachen schlimme Krankheiten oder irgend so etwas.«

Jack seufzt. »Nee, sie sind auch noch ökologisch und umwelttechnisch vertretbar.«

Theo kneift die Lippen zusammen und vergräbt das Gesicht in Jitters Fell, als fürchtete er, die anderen könnten mitbekommen, dass er über sie lacht.

»Aber es muss etwas Persönliches sein, dass er das *Bean & Nugget* in einen Bienenhimmel verwandeln will«, bemerkt Laney. »Das kommt mir jedenfalls persönlich vor.«

»So ist es«, pflichte ich ihr bei. »Wie gut kennt er Chandler? Und wie steht es mit seiner Familie? Bah. Ich hasse das. Am liebsten würde ich mit seiner Familie sprechen, statt einen dämlichen Computer nach Informationen auszuforschen. Computer kennen keine Nuancen. Aber ich werde noch eine Weile brauchen, um mich bei Zen einzuschmeicheln. Ich habe das Gefühl, they ist superreserviert.«

»Ich hab's, Sabrina«, sagt Decker. »Ich bin halt der Schlaueste von allen, den übrigen Volltrotteln stets vier Schritte voraus. Rate mal, wer mal ein Studium auf der Carnegie Mellon angefangen hat?«

Ich richte mich abrupt auf. »Wann?«

»Wie es aussieht, im selben Jahr, als Chandler im ersten Semester war.«

Chandler hatte eine Erbrechtszulassung für die Carnegie Mellon. Eine Sonderbehandlung, weil auch sein Großvater dort studiert hatte. Wahrscheinlich kennt er Grey von daher, da Chandler seine Zeit nie woanders als hier oder auf dem College zugebracht hat und es keinen Hinweis darauf gibt, dass Grey jemals in den Bergen gelebt hat.

»Was meinst du mit ›ein Studium angefangen‹?«, frage ich.

»Willst du selbst googeln, Sabrina?«, fragt Jack. »Hier, ich zeige dir, wie du die Tastatur benutzt.«

»Sie kann nicht googeln«, sagt Laney. »Sie googelt so was wie *Wann geht die Sonne auf?* und kriegt dann Antworten zu astrologischen Anomalien. Eine faszinierende Superkraft. Ist euch das noch nie aufgefallen?«

»Oh Shit, passiert das jedes Mal?« Decker zückt sein Handy.

Ja, jedes Mal, und ich habe kein Problem damit, weil ich es vorziehe – vorgezogen *habe*, da meine Tage als Gossip Girl bekanntlich gezählt sind –, Neuigkeiten direkt von Menschen zu erfahren statt von Maschinen. »Ich schwöre, wenn du mein Internetversagen in deinem Notizbuch für Charakterbesonderheiten verzeichnest, wirst du es bitter bereuen«, teile ich Decker mit.

Er beäugt mich neugierig.

Ich hebe die Brauen, um ihm zu bedeuten, dass er es besser nicht darauf ankommen lassen sollte, obwohl ich ganz sicher keines seiner Geheimnisse verbreiten werde, die ich kenne, aber zu vergessen versuche.

»Fein«, knurrt er. »Aber ich werde mich bei meiner nächsten Schreibblockade daran erinnern, dass du mir nicht helfen wolltest.«

»Wenn du die mangelnde Begabung von Leuten für Google benötigst, um über deine Schreibblockaden hinwegzukommen, brauchst du dringend einen neuen Beruf.«

Jack lacht. Theo vergräbt weiter sein Gesicht in der Flanke meines Hundes, während er gelegentlich Jitters Fell krault.

Und ich fahre mir mit den Fingern durchs Haar. »Entschuldige, das war nicht nett«, nuschle ich.

»Nein, ich finde, das hat voll ins Schwarze getroffen«, wirft Jack ein.

Da meldet sich hörbar Theos Handy, worauf Laney und ich ihn fragend ansehen.

Es läutet noch einmal, während er es aus der Tasche zieht.

Mein Herz macht einen Satz und schlägt in meiner Kehle weiter.

Laney beugt sich zu ihm und linst, als er auf die Anzeige blickt.

»Sind seine Nachrichten so spannend?«, will Jack wissen.

»Es könnte Emma sein, Blödmann«, brummt Decker.

»Aber sie ist doch noch bis zum Wochenende in den Flitterwochen, oder?«

»Wohl eher in ihren Davonlauf-Wochen.«

»Na, da schau her, du findest zu deiner Schriftstellersprache zurück.«

»Schluss jetzt, Jitterbug«, sagt Theo, der sich vom Stuhl erhebt und sein Handy wieder wegsteckt.

Als ich seine Miene sehe, erstarrt alles in mir. Mein Puls schießt in die Höhe und lässt meine Finger und Zehen kribbeln. »Emma?«, frage ich.

Doch er beachtet weder mich noch meinen Hund, der sich gegen ihn drängt, als könnte er Theo so zurück auf den Stuhl drücken, um wieder auf seinen Schoß zu klettern.

»Holst du meine Krücken?«, bittet Laney.

Er küsst sie auf den Scheitel. »Ja. Und wer soll dich nach Hause bringen?«

»Ich mache das«, rufe ich.

»Sabrina macht das«, nickt sie.

Theo betrachtet mich.

Ich werfe die Hände in die Luft. »Ich werde sie schon nicht fallen lassen und ihr auch noch das andere Bein brechen. Geh schon.«

»Was war das denn?«, wendet sich Jack an Decker, während Jitter um den Tisch schleicht, seinen Kopf in meinen Schoß legt und winselt.

»Emma kommt heim?«, vermutet Decker.

Theo sagt dazu nichts.

Muss er auch nicht.

Es gibt nur sehr, sehr wenige Gründe, aus denen er Laney in der Öffentlichkeit allein lassen und darauf vertrauen würde, dass jemand anders sie sicher nach Hause bringt.

Und wäre etwas mit seinem Vater, dann würde er es uns sagen. Dass er nichts sagt, bedeutet, dass es Emma war und sie ihn dazu verdonnert hat zu schweigen.

Und dass er möchte, dass jemand anders Laney heimfährt, bedeutet, dass Emma nicht nur mit ihrem großen Bruder telefonieren will. Es bedeutet mit einiger Sicherheit, dass er sie in Denver vom Flughafen abholen wird.

Theo küsst Laney noch einmal, dann salutiert er uns Übrigen und eilt zum Ausgang, ohne noch irgendwelche Fragen zu beantworten.

»Zieh jetzt bloß keine falschen Schlüsse«, befiehlt mir Laney.

»Sie will uns nicht sehen?«, flüstere ich.

»Zieh jetzt bloß keine falschen Schlüsse.«

Was so viel heißt wie: *Ich habe die Nachricht gelesen, sie will uns nicht sehen, und wir müssen Abstand halten, um herauszufinden, wie es weitergeht, wann immer sie dazu bereit ist.* Auch wenn es Laney war, die Emma verraten hatte, dass Theo vor zehn Jahren für Chandler ins Gefängnis gegangen war, hatte sie selbst es im Grunde erst eine Minute, bevor sie die Neuigkeit unmittelbar vor dem Ehegelübde an Emma weitergab, erfahren.

Während ich diejenige bin, die praktisch seit einem Jahrzehnt Bescheid wusste.

»Wenn Chandler es schon nicht getan hat, hätte Theo es ihr sagen müssen«, sagt Laney leise, als würde sie meine Gedanken lesen, was sie vermutlich auch tut. Wir kennen uns schon sehr, sehr lange. »Und er wäre der Erste, der dir das sagen würde.«

»Da muss ich zustimmen«, meint Decker.

»Und ich bin der Dritte im Bunde«, schaltet sich Jack ein. »Und Lucky wäre der Vierte. Er wäre in dem Team, das Theo für den zweitgrößten Loser hinter Chandler halten würde. Und das sagen wir alle als Kerle, die den Typ mögen. Aber ich finde, wir sollten uns vor allem daran erinnern, dass Chandler durchaus ein charmantes Arschloch sein kann, wenn er es darauf anlegt, und dass Emma uns sowieso kein Wort geglaubt hätte.«

Ich höre sie. Ich höre, was sie sagen. Aber … Es fällt meinem Herzen schwer, ihnen beizupflichten, solange sie Kummer leidet und ich es hätte verhindern können.

»Du bist eine Informationsquelle, wenn es um unsere Gemeinde geht, aber du bist keine Hellseherin«, sagt Laney jetzt. »Geh also nicht so hart mit dir ins Gericht. Und hab Vertrauen in sie. Wir haben gemeinsam zu viel erlebt, um deshalb auseinanderzubrechen.«

»Wirklich?«

Emma hat sich seit ihrer Kindheit nichts mehr gewünscht, als zu heiraten und eine Riesenfamilie zu haben.

Und jetzt, nachdem sie sieben Jahre lang darauf gewartet hatte, dass Chandler mit ihr vor den Traualtar tritt, ist sie allein. Kein Ehemann. Keine Kinder. Kein weißer Gartenzaun, kein Hund vor der Tür und keine Katze im Haus.

Mein Traum ist das alles nicht, aber es war ihrer. Hätte sie einen anderen Mann gefunden, mit dem sie ihren Traum leben könnte, wenn ich es ihr gesagt hätte?

»Hör auf damit«, sagt Laney. »Kümmern wir uns lieber wieder um die Probleme, die wir lösen können, und warten erst mal ab, bis wir wissen, ob alles andere überhaupt ein Problem ist, okay?«

Jitter legt mir jaulend eine Pfote aufs Knie. Ich stupse mit meiner Stirn gegen seine.

»Okay«, nicke ich, obwohl ich nicht mit dem Herzen dabei bin. »Erst mal Probleme lösen. Was gibt es noch über Greyson Cartwright zu wissen?«

7. Kapitel

Grey

Es ist kalt und dunkel, als Zen und ich das Café endlich verlassen und zu dem Townhouse aufbrechen, das wir für die kommenden Wochen gemietet haben. Ich bin hungrig, müde und brauche dringend drei Tage in Folge ohne Menschen um mich.

Ich hatte nicht wirklich bedacht, wie viel Zeit ich in der Anwesenheit von Fremden verbringen müsste, als ich beschloss, Chandler Sullivans Café zu kaufen und zu vernichten.

Und dass Sabrina bis zum späten Nachmittag dort ausgeharrt hat, war auch keine Hilfe. Ich könnte noch vier zusätzliche Tage gebrauchen, um ihre Reaktion auf meine Anwesenheit und die Tatsache, dass ich ihr neuer Boss bin, zu verarbeiten. Ich bin immer noch verärgert, weil sie mich auf Hawaii hat sitzen lassen. Und zu erfahren, dass sie mit Chandler verwandt ist, hat auch nicht geholfen. Genau wie ihre Fröhlichkeit während des ganzen Tages.

Ich habe inzwischen genug von allem, was sie mir auf Hawaii erzählt hat, mit dem verknüpft, was ich in dem viralen Video gesehen habe, um davon auszugehen, dass ihr Wunsch, in jener Nacht auf Hawaii gute Taten zu vollbringen, aus der Implosion der Hochzeit ihrer Freundin resultierte. Außerdem bin ich überzeugt, dass Chandler sie mit dem Verkauf des Cafés an mich völlig überrumpelt hat.

Aber ganz gleich, wie nett sie heute war, ich traue ihr trotzdem nicht. Nicht nachdem sie keinerlei Zweifel daran gelassen hat, dass sie gewissermaßen mit den Geheimnissen anderer Leute handelt.

»Willst du dein Handy zurück, oder willst du nur die Highlights hören?«, fragt Zen, als ich den Wagen vom Parkplatz des *Bean & Nugget* lenke, und bringt meine Gedanken damit auf Themen, die meine Laune vermutlich auch nicht verbessern.

Zen hat mein Handy – bis auf die Zeit in Hawaii – mehr oder weniger komplett übernommen, seit sich in unserer Familie die Nachricht verbreitet hat, dass ich meinem Forschungs- und Entwicklungslabor den Rücken gekehrt habe.

Wie bald willst du verkaufen?, lautete die Frage, die mir am häufigsten gestellt wurde.

Nicht etwa: *Kommst du jetzt nach Hause?*

Auch nicht: *Ich habe gehört, was Vince getan hat. Wie geht es dir damit?*

Nicht einmal: *Ich denke, es ist gut, dass du dir einen Neuanfang leisten kannst.*

Stattdessen nur: *Wie bald willst du verkaufen? Als würde der Verkauf eines Laboratoriums alles andere aufwiegen, wenn die Grundlagenforschung als Aktivposten erst mal vom Tisch ist.*

Ich weiß sehr gut, was sie wissen wollen.

Wie viel Geld muss Felicias Anwalt dir noch für sie aus dem Kreuz leiern, nachdem du dich von einem weiteren Aktivposten getrennt hast, der noch in deinem Besitz war, als du mit ihr verheiratet warst?

Und ich weiß auch, warum sie es wissen wollen:

Weil wir zum Team Felicia gehören und dich für ein Arschloch halten, weil du dich von ihr scheiden lässt; deshalb wollen wir, dass sie dir so viel Geld abknöpft, wie sie kann, damit du begreifst, welchen Fehler du gemacht hast.

»Wie schlimm war es heute?«, frage ich.

»Dreiundzwanzig Nachrichten von Tante Camille wegen FroYo Fucklebutts Geburtstagsparty, drei von dem ehemals als dein bester Kumpel bekannten Drecksack, der verlangt, dass du weitere Papiere unterschreibst, damit er das Labor neu ausstatten kann. Ein Anruf von deinem Anwalt, der dich zum wiederholten Mal ermahnt, dem Scheißer unter keinen Umständen weitere Papiere zu unterschreiben, und drei Anrufe von der Immobilienmaklerin, die die anderen beiden *Bean-&-Nugget*-Filialen für dich verkaufen soll. Sie meint, eine Filiale wird schnell weggehen, während die andere dir noch gewaltig auf die Nerven gehen wird.«

Ich verziehe im Dunkeln das Gesicht. Chandlers Wunsch, eine Café-Kette zu leiten, war keineswegs sein Untergang, auch wenn er das überall herumerzählt hat. Und dass das Originalcafé in Snaggletooth Creek floriert, ist so etwas wie der Spott, der auf den Schaden folgt.

Und es spricht in den höchsten Tönen für Sabrinas Managementtalent und bekräftigt, was sie heute alles über ihre Liebe zu dem Café ihrer Familie erzählt hat.

Neben mir leuchtet im Dunkeln mein Handy in Zens Obhut, während ich den Anweisungen des GPS-Navis folge, um aus der Innenstadt hinauszugelangen. »Und ein Anruf von Mimi ist dir ebenfalls entgangen.«

Ich richte mich ein wenig mehr auf dem Fahrersitz auf. »Mimi hat geschrieben und angerufen?«

»Ja.«

»Geht es ihr gut?«

»Abgesehen davon, dass sie sich Sorgen macht, weil du so wenig erzählst, war sie nicht erfreut über deine Antwort auf ihre Nachricht.«

Ich zucke zusammen.

»Ich habe ihr gesagt, dass du ein geheimniskrämerischer Dickschädel bist und dass du es nicht verdienst, dass sie sich um dich sorgt oder heute ihre Stimme zu hören bekommst«, sagt Zen in vollendeter Aufsässigkeit.

Aber das hat they nicht gesagt, sonst hätte ich in diesem Moment Mimi am Telefon, und das ist uns beiden klar. »Wie hat sie sich angehört?«

»Müde.«

»Mehr oder weniger müde?«

»So müde wie immer.«

Mimi hat den Tod meines Großvaters gut verkraftet, aber der Verlust ihrer Zwillingsschwester vor einigen Monaten hat sie hart getroffen. Es war schwer, mit anzusehen. Und, ja, mir ist durchaus bewusst, dass man früher oder später mit dem Ableben einer über Neunzigjährigen rechnen muss, aber sie war noch bei guter Gesundheit. Aktiv und heiter und rüstig für eine Frau dieses Alters.

»Muss ich zurückfliegen, um nach Mimi zu sehen?« Ich hasse es, nach Connecticut heimzukehren. Ich würde mir lieber einen Fuß abnagen. Aber für meine Großmutter würde ich es tun.

»Du darfst dich Tante Camille erst wieder nach Ficklerellas Geburtstagsfest auf mehr als dreihundert Meilen nähern. Oder womöglich niemals wieder.«

»Muss ich dich in einen Flieger setzen, damit du nach ihr siehst?«

»Um dich den Geiern hier allein zum Fraß vorzuwerfen? Nein. Heute hat dich nur eine Frau gefragt, ob du Single bist. Du weißt, was das heißt?«

»Dass ich unattraktiv und launenhaft bin?«

»Dass die Leute hier hinter deinem Rücken über dich reden.«

»Interessiert mich nicht.«

»Doch, tut es. Du hast deine Schultern bis zu den Ohren hochgezogen.«

»Das liegt an der Kälte.« Es ist hier wirklich bescheuert kalt. Darauf war ich nicht vorbereitet, auch wenn ich mir etwas anderes weisgemacht habe.

»Oder daran, dass heute alle so überaus, überaus nett zu uns beiden waren und dass du jetzt schlechte Laune hast, weil du nicht weißt, ob sie bloß in deiner Gegenwart nett waren oder ob sie wirklich gute Leute sind, auf deren Hilfe wir vertrauen können, damit etwas Gutes aus deinen Racheträumen erwächst.«

Ich werfe Zen im Dunkeln einen Blick zu.

»Ja, ja, wer im Glashaus sitzt, sollte nicht mit Steinen werfen«, sagt Zen. »Aber ich liege nicht falsch.«

Zen liegt tatsächlich nicht falsch. »Sabrina Sullivan führt in dieser Stadt das Kommando. Sie hätte alle auffordern können, so auf uns einzuwirken, dass wir hier überhaupt nichts ändern sollen.«

»Bevor oder nachdem du mit ihr geschlafen hast?«

»Ich weiß es nicht.«

»Am liebsten würde man den ganzen Laden mit Dynamit hochgehen lassen, oder?«

Statt zu antworten, atme ich langsam aus, worauf sich die Windschutzscheibe mit einem leichten Nebel überzieht. »Ich bin jedenfalls froh, dass im Townhouse Wein und ein Puzzle auf uns warten.«

»Ich würde dir ja raten, Mimi anzurufen, aber sie ist jetzt längst im Bett. Ich glaube auch nicht, dass du mit ihr sprechen willst, ehe du ihr nicht in die Augen schauen und ihr sagen kannst, dass du den Laden hier gekauft hast, weil du schon lange davon geträumt hast, eine Kombucha-Bar in den Bergen zu besitzen, und nicht, weil du das Leben eines Mannes zerstören willst und das dein Mittel ist.«

»Sie würde es verstehen.« Ich werde sie ganz sicher erst anrufen, wenn ich entschieden habe, was ich mit meinem restlichen Leben anstellen will, nachdem es mir, erneut, gezeigt hat, dass die Rettung der Bienen mein vordringlichstes Lebensziel sein mag, aber gewiss nicht das, was ich eigentlich damit anfangen soll.

Und sollte ich dahinterkommen, dass diese Kombucha-Bar auch nichts für mich ist, verkaufe ich sie eben wieder.

Allerdings erst, nachdem der Laden nicht länger als das Café erkennbar ist, mit dem Chandler aufgewachsen ist. »Ich schaue, wo wir einen neuen SCOBY finden, damit wir Kombucha-Proben ansetzen können.«

»Kümmerst du dich darum, oder soll ich?«

»Ich mach das morgen.«

Wir fahren auf den Parkplatz vor der kleinen Siedlung, und Zen dirigiert mich zu der richtigen Garage gegenüber der Reihe zweistöckiger brauner Stadthäuser, zu der unsere Wohneinheit gehört.

»Erinnerst du dich an den Code für die Eingangstür?«, frage ich Zen, nachdem wir geparkt und das restliche Gepäck ausgeladen haben, das wir bei unserer Ankunft gestern am späten Abend noch nicht hineingetragen hatten. Zen hat uns reingelassen, und ich habe noch keinen Blick auf die Reservierung geworfen.

Zen wirft mir in dem trübe erhellten Parkbereich grinsend einen Blick zu. »Nimm meine Tasche auch; ich mache das mit der Tür.«

Ich werfe mir Zens Rucksack über die Schulter und greife mit jeder Hand nach einem Rollkoffer. Zen hat bereits die Straße vor den Garagen überquert und steht vor dem Eingang unseres Hauses. Ich beeile mich und versuche, so gut ich kann, Schritt zu halten.

Es ist scheißkalt hier draußen. Ich hoffe, die Heizung ist hier höher gestellt als im Café.

Ich hätte Zen schon vor Stunden das restliche Gepäck bringen und die Heizung checken lassen sollen.

Fast habe ich den Gehweg vor unserer Wohneinheit erreicht, da dringt aus der Tür nebenan ein Lachen an mein Ohr.

»Ihh, das ist feucht«, ruft ein kleines Mädchen kichernd, während die Zunge eines großen Hundes durch ihr Gesicht fährt.

»Jitter, sei lieb«, lässt sich von der anderen Seite des Bernhardiners eine wohlbekannte Stimme vernehmen.

Und obwohl ich sowohl den Hund als auch die Stimme kenne, entzündet sich in meiner Brust eine Flamme unleugbarer Sehnsucht.

Aber nicht nach Sabrina, rede ich mir ein. Sondern nach dem Leben, das sie führt.

Der Hund. Das vor Lachen kreischende kleine Mädchen. Die im Haus leuchtenden Lichter.

Ein Heim und eine Familie, wie man sie nur aus Filmen kennt.

Ich blicke finster vor mich hin, ziehe den Kopf ein und mache noch drei Schritte, und im nächsten Moment steht alles kopf.

Eis.

Ich treffe auf Eis.

Ich treffe auf Eis und verliere den Boden unter den Füßen. Der Rucksack rutscht von meiner Schulter und bringt mich noch mehr aus dem Gleichgewicht. Ich will mich an den zwei Koffern festhalten, die jedoch beide Räder haben, auf denen sie in entgegengesetzte Richtungen davonrollen, worauf ich hart mit einer Hüfte und einem Ellbogen auf dem schneebedeckten Bordstein aufkomme.

»Onkel Grey«, ruft Zen.

Ich höre ein Bellen, jemand kreischt noch zweimal, und dann ertrinke ich in Fell, als der Hund mich zuerst erreicht und sich so dicht bei mir niederlässt, dass er praktisch auf mir zu liegen kommt.

Der Hund winselt.

Dann erscheint Zen auf der einen Seite und Sabrina auf der anderen.

»Geht es dir gut?«, will Zen wissen. »Wo tut es weh? Hast du dir was gebrochen? Kannst du dich bewegen?«

Kälte sickert durch meine Jacke, und Nässe dringt durch meine Anzughose, während der Hund winselnd sein Gesicht gegen meines drängt.

»Jitter, komm weg da«, sagt Sabrina leise. »Lass ihn erst mal zu Atem kommen.«

»Es ist der Arsch, nicht?«, sagt Zen. »Du hast dir den Arsch gebrochen.«

»Ich habe mir nicht den Arsch gebrochen«, knirsche ich zwischen zusammengebissenen Zähnen.

Jitter winselt erneut und legt mir den Kopf jetzt auf die Brust, während ich mich aufzurappeln versuche.

Schon dringt mir Eiswasser in die Handschuhe.

»Dann seid ihr die mysteriösen Erstmieter nebenan«, sagt Sabrina zu Zen. »Das sollte mich wahrscheinlich nicht überraschen, oder doch?«

Zen sieht zuerst sie, dann mich und dann wieder sie an. »Oh, das wird bestimmt lustig.«

»Hat euch schon jemand gesagt, dass die Wände hier dünn wie Papier sind?«

»Puh, danke für die Warnung. Ich bin nur froh, dass Sie ihn sich schon auf Hawaii aus dem Kopf geschlagen haben.«

»Zen«, fahre ich them an.

Abermals winselnd schiebt der Hund seine Nase dichter an mein Kinn heran. Sein Kopf ist größer als meiner, seine Lefzen schlottern über meiner Brust und bespritzen meine Jacke mit Sabber. Sein Atem riecht nach dem feinsten Hundeatem der Welt, und, ja, ich vermisse meinen eigenen Hund so sehr, dass ich praktisch in Hundeatem leben könnte.

Doch ich schiebe seinen Kopf weg.

»Jitter«, sagt Sabrina. »Sei ein braver Hund, dann kriegst du heute Abend Steak.«

Ich habe mich geirrt.

Jitter hat bisher nicht gewinselt.

Aber jetzt winselt er. Ein trauriges, bekümmertes Jaulen, ein tiefes, mächtiges, langes Jaulen, das sagt: *Ja, ich liebe Steaks zum Abendessen, aber ich kann mich nicht bewegen.*

»Aha, er weiß, dass du Hunde liebst.« Zen streckt eine Hand nach mir aus. »Kannst du aufstehen? Oder müssen wir Hilfe rufen?«

»Ich kann aufstehen.«

»Du führst dich auf, als wärst du sechsundachtzig statt dreißig plus.«

»So jung?«, entfährt es Sabrina. »Und wie alt sind Sie dann?«

»Antworte bloß nicht darauf.« Ich richte mich mühsam zu meiner vollen Größe auf.

Der Hund drückt sich gegen meine Beine und stößt mich fast wieder um, doch Sabrina greift nach meinem Arm und stützt mich.

Ein Blitz schießt durch meinen Arm und trifft in meiner Brust ins Schwarze, auf der Stelle bin ich wieder auf Hawaii und schlendere über einen dunklen Fußweg zu meinem Hotel, als sie meinen Arm packt und mich vor einem heranrasenden Fahrradfahrer in Sicherheit bringt, als wäre ich nicht über dreißig Zentimeter größer und mindestens achtzig Pfund schwerer als sie.

Noch eine gute Tat?, habe ich sie gefragt.

Sie hat sich den Finger geleckt und einen Strich in die Luft getupft, und ich bin auf der Stelle hart geworden.

Und als sie mich jetzt wieder anfasst?

Passiert fast genau das Gleiche.

Hölle und Teufel.

Ich mag sie noch immer. Ich verstehe, warum sie mich geghostet hat. Und respektiere, was sie hier aufgebaut hat.

Diese Frau besitzt die Macht, mir wehzutun, und sie hat mir bereits gezeigt, dass sie, unter den richtigen Umständen, nicht zögern wird, es zu tun.

Ich zucke zurück und halte nur mit schierer Willenskraft das Gleichgewicht.

»Du solltest dir Schuhe mit besserem Profil besorgen«, raunt sie, als wären wir ganz normale Bekannte, nicht zwei Menschen, die unter fragwürdigen Umständen miteinander geschlafen haben. »Der Schneepflug kommt in unseren kleinen Kreis zuletzt, und da unser Städtchen auch noch nach Norden ausgerichtet ist, haben wir hier in der Regel auch am meisten Eis.«

Denk jetzt nicht an Sex mit Sabrina. Denk. Nicht. Daran. Denk lieber an Eis, Eiseskälte, bittere, scheußliche Eiseskälte.

»Find was anderes, das wir mieten können«, sage ich zu Zen.

»Ich habe Ihren Koffer, Mister!« Das kleine Mädchen, das auf Sabrinas Türschwelle gesessen hatte, kommt jetzt über den Parkbereich geflitzt, als wäre es nichts, und zieht meinen Koffer hinter sich her. Der zweite Koffer liegt umgekippt neben dem Hund.

»Das war supernett von dir, Aspen«, sagt Sabrina.

»Ich weiß«, gibt das Mädchen zurück.

Zen kichert.

Sabrina lächelt. »Ich bringe dich jetzt besser mal nach Hause. Bist du so weit?«

»Kann Jitter mitkommen?«

»So war's geplant. Hol ihm ein Leckerchen und ruf ihn.«

Das Mädchen läuft zu Sabrinas Veranda.

»Und ich bringe dich besser mal rein«, wendet sich Zen an mich. »Kannst du gehen? Tut es noch weh?«

»Es geht mir gut.« Ich mag lädiert sein, aber es geht mir gut. Hier steht eher mein Ego auf dem Spiel.

Ich bücke mich nach Zens Rucksack, während Sabrina und ihr Hund nicht von der Stelle weichen.

»Danke«, sage ich kurz angebunden. »Du kannst jetzt gehen.«

Doch sie lässt mich nicht aus den Augen. »Wenn ich auf Hawaii gewusst hätte, wer du bist, dann hätte ich dir auch gesagt, wer ich bin. Ich will nur, dass dir das klar ist. Das Café ist kein Spiel für mich, es ist … mein Leben.«

Gott, wie hübsch sie ist.

Woher zum Henker nimmt sie sich das Recht, so hübsch zu sein? Und warum zum Teufel kann ich nicht aufhören, es zu bemerken?

»Und es tut mir leid, dass ich gelogen habe, als ich sagte, ich würde zurückkommen«, fügt sie hinzu. »Ich weiß nicht, wie dein Verhältnis zu Chandler ist, meines ist jedenfalls ziemlich mies. Ich wusste bis zu dem Tag bloß noch nicht, wie mies. Meine Familie und meine Freunde bedeuten mir alles, und ich hatte gerade zwei meiner Freundinnen verloren. Ich war dort ziemlich übel drauf. Ich werde – ich werde dich nicht wieder anlügen.«

»Aber du verbreitest Gossip?«

»Das *Bean & Nugget* ist mein Leben. Mein Zuhause. Nenn mir deinen Preis, und ich kaufe es zurück.«

»Ich verkaufe nicht.«

Sie schluckt und blickt zu mir hoch. »Bitte, mach nicht alles kaputt«, flüstert sie.

Darauf habe ich keine schnelle Antwort.

Sie bleibt noch stehen und wartet gerade so lange, dass mir klar wird, dass sie jetzt weiß, dass ich nicht so schlagfertig bin.

Aber das Schlimmste ist, dass sie mehr als rasch blinzelt, als wäre sie den Tränen nahe.

Am liebsten würde ich sie in die Arme nehmen, sie halten und vor allem Übel der Welt bewahren, so, wie ich es gewollt habe, als wir auf Hawaii waren.

Nur dass *ich* das Übel bin. Ich bin momentan das Übel in ihrem Leben.

»Ich kann dir bei allem helfen, was du sonst noch hier willst«, sagt sie. »Aber mach mir bitte mein Zuhause nicht kaputt.«

Damit wendet sie sich ab, bekräftigt noch einmal mit fast normaler Stimme ihr Angebot, Jitter zum Abendessen Steak vorzusetzen, während ich da stehe.

Einfach nur da stehe.

Ich sollte hineingehen.

Und sengend heiß duschen.

Was essen. Und sieben Schichten Kleider anlegen, um wieder warm zu werden.

Stattdessen stehe ich da und sehe zu, wie Sabrina davonspaziert, mit derart unterschwelligem Hüftschwung, dass ich ihn nur bemerke, weil ich meinen Blick nicht von ihrem Hintern abwenden kann.

Der Hund jault noch einmal, leckt meine behandschuhte Hand und trottet dann hinter ihr her, während das kleine

Mädchen auf der Veranda seinen Namen ruft und ein Leckerchen hochhält.

»Aspen?«, ruft eine Frau um die Ecke.

»Sie ist bei mir, Marley«, gibt Sabrina zurück. »Sie wollte nur Jitter begrüßen.«

Zen hat bereits das Gepäck genommen und hineingeschoben, während ich damit beschäftigt war, eine Frau anzustarren, die ich nicht begehren darf und niemals besitzen werde. »Sie weiß schon, dass du alles verändern willst?«

»Gossip ist ihr Leben.«

»Und du magst sie.«

Ich antworte nicht. Aber Zen hat recht.

Ja, ich mag sie noch. Auch wenn ich ihr nicht traue, auch wenn ich genau das im Schilde führe, was sie verhindern will, auch wenn ich sie nicht mögen will, tue ich es doch.

Zen seufzt. »Onkel Grey, hast du schon mal daran gedacht, dass Rache nicht zu dir passt?«

Ich habe dieses Wort, dieses verdammte Wort *Rache*, mit jeder Minute, die vergeht, mehr verachtet, und das nicht nur wegen des Knotens, der sich im Laufe des Tages in meinem Magen gebildet hat. Könnte ich nicht woanders eine Kombucha-Bar eröffnen?

Ja.

Aber damit würde ich Chandler Sullivan nicht schaden, oder? »Vielleicht soll es auch gar nicht leicht sein, Super-Vengeance-Man zu sein.«

Zen lacht schallend. »Rein mit dir. Zeit zu duschen, was Sauberes anzuziehen und zu essen. Und danach zeige ich dir das supercoole Puzzle, das ich vergangenen Monat mit *meiner* Kreditkarte für dich gekauft habe.«

Ein neues Puzzle sollte mich froh machen. Ich habe es aufgegeben, darüber nachzudenken, welche neuen Forschungsgebiete mich interessieren könnten, und meinen Verstand, seit ich von Vince' Verrat erfahren habe, stattdessen mit Puzzles beschäftigt, was bisher gut funktioniert hat.

Aber heute Abend?

Heute Abend könnte Zen recht haben.

Vielleicht bin ich nicht für die Rache geschaffen.

Was ja nicht schlecht wäre, oder? Denn es würde bedeuten, dass ich nicht so bin wie meine Familie.

Ich wollte nur dieses eine Mal der knallharte Kerl sein, der sich Gerechtigkeit verschafft.

Doch als ich nun einen letzten Blick auf Sabrinas Haustür werfe, kann ich nur noch denken, dass all das längst nicht so unkompliziert und einfach ist, wie es sein sollte.

8. Kapitel

Sabrina

Ich treffe eine Viertelstunde, bevor meine Acht-Uhr-Schicht beginnt, im *Bean & Nugget* ein und bleibe die restliche Zeit mit Jitter auf dem Rücksitz meines Wagens sitzen und checke meine Textnachrichten, während ich den mitgebrachten Thermobecher-Kaffee austrinke.

Nichts Neues von Emma. Und ausnahmsweise weiß ich nicht, wie ich eine Konversation in Gang bringen soll.

Wenn sie mit jemand anderem Schluss gemacht hätte, unter anderen Umständen, hätte ich mit Wein und Schokolade und dem köstlichen Sauerteigbrot aus der Bäckerei am anderen Ende der Main Street vor ihrem Haus kampiert. Und Laney hätte sich mit einem Dartboard mit dem Gesicht von Emmas Ex darauf dazugesellt.

Stattdessen starre ich auf eine Nachricht von Laney, die mich darüber informiert, dass Emma zurück ist und ihrerseits in Theos alter Hütte auf dem Grundstück ihres Vaters direkt vor der Stadt kampiert – und dass sie darum gebeten hat, von Gesellschaft verschont zu werden.

Von jedweder Gesellschaft.

Und dass niemand sonst erfährt, wo sie sich aufhält.

Laney schreibt auch noch, der Grund dafür sei, dass sie sich superverletzlich fühle, weil sie zu einem derart schrecklichen

Zeitpunkt im Leben der Gegenstand eines in alle Welt verbreiteten Videos wurde … Doch natürlich drängen Paranoia, Schuldgefühle und Besorgnis mir die Frage auf, ob das wirklich alles ist.

Und wie sehr sie mir die Schuld an dem Video gibt.

Aber selbst, wenn sie mich heulend anschreien wollte, würde ich mit Wein und Schokolade und Brot aufschlagen, wenn es nur bedeutete, wir könnten eine Lösung für unser Problem finden.

Ich rufe den nächsten Nachrichten-Thread auf. Wenn ich den Tag heute heil überstehen will, brauche ich etwas anderes, worauf ich mich konzentrieren kann. Der Mercedes steht nicht auf dem Parkplatz, aber das hat praktisch nichts zu bedeuten, wenn man bedenkt, dass ich beobachtet habe, wie Zen gestern Abend allein damit losgefahren ist, nachdem wir uns in unsere jeweiligen Häuser zurückgezogen hatten.

Decker hat, seit wir das *Silver Horn* gestern am frühen Abend verließen, offenbar nicht geschlafen. Jedenfalls habe ich zu unterschiedlichen Nachtzeiten eine Reihe von Nachrichten von ihm erhalten, die darauf schließen lassen, dass er während der Nacht alles über Greyson Cartwright ausgegraben hat, was er finden konnte.

Vermutlich leidet er an einer Schreibblockade, wenn er sich die Nacht damit um die Ohren geschlagen hat.

Armer Kerl, vielleicht sollte ich ihm eine Flasche Writers-Tears-Whiskey schicken.

Aber seine Brüder sind mir wahrscheinlich schon zuvorgekommen.

Immerhin hat er während der durchwachten Nacht ein paar Neuigkeiten zutage gefördert.

Zum Beispiel, dass Grey eine hässliche Scheidung hinter sich hat. Beiderseitige Betrugsvorwürfe. Streit darüber, wer gegen welche Punkte des Ehevertrags verstoßen hat. Eine ganze Reihe Videos, die seine Ex-Frau in den sozialen Medien gepostet hat – darüber, wie zur Hölle man einen Mann lieben soll, der einen regelmäßig ignoriert. Greys Schwester, die sich öffentlich auf die Seite ihrer Schwägerin stellt und ihren Bruder kalt und gefühllos nennt.

Wonach unter seinen Fürsprechern Funkstille herrscht.

Kalt und gefühllos prägt sich mir ein.

Was jedoch nicht zu dem Mann passt, dem ich auf Hawaii begegnet bin.

Duke war lustig und freundlich und hat sich begeistert auf meine guten Taten eingelassen.

Und dann stoße ich unter Deckers Nachrichten auf eine absolut umwerfende Neuigkeit: *Sieh dir diesen Hund an. Er hatte einen Hund. Einen absolut hinreißenden Hund. Der bei der Scheidung seiner Frau zugesprochen wurde. Ich wäre auch so ein launischer Drecksack, wenn mir jemand meinen Hund wegnehmen würde.*

Ich klicke auf den letzten Link zu Instagram und wünsche mir auf der Stelle, ich hätte es gelassen.

Ich sehe ein Foto von Grey in Jogginghose, wie er an der Seite des allerschönsten schokoladenbraunen Labradors einen Weg entlangläuft. Der Kerl lässt die Zunge schräg heraushängen und sieht aus wie ein totaler Schlawiner, den zu lieben die leichteste Aufgabe der Welt wäre.

Also … der Hund.

Grey sieht einfach nur heiß aus.

Aber das Allergrößte ist … der Name des Hundes. Duke.

Er hat mir gesagt, er würde so heißen wie sein Hund.

Und jetzt zerfließt mein Herz noch ein bisschen mehr.

Mein Handy kündigt aufblitzend eine weitere Nachricht an, während ich noch das Foto anstarre.

Zu guter Letzt schreibt Decker: *Wie es aussieht, war Großvater zur selben Zeit auf der Carnegie Mellon wie GCs Großeltern. Ich nehme an, Chandler und GC hatten beide eine Erbrechtszulassung. Ich frage mich, ob sie das wussten. Jedenfalls werde ich ab jetzt sämtliche Cerealien und Cracker in den magischen wiederverschließbaren Beuteln boykottieren. Und ich mache ein Nickerchen, damit ich dir später noch ein paar Worte schreiben kann.*

Ich wünsche ihm Glück und danke ihm für die Info, dann gehe ich die Nachrichten von Lucky durch.

Viel habe ich nicht erwartet, und genau das bekomme ich auch. Lediglich ein GIF, das Leute zeigt, die einschlafen, dazu eine Nachricht, dass er sich in seinem Bekanntenkreis umgehört hat, ob irgendwer über den neusten Gossip auf dem Laufenden ist, nachdem er sich lange genug ausgeruht hatte, um die eingehenden Informationen zu verarbeiten – und dass er stinksauer ist, weil wir ohne ihn im *Silver Horn* waren.

Und jetzt bin ich fertig mit meinen Textnachrichten, und mir bleiben noch genau eine Minute und dreißig Sekunden, um durch die Hintertür hineinzugehen.

Auf geht's.

»Komm, Jitter«, sage ich. »Schütteln wir uns noch mal und gehen wir rein.«

Ja, er sollte in die Hundetagesstätte gehen.

Ja, es ist schamlos von mir, ihn zu benutzen, um mich weiter bei Zen und Grey einzuschleimen.

Nein, ich werde mich nicht dafür entschuldigen. Schließlich steht unser Familiencafé auf dem Spiel.

Mein Hund jault aufgeregt, als wir aus dem Auto steigen, schüttelt sich, erledigt sein Geschäft und kommt rechtzeitig zum Ende, um pünktlich auf die Sekunde mit der Arbeit beginnen zu können.

Ich wappne mich, bevor ich das Café durch den Hintereingang betrete, bereit, mich mit allem, was der Tag für mich bereithalten könnte, auseinanderzusetzen, als ich Zen entdecke. Nur Zen.

Wenn Zen hier ist, das Auto aber nicht, nehme ich an, dass auch Mr Stimmungsschwankung abwesend ist.

»Morgen«, sagt Zen und wirft einen Blick auf meinen Hund. »Können Sie heute die Kasse übernehmen?«

»Würde ich ja gern, kann ich aber nicht«, zwitschere ich fröhlich, während ich Jitter zu seiner Hütte dirigiere. Wenn ich ehrlich bin, gehe ich mir damit selbst gehörig auf die Nerven. Ich hasse diese aufgesetzte Fröhlichkeit. »Ich habe ein Problem mit Gossip, das ich überwinden will, um eine bessere Mitarbeiterin zu werden, und wenn ich an vorderster Front arbeite, werden mir die Leute alles Mögliche erzählen, was ich dann weitererzähle. Aber ich habe ein kleines Willkommen-in-Snaggletooth-Creek-Geschenk für den Boss-Man. Ist er hier?«

Es entsteht eine lange, misstrauische Pause, gefolgt von einem noch längeren und noch misstrauischeren »Nein«.

»Eigentlich kommt es von Jitter. Er fühlt sich mies, weil er zu aufdringlich Freundschaft geschlossen und gestern Abend Mr Cartwrights Jacke vollgesabbert hat. Darf ich ihm das auf seinen Schreibtisch legen?« Ich zeige Zen ein kleines Sofakissen mit Jitters Gesicht drauf – Danke, Laney! –, an dem ich mit einer roten Schleife einen Gutschein für die chemische Reinigung befestigt habe.

Und ich habe Zens erste misstrauische Pause schon für lang gehalten.

Wir wissen beide, dass es weder meine noch Jitters Schuld war, dass der Mann gestern Abend Hals über Kopf auf den Parkplatz geknallt ist. Und wahrscheinlich wissen wir auch beide, dass dies ein Erpressungsversuch ist, um mich bei ihm beliebt zu machen. Und wir wissen beide, dass ich entweder einiges in die Wege leiten musste, um über Nacht ein dermaßen perfektes Geschenk zu organisieren, oder dass ich wahllos Entschuldigungsgeschenke vorrätig habe.

Letzteres trifft zu. Wobei die Geschenke manchmal auch nur als gute Taten dienen.

Wie auch immer, ich habe den Verdacht, dass Zen das Geschenk keineswegs für sehr geeignet hält, wenn man bedenkt, dass der Mann seinen Hund seiner Ex-Frau abtreten musste.

Ich wäre ziemlich sauer, wenn mir jemand Jitter am Ende einer Beziehung wegnehmen würde, und ich weiß nicht, ob ich daran erinnert werden wollte, dass andere Leute ihre wunderbaren Haustiere noch haben.

»Klar«, antwortet Zen endlich und wirft einen weiteren Blick auf meinen Hund, der mir zu bedeuten scheint: *Ich kann es nicht erwarten, bis sie nicht hinsieht, damit ich dich mit Liebe überschütten kann, weil du so hinreißend und perfekt bist.*

Ich lächle so breit, dass mir die Wangen davon wehtun. »Fantastisch. Vielen Dank. Frühstücken Sie gern? Irgendwas, das ich heute für Sie zaubern könnte?«

Zen sieht mich blinzelnd an, doch statt mich etwas zu fragen, schüttelt they nur den Kopf, lehnt höflich ab und geht wieder nach vorn, wo ich Cedar und Willa Gästen weiterhelfen höre.

Was für eine vertrackte Situation.

Ich weiß, Grey will diesen Ort vernichten. Ich habe den Verdacht, dass zwischen ihm und Chandler irgendetwas vorgefallen ist, doch Zen traut mir noch nicht so weit, dass ich them irgendwelche Einzelheiten entlocken könnte, und Grey hat gestern Abend eine derart undurchdringliche Miene aufgesetzt, als ich mich halb bei ihm entschuldigt habe, weil ich ihn auf Hawaii geghostet hatte, dass er mir wohl kaum verraten wird, was er will und *wieso* er es will.

Und, ja, ich habe mich absichtlich nur halb bei ihm entschuldigt.

Weil ich sehen wollte, wie er darauf reagiert, um von da aus den Rest des Weges zu planen.

Für den unwahrscheinlichen Fall, dass er es sich überlegt und das *Bean & Nugget* an mich verkauft – was nicht heißt, dass ich mir das leisten könnte, aber ich habe eine mächtige Gemeinschaft und den Glauben an mich selbst auf meiner Seite –, darf ich nichts unternehmen, was meine Chancen irgendwie gefährden könnte.

Gar nichts mehr.

Nicht mehr mit ihm schlafen. Nicht mehr mit ihm flirten. Ihm nicht mehr wehtun. Ihn nicht mehr ghosten.

Daher das Geschenk von Jitter. Und meine anhaltende Fröhlichkeit.

Der Morgen zieht sich ewig hin.

Für immer.

Und ewig.

Gelegentlich sieht Zen nach mir – mit einer Miene, die mir sagt: *Ich würde dir gern vertrauen, weil du so einen coolen Hund hast, aber ich kann Leute nicht leiden, die meinem Onkel wehtun.*

Willa und Cedar fragen mich im Flüsterton, wenn sie vorbeigehen, warum ich immer noch so ein Dickkopf bin und darauf bestehe, mich vor den Leuten in der Küche zu verstecken.

»Ich passe hier momentan am besten hin«, teile ich ihnen mit.

Ich wurde auch nach dem Abend gestern im *Silver Horn* gefragt, wie es mit dem Café unter dem neuen Besitzer weitergeht, und meine einzige Antwort darauf war jedes Mal: *Kommt morgen ins* Bean & Nugget, *gebt uns nicht auf, bloß weil wir ein neues Management haben. Das Café ist immer noch toll.*

Keiner wird Grey sagen können, dass ich ihn sabotiere.

Keiner wird zu ihm sagen können, dass mir nicht am Erfolg des Geschäfts gelegen ist.

Ich reinige mit einer Zahnbürste die Armaturen des Grills, als ich spüre, dass jemand hinter mir steht. Doch statt mich umzudrehen, beginne ich, den Song im Radio mitzusingen.

»So froh darüber, den Grill zu schrubben, sind Sie nicht«, sagt Zen.

»Ich liebe dieses Café. Ich tue alles, damit es glänzt.«

»Auch wenn es Ihnen nicht mehr gehört?«

»Es hat mir nicht gehört, seit meine Mutter ihren Anteil an Chandlers Eltern verkauft hat. Es ist jetzt also nicht so viel anders als vor einem Monat.«

Schweigen.

Und ich weiß nicht, ob Zen überlegt, ob they mir noch mehr Fragen stellen will, und falls ja, welche zuerst, oder ob they mich allein lassen soll.

Hat Grey angenommen, dass Chandler das Café im Namen der ganzen Familie verkauft und den Gewinn mit uns geteilt hat? Denkt Zen das Gleiche?

Ich werfe einen schrägen Blick auf die silbern glänzende Rückwand über dem Grill.

Zens verschwommenes Spiegelbild ist noch da.

They scheint darauf zu warten, dass ich mehr erzähle.

»Mom wollte, dass ich aufs College gehe«, erkläre ich. »Wir waren an dem Punkt angelangt, an dem ihre regelmäßigen Einnahmen aus dem Café zusätzlich zu ihrem Einkommen als Stylistin dafür nicht ausreichten. Also hat sie ihr Drittel am *Bean & Nugget* an ihren Bruder verkauft.«

»Was war Ihr Hauptfach?«

»Kommunikation.«

Zen gibt ein Geräusch von sich, das eindeutig ein unterdrücktes Lachen ist.

»Ich weiß«, sage ich. »Darin hatte ich es sowieso schon zur Meisterschaft gebracht. Ich hätte es so machen sollen wie meine beiden anderen Cousins und Ingenieurwesen studieren oder Krankenpflege lernen sollen.«

»Warum haben Sie sich auf Hawaii mit Onkel Grey eingelassen, wo Sie doch wussten, dass Sie ihn am nächsten Morgen ghosten **würden?«**

Hallo, da seid ihr, direkte Fragen. Ich höre zu schrubben auf, drehe mich um und blicke Zen fest in die Augen. »Ich bin an dem Abend nicht mit der Absicht losgezogen, mit jemandem die Nacht zu verbringen. Ich wolle lediglich etwas von dem wiedergutmachen, das ich einer meiner besten Freundinnen angetan hatte. Er sollte nur irgendein Fremder sein, den ich in einer Bar aus einer peinlichen Lage befreie, doch stattdessen war er lustig und charmant und unwiderstehlich, als er darauf bestand, mir bei ein paar guten Taten zu helfen.«

Zen sieht nicht so aus, als würde they mir glauben. Ob das daran liegt, das *lustig und charmant und unwiderstehlich* nicht zu seiner Sicht auf Grey passen, oder ob Zen mir einfach nicht glauben will, kann sich jetzt jeder selbst aussuchen.

»Geghostet habe ich ihn, weil ich eine Nebendarstellerin im viralen Video des Tages war, was er entweder nicht gesehen oder in dem er mich nicht erkannt hatte, oder er war so freundlich, wenigstens so zu tun. Auf jeden Fall fand ich, er hätte etwas Besseres verdient als mich, die eine absolut komplette Katastrophe war, aber er war einfach so nett und wollte mich näher kennenlernen. Ich dachte, ich tue ihm einen Gefallen, wenn ich einen Schlussstrich ziehe. Ich habe eine Nachricht dagelassen, damit er sich keine Sorgen machen musste.«

Zen mustert mich, als hätte er einen heiligen Eid geschworen, dem Mann treu ergeben zu sein, der offensichtlich wesentlich griesgrämiger ist, als er auf Hawaii durchblicken ließ, und als könne they nicht in Erwägung ziehen, dass ich *nicht* die Schurkin bin.

»Und für den Fall, dass er den Teil ausgelassen hat«, füge ich leise hinzu. »Am Anfang hat er mir den Namen seines Hundes als seinen genannt.«

Nun schreckt Zen erkennbar auf. »Hat er Ihnen tatsächlich von Duke erzählt?«

»Nein. Aber alle in der Stadt sind superneugierig, wer er ist, und jemand hat mir ein Foto von ihm mit seinem Hund auf Instagram geschickt.«

»Jemand hat Ihnen ein Foto gesch… Sie haben nicht selbst recherchiert?«

»Ich bin fertig mit Gossip.«

»Wie ich gehört habe, besteht Ihr Leben aus Gossip.«

»Die Stadt ist klein. Ich bin nicht die Einzige.«

»Aber Sie sind die Beste?«

»Ich *war* die Beste. Ich erhole mich gerade davon. Es sei denn, es gibt einen entscheidenden Grund in meinem Leben, der mich davor bewahrt.«

Zen ist definitiv misstrauisch.

»Ich bin neugierig, wieso Sie sich nicht mehr angestrengt haben, um herauszufinden, warum Onkel Grey Chippy bei seiner Online-Spielsucht aus der Patsche helfen würde«, sagt Zen. »Das scheint mir eine entscheidende Information für Ihr Leben zu sein.«

Ich blinzle.

Ich blinzle noch einmal.

Und dann breche ich in Lachen aus, statt auf diese Eröffnung einzugehen. »Chippy?«

Zen zuckte die Achseln. »Oder wie er sonst heißen mag. Ich habe sein Katastrophen-Hochzeitsvideo auch gesehen. Ich gehöre offensichtlich zum Team Emma, denn wer würde das nicht? Man erzählt sich in der Stadt, Sie gehören ebenfalls dazu. Obwohl Sie mit ihm verwandt sind.«

»Man kann sich seine Verwandtschaft nicht aussuchen. Er hat uns allen auf beinah unverzeihliche Weise geschadet. Er ist nicht mehr als Familienmitglied qualifiziert.«

Zen erschauert, als hätte they es verstanden, und erstarrt, dann wird their Gesicht so leer wie das Blatt Papier, auf das Decker, wie ich mir vorstelle, gerade blickt, falls er schon aufgestanden ist.

Notiz an mich selbst: *Zen hat ebenfalls familiäre Probleme.*

Zen stößt sich jetzt von der Arbeitsplatte ab. »Wenn Sie mit dem Grill fertig sind, könnte es der Kühlschrank ebenfalls vertragen, mal ordentlich mit der Zahnbürste geschrubbt werden.«

»Bin dabei, Miniboss.«

»Ich bin über dreißig Zentimeter größer als Sie.«

»Höchstens zwanzig, aber auf jeden Fall kleiner als der Megaboss.«

Zen saugt eine Wange in den Mund und macht sich mit bebenden Lippen auf den Weg nach vorn.

Stumm klatsche ich mit mir selbst ab.

Zen traut mir nicht. Noch nicht.

Aber ich amüsiere them. Und ich habe them mit Klatsch und Tratsch versorgt und im Gegenzug nichts verlangt.

Die Leute denken, bei Gossip ginge es darum, zu reden. Für mich geht es darum zuzuhören. Zu beobachten. Zwischen den Zeilen zu lesen. Tiefer zu graben.

Und … zu warten.

Man bekommt die beste Geschichte nicht schon in der ersten Runde. Man bekommt sie erst, wenn man alle Teile beisammenhat. Und Zen beginnt, mir Einzelteile zu geben.

Ob they sich dessen bewusst ist oder nicht.

9. Kapitel

Grey

Ich verstecke mich nicht vor Sabrina Sullivan – und meinen komplizierten Empfindungen für sie –, als ich Zen am Dienstagmorgen allein ins *Bean & Nugget* schicke.

Es fällt ins Aufgabengebiet eines verantwortungsbewussten Geschäftsinhabers, den Ball ins Rollen zu bringen, um die beiden anderen Filialen zu verkaufen, die ich noch gar nicht gesehen habe. Außerdem mache ich mir die Sitzheizung im Mercedes zunutze, um den Schmerz in meiner Hüfte nach dem gestrigen Sturz zu lindern. Heute stehen Selbstfürsorge und Stressabbau auf dem Plan.

Nur mein Handy, das ich ausnahmsweise mit mir herumtrage, macht diesem Vorsatz einen Strich durch die Rechnung. Das verdammte Ding gibt immer noch Laut wie gestört.

Es stumm zu schalten bringt nicht viel, weil ich die eingehenden Nachrichten und Anrufe jedes Mal sehe, wenn ich mein Handy öffne, um Zen wegen irgendwas eine Nachricht zukommen zu lassen. Aber trotzdem habe ich wirklich damit begonnen, Chandler Sullivans Fußabdrücke Stück für Stück auszulöschen. Ich beginne mit Elk Knee, eine Luftlinie ungefähr fünf Meilen entfernte Stadt, die auf gewundenen, schneegesäumten, bisweilen spiegelglatten und, da ich mindestens dreimal falsch abbiege, anscheinend irreführenden Bergstraßen zu erreichen mich jedoch fünfundvierzig Minuten kostet.

Als ich den kleinen Laden endlich finde, ist er nicht geöffnet, obwohl er es den angeschlagenen Öffnungszeiten zufolge sein müsste. Telefonisch kann ich den Geschäftsführer nicht erreichen, und der Besitzer des Ladens nebenan berichtet mir, dass er hier seit drei Tagen niemanden mehr gesehen habe.

Was zu Zens Meldung passt, dass auch das Stammcafé seit Tagen mit niemandem hier E-Mail- oder Telefonkontakt gehabt hat.

»Hatte sowieso weder Hand noch Fuß, dass das *Bean & Nugget* hier eine Filiale eröffnet«, teilt mir der Ladenbesitzer mit. »Wir haben hier nämlich schon zwei beliebte Cafés. Noch beliebter war es immer schon, sich darüber zu streiten, welches das bessere ist. Wir gehen daher zum Kaffeetrinken ganz gewiss nicht in ein neu dazugekommenes Café.«

Die Geschichte lässt sich schwerlich bestreiten, also kehre ich der Stadt mit einem Kofferraum voller Papierwaren und unverderblicher Lebensmittel, die in Snaggletooth Creek von Nutzen sein könnten, den Rücken. Da ich bereits eine Immobilienmaklerin beauftragt habe, das Gebäude zum Verkauf anzubieten, bleibt mir selbst nicht mehr viel zu tun.

Mein nächstes Ziel ist ein malerischer kleiner Ort mit Namen Tiara Falls, dessen *Bean-&-Nugget*-Café zwar geöffnet, in Sachen Gästen jedoch beinah verwaist ist.

Doch trotz des Mangels an zahlenden Besuchern langweilen sich in der Küche fünf Angestellte. Die sich sofort emsig daranmachen zu putzen, den Bestand aufzunehmen oder die Speisen für den Mittagsansturm vorzubereiten, auf dessen Kommen sie bestehen, obwohl ein Blick in die Bücher darauf hindeutet, dass das keinesfalls genügen würde, um fünf Angestellte zu rechtfertigen.

Ich gewinne den Eindruck, dass Chandler mehr in die Vorstellung einer Cafékette verliebt war als in die Arbeit, die erforderlich ist, eine solche Kette zum Erfolg zu machen. Einschließlich der Marktforschung.

»Ist das andere Café in der Stadt auch so beliebt?«, frage ich den Geschäftsführer in Tiara Falls.

»Das hängt vom Thema ab«, bekomme ich zur Antwort, die ich erst auf der Fahrt aus der Stadt verstehe.

Denn alles hier dreht sich um Märchen. Einschließlich dem *Beanstalk*, die sehr gut besuchte Kaffeerösterei einen Straßenzug weiter, in der man auch kleine Speisen zum Frühstück und zum Mittagessen zu den gleichen Preisen wie im *Bean & Nugget* bekommen kann. Ich denke schon halb daran, eine der beiden erfolglosen Filialen in ein Großraumbüro umzuwandeln, bin jedoch nicht auf das Zusatzeinkommen angewiesen, und die Vorstellung, Bürofläche zu vermieten, versetzt mich auch nicht gerade in Hochstimmung.

Jedenfalls nicht so wie der Gedanke, das Café in Chandlers Heimatstadt auf den Kopf zu stellen und eine Riesenbiene an dem Gebäude anzubringen.

Er hat meine Forschungsbienen umgebracht.

Vorsätzlich.

Und es so hingedreht, dass ich – Schocker! – dafür geradestehen muss.

Also wird er jetzt für den Rest seines Lebens eine Biene am Cafégebäude seiner Familie ertragen müssen.

Auf dem Rückweg nach Snaggletooth Creek lasse ich mir Zeit, die Aussicht auf die schneebedeckten Berge zu genießen, und halte kurz an, um den SCOBY auf den Weg zu bringen. Wenn es hier nicht so verflucht kalt und glatt – und es nicht Chandlers Heimatstadt wäre, wäre hier ein schöner Ort, um sich zu Hause zu fühlen.

Ich könnte mir sogar vorstellen, Skifahren zu lernen. Oder Schlittschuhlaufen. Oder mit Schneeschuhen zu wandern.

Was mir definitiv nur in einem warmen, gut geheizten Auto gefällt, denn hier kribbeln meine Finger nicht. Meine Zehen sind nicht erfroren. Nicht so wie gestern, nur weil ich im Café war.

Als ich nach einem Zwischenstopp zu Hause, um einen Kombucha anzusetzen, auf den Parkplatz vor dem *Bean & Nugget* in Snaggletooth Creek rolle, sehe ich dort Sabrinas SUV, worauf ich unwillkürlich einen Schluckauf in der Herzgegend erleide.

Sie hat also nicht gekündigt.

Wieso sollte sie? Und warum ist das mein erster Gedanke?

Fürchte ich, sie könnte kündigen?

Oder hoffe ich, dass sie kündigt?

Ich weiß es nicht.

Ich weiß bloß, dass sie ständig in meinem Kopf herumspukt, und ich wünschte, sie könnte jemand sein, der dieses Café nicht so sehr lieben würde. Weil ich durchaus jemand sein könnte, der sie gernhaben könnte, wenn sie nicht das exakte Gegenteil von dem wollte, was mich hierhergeführt hat.

Als ich die Küchentür öffne, denke ich daran, dass es wohl das Letzte wäre, was ich an ihrer Stelle tun würde, weiter für mich zu arbeiten. Und das Erste, was ich sehe, ist Jitter.

Er schläft in der riesigen Hundehütte neben dem Arbeitstisch, die Vorderbeine überkreuzt, mit im Schlaf zuckenden Lefzen.

Als Nächstes entdecke ich Sabrina höchstselbst.

Sie steht mit dem Rücken zu mir vor der Spüle, während ich die Küche durchquere, ihre geschwungenen Hüften in der engen Jeans wackeln, die um die Taille geschlungen Schürzenbänder wiegen sich, ihre roten Locken hüpfen mit ihrem im Takt zu der aus den Lautsprechern des Cafés dringenden Popmusik nickenden Kopf. Sie steigt auf einen Trethocker und streckt ihre in gelb leuchtenden Gummihandschuhen steckenden Hände aus, um eine schwere Schüssel in dem Drahtgestell über sich unterzubringen.

Und sie streckt sich.

Und streckt sich.

Wackelt dabei weiter mit den Hüften.

Nickt weiter zur Musik mit dem Kopf.

Ihr schwarzes T-Shirt hebt sich und offenbart sahnig weiße Haut über dem Hosenbund, was mein Schwanz natürlich auf der Stelle registriert.

Was würde ich darum geben, wenn ich diese Frau niemals nackt gesehen hätte.

Weil ich jedes Mal, wenn ich ihren runden, vollkommenen Hintern betrachte, an nichts anderes denken kann.

Warum konnte sie nicht einfach eine der Arbeitsbienen hier sein? Oder besser noch die Künstlerin von nebenan oder die Zahnarzthelferin ein Stück weiter die Straße hinauf.

Eine Frau, die ich zum Abendessen einladen könnte, ohne mir Sorgen machen zu müssen, dass sie nur mit mir ausgeht, weil mir das Café gehört, von dem sie geglaubt hat, es würde immer in ihrer Familie bleiben.

Sie steht jetzt so hoch auf ihren Zehenspitzen wie irgend möglich, langt aber trotzdem noch nicht an das oberste Regal heran, um die Schüssel wegstellen zu können.

Ich durchquere eilig die Küche, um ihr zu helfen, und bin fast da, als sie springt.

Auf dem Trethocker.

Meine Welt friert ein, als sie abhebt.

»Was zur Hölle machst du denn da?«, blaffe ich sie an, ehe ich mich zurückhalten kann.

Sie kreischt auf, gerät bei der Landung ins Straucheln, der Trethocker kippelt unter ihr.

Sie kreischt erneut, ihre Füße gleiten aus.

Der Hund springt auf und knurrt fragend. Als wäre er verwirrt, aber auch bereit, es noch im Halbschlaf mit der Welt aufzunehmen.

Die restliche Distanz lege ich praktisch fliegend zurück. Zu ihr, deren Körper wankt, während sie mit den Armen rudert.

Sie taumelt und stürzt.

Sie stürzt, weil sie auf einem Trethocker gesprungen ist.

Ich weiß, wie das ausgeht, und sehe es in Zeitlupe geschehen.

Sie wird sich den Kopf an der Spüle anschlagen, das Bewusstsein verlieren und ohnmächtig auf den Fußboden krachen. Verletzt.

Mit gebrochenen Knochen.

Blutend.

Sterbend.

Mit tiefem Bellen kommt der Hund aus seiner Hütte gestürmt.

Ich stoße mit meiner geschundenen Hüfte gegen die Arbeitsplatte, stolpere um ein Haar über den Hund, stürze mich auf sie, packe ihren Arm, während sie sich mit ihrer freien Hand an der Edelstahlspüle fängt, mit dem Rücken zur Spüle herumwirbelt und wieder ins Gleichgewicht kommt.

Ohne meine Hilfe zu benötigen.

Natürlich.

Weil sie eine Art geliebter Freak ist, eine Frau, die irgendwie sogar der Schwerkraft trotzt, was gottverdammt bewundernswert ist.

»Wow. Tja …« Sabrina richtet sich auf, bemerkt dann anscheinend, wie nah ich ihr bin, und hebt langsam den Kopf, um mich von unten nach oben zu beäugen. »So habe ich mir meinen frühen Nachmittag eigentlich nicht vorgestellt, aber hast du gesehen, wie ich aufgekommen bin? Dass meine Mom mich, als ich ein Kind war, für klein genug gehalten hat, Turnerin zu werden, kommt meiner Geschicklichkeit und meinem Gleichgewichtssinn immer noch zugute. Aber vielleicht solltest du Leute auf Trethockern beim nächsten Mal nicht so erschrecken, Boss-Man? Ja? Fein. Gutes Gespräch. Sitz, Jitter. Mama geht's gut.«

Vom Durchgang zum Gastraum glotzen uns Zen, Willa und Cedar an.

Ich stehe noch immer zu dicht bei ihr. Und noch immer halte ich ihren Arm gepackt.

Ich bin ihr so nah, dass ihre Brüste meinen Oberkörper streifen, wenn sie atmet.

Ich muss einen Schritt zurücktreten.

Aber das will ich nicht.

Und ich will sie nicht loslassen. Nicht, solange mein Verstand noch von Bildern geflutet wird, wie sie hingestreckt auf dem Fußboden liegt, aus einer Kopfwunde blutet und das Adrenalin mein Herz übersteuert und mich dem Risiko aussetzt, meinen Blutdruck in Bereiche zu jagen, die mein Doktor mir zu meiden geraten hat.

Und am wenigsten, solange ich noch mit bloßer Hand ihre Haut berühre, Hitze von ihr ausstrahlt und ihr Atem schneller geht und ihre Augen dunkler werden … und solange ich weiß, dass sie das alles genauso empfindet.

Ich will mich nicht zu dieser Frau hingezogen fühlen. Ich will kein Mitgefühl mit ihr empfinden. Ich will mich nicht an die Laute erinnern, die sie von sich gibt, wenn ich bis zum Anschlag in ihr bin, und auch nicht daran, wie gut es sich angefühlt hat, sie zum Lachen zu bringen, als sie auf Hawaii so bekümmert war, oder wie oft ich an sie gedacht habe, seit ich die Insel verlassen hatte.

Nein!

Trotzdem kann ich sie nicht loslassen.

Es fühlt sich, verdammt noch mal, viel zu gut an, sie so zu berühren, und das, obwohl ich, logisch betrachtet, weiß, dass dies eine miserable, miserable Idee ist.

»Zurück, Boss-Man«, sagt sie jetzt. »Wie ich schon zu meinem Hund gesagt habe, mir geht es prima.«

Sie äußert es lächelnd, doch im Blick ihrer verengten Augen liegt Schärfe.

Ich lasse ihren Arm fallen, als stünde er in Flammen, und weiche zurück, wobei ich fast wieder über den Hund falle.

Zen steht in der Tür und beobachtet uns amüsiert, was ich nur daran erkenne, dass they auf einer Seite den Mundwinkel kaum merklich verzieht.

Auch die beiden Mitarbeiter betrachten uns mit mildem Entsetzen.

»Sabrina«, sagt Willa. »Du hättest um Hilfe bitten sollen.«

Sabrina wendet sich ihr grinsend zu, als wäre sie vollständig immun gegen meine Nähe.

Was sie vermutlich auch ist.

Und das ist ein Problem für mich.

»Ich hatte nicht viel Zeit zwischen dem Beinah-Sturz und meiner Rettung durch mich selbst«, erwidert Sabrina.

»Das Geschirr in die oberen Regale stellen zu wollen war leichtsinnig«, schimpft die Frau.

»Du hättest überhaupt keinen Küchendienst haben sollen«, sagt Cedar. Er ist groß und schlank und trägt ebenfalls eine *Bean-&-Nugget*-Schürze, und der gar nicht mal so dezente Seitenblick in meine Richtung entgeht mir nicht.

Als würde er annehmen, ich würde sie hier gegen ihren Willen festhalten.

»Ich mag den Küchendienst«, teilt sie ihm mit. »Erinnert mich an die Zeit, als ich noch klein war und Großmutter den Laden geschmissen hat. Jitter. Sitz.«

Doch der Hund lehnt sich seitwärts gegen mich. Er ist so groß, dass sein Leib mir bis zur Oberschenkelmitte reicht, und er zögert nicht, mich von Sabrina wegzudrücken, während er mich mit einem glücklichen Hundegrinsen anlächelt.

Einem Hund derart nah zu kommen reißt sofort alte Wunden auf. Es tut einfach saumäßig weh, einem anderen Hund zu begegnen.

Und speziell *diesem* Hund.

Er gehört zu Sabrina und ist deshalb genauso tabu wie sie selbst.

So viel sagt mir mein Selbsterhaltungstrieb.

Es ist nicht sicher, Menschen zu mögen, die einen schon einmal enttäuscht haben, und es ist sogar noch unsicherer, Menschen zu mögen, die längst klargestellt haben, dass sie das Gegenteil von dem wollen, was man selbst will.

»Der Hund muss verschwinden«, sage ich zu Sabrina. »Der hat in der Küche nichts verloren.«

Der. Das geht selbst für Super-Vengeance-Man ein bisschen zu weit.

Doch Sabrina zuckt bei meinem Gebaren und meiner Anordnung nicht mal mit der Wimper. »Toll! Das kannst du Shirlene sagen, wenn sie herkommt. Sie ist übrigens beim Gesundheitsamt. Du hast sie gestern kurz getroffen, aber du hast so viele Leute getroffen, dass ich nicht sicher bin, ob du dich noch erinnerst, wer sie war. Sie hat mich darum gebeten, den Hund heute mitzubringen, weil sie ihn vermisst, seit sie zu ihrem Freund gezogen ist. Du wohnst übrigens in ihrem Haus.

Genau genommen bist du der erste Gast, seit sie es als Ferienbleibe eingerichtet hat. Aber ich nehme nicht an, dass sie das erwähnt hat.«

Ich bin fürs Erste sprachlos.

Aber nur für den Moment. »Habt ihr eigentlich alle nichts zu tun?«

Willa beäugt mich.

Cedar beäugt mich.

Zen formt etwas mit den Lippen, das *Sie wissen es!* zu bedeuten scheint.

Was wissen sie?

Dass Sabrina und ich miteinander geschlafen haben? Dass ich mir nicht einreden kann, sie *nicht* zu mögen? Dass ich verrückt nach ihrem verdammten Hund bin?

Während ich mir darüber noch den Kopf zerbreche, eilen alle drei in den Gastraum zurück.

»Schaff mir deinen Hund vom Hals«, sage ich zu Sabrina.

Sie grinst.

Sie grinst.

Und das verflixte Funkeln ist auch wieder da. »Sorry. Aber er hat dich abgeleckt, was bedeutet, dass du jetzt ihm gehörst. So sind die Regeln. Wenn dir das nicht passt … Ich glaube, der Bürgermeister kommt heute mit Shirlene zu einem späten Mittagessen, da kannst du dann zusehen, ob du diese Regel aus der Stadtchronik streichen lassen kannst.«

»Ich gehöre nicht gleich jemandem, bloß weil er mich abgeleckt hat.«

Sie zwinkert mir zu.

Nur einmal, aber sie tut es.

Und es genügt, um mich in mein Hotel auf Hawaii zurückzukatapultieren, wo sie so viel mehr getan hat, als mich nur abzulecken.

Es ist verflucht kalt hier drin, trotzdem schwitze ich plötzlich.

»Mach sitz, Großer«, sage ich zu dem Hund.

Er blickt mich eine Sekunde ein bisschen verletzt an, doch dann trottet er zurück in die Küche und bricht theatralisch auf seinem Platz zusammen.

Ich schaue an meiner mit Hundehaaren übersäten Hose hinunter und unterdrücke ein Seufzen. Als ich aufblicke, sehe ich Sabrina, die den Trethocker wieder richtig hinstellt.

»Was machst du da?«

»Meine Arbeit«, antwortet sie fröhlich, steigt auf das verfluchte Ding und streckt die Hand aus, um aufs Neue eine große Edelstahlschüssel ins oberste Regal zu wuchten.

»Halt!«

»Muss ja gemacht werden.«

Ich marschiere zurück an ihre Seite, nehme ihr die Schüssel ab und stelle sie selbst auf den erhöhten Platz.

»Ich werde dich schon nicht verklagen, wenn ich mich verletze, während ich etwas Blödsinniges mache.«

»Und du wolltest gleich zurück sein.« *Fuck.* Ich habe es schon wieder getan.

Ich bin schon wieder auf Hawaii zu sprechen bekommen.

»Hättest du den ganzen Abend auch dann mit mir verbracht, wenn du gewusst hättest, wer ich bin?«

»Spielt keine Rolle. Du bist nicht, wofür ich dich gehalten habe.«

»Menschen sind kompliziert. Ich könnte sein, wofür du mich in der Nacht gehalten hast, und zugleich die, die ich heute bin. So wie du der Typ sein könntest, der an Emmas Hochzeitstag auf Hawaii war, nachdem er Chandlers Café gekauft hatte, was, nebenbei bemerkt, einen Haufen Fragen aufwirft, und zugleich der lustige, freundliche, hilfsbereite Mann, der aus schierer Herzensgüte einer Wildfremden hilft, die einen schlechten Tag hatte.«

»Bist du auf Gossip aus?«

Sie reicht mir eine weitere Schüssel für das oberste Regal. »Ich bin exakt an der Stelle, an der du stehst, zur Welt gekommen. Und in der kleinen Nische, in der Jitters Hundehütte steht, war früher ein Tisch, an dem ich Hausaufgaben gemacht habe, während meine Großmutter mich beaufsichtigt hat, wenn meine Mutter auf der Arbeit war. Sie arbeitet immer noch in einem Salon ein Stück die Straße hinunter. Und die Delle in der Wand neben dem Ofen? Das ist der Kopfabdruck von meinem Cousin Lucky. Er und Chandler haben sich um den letzten Blaubeermuffin gestritten, und dabei hat Chandler ihn gegen die Wand geschubst. Um beide zu bestrafen, hat Großvater die Blaubeermuffins von der Karte gestrichen, und Großmutter hat nie wieder ein Blech für die beiden gebacken. Allerdings für mich, Emma und Laney, wann immer wir sie dazu überreden konnten. Was wir aber im Allgemeinen nur taten, wenn eine von uns einen schlechten Tag hatte.«

Fast muss ich lächeln, weil Mimi es ganz genauso gemacht hätte. Außerdem behagt mir die Vorstellung von Chandler Sullivans Bestrafung.

Aber ich lächle nicht, weil Sabrina sich mein Lächeln noch nicht wieder verdient hat.

Sie deutet auf den Arbeitstisch, bevor sie sich wieder an den Abwasch macht. »Unter dem Anschlagbrett da sind Markierungen, wo Großvater festgehalten hat, wie Mom und meine Onkel heranwuchsen. Meine Onkel sind vor fünfzehn Jahren oder so mal wegen Kartoffelbrei in Streit geraten, hinter dem Ofen kleben bestimmt noch immer Reste an der Wand. Ich kann dir verraten, wieso die sechs Bodenfliesen an der Hintertür anders sind, warum wir keinen besseren Kaffeeröster haben und wer sich jetzt, da Chandler nichts mehr damit zu schaffen hat, wieder an die Arbeit machen wird, um das Café sowohl hinsichtlich des Essens als auch des Kaffees auf die nächste Ebene zu heben, aber ich bin fertig mit Klatsch und Tratsch. Ich bin allerdings noch lange nicht damit fertig, alles zu unternehmen, um das Café meiner Familie zu retten. Wenn du mir also etwas darüber zu sagen hast, warum es in deinem Gesicht jedes Mal, wenn ich ›Chandler‹ sage, so zuckt, wäre jetzt der passende Zeitpunkt dafür. Ich kann dir helfen. Wir können uns gegenseitig helfen. Aber nur, wenn du mir vertraust.«

Wieder kriecht Hitze meinen Nacken herauf, diesmal jedoch aus einem völlig anderen Grund.

Ihr vertrauen.

Ich vertraue genau zwei Menschen. Zen und Mimi.

Ich werde meinen hart erarbeiteten Super-Vengeance-Man-Anzug nicht in Sabrinas Hände legen.

Nicht, nachdem sie mich geghostet hat. Nicht, solange sie genetisch mit Chandler Sullivan verwandt ist. Und schon gar nicht, solange ich einen Hinweis nach dem anderen kriege, dass sie alles in ihrer Macht Stehende tun wird, um dieses Café zu retten.

»Vielleicht habe ich ja immer schon davon geträumt, eine Kombucha-Bar zu eröffnen«, sage ich.

»Ein großer Schritt von deinem eigenen Forschungslabor bis hierher …«

Die Hitze nimmt zu. »Hast du ein bisschen gegoogelt?«

»Nein, das kann ich gar nicht gut. Aber ich habe Freunde, die mit Computern viel besser umgehen können als ich und die es gegenwärtig zu ihrer Lebensaufgabe gemacht haben, mich zu unterstützen.« Sie reicht mir noch eine Schüssel, und diese ist triefnass.

Ich greife nach ihrem Geschirrtuch. »Habt ihr sonst noch was Interessantes gefunden?«

»Das mit deinem Hund tut mir leid.«

Meine Schultern stoßen praktisch an die Deckenkacheln. »Tabu.«

»Alle in der Stadt machen sich schlau über dich. Du hast genau eine Chance, deine Geschichte zu erzählen, bevor sie alle das Bild selbst ausmalen.«

»Und wie viel malst du für sie aus?«

Sie zieht die Seifenhände aus dem Wasser und schaut mir unverwandt in die Augen. »Nur, was sie unbedingt wissen müssen.«

»Was sie deiner Meinung nach wissen müssen.«

»Das ist ein und dasselbe.«

»Zum Beispiel, dass ich über Mr Shredded Wheat und seine beiden Freundinnen Bescheid weiß?«

Sie zuckt immer noch nicht mit der Wimper.

Weil sie sich so gut in der Gewalt hat?

Oder weil ihre Geschichten auf Hawaii gelogen waren?

»Ich bin keine Bedrohung für dich«, sagt sie leise. »Ich erläutere dir bloß, wie diese Stadt tickt. Ich kann dir helfen oder mich dir in den Weg stellen. Beides wäre mir ein Vergnügen. Aber ich muss wissen, was du willst, wenn du meine Hilfe verlangst.«

Für den Bruchteil einer Sekunde bin ich wieder auf Hawaii. Sorglos. Mit leichtem Herzen. Ich gebe alles, um mit dem Wirbelwind Schritt zu halten, der für eine gewisse Zeit meine Duchess war, während sie die Welt zu einem besseren Ort zu machen versuchte.

Ich will das wiederhaben.

Ich verzehre mich danach.

Aber deshalb bin ich nicht hier.

»Du bist gegangen«, knirsche ich durch zusammengebissene Zähne.

Sie sieht noch einen Moment länger zu mir hoch, schließlich nickt sie. »Alles klar. Dann viel Glück!«

Das klingt unheilvoll.

Aber was noch schlimmer ist, es ändert nichts an der überwältigenden Neugier, wie anders die kommenden paar Wochen hätten sein können, wenn ich sie einfach geküsst hätte.

Hier.

Und jetzt.

»Sabrina?« Willa steckt den Kopf zur Tür herein. »Shirlene ist hier.«

Sabrina lächelt. »Jitter und ich kommen sofort.«

Und damit ist der Augenblick vorüber.

Sie ist fort.

Und ich glaube, ich habe sie gerade verloren.

Noch einmal.

10. Kapitel

Sabrina

Jitter und ich gehen nach der Arbeit auf Wanderschaft, statten für ein paar Minuten Großvater einen Besuch ab und kehren dann in die Innenstadt zurück, um uns im *House of Curry* mit Laney und einer Handvoll weiterer Freunde zu einer ungezwungenen Verlobungsfeier für einen der Enkel der Besitzerin zu treffen. Das Restaurant ist nur einen Block vom *Bean & Nugget* entfernt, könnte aber ebenso gut siebentausend Welten weit weg sein.

Nani Parvatis Restaurant ist indes nicht in Gefahr, von jemandem übernommen zu werden, der das beliebteste indische Restaurant in Tooth umkrempeln will. Ihre Kinder und Enkelkinder stehen schon bereit, es in alle Ewigkeit weiterzuführen. Im Unterschied zu Chandler, der es als seine Hauptaufgabe ansah, zu den verschiedenen Filialen zu fahren und den Leuten dort vorzuhalten, was sie falsch machten, arbeitet Nani Parvatis Familie ohne Unterlass selbst in der Küche oder im Gastraum, lachend, scherzend und einander auf die beste Art neckend.

Jitter schüttelt sich draußen gründlich, dann gesellen wir uns zur Party.

Das Restaurant ist gut gefüllt, und zusätzlich kommt die halbe Stadt vorbei, um dem Paar zu gratulieren.

Und ich werde Dutzende Male gefragt, wie der neue *Bean-&-Nugget*-Besitzer so ist.

Ich vermelde jedes Mal lächelnd, dass alles ganz prima sei. Was Grey auch gegen Chandler haben mag, hat nichts mit meinem Wunsch zu tun zu vermeiden, dass mein Cousin auf den Gedanken kommt, auch mir geschadet zu haben.

Ist das kleinkariert? Oder will ich mich so bloß selbst schützen?

Nicht mal das weiß ich derzeit.

Laney und ihr Gipsbein sitzen in einer Nische, umgeben von roten Wänden, und Jitter und ich bahnen uns einen Weg zu ihr. Devi, die Inhaberin der Galerie neben dem *Bean & Nugget* und eines der Enkelkinder von Parvati, die nicht ins Familiengeschäft einsteigen wollte, sitzt bei ihr.

»Wie ist der neue Boss?«, erkundigt sich Devi, als ich neben sie in die Nische rutsche. Sie trägt einen Overall, der mit sämtlichen Farben der Palette gesprenkelt ist und hervorragend zu ihren braunen Wangen und ihren zu einem losen Dutt hochgesteckten Haaren passt.

»Grumpy«, antworte ich gut gelaunt.

Laney macht ein Gesicht, als wollte sie fragen: *Was stimmt nicht mit dir?,* und mir wird klar, dass ich es schon wieder tue. Ich spiele die Fröhliche. Was außerhalb dieser Restaurantnische nötig ist, in der Nische wahrscheinlich nicht so sehr.

»Grumpy und heiß?«, souffliert Devi.

Bah. Leider.

Sein Gesichtsausdruck, als ich beim Abwasch beinah gestürzt wäre – dieser aufs Äußerste scharf gestellte Blick –, glich dem während unserer Nacht auf Hawaii. Und wie er mich angeschaut hat, als er mir beim restlichen Abwasch zur Hand ging … Kann mir mal bitte einer einen Eisbeutel reichen?

Ich kann euch sagen, warum ich mich mit ihm so wohlgefühlt habe.

Weil die Außenwelt, nachdem sich die Hotelzimmertür hinter uns geschlossen hatte, auf der Stelle zu existieren aufhörte und Duke – Grey – mir das Gefühl gab, als wäre ich die ganze Welt für ihn.

Es überrascht mich nicht, dass er Forscher ist und ein Patent für irgendwas Umwerfendes besitzt. Die Intensität, wenn er sich auf etwas konzentriert, ist umwerfend. Was ihm im Labor vermutlich gute Dienste leistete.

Laney versteckt ein Grinsen hinter einem Happen Veggie-Korma.

Ich räuspere mich. »Ich denke, das Klima hier im Unterschied zur Westküste und wie langsam es in so einem Städtchen in den Bergen vorangeht, überfordert ihn.«

Devis braune Augen leuchten. »Oh, ja richtig, er kommt aus Kalifornien, nicht wahr?«

»So sagt man.«

Die beiden Frauen betrachten mich neugierig.

Laneys Blick bedeutet: *Tust du wirklich immer noch so, als wärst du fertig mit Gossip?*, während Devi zu fragen scheint: *Und mehr hast du nicht erfahren?*

»Was macht dein Bein?«, erkundige ich mich bei Laney, auch wenn ich sie viel lieber fragen würde, wie es Emma geht, was ich aber erst tun werde, wenn wir unter uns sind.

Wann immer mich in den letzten zweieinhalb Wochen jemand gefragt hat, wie es um Emma steht, habe ich nur vage gelächelt. *Hat sich in die Solo-Flitterwochen verdrückt,* ist zu meiner Standardantwort geworden.

Laney verzieht das Gesicht. »Es nervt. Aber verrate Theo nicht, dass ich das gesagt habe, sonst macht er es sich zur Lebensaufgabe, mich noch mehr zu umsorgen.«

»Und wäre das so übel?«, will Devi wissen.

Laney schüttelt den Kopf. »Nein, überhaupt nicht, aber ich glaube, es juckt ihn, Snowboarden zu gehen oder überhaupt mal was anderes zu machen, als noch einen Tag zu Hause stillzusitzen, doch das wird er sich verkneifen, solange er meint, ich könnte keine acht Stunden ohne ihn überleben.«

»Du bist alleine hier auf der Party.«

»Ich habe ihn gebeten, mir für morgen zum Mittagessen Lasagne zu machen, da ist er zum Markt in Elk Knee gefahren, weil er meint, dort könnte man die frischesten Zutaten bekommen, die man für eine hausgemachte Soße benötigt.«

Laney kann Lasagne nicht ausstehen.

Was bedeutet, dass Theo in Wirklichkeit irgendetwas für oder mit Emma unternimmt.

Mein Herz zieht sich zusammen. Wie gern würde ich auch helfen, aber zum ersten Mal im Leben weiß ich nicht, wie ich es anstellen soll.

»Ihr zwei seid echt niedlich.« Jetzt wendet sich Devi mir zu. »Beinah so niedlich wie eine gewisse zierliche Rothaarige, die sich in der Küche ihres Cafés in den Armen ihres verheerend gut aussehenden und verdammt hochgewachsenen neuen Chefs erwischen lässt.«

»Ich bin fertig mit Gossip«, teile ich Devi mit. »Wenn du also auf den Exklusivbericht aus bist, wendest du dich besser noch mal an denjenigen, der dir das erzählt hat.«

Devi lacht.

Laney seufzt.

Jitter verdreht die Augen.

Okay, macht er nicht. Stattdessen legt er den Kopf in Laneys Schoß und sieht sie mit seinem Hundeblick an, als könnte er es nicht ertragen, wenn irgendwer weniger als glücklich ist, doch ihr Seufzen verrät ihm, dass sie weniger als glücklich ist, und nun will er wissen, was er tun kann, damit sie sich besser fühlt.

»Verzichtest du wegen der Hochzeit auf Gossip?«, fragt mich Devi.

»Genau«, antwortet Laney an meiner Stelle. »Und nur fürs Protokoll, ich bin gegen diesen Plan. Vor allem seit der neue *Bean-&-Nugget*-Besitzer …«

»… das Café zu einer Kombucha-Brauerei umbauen will?«, beendet Devi den Satz für sie.

»Ich habe gehört, er nennt das eine Kombrewchery, was echt ein dämliches Wort ist. Deshalb stimme ich zu, Sabrina muss alles, was sie hat, in die Waagschale werfen, damit das *Bean & Nugget* das *Bean & Nugget* bleibt.«

»Wer hat dir das gesagt?«, frage ich.

»Frannie. Der Freund der Nichte ihres Postboten ist einer von drei Unternehmern, die um einen Kostenvoranschlag gebeten wurden.«

Ich stöhne beinah auf.

»Stimmt das denn nicht?«, will Devi wissen.

»Doch, stimmt genau.« Nein, ich werde nicht vor Enttäuschung aufheulen. »Es ist nur …« Ich unterbreche mich selbst und schüttle den Kopf. »Ich habe bloß das Gefühl zu tun, was immer ich tun muss, um seine Meinung zu ändern, ist eine Nummer zu groß für mich«, erkläre ich schließlich.

»Für dich ist nichts eine Nummer zu groß«, meint Devi.

»Jetzt schon.«

Laney sieht mich an.

Ich reagiere mit der Andeutung eines Achselzuckens, das sie hoffentlich als *Wäre er noch derselbe Mann wie auf Hawaii, hätte ich vielleicht eine Chance* interpretiert.

Es gibt Augenblicke, in denen er mich still betrachtet und auf sich wirken lässt, sodass ich denke, er ist durchaus noch derselbe. Doch im nächsten Moment gibt er sich wieder verschlossen und wachsam.

Keine atemberaubend lächelnden, von Fältchen eingerahmten blauen Augen mehr. Kein Drängen, mehr über mich zu erfahren. Kein Beharren darauf, dass er im Herzen ein echt schlechter Mensch ist, während er sich nach irgendwelchem Abfall bückt oder einer wildfremden Frau sagt, dass ihm ihre Bluse gefällt.

»Hast du mal mit Chandler gesprochen?«, frage ich Devi.

Ihre braunen Augen funkeln belustigt. »Dann bist du doch noch nicht fertig mit dem Gossip?«

»Ich habe ihn seit der Hochzeit nicht mehr gesehen. Ich habe nicht mal gehört, dass ihn seit der Hochzeit überhaupt jemand gesehen hat, worüber ich, ehrlich gesagt, ganz froh bin. Ich frage mich nur, ob … wann ich mich für eine Begegnung mit ihm wappnen soll. Schließlich ist die Lage im *Bean & Nugget* seine Schuld.«

»Ich habe nichts gegen Gossip«, wendet sich Laney an Devi. »Mir kannst du alles sagen. Hast du mit ihm gesprochen? Ich würde gern wissen, wie er den Verkauf so klammheimlich einfädeln konnte und wieso er weiß, dass … Ah.«

Unter dem Tisch rappelt sich Jitter auf und stößt dabei gegen ihr Bein.

»Jitter«, sage ich leise. »Platz, Großer.«

Doch er ignoriert mich und zerrt an seiner Leine.

Im selben Moment bemerke ich, dass es im Restaurant leiser geworden ist.

Und dann füllen sich die verbliebenen Leerstellen mit einem Kribbeln zwischen meinen Schulterblättern, bevor ich die alle anderen überragende hochgewachsene Gestalt erblicke.

Grey ist hier.

Er ist im Eingang stehen geblieben und lässt den Blick über

die Menschengruppen schweifen, die sich zwischen den Tischen zerstreut haben wie bei einer Privatparty üblich.

»Der neue Cafébesitzer«, durchläuft das Flüstern blitzschnell den Gastraum.

»Heilige Scheiße«, haucht Devi.

»Er ist ... Wow!«, ergänzt Laney, die sich mit ihrem Gipsbein auf einem freien Stuhl so weit umdreht, wie sie kann, um ihrerseits besser sehen zu können.

»Eine Persönlichkeit«, erinnere ich sie.

»Okay, Miss Gute-Taten.«

»Mr Greyson!«, ruft Nani Parvati. »Kommen Sie herein. Essen Sie was. Lernen Sie meinen Enkel und seine zukünftige Ehefrau kennen. Kommen Sie, essen Sie was bei uns.«

»Nani, du hast zweimal ›Essen Sie was‹ gesagt«, meint Devis Bruder.

»Das ist auch das Allerwichtigste.«

Alle lachen.

Alle außer Grey.

Er trägt Jeans und ein Button-down-Oxford-Hemd unter der dicken Wolljacke, dazu Handschuhe, Wollmütze und den Bart, den er sich gerade wachsen lässt. Und er sieht aus wie ein Reh im Scheinwerferlicht.

»Verdammt«, brumme ich, als die Einheimischen über ihn herfallen.

»Was will er hier?«, fragt Devi leise. »Es gibt doch auch im *Bean & Nugget* was zu essen.«

»Er kommt aus San Diego«, flüstert Laney zurück. »Da ist er bestimmt an eine größere Auswahl zum Abendessen gewöhnt als Suppe, Sandwiches und Backwaren.«

»Oder es hat ihn jemand eingeladen«, sage ich.

»Oder er inspiziert Nanis Laden für die nächste Übernahme«, schlägt Devi vor.

Ich glaube nicht, dass der Besitz einer ganzen Stadt sein Stil ist.

Aber ich glaube, dass er bei den Singles hier in Tooth bald so beliebt sein wird, wie Jitter es, wohin wir auch kommen, jetzt schon ist.

Ein paar Leute werfen mir Blicke zu, als wollten sie sehen, ob ich überhaupt irgendwie auf Greys Erscheinen reagiere.

Ich gebe vor, nichts zu bemerken.

Aber als ich mitbekomme, dass sich Kayla Swoosy mit ihm unterhält, werde ich doch ein wenig nervös.

Sie war früher mal olympische Trampolinspringerin. Ja, eine große Sache. Aber was hier und jetzt wichtiger ist …

»Warum guckst du so?«, will Laney von mir wissen. »Warum machst du so ein Gesicht?«

»Ich … habe meinem neuen Boss … ein paar Einzelheiten über Leute in der Stadt erzählt, die nicht so ganz stimmten, als ich … sie ihm erzählte …«

Es kommt nicht jeden Tag vor, dass es mir gelingt, gleich mehrere Menschen um mich herum zu verblüffen, aber in diesem Moment habe ich es zweifellos geschafft.

»Du hast ihm Klatschgeschichten über uns erzählt?«, flüstert Devi.

»Aber ich habe die Details verändert.«

»Namen? Situationen? Was genau?«, will Laney wissen.

»Hängt davon ab, was mir zuerst eingefallen ist. Aber ich habe anstelle der richtigen Namen Tarnnamen verwendet. Und Einzelheiten darüber geändert, wer was gemacht hat. In manchen Fällen besser als in anderen. Zum Beispiel habe ich durchblicken lassen, mit einer olympischen Curling-Meisterin verwandt zu sein, deren Eltern in Swingerclubs gehen. Und dass es in der Stadt mal einen Riesenstreit zwischen dem Inhaber des Eiscafés und dem Besitzer des hiesigen Wellnesszentrums gab, weil die Ente des Wellnesszentrum-Besitzers regelmäßig in den Garten des Eiscafé-Eigentümers gekackt hat. So in der Art.«

»Nani Parvati und Mr Monroe haben sich wegen eines ausgestopften Esels gestritten, sonst fällt mir nichts ein, was auch nur annähernd an deine zweite Geschichte heranreichen könnte«, sagt Devi mit Blick auf Grey und Kayla. »Und Kayla hat eine Olympiamedaille gewonnen, aber ihre Mutter ist Single. Und verwandt seid ihr auch nicht. Oder habt ihr irgendwelche Verwandten, die … Oh, mein Gott.« Sie schlägt mit beiden Händen auf die Tischplatte, sodass Laneys Teller und Jitter einen Satz machen. Doch dann senkt sie die Stimme, beugt sich hinüber und flüstert: »Sind Chandlers Eltern Swinger?«

»Nein, aber sie führen eine offene Ehe«, gebe ich leise zurück, als ich sicher bin, dass niemand sonst zuhört.

»Weiß Emma das?«

Ich richte mich abrupt auf, erschrecke Jitter, der unter den Tisch abtaucht, sich den Kopf stößt und beinah Laneys Drink verschüttet, als er den Tisch erbeben lässt.

»Spricht sie mit Chandler?«, will ich wissen.

»Fuck, ganz sicher nicht«, antwortet Laney bestimmt, während sie das Essen vor sich wieder richtet.

Devi und ich blicken sie an. Laney gehört sonst nicht zu den Leuten, die fluchen.

Ihre Wangen färben sich leicht rosig. »Das war Theos wortwörtliche Antwort, als ich ihm dieselbe Frage gestellt habe.«

»Weil er nicht will, dass sie mit ihm redet, oder weil er weiß, dass sie es nicht tut?«, fragt Devi.

»Beides«, gibt Laney zurück.

»Ist sie wieder zu Hause?«, drängt Devi. »Ich dachte, keiner hätte von ihr gehört.«

»Sie sollte an diesem Wochenende zurückkommen«, lautet

Laneys zugeknöpfte Antwort. »Theo hat regelmäßige Lebenszeichen von ihr verlangt. Außerdem war er in dieser Woche in ihrem Haus, um Chandlers Zeug auszuräumen und es zu Fiona Bell zu schaffen.«

Es dauert einen Moment, bis der Groschen fällt, und als es so weit ist, kann ich zum ersten Mal seit einer Woche wirklich lachen.

Fiona verkauft online Kunstwerke aus recycelten Materialien, ihre Spezialität ist Schmuck aus wiedergewonnenem Gerümpel. Darüber hinaus ist sie die prominenteste Wicca-Anhängerin von Snaggletooth Creek.

Eine einträgliche Kombination.

Bevor sie irgendwas verkauft, reinigt sie die Aura von allem, was sie recycelt. Sodass alles auf ihrer Website garantiert frei von Verwünschungen ist.

Ach Mist!

Ich habe Grey von Fiona und ihrem Nachbarschaftsstreit erzählt. Aber soweit er weiß, geht es um einen Konflikt um Wasserrechte zwischen Miss Sharpie und Mr Leprechaun.

In Wahrheit geht es um ein Gewächshaus, das über eine Grundstücksgrenze hinausragt, und darum, ob sie Giftsumach angebaut hat, um ihn für Zaubersprüche gegen ihren Kontrahenten zu verwenden.

Und dieser Kontrahent ist einer der Drillinge, der superwütend wird, wenn ich darüber rede, weshalb ich nicht verrate, um welchen Drilling es sich handelt. Denn ich liebe die drei viel zu sehr, um noch mehr auszuplaudern.

»Dann ist es also definitiv so richtig aus zwischen ihnen?«, fragt Devi.

Laney nickt, während sie Jitter von seinem Platz unter dem Tisch verscheucht. »Das ist das Einzige, was an der ganzen Situation klar feststeht.« Dann sieht sie mich an. »Wird dein neuer Boss dahinterkommen, über wen du geredet hast, oder müssen wir Schadensbegrenzung betreiben?«

»Ich denke, er hat mich als Lügnerin abgeschrieben, und ich habe haufenweise Einzelheiten abgeändert, wir sind also wahrscheinlich auf der sicheren Seite. Trotzdem, es wäre vielleicht nicht schlecht, wenn ein paar andere Leute ihm ebenfalls unzusammenhängende Klatschgeschichten auftischen würden, damit er sich nicht länger fragt, was davon ich ihm erzählt haben könnte.«

Devi sieht mich schräg an. »Du verheimlichst uns irgendwas.«

»Es ist …«

»Addison Hunter auf drei Uhr«, meldet Laney rasch.

Devi und ich wenden abrupt die Köpfe.

Shit.

Sie hat recht.

Addison ist hier.

Addison ist hier, und sie steuert auf Grey zu, als würde sie es darauf anlegen, ihn zu fragen, ob er mit zu ihr kommen will.

Nur über meine kalte, mausetote Leiche.

»Jitter, du hast gewonnen«, sage ich zu ihm. »Gehen wir deinem neuen Busenfreund guten Tag sagen.«

»Ach, Jitter mag ihn?«, fragt Devi.

Jitter mag jeden.

Außer Addison.

Ich habe ihm verboten, Addison zu mögen.

Und ich rede mir ein, dass Addison der einzige Grund ist, warum ich mich von meinem Platz erhebe, um mit meinem Hund den Raum zu durchqueren und Grey zu retten.

Mal wieder.

Wenn er mit Devi oder Laney oder Kayla oder sonst wem reden wollte, hätte ich nichts dagegen einzuwenden.

Aber Addison?

Nein.

Nein.

In dem Moment, als ich mich auf den Weg zu ihm mache, stellt er den Blickkontakt mit mir her, als wäre ich der einzige Mensch im Restaurant.

Und wieder verschlägt es mir den Atem.

Genau wie in dem Moment, als er förmlich zu mir flog, um zu verhindern, dass ich falle, nachdem er mich kurz zuvor in der Küche erschreckt hatte, woran ich jedoch absichtlich nicht denke.

Nicht an die Furcht in seinem Blick.

Nicht an seinen viel zu schnell gehenden Atem.

Nicht an den Griff seiner langen Finger um meinen Unterarm.

Nicht an die widerstreitenden Emotionen, die über sein Gesicht huschten, als ihm aufging, dass er dabei war, sich zu verraten.

Dass er sich sorgt.

Aber dass er genau das eindeutig nicht will und dass er immer wieder darauf zu sprechen kommt, wie ich ihn auf Hawaii sitzen ließ, ist ein leuchtend rotes Warnsignal, das mir sendet: *Ich kann dir nicht vertrauen, aber ich fühle mich immer noch lachhaft zu dir hingezogen und bin stinksauer darüber.*

Er starrt mich einen Herzschlag zu lang an, bevor er sich wieder Addison und ihrem Geplapper zuwendet, während sie ihm viel zu dicht auf die Pelle rückt. Stumm danke ich den Göttern, dass ich nur etwa zehn Sekunden benötige, um an seine Seite zu eilen.

»Hey, du hast es geschafft«, rufe ich, lasse zu, dass Jitter seine Nase in Greys Schritt bohrt, und bleibe so dicht vor ihm stehen, dass ich den Hals recken muss, um ihn anzuschauen. »Ich habe dich gar nicht reinkommen sehen. Hast du schon einen Teller?«

Seine blauen Augen richten sich in einer Mischung aus Misstrauen und Faszination auf mich. »Ja, ich habe es geschafft«, wiederholt er langsam.

Ich lächle. Und zwinkere ihm zu.

»Wie ich sehe, kennst du Addison schon«, sage ich. »Sie hat Emmas Hochzeitsvideo ins Netz gestellt.«

»Oh, mein Gott, Sabrina«, kreischt Addison.

»Stimmt«, brummt jemand hinter mir. »Ich hab es zuerst bei ihr gesehen.«

»Haben Sie noch nie einen Fehler gemacht, Grey?«, sagt das schleimige, hinterhältige kleine Miststück zu ihm.

Ich berühre ihn am Ellbogen und beuge mich zu ihm. »Oh, darauf kannst du wetten.«

Sie schaut auf meine Hand.

Er schaut auf meine Hand.

Mindestens drei Leute in unserer Nähe holen kollektiv scharf Luft.

Also, ja, ich habe gerade mittels Körpersprache kommuniziert, dass er mir gehört und alle anderen sich gefälligst verpissen können.

Was vor allem an Addison gerichtet ist.

Auf einer Skala von eins bis zehn kann sie meinetwegen für den Rest ihres Lebens Schmodder durch einen Strohhalm saugen, wenn sie durstig ist.

»Und ob ich in meinem Leben Fehler gemacht habe«, sagt Grey langsam, »aber ich glaube, ich bin noch nie für ein paar Minuten Ruhm einer Freundin in den Rücken gefallen.«

»Ist er nicht süß«, sage ich zu Devis Bruder, der mit seiner Frischverlobten an uns herangerückt ist, um uns alle zu belauschen.

»Wohl eher schlau«, murmelt Isabella hinter uns.

»Das auch«, stimme ich lächelnd zu.

Grey entfernt sich aus meiner Reichweite, um sich zu bücken und Jitter hinter seinen großen braunen Schlappohren zu kraulen und ihn aus seinem Schritt zu schieben.

Addison sieht zuerst mich an, dann Grey und dann wieder mich. Man sieht förmlich, wie sich ihre Zahnräder drehen.

Die Aufregung über die von ihr erschnüffelte Neuigkeit. Bin ich wirklich die Erste, die der ganzen Stadt berichtet, dass Sabrina auf ihren Boss steht?

»Das willst du nicht tun«, sage ich leise, immer noch lächelnd. »Nicht mit mir.«

Jitter drängt gegen Greys Beine, während der Mann selbst zusieht, wie ich ein Blickduell mit der Frau ausfechte, die meine Todfeindin wurde, als sie Emmas Hochzeitsvideo leakte.

Sie dürfte nicht mal hier sein.

Sie arbeitet in Denver.

Und so fertig ich auch mit Gossip sein mag, ich hätte es mitbekommen, wenn sie ihren Job verloren oder beschlossen hätte, nach Hause zurückzukehren.

Und mit Gossip fertig zu sein würde keinesfalls bedeuten, dass ich nicht jedes Geheimnis von Addison, über das ich Bescheid wüsste, weiterverbreiten würde, damit sie den Rückzug antritt und sich um ihren eigenen Scheiß kümmert.

Sie wird ein kleines bisschen blass. »Ich habe gehört, Emma ist wieder daheim.«

»Hast du auch gehört, dass Theo rund ein Dutzend Gehe-nicht-ins-Gefängnis-Karten vom Sheriff hat?«

Jetzt wird sie kreideweiß.

Ich blinzele noch immer nicht. »Grey, du hast noch nichts gegessen. Komm, besorgen wir dir was zum Abendessen.«

»Hat mich gefreut, Sie kennenzulernen«, wendet er sich an

Addison, und es kommt mir vor, als wären wir wieder auf Hawaii.

Wir spielen uns die Bälle zu. Wir hassen uns nicht. Wir versuchen nicht, dem anderen einen Schritt voraus zu sein.

Ein bisschen Misstrauen liegt noch in der Luft, aber das könnte auch nur Einbildung sein.

Oder mein schlechtes Gewissen.

»Fertig mit Gossip, hm?«, sagt er leise zu mir, während ich Jitter hinter uns herziehe, um uns einen Weg durch die Menge bis zum Kassenschalter zu bahnen.

»Stell mich nicht auf die Probe, wenn es um Menschen und Dinge geht, die ich liebe.«

»Ich brauchte keinen Beistand.«

»Wäre es dir lieber gewesen, nicht zu wissen, wer sie ist und was sie getan hat?«

Er antwortet nicht.

Wir erreichen den Schalter, hinter dem Nani Parvati zu mir aufschaut. »Du bist Single?«

»Richtig.«

»Aber ihr zwei seht vertraut zusammen aus.«

»Was er auch will, setz es auf meine Rechnung.«

Grey gibt einen Laut von sich. »Ich bezahle selbst für mein Abendessen.«

»Und kannst du, egal was er bestellt«, ergänze ich, ohne ihn zu beachten, »doppelt Naan und Nachtisch dazutun?«

»Ganz wie du willst, Sabrina.«

»Ich brauche nichts extra, und ich bezahle selbst für mein Essen«, sagt Grey noch einmal.

»Unsinn«, schnaubt Nani Parvati taktvoll. »Wir wollen Ihr Geld hier nicht, Sie haben das *Bean & Nugget* gerettet. Sie bekommen Ihr Essen von mir oder Sabrina, aber Sie zahlen auf keinen Fall selbst dafür.«

Sein Bart regt sich, als würden seine Kiefermuskeln darunter zucken.

Jitter wedelt noch heftiger mit dem Schwanz und fährt fort, den Mann anzuschmachten, als hätte er den Mond in den Himmel gehängt.

Verräter.

»Ich bin keine deiner guten Taten«, knurrt Grey in meine Richtung.

»Tut mir leid, Boss-Man, aber es sieht ganz danach aus. Wenn du nicht nimmst, worauf du Lust hast, werden Nani Parvati und ich dich überraschen.«

»Wir werden Sie so oder so überraschen«, stimmt sie zu. »Setzen Sie sich. Ich bringe Ihnen Ihr Abendessen.«

»Ich werde nicht …«, setzt Grey an, doch weiter kommt er nicht, bevor ihn jemand von hinten anstößt.

Was kein Problem wäre, allerdings gerät er ins Straucheln, und als er strauchelt, jault Jitter auf und erschreckt sich. Was dazu führt, dass er Grey seitwärts abdrängt.

Geradewegs gegen Marley, meine Nachbarin, mit ihrer hinreißenden kleinen Tochter Aspen.

Die einen mit Butterhühnchen beladenen Teller trägt.

Das sich über Greys Button-down-Hemd und Jacke verteilt.

Ich will etwas sagen, doch nichts kommt heraus.

Jitter winselt und kauert sich an meine Beine.

»Oh, es tut mir so leid«, beginnt Marley, doch sie hat es kaum ausgesprochen, als ein Stück Naan an ihrem Ohr vorbeisaust.

»Hey«, jault jemand auf.

»Wer hat das geworfen?«, schreit Nani Parvati.

Niemand antwortet.

Doch da kreischt jemand in der Nachbarschaft von Laneys und Devis Plätzen, und als ich mich umdrehe, sehe ich Laney sich äußerst unzureichend das spitzbübischste Grinsen verkneifen, das ich in ihrem Gesicht jemals gesehen habe, während Devi offenen Mundes Maulaffen feilhält.

»Jemand hat mit Essen nach mir geworfen!«, schreit Addison.

»Essensschlacht!«, ruft jemand, der sich auffallend nach Lucky anhört.

Und dann ist Schluss mit lustig.

Nani Parvati reißt die Augen auf. Sie macht den Mund auf, weicht nach links aus, als ein Samosa auf sie zugesegelt kommt, und weicht in die Küche zurück.

Ich glotze abwechselnd Laney an – die eine Essensschlacht vom Zaun gebrochen hat – und drücke Grey Servietten in die Hände. »Es tut mir so leid«, brabble ich gemeinsam mit Marley, während wir uns ducken und Nahrungsmitteln ausweichen, wozu Grey nicht in der Lage ist.

Weil er riesig ist.

Der größte Kerl im ganzen Restaurant.

Der breiteste Kerl im ganzen Restaurant.

Obwohl er sich Mühe gibt, kein Ziel abzugeben, ist er bald mit Tandoori-Hühnchen und Biryani und Chana Masala und Vindalho und Korma besudelt.

»Gewöhnlich essen wir das alles«, sagt Marley, während wir beide verzweifelt versuchen, die ständig wachsende Zahl an Essensresten wegzuwischen, die ihn von oben bis unten beschmieren.

Jitter stürzt sich auf eine umgekippte Schüssel Kheer.

Grey verbirgt den Kopf unter übereinandergeschlagenen Armen. »Passiert das gerade, weil ich das Café umbauen will?«

»Wir verlieren hin und wieder die Kontrolle«, erwidert Marley. »Und meistens steckt Theo dahinter.«

»Theo ist gar nicht hier«, blafft jemand.

»Aber seine Freundin«, zische ich.

Marley und ich nehmen Blickkontakt auf.

Dann werfen wir beide einen Blick zu Laney.

Sie ist mit etwas Grünem bedeckt und schüttet sich vor Lachen aus.

»Pass auf deinen Gips auf«, kreischt Devi.

»Verflixt noch mal«, sage ich leise.

»Hey!«, lässt sich vom Eingang eine dröhnende Stimme vernehmen. »Hört, verdammt noch mal, mit dem Scheiß auf!«

Sofort fliegt kein Essen mehr.

Mit Riesenschritten kommt Theo zur Tür herein und funkelt alle finster an. »Wenn der Gips meiner Freundin gewechselt werden muss, zahle ich es euch, alle wie ihr da seid, mit Katzenkacke in euren Briefkästen heim. Und Schlimmerem!«

Marley fächert sich Luft zu.

Sie ist nicht die Einzige.

»Ist das der Pornostar?«, brummt Grey mir zu, während er sich Gurkensalatsoße aus den Haaren streicht.

»Nackt strickender Motivator«, erläutere ich, während Jitter sich weiter am Essen zu schaffen macht und ich ihn immer noch von seinem Nachtisch zu trennen versuche.

»Wenn Zen das nächste Mal Lust auf Curry verspürt, muss they selbst herkommen.«

Ich versuche, mir ein schnaubendes Lachen zu verkneifen, scheitere jedoch daran.

Elendiglich.

»Es tut mir so leid«, sagt Marley wieder, ist aber nur halb bei der Sache.

Ihre andere Hälfte sieht zu, wie Theo Laney aus der Nische hebt, wo sie die Essensschlacht weitgehend unversehrt überstanden hat.

Wenn er noch nicht kapiert hat, dass sie das Ganze gestartet hat, wird er es sicher bald erfahren.

Und wahrscheinlich schmeißen sich dann beide die ganze Nacht vor Lachen darüber weg.

Was mir nicht gleich wieder das Wasser in die Augen treiben sollte, es aber dennoch tut.

Ich will das auch.

Ich will auch jemanden, mit dem ich lachen und Verwüstungen anrichten, und jemanden, dem ich meine sämtlichen Geheimnisse anvertrauen kann.

Ich glaube bloß nicht an so etwas. Sosehr ich mir nach Hawaii auch zu wünschen begonnen habe, ich könnte doch daran glauben.

»Ist dein Auto mit Hundehaaren übersät?«, fragt Grey.

Ich räuspere mich und blinzle in rascher Folge, während ich weiter Jitter anstarre. »Natürlich.«

»Gut, dann kann ich es auch noch mit Essen besudeln. Fährst du mich nach Hause?«

Das klingt wie eine Drohung.

So wahr mir der Gott Macchiato helfe, ich bin dabei.

11. Kapitel

Grey

Sabrina hat offenbar nichts dagegen, mich nach Hause zu fahren.

Aber ich muss mich zu Jitter auf die Rückbank quetschen, der mich vollsabbert und sein Abendessen von meinen Klamotten zu schlecken versucht, während ich auf der kurzen Fahrt meine Knie gegen den Beifahrersitz vor mir presse.

Auch wenn ich mich, jetzt, da ich mit ihr im Auto sitze, frage, ob sie mich wirklich heimfährt oder ob sie vorhat, mich aus dem Wagen und einen Abhang hinunterzustoßen.

»Bist du immer so ungehobelt?«, frage ich sie, als wir Downtown Snaggletooth Creek hinter uns lassen.

Warum auch nicht?

Immerhin ist sie mir aufs Neue zu Hilfe geeilt.

Sie fragt mich nicht, worauf ich hinauswill. »Nur wenn es sein muss.«

»War das Miss Cheerios?«

Nun nimmt sie im Rückspiegel Blickkontakt mit mir auf.

Ihr SUV gehört zu den kleineren Modellen, sodass ich auf dem Rücksitz beinah zerquetscht werde.

Vor allem weil der Hund zwei Drittel des Platzes beansprucht.

Ich rieche wie ein indisches Büfett, also müsste ich mich

eigentlich darauf freuen, hier rauszukommen und endlich duschen zu können. Und da unsere Häuser ganz in der Nähe liegen, müssten wir in drei Minuten dort sein.

Ich könnte also bald duschen.

Stattdessen möchte ich, dass sie mir Addisons Tarnnamen verrät.

War sie Miss Cheerios, die auf der Highschool den Pompon-Wettbewerb ruiniert hat? Oder Mrs Arby, die zum Stadtgespräch wurde, nachdem die Autowaschanlage verrückt gespielt hatte?

Ich weiß, dass sie die Geschlechter ausgetauscht und Einzelheiten frisiert hat, aber da ich Kayla die Trampolinspringerin vor einer halben Stunde kennengelernt und mir zusammengereimt habe, dass ihre Eltern keine illegalen Würfelspiele im Keller einer hiesigen Kunstgalerie veranstalten – sie hat mir nämlich erzählt, dass ihre Mutter den Lebensmittelladen am Ort betreibt und ehrenamtlich im Tierheim aushilft –, wird mir erst jetzt klar, wie groß das Rätsel ist, vor das Sabrina mich gestellt hat.

Faszinierend.

Wie alles hier.

Ich will das ganze Rätsel lösen. Beinah mehr, als ich Chandler Sullivans Gesicht sehen will, wenn ich eine Riesenbiene an dem Gebäude anbringe, das ihn zu dem gemacht hat, was er ist.

»Nein«, antwortet Sabrina schließlich.

»Du meinst, die Frau, die die Hochzeit im Internet verbreitet hat, ist nicht Miss Cheerios?«

»Korrekt.«

»Wer ist sie dann?«

»Über sie habe ich dir nichts erzählt.«

»Warum nicht?«

»Weil ich, als wir uns begegnet sind, zu verletzt und zu wütend auf sie war, um mir eine andere Geschichte für das auszudenken, was geschehen ist, und weil ich nicht über sie reden wollte.«

Ich bin mir nicht sicher, ob ich ihr glauben soll oder nicht. Die Geschichte klingt wahr, was jedoch nicht heißt, dass sie kein neues Rätsel ist. »Was weißt du noch über sie?«

»Nichts.«

»Weil du es vergessen hast?«

»Genau. Ich bin fertig mit dem Gossip.«

»Du hast soeben dafür gesorgt, dass ich weiß, dass ich gerade mit der zweitgrößten Schurkin der Stadt gesprochen habe. Bist du wirklich sicher, dass du mit dem Gossip fertig bist?«

»Es ist jetzt meine Lebensaufgabe, alle von Klatsch und Tratsch abzubringen. Das gelingt mir am besten, wenn ich dafür sorge, dass andere Klatschbasen die Konsequenzen ihres Tuns erkennen.«

Sie fragt mich nicht, wen ich für den größten Schurken in der Stadt halte.

Doch ich behalte sie im Rückspiegel im Auge.

Mir ist bewusst, dass der kleine Satz ins Schwarze getroffen hat. Ich bin mir fast sicher, sie ist neugierig, was ich damit sagen wollte, und dass sie ihren eigenen Verdacht hegt.

»Du hast mich davor bewahrt, in eine Falle zu tappen und meine tiefsten, dunkelsten Geheimnisse einer Frau anzuvertrauen, die sie anschließend im Internet verbreiten würde«, sage ich. »Damit scheinst du mir deine Macht zu einem guten Zweck zu nutzen.«

Als sie auf die Bremse tritt, sehe ich, dass wir am Ziel sind.

Zurück in der überschaubaren Nachbarschaft.

»Da wären wir«, sagt sie. »Bis vor die Haustür. Danke, dass Sie mit Jitter Airlines geflogen sind. Ziehen Sie beim Aussteigen Ihren Kopf ein.«

»War irgendwas von alldem wahr?«

Wieder begegnet sie meinem Blick und muss mir gar nicht mehr antworten.

Die Frage *Für wen hältst du dich, dass ich dir meine ganze Wahrheit sagen könnte?* steht ihr in den hellgrünen Augen geschrieben. »Es ist an mir, das zu wissen, und an Menschen, die mir vertrauen, es herauszufinden. Und jetzt steig aus, bevor ich dir den Geschenkegutschein, den Jitter dir gegeben hat, wieder abnehme und ihn lieber verwende, um mein Auto chemisch reinigen zu lassen.«

»Ich wollte nicht wieder deine gute Tat des Tages sein.«

»Ich will auch nicht, dass du noch mal für meine guten Taten herhalten musst. Also, hör bitte auf, mich zu brauchen.«

Sie meint es nicht so. Jedenfalls nicht unfreundlich.

Während ich es absolut ernst damit meine, nicht wieder ihre gute Tat sein zu wollen, andererseits tut es mir eigentlich auch nicht leid, dass ich es war.

Ich hätte Addison Wie-sah-sie-noch-gleich-aus keines meiner Geheimnisse verraten, was nicht bedeutet, dass ich mir nicht wie ein Idiot vorgekommen wäre, wenn ich später herausgefunden hätte, dass sie die Erste war, die das virale Hochzeitsvideo gepostet hatte.

Weil es sich ein bisschen zu sehr so angefühlt hätte, wieder in den Kreis meiner Familie zurückgekehrt zu sein.

Ich kraule den Hund hinter den Schlappohren. »Bis dann, Jitter.«

Sabrina wirft mir noch einen Blick zu. Diesmal weniger durchschaubar.

Ich denke, der Blick sagt: *Ich weiß, du magst meinen Hund, und ich weiß auch, warum, aber ich werde dir nicht sagen, woher ich es weiß, deshalb wirst du dich fragen müssen, ob ich wirklich Bescheid weiß oder nicht.*

Zen hat mich gefragt, ob ich für die Rache geschaffen bin.

Ich tendiere immer mehr zu Nein.

Deshalb öffne ich, statt noch länger darüber nachzudenken, die Tür zum Haus neben Sabrinas.

Es ist klein und schlicht, aber gemütlich. Ein bequemes hellbraunes Ledersofa mit bunten Kissen vor einem steinernen Kamin, der Fernseher darüber so groß, dass er die Wandfläche ausfüllt. Über dem niedrigen Holzregal hängt ein Kunstdruck, der den Sonnenuntergang über den Bergen zeigt, eine gesunde Auswahl Lesestoff sowie eine Kunstpflanze stehen vor der einzigen komplett weißen Wand des Wohnzimmers, und ein kunterbunter Stoffbehang thront an der schrägen Wand hinter der Treppe.

Es gefällt mir hier besser, als ich gedacht hätte. Wie an einem Ort, an dem man ein Kind und einen Hund haben und seine Nachbarn mögen könnte.

Ich trete gerade aus der Dusche, als Zen heimkommt. They hat den Mercedes hierher zurückgefahren, nachdem ich von der Essensschlacht berichtet hatte. Von der Zen jedoch bereits über die hiesigen Nachrichtenkanäle gehört hatte.

»Hast du gegessen oder dich nur mit Essen bekleidet?«, fragt Zen, als ich mit nassen Haaren und in Jogginghose und Kapuzenpulli die Treppe hinunterkomme.

»Nur mit Essen bekleidet.«

»Und dann hast du dich von Sabrina heimfahren lassen.« Zen singt ihren Namen, als wären wir Zehnjährige auf dem Kinderspielplatz.

»Weil ich den Mercedes nicht dreckig machen wollte.«

»Oder weil du sie magst.«

»Nein.« *Ja. Nein. Vielleicht.*

Ich würde sie mögen, wenn sie woanders arbeiten würde und wenn ich in der Position wäre, Menschen mögen zu können.

Frauen mögen könnte.

Was ich jedoch, abgesehen von One-Night-Stands, in meinem Leben nicht mehr kommen sehe.

So wie mit ihr auf Hawaii.

Wo sie mich vor das größte Rätsel meines Lebens gestellt hat, das mich weit mehr fasziniert, als es sollte.

Ich wünschte, sie wäre wirklich aus Jawbone, Virginia.

Zen sieht mich an, als wüsste they von meinem innerlichen Widerstreit. »Du solltest sie mögen.«

»Weil du ihren Hund magst?«

»Nein, weil sie so ist wie du.«

»Was soll das denn heißen?«

»Dass sie trotz ihrer beschissenen Verwandtschaft ein guter Mensch ist.«

»Sie wickelt dich um den Finger.«

Zen wirft in einer verzweifelten Geste die Hände in die Luft. »Würdest du sie noch immer für schlecht halten, wenn du auf Hawaii nicht mit ihr geschlafen hättest?«

»Ja.« Nein. Ich halte sie nicht für schlecht. Ich würde sie gern für schlecht halten, um nachts besser schlafen und ihr auf der Arbeit entgegentreten und mich auf das konzentrieren zu können, was ich tun muss, um das Café umzubauen – das sich als äußerst rentabel herausgestellt hat.

Zen funkelt mich an. Was nicht oft passiert.

»Onkel Grey. Du machst dich lächerlich. Sabrina hält das Café am Laufen, und alle hier lieben sie, auch wenn sie tuscheln, um sich nicht bei ihr unbeliebt zu machen. Und, nebenbei bemerkt, ich würde mir wünschen, die Leute würden so über mich denken, und ich glaube wahrhaftig nicht, dass sie irgendeine andere Absicht verfolgt, als die Normalität aufrechtzuerhalten, solange sie kann. Und die Leute hier lieben das Café. Sie macht es nicht wegen des Geldes. Sie tut es für ihre Familie, ihre Freunde und für die Gemeinschaft. Was daran macht sie zu einem schlechten Menschen?«

Nichts.

Absolut gar nichts.

»Bitte sie um Hilfe. Arbeite mit ihr zusammen, nicht gegen sie«, sagt Zen.

»Wo ist mein Puzzle von gestern?«

»Boah, ich gehe ins Kino, es läuft *Harry und Sally*, und du bleibst hier, ich will nicht, dass du mitkommst.«

»Du weißt schon, dass deine Begeisterung für Nora-Ephron-Filme der Grund dafür ist, dass ich deiner Menschenkenntnis nicht trauen kann, oder?«

Zen fährt beide Mittelfinger aus.

Was ich vermutlich verdiene.

Ehrlich gesagt gefällt es mir sogar irgendwie.

»Kannst du wenigstens den Kamin anzünden, bevor du gehst?« Ja, ich fordere mein Glück heraus.

Aber es macht Spaß.

Und ich vermisse den Spaß im Leben.

Und hieran habe ich Vergnügen.

Ich werde mich morgen bei Zen entschuldigen, dass ich so ein launischer Scheißkerl war.

Wahrscheinlich.

Das hängt davon ab, wie lange Zen tobt und gegen mich wettert.

Nicht, dass einer von uns im Allgemeinen lange wütend auf den anderen sein könnte.

»Ein Vorschlag zur Güte«, sagt Zen. »Geh mit ihr aus. Rede mit ihr. Leg sie noch mal flach. Rede danach noch mal mit ihr. Und sag mir dann, dass du nicht einen Höllenrespekt davor hast, dass sie das Café liebt, an dem Choochoo Sullivan nicht mal vorbeigefahren ist, seit du es ihm abgekauft hast.«

»Choochoo?«

»Weit gefehlt, Onkel Grey. Ich bin dann mal weg.« Damit stolziert Zen mit in der Tasche klimpernden Schlüsseln zurück zur Tür, ein kalter Luftzug lässt mich von Kopf bis Fuß zusammenschrumpeln, als Zen sie weit aufreißt. Und einen erstickten Laut von sich gibt.

»Oh, hallo, mein Guter. Tut mir leid, dass ich Sie erschreckt habe«, sagt eine Frau mit einwandfrei britischem Akzent. »Ich bin Bitsy. Ich wohne gleich da drüben. Sind Sie der neue Besitzer des *Bean & Nugget*?«

Ich fahre mir mit der Hand durchs feuchte Haar und trete hinter Zen. »Hallo, ich bin Grey. Ich habe das Café gekauft.«

Auf meiner Veranda steht eine schlanke schwarze Frau mit der Andeutung von Grau im kurzen Haar. Sie hebt den Blick ihrer dunklen Augen zu mir, ein Lächeln breitet sich über ihre Züge. »Ach, dann sind Sie der geheimnisvolle Mr Cartwright, von dem ich so viel gehört habe. Freut mich, Sie kennenzulernen, Grey. Wie ich Ihrem Freund schon sagte, ich bin Bitsy.«

Meine Manieren gewinnen die Oberhand, und ich strecke meine Hand aus. »Hallo, Bitsy. Das ist Zen.«

Bitsys Strahlen erhellt sich noch mehr, als sie unsere Hände schüttelt. »Willkommen in Snaggletooth Creek. Meine Kinder lieben das Café. Lieben es buchstäblich. Sie verbringen dort mehr Zeit als mit mir. Kaffeeliebhaber, allesamt, kein bisschen Respekt vor Tee. Im Unterschied zu Ihnen, wie ich höre. Ich gebe meinem Mann die Schuld daran.« Sie drückt mir einen farbenfrohen Stoffbeutel in die Hand. »Ich habe auch gehört, was im *House of Curry* passiert ist. Da dachte ich, Sie würden sich nach Ihrem übereilten Abgang über eine hausgemachte Mahlzeit freuen, und zufälligerweise hatte ich noch etwas übrig. Es ist nicht gerade Hühnchen Vindalho oder Chana Masala, aber hier ist ein Hackbraten, Makkaroni und Käse, etwas

Gemüse und klebriger Karamellpudding für die Lust auf Süßes.«

Für einen Moment unsicher, was ich sagen soll, starre ich sie an.

Das alles hatte sie übrig?

»Bitsy. Das ist zu viel«, wehrt Zen ab.

»Pah, das ist nichts für die Leute, die unser Lieblingscafé vor dem Untergang bewahren. Grey, kommen Sie bald mal auf eine anständige Tasse Tee vorbei. Ich wohne einen Block weiter, hinter der roten Tür mit der frechen *Willkommen*-Fußmatte. Sie werden es erkennen, wenn Sie es sehen. Aber jetzt gehen Sie, essen Sie, solange es noch heiß ist.« Sie zwinkert mir zu. »Und bevor Sie jemand damit bewirft. Ich habe mich sehr gefreut, Sie beide kennenzulernen.«

»Vielen Dank, Bitsy«, ruft Zen, doch die ältere Frau ist schon fast wieder auf der Straße und winkt nur zum Abschied.

Als Zen die Tür schließt, liegt sofort der Geruch von Braten und Käse in der Luft.

Mir läuft das Wasser im Mund zusammen.

Zen wischt sich den Mund und trägt das Essen in die Küche: schwarze Geräte und weiße Schränke hinter einer halbhohen Wand sowie ein schlichter Kunststoffküchentresen. Der heute Nachmittag angesetzte Kombucha gärt in einem mit einem Seihtuch zugedeckten Glasbehälter auf dem Tresen. Morgen muss ich im *Bean & Nugget* mit dem Rest von meinem SCOBY den nächsten Kombucha ansetzen.

»Das kam unerwartet«, bemerkt Zen. »Meinst du, das schmeckt so gut, wie es riecht? Setz dich. Ich hole Teller. Ich bin immer noch sauer auf dich, aber ich habe noch eine Dreiviertelstunde, bevor ich losmuss. Du solltest häufiger Cafés in Kleinstädten kaufen. Oh, sieh dir das an. Bitsys Mann gehört das Gasthaus neben dem Rathaus. In ihrer Nachricht steht, dass wir den Angestellten unsere Namen nennen sollen, wann immer wir dort einkehren, damit sie sich um uns kümmern. Inklusive anständigem Tee für dich.«

»Soll das eine Falle sein, um mich dazu zu bewegen, das Café so zu lassen, wie es ist?«

Zen greift in den Beutel und fördert Tupperdosen zutage. »Ist mir egal. Ich bin absolut für die Vernichtung von Chickpea Face, aber ich habe nichts gegen diesen Ort einzuwenden.«

»Und wenn wir Vegetarier wären?«

Zen sucht in der Schublade nach Besteck. »Onkel Grey. Alle haben mitbekommen, wie du Sabrina gebeten hast, Extraschinkenspeck auf dein Sandwich zu packen, nachdem du heute zurückgekommen bist. Setz dich. Iss was. Tu so, als wärst du glücklich. Und als wäre dir warm. Auch wenn ich immer noch enttäuscht bin, weil du ernsthaft glaubst, du könntest unter dem Super-Revenge-Man-Umhang existieren.«

»Super-Vengeance-Man. Merk dir das.«

»Eines schlechter als das andere. Du bist jedenfalls nicht dafür geschaffen.«

Ich mache den Mund auf, doch statt der Worte, die hinaussollen, wandert, Zen sei Dank, warmer Hackbraten hinein. Worauf meine Geschmacksknospen sich vor Freude überschlagen.

Schmeckt so das traditionelle Sonntagsessen normaler Familien?

Ich habe schon auf der ganzen Welt gegessen. Und ich mag das Essen auf der ganzen Welt. Aber dieses Essen ist etwas Besonderes.

Makkaroni und Käse lassen mich Sabrinas Rätsel vergessen.

Das Gemüse lässt mich vergessen, wie kalt es draußen ist.

Und der Karamellpudding lässt mich vergessen, dass mich der Wunsch nach Rache hierhergeführt hat.

»Ich schließe definitiv ewige Freundschaft mit Bitsy«, sagt Zen zufrieden seufzend, während wir die Reste betrachten, die mindestens noch für eine weitere Mahlzeit reichen. »Meinst du, sie kann noch ein Kind gebrauchen? Oder ein Enkelkind? Ich melde mich ihr zu Ehren freiwillig.«

»Tatsächlich?«

Zen verzieht das Gesicht. »Ja, in meiner Fantasie, wo alles so zugeht, wie ich es will. Du machst den Abwasch und räumst das Essen weg. Ich bin pappsatt. Meinst du, Bitsy braucht eine Niere? Für das Festessen kann sie eine von meinen Nieren haben.«

Ich bin nach dem Essen und weil mir endlich warm ist, so nachsichtig, dass ich darüber lache.

Zen macht sich auf den Weg, und nachdem ich die Küche aufgeräumt habe, gehe ich nach oben.

Ich muss auf andere Gedanken kommen, und dort oben erwartet mich ein Puzzle.

Das Schlafzimmer ist so komfortabel wie das untere Stockwerk. Ein Doppelbett. Rustikaler Holzrahmen. Dazu passende Kommode. In einer Ecke eine Pflanze im Plastiktopf. Ein in die Dunkelheit hinausweisendes Fenster, durch das man bei Tag eine fantastische Aussicht auf schneebedeckte Berge hat. An der weißen Wand, die meine Mietwohnung von Sabrinas Reihenhaus trennt, ein Kunstdruck, der einen Wasserfall zeigt.

Viel zu lange starre ich die Wand an.

Vielleicht doch nicht die beste Idee, hier drin ein Puzzle lösen zu wollen.

Stattdessen frage ich mich, in welchem Verhältnis Sabrina zu Chandler steht. Ist es womöglich genauso verkorkst wie mein Verhältnis zu meinen Geschwistern?

Würde sie es verstehen, wenn ich ihr sage, weshalb ich es tun *muss*?

Warum wollte ich im Auto unbedingt ihr Funkeln und ihr Lächeln sehen, als sie mich heimfuhr und ich verärgert hätte sein müssen, weil ich von Kopf bis Fuß mit Essen bekleckert war?

Während meine Nachrichten zu ignorieren bedeutet, dass das Trommelfeuer aus Textnachrichten nachgelassen hat, brüte ich immer noch über einer Mitteilung von meiner Schwester, die ich für normal gehalten hätte, wäre da nicht Zen, der vor sieben Jahren in mein Leben platzte und meinte: *Onkel Grey, es ist nicht okay, dass Tante Camille dir vorwirft, dich nicht um ihre Gefühle zu scheren, nur weil du deine Mitgliedschaft in einem Country Club nicht erneuern willst, den du nie besuchst und dem du dich auch nie zugehörig gefühlt hast. Wann denkt sie mal an deine Gefühle?*

Ich will gar nicht, dass meine Schwester an meine Gefühle denkt. Ich will, dass sie – und der ganze Rest – mich mein Leben zu meinen Bedingungen führen lassen, anstatt mir ständig vorzuwerfen, ich würde nur wollen, dass sie sich alle mies fühlen.

Mein Handy meldet sich, als ich danach greife, um es auszuschalten, und schon straffen sich meine Schultern erneut.

Es ist Vince.

Der Bastard schickt mir ein Foto des Labors, das ich mit meinem ersten fetten Gehaltsscheck eingerichtet habe, der Ort, an dem ich mich mehr zu Hause, freier gefühlt habe, ich selbst zu sein, als irgendwo sonst. Er will wissen, ob ich es ernsthaft den Bach hinuntergehen lassen will, obwohl wir alle wissen, dass ich, käme ich zurück, ein paar weitere Probleme für die Bienen und die Welt lösen könnte.

Das treibt meinen Blutdruck so in die Höhe, dass ich mehrere Minuten gegen Punkte anatmen muss, die mir vor Augen treten, bevor ich zu zittern aufhöre, um das Handy auszuschalten und nach unten zu bringen, damit ich es über Nacht in der Küche aufladen kann.

Deshalb.

Deshalb bin ich hier.

Weil alle Menschen in meinem Leben mich für einen Roboter halten, den nichts wirklich interessiert, während ich mich in Wahrheit viel zu sehr für alles interessiere.

Vince hat recht.

Ich sollte jetzt in meinem Labor sein. Wo ich über meine Forschungen verfügen und an jedem beliebigen Projekt arbeiten könnte und wo ich den Vertrag studieren könnte, den er mir vorgelegt hat, statt ihn blind zu unterschreiben.

Stattdessen verfolge ich die Mission, das erste Unrecht von vielen, vielen folgenden wiedergutzumachen, aber alles daran fühlt sich falsch für mich an.

Und all das nur wegen dem, was sich auf der anderen Seite meiner Schlafzimmerwand befindet.

Ich bin satt.

Ich habe geduscht.

Mir die Zähne geputzt.

Mir ist warm in Jogginghose, Kapuzenpulli und Wollsocken.

Auf dem kleinen Tisch vor mir wartet das schwierige Holzpuzzle einer Raubkatze.

Das Licht ist gut.

Alle meine Grundbedürfnisse sind gestillt.

Aber meine Gedanken lassen mich nicht los.

Auf Sabrinas Seite schließt sich eine Tür. Ich höre leises Summen. Ich erkenne die Melodie. Sehr eingängig. Ein Popsong, den ich in den letzten beiden Tagen im Café eine Million Mal gehört habe. Ich glaube, gesungen von Waverly Sweet.

Ich nähere mich der Wand.

Näher.

Näher.

Dann höre ich etwas Schlimmeres.

Ein leises Brummen.

Ein Summen, aber nicht von Bienen.

Beständig, lauter, dann leiser, dann wieder lauter.

Als würde sie etwas Vibrierendes bewegen.

Jede Faser von mir kann sich nur noch auf dieses Geräusch konzentrieren.

Sabrina Sullivan ist nur Zentimeter von mir entfernt, durch eine Wand von mir getrennt – und benutzt einen Vibrator.

Mein Schwanz richtet sich so schnell auf, dass ich das Gefühl habe, jemand hätte mir einen Schlag in den Magen verpasst, allerdings auf angenehme Weise.

Und dann höre ich das leise, zarte Stöhnen aus der Tiefe ihrer Kehle, das sie auch auf Hawaii von sich gegeben hat, als ich in sie eingedrungen bin.

Mir bricht der kalte Schweiß aus, und ich werde noch härter.

Sie macht das mit Absicht, sage ich mir. Sie weiß, wie dünn die Wände hier sind. Das ist psychologische Kriegsführung, aber wir werden heute Abend nicht zurückschlagen.

Mein Schwanz versteht nicht, was ich ihm sagen will. Stattdessen flutet er meinen Verstand mit Bildern von Sabrina, nackt, mit gespreizten Beinen, wie sie sich mit einem Vibrator Lust verschafft.

Ist es ein vibrierender Dildo? Eines von den schicken Sexspielzeugen, das ihren Kitzler reizt und sie gleichzeitig penetriert? Oder irgendeine schlichte Kugel?

Fuck, fuck, fuck, fuck, fuck …

Kalter Schweiß?

Nein.

Ausgewachsene Schauer rasen durch meinen ganzen Körper, während erste Tropfen aus meinem Schwanz treten und meine Hoden sich noch mehr zusammenziehen.

Ich versuche, auf die leuchtend bunten Puzzleteile auf dem Schreibtisch zu blicken, doch alle verschwimmen zu einem einzigen.

Ich kann nicht mehr richtig sehen.

Nicht, solange diese Geräusche durch die Wand dringen.

Das Brummen wird schriller, dann tiefer und wieder schriller.

Als würde sie das Ding an genau die richtige Stelle bewegen …

Ich stemme mich vom Stuhl hoch, stoße mit den Oberschenkeln an die Schreibtischunterseite und unterdrücke ein Jaulen. Wenn ich ihren fucking Vibrator höre, hört sie mich auch.

Ich muss hier raus.

Ich muss unbedingt weg von diesem Geräusch.

Ich eile ins Badezimmer, was jedoch auch nichts bringt.

Ich höre sie immer noch.

Ich höre sie immer noch leise Geräusche machen, und ich höre immer noch ihren Vibrator brummen, und mein Schwanz wird von Minute zu Minute steifer, was eigentlich unmöglich sein sollte.

Nein.

Ich lasse das nicht zu.

Ich lasse nicht zu, dass mein Körper die Kontrolle über das Geschehen übernimmt.

Das Vibrieren steigert sich, und sie wimmert.

Fuck.

Ich stürme unter die Dusche und drehe das kalte Wasser auf.

Falsche Aktion.

Falsche, falsche Aktion.

Erstens hasse ich die Kälte.

Zweitens bewege ich mich zu schnell, und mal wieder beschließt eine meiner lustigen Schwindelattacken mich zu überfallen.

Und drittens bin ich vollständig bekleidet.

Also sitze ich jetzt auf dem Boden der Dusche, kaltes Wasser prasselt auf mich herab und durchnässt meine Kleidung, der Druck im Kopf lässt nach, als der Schwindel zurückweicht, aber mein Schwanz ist immer noch hart wie Stahl.

Und da höre ich etwas anderes.

Wasser.

Spucken.

»Gott, tut das gut«, sagt Sabrina auf der anderen Seite der Wand. »Gibt es was Besseres als einen sauberen Mund? Jetzt bist du dran mit Zähneputzen, Jitterbug.«

Fick.

Mich.

Fick mich einfach.

Ich habe ein Problem.

Und es wird täglich größer.

12. Kapitel

Sabrina

Grey verschwindet für den größten Teil der restlichen Woche, was durchaus in Ordnung ist. Sein eindringlicher Gesichtsausdruck, als er nach Informationen über Addison stocherte und keinen Zweifel daran ließ, dass er sich an alles erinnert, was ich ihm auf Hawaii erzählt habe, hat mich aus dem Gleichgewicht gebracht. Und der Zwei-Gallonen-Behälter auf dem Tisch, in dem ein Kombucha gärt, ist eine allgegenwärtige Erinnerung an seine beabsichtigten Veränderungen.

Zen behauptet, mit Aufgaben des zuständigen Geschäftsinhabers betraut zu sein. Und da die Manager der beiden anderen Filialen zu glauben scheinen, ich wollte über alles, was er tut, Bescheid wissen, erhalte ich regelmäßig Nachrichten von beiden, die Zens Geschichte bekräftigen.

In Elk Knee ist alles ganz einfach. Die Mitarbeiter haben bereits gekündigt und neue Jobs gefunden, und der Manager tut, was er tun muss, aber auch nicht mehr, um zum Verkauf des Geschäftes beizutragen, während er bereits seiner neuen Arbeit nachgeht.

In Tiara Falls jedoch hat Grey sämtlichen in Kürze freigestellten Mitarbeitern geholfen, neue Anstellungen zu finden, und ihnen, bis es so weit ist, finanzielle Übergangslösungen angeboten.

Womit er, wenn ihr mich fragt, ein wenig übers Ziel hinausschießt.

Aber mich fragt ja keiner.

Auf jeden Fall mag ich ihn deshalb noch ein bisschen mehr.

Er tut so viel Gutes. Hier allerdings …

Warum muss er ausgerechnet mein Café umkrempeln?

Ich könnte ihm bei der Suche nach einem anderen Standort helfen, wenn er schon unbedingt eine Kombucha-Brauerei eröffnen will. Doch als ich Zen gegenüber einmal beiläufig davon sprach, schnaubte them nur, brummte »Viel Glück dabei!« und stieg auf einen Trethocker, um sich an dem Stapel von Zeug auf dem Kühlschrank zu schaffen zu machen und eine Bestandsaufnahme des ganzen Käsepulvers dort vorzunehmen.

»Was ist zwischen Grey und Chandler vorgefallen?«, frage ich Zen endlich gegen Ende meiner Arbeitsschicht am Donnerstag.

Zwar taut Zen täglich ein bisschen mehr auf, trotzdem teilt mir die ausdruckslose Miene mit, dass ich darauf keine Antwort bekommen werde. »Wer sagt, dass etwas vorgefallen ist?«

»Mein Bauchgefühl.«

»Dasselbe Bauchgefühl, das das Hochzeitsdebakel Ihrer Freundin nach sich gezogen hat?«

»Das war ein Tiefschlag, Zen. Ein Tiefschlag.«

Zen zuckt die Achseln und fährt in their Tun fort.

Den Rest des Tages tausche ich mit Laney Nachrichten darüber aus, wie viel Zeit Emma noch für sich selbst benötigen wird, bevor ich nach ihr sehen kann. Ich hatte Emma selbst schreiben wollen, konnte mich aber nicht überwinden, die Worte zu tippen und abzuschicken.

Wenn ich ihr nicht schreibe, wenn ich weiter so tue, als wäre sie noch in ihren Solo-Flitterwochen und als würde ich ihr den nötigen Raum geben, wenn ich mir nur sage, sie wird sich schon melden, wenn sie bereit ist, kann ich mir beinah einreden, dass diese neue Normalität okay ist.

Jitter und ich besuchen Mom im Salon, und sie nimmt mich in den Arm und versichert mir, dass sich schon alles finden wird.

Dann besuchen wir Großvater, der den Kopf schüttelt und sagt, Veränderung seien das einzig Unveränderliche im Leben.

Und so verbringe ich den Donnerstagabend mit den Drillingen im *Silver Horn*, wo ich so viel trinke, dass mich einer von ihnen heimfahren muss.

Am Freitagmorgen erwache ich verkatert und kribbelig und denke noch immer an den neuen Gossip, den ich von den Drillingen aufgeschnappt habe, bevor mich die Martinis überwältigten.

Schlimmer noch ... es ist erst vier Uhr früh.

Trotzdem will ich Kaffee. Und etwas zu tun haben.

Mich die komplette Arbeitswoche nur in der Küche auf- und von den Leuten fernzuhalten hat mich wahrhaftig ausgelaugt. Ich vermisse die Gespräche. Ich vermisse die Gemeinschaft. Ich vermisse es, mich mitten im Geschehen zu fühlen.

Aber ich traue mir, was den möglichen Missbrauch von Informationen angeht, nicht über den Weg, und Addison gegenüber habe ich mich neulich tatsächlich ungehobelt aufgeführt.

Nicht gerade meine Bestform.

Ich habe es verdient, mich heute Morgen schlecht zu fühlen.

Mein Auto steht noch in der Innenstadt, also mache ich mir einen extragroßen Becher Kaffee, mummle mich ein und mache mich im Schneegestöber mit Jitter auf den Weg zur Arbeit.

Genau.

Heute schneit es.

Im Café ist sicher nicht viel los. Vielleicht sogar überhaupt nichts.

Ein guter Tag, um mich dem Unvermeidlichen zu stellen, was bedeutet auszumisten, was sich in dem einzigen Job, den ich jemals hatte, an dem einzigen Ort, an dem ich jemals arbeiten wollte, in Lauf der Zeit angesammelt hat.

Doch als Jitter und ich dort ankommen, ist das Café hell erleuchtet. Und die Küche ist keineswegs verwaist.

Und zum ersten Mal seit der Essensschlacht sehe ich mich Greyson Cartwright allein gegenüber.

Meinem Ritter in angelaufener Rüstung.

Er wirkt ebenso überrascht, mich zu sehen, wie umgekehrt, doch ich bin mit meinem fast geleerten Thermobecher klar im Vorteil, denn ich kann so tun, als würde ich einen Schluck trinken, während ich ihn passiere, um meine Winterjacke aufzuhängen. »Morgen, Boss-Man. Du bist früh dran, hab dein Auto draußen gar nicht gesehen.«

Als er nicht reagiert, sehe ich mich über die Schulter nach ihm um.

Er starrt.

Aber nicht auf meinen Hintern.

Sondern auf meinen Kopf.

Auf meinen Kopf? Oder meine Haare?

Ich fahre mit der Hand hindurch, spüre kalte Feuchtigkeit in meinen Locken. »Hab ich da was …?«

»Schnee«, antwortet er schnell, dann zieht er den Kopf ein und wendet sich wieder der Arbeitsplatte zu, auf der Bauzeichnungen liegen.

Mein Herz kriecht langsam in meinen Magen und weiter in meine Schenkel.

Seine Pläne. Für die Veränderungen, die er dem *Bean & Nugget* antun will.

Es lässt sich nicht länger leugnen.

Es geschieht jetzt.

Er wird mein Zuhause zerstören.

Ich schlucke einen Kloß hinunter, stelle mich neben ihn und blicke auf die großen Bögen Papier.

Ich sehe einen Aufriss des Gebäudes und erkenne das offenliegende Felsgestein in der hinteren Ecke und offensichtlich eine Seite der Kunstgalerie nebenan, doch wo unser altmodisches, in Blockbuchstaben gesetztes *Bean & Nugget*-Schild über dem Schaufenster sein müsste, verkündet eine Beschilderung in Kursivschrift *The Hive*, und daneben hängt ein Riesenbrummer an einer Ecke des Gebäudes.

Ich deute auf die Schaufenster, die keine Fenster, irgendwie aber doch Fenster sind. »Was ist das?«

Er zögert, bevor er antwortet, und ich spüre die Last seines Blicks auf mir. »Bienenkörbe aus Plexiglas.«

»Chandler hasst Bienen.«

»Wirklich?«

Ich öffne den Mund und schließe ihn wieder.

Es ist völlig undenkbar, dass er nicht weiß, wie sehr Chandler Bienen hasst. Und es sind nicht bloß fast drei Jahrzehnte des Studiums zwischenmenschlicher Beziehungen, die mir das verraten, sondern sein sarkastisches, bissiges *Wirklich?* »Wir waren vielleicht zwölf oder dreizehn, als er in einem Park auf einen Baum stieß, in dem es von Bienen nur so wimmelte. Er beschloss, dass er Honig wollte, und fing an, auf den Baum zu trommeln, und bevor wir es uns versahen, war er mit Bienen übersät. Er wurde wahrscheinlich ein Dutzend Mal gestochen. Er erlitt keinen anaphylaktischen Schock oder so etwas. Er war nicht allergisch. Er wurde lediglich reichlich gestochen. Einer der Stiche entzündete sich, sodass er Antibiotika nehmen musste, die unerwünschte Nebenwirkungen hatten.«

Grey knurrt.

Wenn ich zu den Menschen gehören würde, die Knurren zu

deuten wissen, würde ich sagen, sein Knurren hieß: Dann war er also immer schon ein Arschloch.

Denn Grey liebt Bienen.

Es sind nicht bloß seine magischen, biologisch abbaubaren, wiederverschließbaren Plastikbeutel; die Drillinge haben mir gestern Abend berichtet, dass Grey die ersten Gewinne, die sein Patent abwarf, gemeinsam mit einem Freund vom College in die Einrichtung eines eigenen Forschungslabors investierte. Seither hängt ihm in gewissen Kreisen der solide Ruf eines ausgewiesenen Bienengenies an. Manchmal arbeitete er sogar mit Universitäten und Regierungsorganisationen zusammen. Doch Anfang Dezember verkaufte er seine Forschungsergebnisse ohne Vorwarnung an ein völlig unbekanntes Unternehmen und unterschrieb eine Vereinbarung, dass er zehn Jahre lang für niemand sonst weitere Bienenforschungen betreiben würde.

Decker stieß in einem abgelegenen Winkel im Internet, in dem von Bienen Besessene aufeinandertreffen, auf Hinweise, dass seine Arbeit sabotiert worden war.

Und dass Grey und sein früherer Geschäfts- und Forschungspartner seitdem nur noch über ihre Anwälte miteinander sprechen.

Ich neige zu der Annahme, dass man im Internet bloß ein Drittel der Wahrheit erfährt und dass mir Teile der Geschichte entgehen.

Aber was ist mit dem Mann, dem ich auf Hawaii begegnet bin? Dem Mann, der in der Welt Gutes bewirken wollte, obwohl er andeutete, seinerseits einen miesen Tag erlebt zu haben? Dem Mann, der mir an einem der schlimmsten Abende meines Lebens das Gefühl gab, grundlegender menschlicher Zuneigung würdig zu sein? Mit dem Mann, der mir ein Freund war, als ich mehr denn je einen Freund benötigte?

Ich möchte glauben, dass er noch irgendwo in diesem zugeknöpften Kerl wohnt, der nur unverbindlich knurrt, wann immer ich Chandlers Namen erwähne.

»Warum warst du auf Hawaii?«, frage ich.

Seine blauen Augen verraten mir nichts, als er mich unverwandt ansieht. »Um eine Hochzeit platzen zu lassen und den Ruf eines Mannes zu ruinieren.«

Ich schlucke. Schwer.

»Was hat er dir angetan?«

Er wendet den Blick rasch ab.

»Ich glaube dir, ganz gleich, was du sagst. Und ich weiß, es war übel. Ich weiß, es muss etwas wirklich Übles gewesen sein.« Ich deute auf das Bild des *Hive*. »Das ist … Perfektion auf höchster Stufe. Chandler ist ein selbstsüchtiger Arsch. Er verdient es nicht besser. Aber es gibt so viele Menschen, die Kollateralschäden erleiden werden, wenn du das hier durchziehst.«

Er sieht mich noch immer nicht an, und da bemerke ich die dunklen Ringe unter seinen Augen und wie sehr er die Schultern hängen lässt. Das Geschirr in der Spüle, das darauf hindeutet, dass hier heute Morgen bereits jemand gegessen hat. Den leichten Geruch nach Bacon in der Luft.

Er hat nicht geschlafen.

Deshalb habe ich ihn die Woche nicht gesehen.

Wenn er hierherkommen wollte, ist er bei Nacht gekommen.

Als ich nicht hier war.

»Bitte …«, setze ich an.

»Wie ich höre, müsste Mr Twizzlers Autowerkstatt sich einen anderen Standort in der Stadt suchen, wenn Miss Red Robin die Schmutzwäsche, die sie über ihn besitzt, überall verbreiten würde.«

Ich schnappe nach Luft. Ich schnappe wahrhaftig nach Luft.

Mr Twizzlers war mein Tarnname für Kurtis, unseren Chiropraktiker, und ja, ich hatte behauptet, er hätte auf der Main Street eine Autowerkstatt.

Schön. Das war vermutlich nicht schwer.

Aber Miss Red Robin war mein Tarnname für mich selbst. Den ich nur einmal verwendet hatte, als ich ihm von der Zeit erzählte, zu der ich die Flugblätter des jährlichen Rodeos versteckt hatte, weil ich sauer war, da Addison zur Rodeo-Prinzessin gekrönt werden sollte. Und dabei hatte ich sämtliche Details geändert. Bis von einem Kunstfestival und dem Häkelkönig die Rede gewesen war.

»Zen hat die Rodeo-Plakate in einem Fach unter dem Schreibtisch gefunden«, fügt Grey hinzu, als würde er meine Gedanken lesen. »Ich habe nachgeschaut. Deine Freundin Addison wurde im Jahr der Flugblätter zur Rodeo-Prinzessin gekrönt. Du meintest, du hättest mir nichts über sie erzählt, aber das lässt den Eindruck entstehen, dass sie Miss Taco Bell ist, die, man weiß es nicht, nur durch Erpressung während eines Kunstfestivals zur Miss Häkelkönig gekrönt wurde.«

»Oh Gott«, quietsche ich, mein Kater ist verflogen, aber lieber wäre ich noch verkatert. »Das ist … das ist …«

»Genial?«

»Diabolisch.«

Einer seiner Mundwinkel hebt sich, und so wahr mir Gott helfe, wie gern würde ich ihn jetzt küssen.

Ich möchte ihn besteigen, ihn mit Armen und Beinen umschlingen und diesen Mundwinkel abküssen.

Er könnte mich bloßstellen.

Er könnte allen verraten, was er herausgefunden hat, und wahrscheinlich könnte er sich noch mehr Geschichten zusammenreimen. Und ich möchte ihn dafür küssen.

»Du könntest den Chiropraktiker zum Umzug bewegen und dein Café in seiner Praxis neu eröffnen«, sagt er leise. »Dann bekommen wir beide, was wir wollen.«

Er verspricht mir nicht, meine sämtlichen Geheimnisse für sich zu behalten.

Und er verrät mir auch nicht, was er womöglich sonst noch herausgefunden und sich zusammengesetzt hat.

Er ist gefährlich. Und, keine Frage, er hasst Chandler.

»Willst du mich erpressen?«, frage ich. »Meine Einwilligung mit deinem Wissen erkaufen?«

Wieder begegnet er meinem Blick, und diesmal besteht nicht der geringste Zweifel, was ich darin lese.

Es ist schlimmer als Erpressung.

Schlimmer, als mein Café auseinanderzunehmen.

Schlimmer als sein Zorn und sein Ärger über mich.

Ich sehe Vergebung.

Ich blinzle und versuche zu glauben, dass es etwas anderes ist, aber es gelingt mir nicht.

Weil er wieder seinen dummen, sexy Mund aufmacht. »Ich bin nicht wütend auf dich.«

Fuck. »Solltest du aber sein.«

»Ich kann dich verstehen. Ich hätte mich auch geghostet.«

»Ich war ein Miststück.«

»Du warst bis zum Schluss brutal ehrlich, und du hast getan, was du tun musstest, um uns beide zu schützen.«

»Hör auf, Ausreden für mich zu finden.« *Finde weiter Ausreden für mich.*

Sein Blick flackert nicht, doch in seinen Augen zeigt sich etwas anderes.

Anerkennung.

Als würde er verstehen, warum ich mir wünsche, dass er wütend auf mich wäre. Als würde er einsehen, dass es einfacher ist, Menschen auf Abstand zu halten und sie nicht zu weit an sich heranzulassen.

Laney und Emma? Meine Mom? Großvater? Die lasse ich an mich heran.

Es ist schrecklich, dass Emma nicht mit mir redet. Ich will es leugnen, aber so ist es. So schrecklich wie der Verlust meiner Großmutter, und es erinnert mich an jede Beziehung, die ich jemals habe scheitern sehen.

Was sehr viele sind.

Dass Grey mir in diesem Moment verzeiht, kommt mir beinah so vor, als würde Emma mir verzeihen. Als wäre ich es noch wert, jemandes Freundin zu sein. Oder mehr als das. Als könnte es trotz des Kummers darüber, dass meine Freundschaft mit Emma in der Schwebe hängt, in Ordnung gehen.

»Wer hat dir gesagt, du müsstest immer perfekt sein?« Seine ganze eindringliche Aufmerksamkeit gilt jetzt mir, sein Blick huscht über mein Gesicht, als wollte er prüfen, wie jeder noch so winzige Muskel darin auf seine Frage reagiert.

»Ich«, flüstere ich. »Perfekt sein ist …«

»… am sichersten.«

»Ja.« Ich blinzle und rudere zurück. »Nein. Nein, Laney ist die Perfekte. Ich bin die mit dem Gossip. Ich muss nichts richtig machen. Ich muss bloß wissen …«

»… was du am besten daraus machst«, beendet er den Satz für mich.

Und trifft den Nagel auf den Kopf.

Mal wieder.

Er regt sich, und mir fällt auf, dass er sich die ganze Zeit bewegt hat, ohne dass ich es bemerkt habe.

Und nun sitze ich zwischen seinen langen, festen Armen in der Falle, mit dem Rücken am Arbeitstisch, während er sich vorbeugt, und …

Oh, mein Gott, auch das noch.

»Meine Eltern haben mir mein Leben lang vorgeworfen, dass ich überhaupt existiere«, sagt er leise, ohne etwas zu verbergen, ohne zu blinzeln und ohne zu zögern. »Ich war immer der Unfall. Etwas, das nicht vorgesehen war und ihr Leben durcheinanderbrachte. Also habe ich mich so klein wie möglich gemacht. Aber scheiß drauf. Wir existieren, wir machen Fehler, wir irren uns. Wir sind Menschen. Und ich würde jetzt gern mit dir einen weiteren großen Fehler begehen.«

13. Kapitel

Grey

Miese Idee. Miese, miese Idee.

Ich sollte Sabrina jetzt nicht küssen wollen. Ich sollte sie nicht gegen den Tisch drängen. Ich sollte ihr, verdammt noch mal, nicht das Geringste über mein Leben verraten.

Aber es tut so verflucht gut, sie zu sehen. Sie zu spüren. Ihren Geruch nach Kaffee und Seife tief einzuatmen und sie dabei zu beobachten, wie ihre leuchtenden Augen mich mustern, während ihre Lider sich senken, ihr Atem sich beschleunigt und ihre Zunge pfeilschnell hervorschießt und über ihre Unterlippe leckt.

»Fehler tun weh«, haucht sie.

»Du bist Single.«

»Dir entgeht nicht viel.«

»Ich bin auch allein.«

»Du bist sehr schlecht in Mathe.« Sie weiß offensichtlich, wohin meine Gedanken sich verirren.

»Mathe ist mein Fachgebiet.«

Ihre Finger krallen sich genau über dem Brustbein in mein Hemd. Beide Hände klammern sich an die Knöpfe, als ginge es um ihr Leben. »Hast du irgendeine Ahnung, wie sehr ich dich hassen könnte? Wie sehr ich dich hassen sollte?«

»Ich habe nichts dagegen, wenn du mich hasst.«

Unversehens biegen sich ihre Lippen. »Hör auf mit deinen Witzen.«

»Das war kein Witz.«

»Du bist ein Desaster.«

»Willkommen im Club, Duchess.«

Sie wimmert, und das ist das Letzte, das ich höre, bevor sie an meinem Hemd zieht und sich vorbeugt und ihre Lippen auf meine presst – voll, heiß und gierig.

»Nenn … mich nicht … so«, haucht sie gegen meinen Mund.

»Du sollst … mich hassen«, hauche ich zurück.

Sie zwickt und leckt und saugt, und ich bin nicht länger in einer silberweißen Küche in einem verschneiten Kaff in den Bergen. Ich bin von Hitze und Feuchtigkeit umgeben, während Wellen ans Ufer schlagen, meine Hände wandern über die weiche Baumwolle ihres T-Shirts zum Schwung ihrer Hüften unter ihrer dicken Winterhose.

»Ich darf das nicht«, sagt sie.

»Wieso nicht?«

»Fuck, weiß ich doch nicht.« Ihre Zunge taucht in meinen Mund ein.

Mein Schwanz ist hart wie Stahl. Ich kann sie nicht genug berühren. Sie genug spüren. Mich genug an sie erinnern.

Fuck. Hawaii war gut.

Als sie nur eine Zufallsbekanntschaft war, die einen schweren Abend hatte, als meine sämtlichen Beschützer-Neuronen feuerten und ich zufrieden mit mir und meinem Wert als Mensch war, was sich wie das erste Mal seit einer Ewigkeit anfühlte.

Ich will das wieder fühlen.

Sie ist keine sichere Wahl. Ich weiß, sie hasst, was ich hier vorhabe. Aber sie versteht mich. Und sie küsst mich trotzdem.

Aber vielleicht bin ich auch der Trottel, der nicht kapiert, dass sie den Sex benutzt, um mich zu manipulieren.

Doch es interessiert mich nicht. Ich werde es mir nicht anders überlegen, weil sie vor mir auf den Tisch steigt, ihre Beine um meine Hüften schlingt und sich gegen meinen pochenden Schwanz drängt.

»Oh, fuck, nein«, japst sie plötzlich.

»Was? *Was?*«

»Reingekommen … Emma … hier … Beweg dich. *Beweg dich!*«

Soll das heißen …? Nein.

Ist mir egal.

Ich hebe sie hoch, wiege ihren Hintern in meinen Händen, während sie stöhnend mit ihren Fingern durch mein Haar fährt und mich küsst, als wäre ich das fehlende Teil zu ihrem Puzzle. Mit vier Schritten stemme ich sie gegen die Hintertür und erwidere ihren Kuss, als wäre sie das Puzzle zu meinem einzelnen Teil.

Sie umschließt mich fest mit ihren Beinen.

Ich knete die kräftigen Muskeln ihres Hinterns, drücke durch unsere Kleidung meine Erektion gegen ihre Mitte, während sie in meinen Mund stöhnt.

So ein Mann bin ich nicht.

Ich verliere nicht vor Erregung den Verstand.

Aber ich will sie nackt. Ich will sie nackt, und ich will sie an dieser Tür nehmen, bis in ihren Augen wieder das Funkeln erscheint, das in Hawaii zu sehen war. Und danach möchte ich ihr all meine Geheimnisse verraten, damit ich sie nicht länger allein tragen muss.

Ich bin so im Arsch.

Dahin sollte die Reise eigentlich nicht gehen.

»Oh Gott, Grey«, ächzt sie, und ich werde noch härter,

als mein Name über ihre Lippen kommt. »Da. Genau da … nein. *Nein.* Großvater … meine Augen … Beweg dich. Beweg dich!

»Verdammt, willst du mich verarschen?«

»Meine Augen. Aber dein Schwanz.« Sie biegt die Hüften und wimmert.

So wie ich.

Ich kann hier nicht liegen. »Ich will deinen Schwanz«, flüstert sie.

»Parkplatz.«

»Cousin.«

Ich pralle zurück.

»Der *andere* Cousin. Drilling. Dein Haar ist so weich. Wieso ist dein Haar so weich?« Sie streichelt mich hinter den Ohren, dann bis zum Kinn, ihre Finger fahren durch meinen kurzen Bart, bis es ihr irgendwie gelingt, mich erneut in ihren Kuss zu ziehen.

»Gastraum«, brumme ich zwischen Küssen.

»Fenster.«

Mist. »Die Hundehütte?«

»Kühlschrank. Gegen den Kühlschrank.«

Okay.

Als ich mich wieder drehe, wiegt sie ihr Becken gegen meinen überambitionierten Schwanz, sodass ich einem Schwindelanfall entgegengehe.

Scheiße.

Scheiße, fuck, Scheiße, fuck! Nicht jetzt.

Ich blinzle, atme tief und zwinge den Anfall so zu vergehen.

»Grey?«, flüstert Sabrina.

»Du bist so verflucht heiß«, bringe ich heraus, und mit den Worten verlassen mich auch die in meinem Sichtfeld drohenden Punkte.

»Deshalb können wir es auch nicht auf dem Herd tun«, sagt sie.

Wann habe ich wohl das letzte Mal gelacht, während ich eine Frau küsste, die mir das Hemd aufknöpfte und die ich quer durch eine Küche trug, um sie gegen einen Kühlschrank zu drücken?

Noch nie.

Aber ich bin dabei.

Vielleicht liegt es am Schlafmangel.

Oder daran, dass es mir in den letzten zwei Jahren an regelmäßigem Sex mangelte.

Oder dass ich mir jedes Mal, wenn ich sie zufällig beim Zähneputzen belausche, vorstelle, wie sie sich auf der anderen Seite meiner Schlafzimmerwand mit einem Vibrator Lust bereitet.

Oder an den Erinnerungen an Hawaii.

Oder daran, dass ich sie gernhabe.

Während sie mich weiter küsst, wird sie mit den Knöpfen fertig, schiebt mir das Hemd von den Schultern und lässt ihre kühlen Hände über meine Brust wandern.

»Es ist einfach nicht richtig, dass du so heiß bist«, haucht sie gegen mein Schlüsselbein.

Und dann beißt sie hinein.

Mein Schwanz schmerzt jetzt beinah. Ihrem Mund entringt sich ein leises Stöhnen, und wieder schiebt sie ihr Becken gegen mich.

Ich zerre an ihrem T-Shirt.

Sie langt zwischen uns und lässt meinen Hosenknopf aufspringen, schiebt ihre Hand hinein und streift meine Schwanzspitze.

Ich winsle. Ich kann nicht anders. »Mehr.«

Sie umkreist mit dem Daumen erneut meine Schwanzspitze, bis ich zu schielen beginne.

Mein Kopf sinkt auf ihre Schulter.

Ich atme Kaffee und Schnee und Wärme, ihre Haarspitzen kitzeln meine Wange, und ich dränge mich ihrer Berührung entgegen. »Warum … du?«

»Weil das Leben macht, was es will«, gibt sie zurück.

Mit einem erschreckten Keuchen weicht sie zurück.

Keine Sabrina mehr in meinen Armen.

Keine Hand an meiner Erektion.

Keine Beine, die meine Hüften umschlingen.

Nur noch Sabrinas Hand, die nach meinem Hemd greift, während der ganze verdammte Kühlschrank nach hinten rollt.

»Was …?«, setze ich an und stürze ihr nach.

Der Kühlschrank kommt mit dem unverkennbaren Knirschen von Putz zum Stehen.

Sabrina stoppt.

Ich pralle gegen sie.

Der Kühlschrank rollt weiter.

Im nächsten Moment trifft mich etwas am Kopf, in meinem Blickfeld explodiert eine Staubwolke.

Ich schnappe nach Luft und ersticke beinah an … Käse?

Ist das Käse?

Verdorbener Käse?

»Oh, fuck!« Sabrina hustet.

Und hustet.

Ich hole noch einmal scharf Luft und fange dann selbst zu husten an.

»Was …?«, versuche ich es abermals, bringe den Satz aber erneu nicht zu Ende.

Eine orangefarbene Wolke verschlingt uns.

Sie hat uns vollständig eingehüllt und erstickt uns jetzt.

»Fallen lassen«, krächze ich. »Fallen lassen!«

»Das ist kein Rauch«, japst sie zwischen Hustenanfällen. »Raus!«

»Was?«

»Käse.«

»Ich will gar nicht wissen, in was ich da gerade hineingeplatzt bin«, lässt sich Zen hinter meinem Rücken vernehmen.«

Oh, fuck.

Oh, fuck, fuck, fuck …

»Die Kühlschrankwand«, kreischt Sabrina, dann krümmt sie sich und hustet wieder.

Ich stecke schnell meinen Schwanz zurück in meine Hose. »Wartung …«

Ich schaffe es nicht, *Wartung verständigen!* zu sagen, weil mir aufs Neue die Luft wegbleibt.

Es steigt mir in die Nase.

Es verklebt mir die Augen.

Es pappt überall an meinen Fingern.

»Ist das Käsepulver? Wie auf Cheese Puffs?«, fragt Zen.

Ich kann nichts erkennen.

Meine Augen tränen zu sehr, und ich muss so heftig husten, dass ich mich noch in einen Schwindelanfall der übelsten Sorte hineinsteigere.

»Vielleicht treibt ihr eure Perversitäten das nächste Mal besser bei Sabrina zu Hause«, meint Zen.

Zens Hand umklammert meinen Arm und zieht daran, und im nächsten Moment trifft mich ein Schwall kalter Schneeluft.

Neben mir versucht Sabrina, tief Luft zu holen.

Zen hat uns beide gerettet.

»Will einer von euch beiden mir vielleicht mal erklären, wo ich da eben reingeplatzt bin?«, wiederholt Zen. »Und wer genau dachte eigentlich, dass orangefarbenes Käsepulver überhaupt irgendwas im *Bean & Nugget* verloren hat? Und erzählt mir bloß nicht, ihr benutzt den Mist zum Kochen.«

»Chandler … Obsession … Speisereste«, bringt Sabrina krächzend heraus.

Verdammt, ich habe noch nie etwas so Aufregendes wie ihre heisere Stimme gehört.

Ich habe echt ein Problem.

»Hör bloß auf …«, setze ich an, bis mir mit einiger Verspätung aufgeht, was Zens Kichern zu bedeuten hat.

»Der Käsekackhaufen hat wieder zugeschlagen«, ruft they. »Merk dir das, Onkel Grey. Das ist jetzt sein Name.«

»Wagt … ihr … Vollpfosten nicht … ihm das ins Gesicht zu … sagen«, krächzt Sabrina.

»Wenn der Käsekackhaufen die Frechheit besitzt, sich hier blicken zu lassen, nenne ich ihn noch was viel Schlimmeres. Geben Sie mir Ihre Schlüssel, Sabrina. Ich bringe Onkel Grey heim und komme dann mit ein paar Gasmasken wieder her. Für mich als Modeaccessoire. Für Sie, damit Sie Ihre Schweinerei hier beseitigen können.«

»Wieso mit meinem Auto?«

»Weil es schon von Mit-Essen-bedecktem-Onkel-Grey versaut ist. Die Schlüssel. Machen Sie schon. Er kauft Ihnen ein Neues, wenn ich es schrotte.«

»Sie können im Schnee fahren?« Ihre Stimme wird allmählich wieder normal.

Doch Zen reagiert nicht darauf.

Mühselig öffne ich die Augen, rechne halb damit, dass alles noch in Orangerot getaucht ist, aber so ist es nicht.

Alles ist in verschwommenes Weiß getunkt.

Schnee.

»Ich … hab es hergeschafft … Alles gut«, sagt Zen.

Hölle und Teufel.

»Zurück ins Café«, sagt Sabrina. »Ihr zwei fahrt in den nächsten Stunden nirgendwohin.«

»Solange ich hier bin, lass ich euch nicht in einem Zimmer allein«, meint Zen.

Ich spreche them nicht darauf an, dass they mir noch neulich Abend geraten hat, Sabrina flachzulegen.

Bringt ohnehin nichts.

Wir kennen alle die Regel: *Mach es einfach nicht da, wo ich es sehen muss.*

14. Kapitel

Sabrina

Die Vorstellung, von Kopf bis Fuß mit orangefarbenem Käse bestreut mit Grey und Zen im Café festzusitzen, ist dann doch mehr, als ich verkraften kann, also überwinde ich mich und fahre Grey zurück zu seinem Haus.

Er sagt nicht viel.

Ich sage auch nicht viel.

Doch als ich – wieder einmal – vor seiner Haustür halte, schaut er mir unverwandt in die Augen und macht nicht mal Anstalten auszusteigen. »Gib mir noch ein Puzzle.«

»Was?«

»Gib mir noch ein Puzzle. Über die Leute hier.«

»Nein.«

Er zuckt die Achseln. »Wie du willst. Dann such ich mir eines von denen aus, an die ich mich von Hawaii erinnere.«

»Das ist nicht …«, beginne ich, doch als er mich angrinst, bleiben mir die Worte im Hals stecken.

Grey. *Duke.*

Er zeigt mir das spitzbübischste Grinsen, das ich im Leben gesehen habe. Dann stößt er die Beifahrertür auf und steigt aus. Ohne sich noch einmal umzudrehen, trottet er zu seiner Türschwelle.

Ich schätze, diese Runde habe ich verloren.

Genau genommen weiß ich, dass es so ist.

Aber für dieses Lächeln …

… hat es sich gelohnt.

Ich. Stecke. Bis. Zum. Hals. In. Schwierigkeiten.

Nach einer schnellen Dusche fahre ich allein zum Café zurück, wo ich den lieben, langen Tag komische Blicke ernte.

Vielleicht ernte ich aber auch gar keine komischen Blicke und bilde mir das alles bloß ein, weil ich gar nicht weiß, ob Zen der Typ ist, der die Geschichte über den Käsezwischenfall überall herumerzählt.

Außerdem ist es für jeden offensichtlich, dass es in der Küche einen Käsezwischenfall gegeben hat.

Denn wir verbringen den ganzen Tag mit Putzen.

Und dann ist es endlich Sonntag.

Ich habe frei, sodass ich der anderen Sache, der ich die Woche über aus dem Weg gegangen bin, nicht länger ausweichen kann.

Es wird Zeit, den Mut aufzubringen, zu Emma zu gehen.

Langsam.

Seit Theo das *Silver Horn* am Montag verließ, um sie am Flughafen abzuholen, habe ich praktisch zu jeder wachen Stunde eine Nachricht an sie begonnen, aber weder sind mir die passenden Worte eingefallen, noch schien es mir richtig, den Kontakt schriftlich aufzunehmen.

Laney berichtet, dass sie Emma auch noch nicht gesehen hat; Theo jedoch beinah täglich, und er sagt, sie sieht traurig aus. Ich habe Fragen von noch mehr Nachbarn und Freunden darüber, ob sie wieder zurück ist, auflaufen lassen und nur gesagt, dass ich sie nicht gesehen hätte – was ja die Wahrheit ist.

Doch heute ist es so weit. Heute werde ich zu ihr gehen. Wahrscheinlich … nachdem ich bei Laney vorbeigeschaut habe, um zu fragen, ob sie mich begleiten will und ob Theo die Idee für gut hält.

Für den Fall, dass Laney bereit ist, Emmas einstweilige Funkstille zu durchbrechen, packe ich mein Auto, als Grey herauskommt.

Ich erstarre und betrachte ihn.

Verdammt, er sieht unwiderstehlich aus.

Nach einem ausgedehnten Moment, in dem wir dastehen und uns anstarren, unterbricht er den Blickkontakt und betrachtet meinen vollbeladenen SUV.

Und runzelt die Stirn.

Zweifellos fragt er sich, was ich, zusätzlich zu meinen Schneeschuhen, zu Hundebedarf und der Wintersicherheitsausrüstung, mit einer Riesenkiste vorhabe, die zwei aufblasbare für Menschen gedachte Hamsterräder enthält.

Ja, mit den Hamsterrädern hat es eine Bewandtnis.

Nein, er wird nicht erfahren, welche.

Ich muss weg von hier, an einen Ort, an dem mein Herz keine Trampolinsprünge vollführt.

Moment.

Emma wiederzusehen wird für mein Herz wahrscheinlich genauso anstrengend, allerdings ohne die damit einhergehende sexuelle Spannung.

Und was das angeht, bin ich absolut dafür, so zu tun, als wäre am Freitag überhaupt nichts passiert. »Hey, Grey, wie schön, dich an meinem freien Tag zu sehen. Du bist hier, ich bin hier, und seit du nebenan eingezogen bist, laufen wir uns dauernd über den Weg … Jitter, schau mal, wer da ist.«

Greys Augen leuchten auf, und ich fühle mich wie ein Miststück. Denn ich weiß, dass kein Jitter kommt, weil er schon bei meiner Mutter ist, wo er den heutigen Tag verbringt.

Sie liebt es, an schönen Tagen mit ihm um den See zu spazieren, und ein Grad unter null, blauer Himmel und kein Wind zählen absolut als schöner Tag. Auf diese Weise lernt sie viele neue Leute kennen.

Und Jitter liebt sie, weil sie ihn gut füttert und ihn für seinen Sonntagnachmittagsschlaf auf ihr Bett lässt. Mom wird in wenigen Jahren siebzig – sie hat mich spät bekommen –, aber sie ist noch kräftig und rüstig und kommt gut mit Jitter zurecht.

Ich schüttle gespielt bedauernd den Kopf. »Verflixt. Ganz vergessen. Jitter ist ja gar nicht hier. Reine Gewohnheit. Schönen Tag noch.«

»Warum bist du so schnippisch?«

»Ich bin nicht schnippisch.« Ich lächle. Strahlend. »Ich bin so normal, glücklich und fröhlich wie immer.«

Und gehe ihm damit offensichtlich gewaltig auf die Nerven.

Was super ist.

Er soll mich nämlich nicht mögen.

Ich soll ihn nicht mögen.

Vertragen wir uns?

Ja, prächtig.

Machen wir noch mal so was wie Freitag frühmorgens?

Nein.

Und nicht bloß, weil ich noch heute früh orange geniest habe.

»Ich habe herausgefunden, wer Mr Snuffleupagus ist«, sagt er.

»Das war geschenkt, und du könntest nichts sagen, was ihm peinlich wäre.« Ich knalle die Heckklappe zu und winke ihm mit zwei Fingern. »Tschüss! Wir sehen uns morgen.«

Er hält mich nicht auf oder versucht zu flirten, grinst aber derart wissend, dass meine Vagina sich zusammenzieht und ich beschließe, dass es in meinem Interesse ist, nicht mal darüber nachzudenken, ob er den Freitagmorgen irgendwie bereut oder sogar vorhat, das Ganze noch mal zu wiederholen.

Am besten an einem Ort ohne liegen gebliebene Kartons mit Käsepulver aus der Zeit, als Chandler die hirnverbrannte Idee hatte, Cheddar-Popcorn auf die Karte zu setzen.

Nein.

Nein.

Ich werde mir keine Wiederholung wünschen. Und ich werde nicht meinem Fast-Orgasmus hinterhertrauern.

Denn ja, ich bin beinah gekommen, nur indem ich mich an ihm gerieben habe.

Woran ich nicht länger denken werde.

Offiziell.

Ernsthaft.

Die Fahrt zu Laney verläuft problemlos, die Straßen und Gehwege sind nach dem Schneefall am Freitag geräumt. Doch als ich Emmas Auto in der Auffahrt entdecke, möchte ich am liebsten nach Hause zurückfahren, an die Wand klopfen, die ich mir mit Grey teile, und schauen, ob wir uns nicht zusammen unter einem Berg von Decken verstecken können.

Nicht, weil *ich* Emma nicht sehen will, sondern weil ich fürchte, sie könnte mir sagen, dass sie *mich* noch immer nicht sehen will. Es fällt mir leichter, daran zu denken, wie Grey mich zurückweist, als daran, dass Emma mich zurückweisen könnte.

»Du schaffst das«, versichere ich meinem Spiegelbild. »Du schaffst das.«

Wir sind seit einer Ewigkeit befreundet.

Ich weiß, sie weiß, dass ich ihr nicht schaden wollte.

Tja, ich hoffe, sie weiß das.

Die andere Sache, die in letzter Zeit alle zu mir gesagt haben, ist, dass sie wusste, was für ein Mensch Chandler war. Und dass es nicht meine Aufgabe war, sie über alles Schlechte aufzuklären, das er verbrochen hat.

Mein Handy meldet sich, ich schaue auf die Anzeige.

Es ist Laney.

Ich sehe, du hockst in meiner Einfahrt. KOMM SOFORT REIN! Ich würde Theo rausschicken, um dich ins Haus zu zerren, aber der hat alle Hände voll damit zu tun, seinen Hintern aus der Schusslinie zu bringen.

Als ich mich nicht sofort in Bewegung setze, meldet sich mein Handy erneut.

Wenn du nicht sofort reinkommst, rufe ich meine Mutter an, dass sie herkommen und dich ins Haus schaffen soll, und du weißt, sie wird hier aufschlagen, bevor du aus der Einfahrt zurücksetzen kannst, denn sie ist immer noch stocksauer, weil ich mir das Bein gebrochen habe.

Darüber muss ich fast grinsen. Und dann raffe ich mich auf und gehe hinein. Und wünsche mir sofort, ich hätte es gelassen.

»Was um alles in der Welt hast du dir dabei gedacht?«, schreit Emma irgendwo tiefer im Haus.

Mein Magen verkrampft sich, doch Laney verkneift sich ein Lächeln, als sie mich zu sich winkt. Ihr Gipsbein hat sie aufs Sofa gelegt, in ihrem Schoß tummeln sich zwei ihrer Kätzchen, die sie beide streichelt.

»Alles okay mit Em?«, frage ich leise, als ich mich aufs Sofa sinken lasse, wobei ich mich fast auf ein drittes Kätzchen setze, das sich unter einem Sofakissen versteckt hatte. »Und Theo? Nein, warte, noch mal neu: Wie geht es dir? Was macht dein Bein? Brauchst du irgendwas?«

»Danke, ich habe alles, und Emma nimmt sich seine Steuer vor«, flüstert Laney zurück. Sie wirkt beinah schadenfroh.

Ich hebe die Brauen, als wollte ich sie fragen, was zum Henker daran lustig sein soll, während ich mich aus meiner Winterjacke schäle und Kätzchen Nummer drei in Sicherheit bringe, das ein bisschen zittert. Womöglich wegen des Geschreis.

Das Emma überhaupt nicht ähnlich sieht.

»Er meinte, du wüsstest längst Bescheid, deshalb verrate ich dir kein Geheimnis, wenn ich dir sage, dass er letztes Jahr sein ganzes Geld in diese Fickt-die-Hedgefonds-Manager bei *Reddit* gesteckt und es damit um eine verdammte Tonne vermehrt hat. Allerdings hat er Emma nichts davon gesagt, und jetzt ist sie stinksauer auf ihn, weil er hinter der veranschlagten Steuer zurückgeblieben ist.«

»Dann geht es gar nicht um Chandler und den Knast?«, flüstere ich.

Sie schüttelt den Kopf. »Nein.«

»Ist sie noch wütend auf mich? Auf irgendwen von uns?«

Was ich an Laney liebe, ist, dass sie einfach alles regeln kann. Laney wird jedes Problem im Umkreis von vier Meilen wittern und lösen, ehe den meisten anderen auffällt, dass es überhaupt ein Problem gab. Zweitens liebe ich sie, weil sie mir keinen Puderzucker in den Hintern bläst, auch wenn sie die Wahrheit manchmal so leuchtend ausmalt, wie sie kann. Doch als sie nun die Lippen schürzt und über meine Frage nachdenkt, hasse ich es, ausgerechnet diese beiden ihrer Eigenschaften zu lieben.

»Ich glaube nicht, dass sie noch auf eine von uns wütend ist, nicht unbedingt«, antwortet sie schließlich, »aber ich glaube, sie muss sich trotzdem noch über einiges klar werden. Und wer könnte ihr das vorwerfen? Sie hat sieben Jahre darauf gewartet, dass er sie endlich heiratet, und dann platzt das Ganze nicht bloß in letzter Minute, es passiert auch noch vor den Augen der ganzen Welt. Übrigens, gut gemacht, dass du Addison neulich abends zur Rede gestellt hast, weil sie so ein Miststück war und das Video gepostet hat.«

»Sie steht auf meiner ewigen Abschussliste.«

»Was hat dein Boss eigentlich von der Käsedusche mit dir gehalten?«

»Bah, was hast du gehört?«

»Sabrina, du hast im *House of Curry* deinen Anspruch auf ihn geltend gemacht, und jetzt spekulieren die Leute, ob ihr nicht viel mehr getan habt, als euch mit Käsepulver zu bestäuben.«

»Devi hat es gesehen, nicht wahr?«

»Devi hat es gesehen, und sie schwört, ich bin die Einzige, der sie davon berichtet hat.«

Ich kneife die Augenlider zusammen. »Können wir wieder über Emma sprechen? Hat sie ihre Reise wenigstens genossen?«

»Weiß nicht. Sie hat nicht viel darüber gesprochen. Nicht mal mit Theo.«

»Habt ihr euch wieder vertragen?«

Es war Laney gewesen, die Emma schlussendlich reinen Wein darüber eingeschenkt hatte, wer vor zehn Jahren das Denkmal des alten Goldgräbers Snaggletooth beschädigte. Theo war anschließend dafür ins Gefängnis gegangen. Zwar nicht für lange, trotzdem war es für die ganze Familie hart gewesen, ihn das durchmachen zu sehen.

Als Laney abermals die Lippen schürzt, schnappe ich nach Luft.

»Ich weiß nicht, ob sie sich momentan überhaupt mit irgendwem verträgt. Vielleicht nicht einmal mit sich selbst. Es ist, als würde es für sie regnen, obwohl die Sonne scheint.«

»Du musst mir so etwas sagen!«, schreit Emma im Nebenzimmer.

Theo antwortet etwas, so leise, dass ich es nicht verstehen kann.

»Natürlich kann ich das regeln, du Riesenblödmann, aber du hättest dem Finanzamt weit weniger Geld überweisen müssen, wenn du es mir gesagt hättest. Wirfst du gern Geld zum Fenster hinaus? Warte. Halt. Antworte darauf lieber nicht.«

Ich schlucke.

Laney windet sich.

Keiner von uns macht sich wegen Theos Finanzen Sorgen. Der Hauptgrund, warum das Video von Emmas geplatzter Hochzeit viral ging, war, dass es Theo zugleich als den beliebtesten Adult-Entertainment-Star auf *GrippaPeen.com* bloßstellte, der bis dahin nur, ohne sein Gesicht zu zeigen, auf den Bildschirmen erschienen war, während er mit raushängendem bestem Stück motivierende Botschaften verbreitete und Herzen strickte.

Und was das Thema Geldverschwendung betrifft – er zahlte für Emmas Hochzeit, nachdem Chandler ihn darum gebeten hatte, und natürlich zögerte Theo keinen Moment, auch wenn die beiden nie gut miteinander ausgekommen waren.

Laney hat angedeutet, dass er auch Emmas Solo-Flitterwochen finanziert hat, auch wenn ich nicht gefragt habe, ob er das vor oder nach ihrer Entscheidung, allein zu verreisen, getan hat.

Aber diese Emma? Die kreischende, wütende, allem Anschein nach bekümmerte Emma?

Sie ist das genaue Gegenteil dessen, was Emma sonst verkörpert.

Und ich habe immer noch ein erdrückend schlechtes Gewissen, weil ich ihr gesagt habe, was ich alles über Chandler wusste.

Laney drückt meine Hand. »Machst du Fortschritte dabei, deinen Boss dazu zu bewegen, sich die ganzen Umbauten noch mal zu überlegen? Und ich schwöre, ich verkneife mir jede bissige Bemerkung über die Nützlichkeit von Käsepulver.«

Ich verziehe das Gesicht. »Nein. Und das Schlimmste ist, dass ich ihn verstehe.«

»Trotzdem sorgst du dafür, dass man ihm Essen ins Haus bringt, und forderst die Leute auf, ihre Babypartys und Zeugnisfeiern im Café abzuhalten.«

»Ich bekenne mich schuldig.« Ich habe mich hundertprozentig der Aufgabe verschrieben, dafür zu sorgen, dass man Grey unter die Nase reibt, wie sehr die ganze Stadt das Café liebt und wie sehr wir alle einander lieben.

»Hat Yolanda ihm wirklich erzählt, wie du bei Marmot Cliff verhaftet wurdest, nachdem du in einer Stunde sieben Espressi gekippt hattest?«

»Ja, und auch, dass du nicht mit uns kommen wolltest, weil du am Samstagabend lieber für einen Trigonometrie-Test lernen wolltest«, ziehe ich sie auf.

»Ich muss noch so viele Essensschlachten anzetteln.«

Ganz wie es ihre Art ist, hat Laney, nachdem sie diese Woche im *House of Curry* eine Essensschlacht vom Zaun gebrochen hatte, am Tag nach der Party eine professionelle Putzkolonne damit beauftragt, das Restaurant von oben bis unten zu reinigen. Und für das verschleuderte Essen hat sie auch bezahlt.

Als sie dann noch ein üppiges Trinkgeld draufgelegt hat, hat Nani Parvati sie aufgefordert, jederzeit wiederzukommen und jede Woche eine Essensschlacht anzuzetteln.

Ich liebe diese Stadt. Und alle meine Freunde.

Ich wünschte bloß, ich würde mich gerade in Emmas Nähe nicht so komisch fühlen.

Sie war immer die Erste, die mir versicherte, alles sei in Ordnung, wenn ich irgendwas vermasselt hatte. Die Erste, die Laney riet, mit sich selbst Geduld zu haben, wenn sie mal wieder wegen ihres hausgemachten, von ihren Eltern inspirierten Perfektionismus gestresst war, und die Erste, die sich sorgte, womöglich unbeabsichtigt die Gefühle eines anderen Menschen verletzt zu haben, als sie ihm oder ihr eigentlich ein Kompliment machen wollte.

Mir hätte auffallen müssen, dass Ems Stress wegen der Hochzeit nicht mehr normal gewesen war. Sie bat Laney auf

Hawaii, in der Woche vor der Hochzeit Theos Babysitterin zu spielen.

Was nicht zu Emma passte.

Das Ganze ging für Laney und Theo gut aus, aber es passte trotzdem nicht zu Emma.

»Du hast nicht auf Deckers Nachricht wegen des College-Jahrbuch-Fotos, das er gefunden hat, geantwortet, auf dem dein Großvater und Greys Großeltern zusammen zu sehen sind«, sagt Laney.

Ich schließe fest die Augen. Das ist etwas, das ich zu vergessen versucht habe, seit Decker mir das Jahrbuch gestern nach der Arbeit praktisch auf die Türschwelle gelegt hat.

Und nur fürs Protokoll: Ich habe Laney nicht gesagt, dass ich nicht darauf geantwortet habe. Das hat dann wohl Decker getan.

»Nichts, was ich mit der Information anfangen könnte, kommt mir richtig vor«, sage ich zu Laney.

Sie hebt die Brauen und wartet, als wüsste sie, dass ich damit sagen wollte: *Es kommt mir nicht richtig vor, weil ich noch immer mit Grey schlafen will.*

Wie verkorkst ist es, mit dem Kerl vögeln zu wollen, der aktiv daran arbeitet, den Ort zu zerstören, der dich zu dem gemacht hat, der du bist?

Als ich nicht unverzüglich auf ihren fragenden Blick reagiere, greift sie nach einem Teller Schokosplitter-Cookies auf dem Beistelltisch neben ihr und reicht ihn mir über die Kätzchen hinweg.

»Ich bin immer noch wütend auf dich«, sagt Emma ganz in der Nähe.

Ich mache einen Satz.

Laney macht einen Satz.

Ich sehe Emma nicht, aber sie kommt zweifellos näher.

»Ich frage mich, ob er ihr mit dem Satz gekommen ist, es sei in Ordnung für ihn, wenn die Regierung seine zusätzliche Steuer für den Ausbau von Straßen verwendet«, flüstert Laney.

»Nicht schlecht.«

»Er war absolut auf ihren Zorn vorbereitet. Er dachte sogar daran zu sagen, er würde auch für die Bezahlung des Finanzbeamten aufkommen, der ihn prüft, beschloss dann aber, ihren Blutdruck nicht so weit in die Höhe zu treiben.«

Wir starren beide noch immer auf den zu Laneys Homeoffice führenden Flur.

Plötzlich schlägt mir das Herz scharf bis zum Hals, schärfer als die Katzenkrallen, die sich in meinen Oberschenkel graben.

Und dann sehe ich sie. Meine große, schlanke blonde Freundin mit ihrer anbetungswürdigen Stupsnase und ihren sonst so strahlenden, heiteren braunen Augen, die nun trübe und bekümmert dreinblicken.

Sie hat sich eine Computertasche über die Schulter geschlungen, Theo folgt ihr auf dem Fuß, eine Hand auf ihrer Schulter, als wollte er ihr stumm versichern, ihr zur Seite zu stehen, falls sie ihn braucht.

»Meine anderen Klienten sind besser nicht solche Sorgenkinder wie du«, grummelt sie und erstarrt, als ihr Blick auf mich fällt.

Mein Magen droht jede einzelne Tasse Kaffee, die ich heute Morgen getrunken habe, wieder von sich zu geben. Ich greife nach dem Kätzchen, ziehe behutsam, um seine Krallen aus meinen Kleidern zu entfernen, weil ich durchs Zimmer eilen und Emma erstickend um den Hals fallen will, mich aber zwinge, es langsam anzugehen, und erst mal schüchtern winke. Sowohl um des Kätzchens willen als auch um Emmas. »Hey, Em, willkommen daheim.«

Ihre Stirn legt sich in Falten, kurz zittern ihre Lippen, dann setzt sie ein falsches Lächeln auf.

Eigentlich bin ich die amtierende Königin des falschen Lächelns, doch mit dieser erzwungenen Fröhlichkeit droht sie, mich vom Thron zu stoßen.

Und es fühlt sich an, als würde mein Herz aus meinem Hals ins Bodenlose stürzen.

»Oh, du musst nicht aufstehen«, sagt sie jetzt und drückt sich den Computer sowie einen Aktenstapel wie einen Schutzschild an die Brust. »Lass die Mieze, wo sie ist. Sorry. Ich muss los. Ich hinke meiner Arbeit hinterher.«

»Ja. Klar. Natürlich. Die Steuer ist fällig. Ich weiß. Aber wenn du zur Abwechslung Lust auf unseren üblichen *Razzle-Dazzle*-Filmabend …«

Ich verstumme, als sie ein Gesicht macht, wie ich es selten bei ihr gesehen habe.

Sogar Laney scheint über Emmas unverhohlen entsetzte Miene zu erschrecken.

»Danke«, entgegnet Emma schnell, zahllose Emotionen, die nicht ihre normale Freude sind, huschen über ihre Gesichtszüge, »aber ich weiß nicht, ob ich Zeit habe. Ich … ich muss jetzt los.«

»Em …«, beginnt Theo.

Sie fällt ihm mit einer kurzen Umarmung ins Wort. »Verschweige mir nie wieder deine Einnahmen. Wir sprechen uns später.«

Rasch winkt sie Laney und mir zu und stürzt dann zur Tür hinaus.

Meine Augen brennen, doch ich unterdrücke die Tränen und schaue Laney an.

»Sie ist nicht wütend«, sagt Theo.

Er ist so ein Lügner.

»Sie sieht aber wütend aus, und sie benimmt sich so«, widerspreche ich.

»Ich kann mich nicht erinnern, sie schon mal so erlebt zu haben«, stimmt Laney zu. Auch sie wirkt wie eingefallen.

Theo schüttelt den Kopf. »Ihr wurde aber auch noch nie so das Herz gebrochen. Gebt ihr Zeit. Dann wird sie wieder.«

»Hat es wehgetan, als sie dich angeschrien hat?«, will Laney wissen.

Er grinst, antwortet aber nicht. Ein graues Kätzchen steckt den Kopf aus der Küche, als wollte es sich vergewissern, dass die Luft rein ist, doch als Laney mit der Zunge schnalzt, kommt das Kätzchen, gefolgt von zwei weiteren, zu uns ins Zimmer geflitzt. Theo hebt zwei von ihnen auf und platziert sie neben den beiden anderen in Laneys Schoß, drückt ihr einen Kuss auf den Scheitel und beäugt dann mich, als würde er überlegen, ob er mich von ihrem Sofa vertreiben sollte.

Ja, ja, die beiden haben auf Hawaii eine Armee an Kätzchen gerettet.

Nein, noch liebenswerter können sie kollektiv unmöglich werden.

Ich hake mich bei ihr unter und bette meinen Kopf an ihrer Schulter, während sich das Kätzchen in meinem Schoß endlich doch noch aus meiner Hose befreit und zu seinen Geschwistern auf Laneys Schoß hinüberklettert.

»Sie gehört jetzt mir«, wende ich mich an Theo. »Du kannst sie später wiederhaben.«

Die Kätzchen miauen, als wären sie beleidigt, weil ich ihre Menschenmama beanspruche. Theo verdreht die Augen und geht in die Küche.

»Also, das *Bean & Nugget*«, sagt Laney, offensichtlich, um mich von der Begegnung mit Emma abzulenken.

»Hoffnungslos. Alles hoffnungslos.«

»Mit der Einstellung wird alles hoffnungslos«, ruft Theo.

»Erspar mir deine Ratschläge, nackt strickender Motivator«, rufe ich zurück. »Ich bin keine deiner Bewunderinnen.«

»Nicht mehr.«

»Schluss jetzt, alle beide«, befiehlt Laney. »Theo, mehr Cookies, Sabrina, eine positivere Einstellung, bitte. Du hast einen Plan. Das kann ich riechen.«

»Das ist das Katzenstreu«, meint Theo.

Ihre Lippen beben belustigt.

Noch vor einem Monat hätte sie ihn deshalb zusammengestaucht.

Heute lacht sie darüber, was mich riesig für sie freut.

Sie verdient jedes Lachen. Jede Liebe. Und jedes Glück.

Während ich nur die Spielverderberin bin.

»Kannst du mir sagen, dass ich tun kann, was ich zu tun gedenke, auch wenn es ein schrecklicher Gedanke ist?«, frage ich, während ich mir einen der Cookies von dem Teller auf ihrer mir abgewandten Seite nehme.

»Hättest du vor drei Wochen noch gezögert?«

»Nein.«

»Dann mach.«

»Wirst du mich hassen?«

»Auf keinen Fall.«

»Nicht mal, wenn du es müsstest?«

»Sabrina.«

»An dem Abend auf Hawaii, als ich Grey begegnet bin, hatte ich mir vorgenommen, wo immer ich konnte, Gutes zu tun, um mein Karma auszugleichen.«

»So etwas tust du?«, unterbricht mich Laney.

Ich seufze schnaubend. »Ich tue sehr viel Gutes.«

»Weiß ich, aber gewöhnlich nicht im Namen deines Karmas. Gewöhnlich tust du nur Gutes, weil es das Richtige ist und du gar nicht anders kannst, als für Tooth das Richtige zu tun.«

»Meinetwegen, aber an dem Abend musste ich es wegen des Karmas tun.«

Sie nickt. »Okay, ich verstehe.«

»Was ich jetzt zu tun vorhabe, ist im Grunde das genaue Gegenteil davon und verschiebt ein Stück weit die Grenzen dessen, was ein normaler, vernünftiger Mensch jemals tun sollte.«

Laney sieht mich mit gerunzelter Stirn an. »Du zündest die Atombombe?«

Im Wesentlichen, ja. Und es in Erwägung zu ziehen gibt mir das Gefühl, ein Miststück zu sein, weil ich Grey keineswegs für einen schlechten Kerl halte. Ich weiß nicht, was Chandler ihm angetan hat, doch ich weiß, es muss etwas Großes gewesen sein. Aber es muss eine andere Möglichkeit geben, es wiedergutzumachen, als ausgerechnet das *Bean & Nugget* zu vernichten. »Mir fällt sonst nur ein, Kurtis zu erpressen, damit er mir seine Praxis auf der Main Street überlässt, um darin mein eigenes Café zu eröffnen, aber ich möchte den einzigen Chiropraktiker in der Stadt eigentlich nicht gegen mich aufbringen.«

Und, ja, das war Greys Idee, und mir ist klar, dass das kein schlechter Gedanke ist.

Andererseits aber auch kein wirklich guter.

Im *Bean & Nugget* stecken das Blut, der Schweiß und die Tränen meiner Familie. Und das Grundstück ist das beste im Stadtzentrum.

Laney blinzelt bedächtig. »Du hast etwas gegen Kurtis in der Hand, womit du ihn erpressen könntest?«

»Nein.«

Ich sage das so schnell und mit so viel Nachdruck, dass Theo den Kopf aus der Küche streckt und mich neugierig beäugt.

Laney zuckt zusammen.

»Ist dieses Nein dem Umstand geschuldet, dass du mit Gossip fertig bist, seit du deinem neuen Boss sämtliche Klatschgeschichten über Tooth erzählt hast?«, will Theo wissen.

»Ich hab es ihm gesagt«, flüstert Laney.

»Was ja auch in Ordnung ist«, gebe ich zurück. »Ihr solltet wegen mir keine Geheimnisse voreinander haben. Und, sorry, Theo, ich bin sicher, er weiß, dass du Mr Snuffleupagus bist und dich dreimal pro Woche in einem Nachtclub in Denver ausziehst.«

»Mr Snuffleupagus.« Theo grinst. »Der Typ hat einen Namen wie … ein Rüssel. Das gefällt mir.«

»Das war keine absichtliche Schmeichelei«, versichere ich ihm. »Ich dachte, er kommt nicht drauf, weil Snuffy so fluffig ist und du dir die Brust wachst.«

Laney lacht so heftig, dass sie fast vom Sofa fällt, worauf Theo mich erheblich finsterer anfunkelt, als es der Vorwurf, sich die Brust zu wachsen, für sich allein genommen, jemals bewirken könnte.

»Müssen wir irgendwen wegen dem, was er womöglich weiß, vorwarnen?«, fragt Theo.

Als wäre es so einfach. »Ich habe die Einzelheiten verändert.«

Theo schüttelt den Kopf. »Ich unterschätze Leute nicht, die einen Riesenhaufen Geld verdienen, indem sie einen kleinen Teil der Welt vor Übel bewahren. Das bedeutet nur, dass sie schlau sind.«

»Aha, so wie du«, sagt Laney lächelnd zu ihm.

Diese beiden. Unerträglich liebenswert.

Ich klaue mir noch einen Cookie, dann rapple ich mich auf. »Ich habe den Schlamassel angerichtet, ich räume ihn auch wieder auf. Ihr müsst euch nicht auch noch die Hände schmutzig machen. Ich muss lediglich herausfinden, ob ich ihn allein dazu bewegen kann, es sich anders zu überlegen, oder ob ich einen Schritt weitergehen muss.«

»Welcher wäre?«, fragt Laney.

»Es ist besser für euch, wenn ihr das nicht wisst.«

»Sabrina.«

Ich drücke ihre Schulter. »Danke für die Aufmunterung. Ich will euch zwei nicht noch mehr mit meiner miesen Laune behelligen oder Emma noch einmal verjagen, falls sie zurückkommt …«

»Du hast sie nicht verjagt«, widerspricht Theo. »Sie muss nur viel zu viel Arbeit nachholen.«

»Der intellektuelle Teil meines Verstandes weiß deinen Standpunkt zu schätzen, aber emotional bin ich immer noch aus dem Gleichgewicht. Sei lieb zu Laney. Und ruft mich an, wenn Chandler Emma Probleme bereitet. Jitter und ich könnten ein Ventil für unsere aufgestaute Energie gebrauchen.«

»Wo willst du jetzt hin?«, erkundigt sich Laney.

»Ich brauche dringend einen Haarschnitt.«

»Du hast dir die Haare drei Tage, bevor du nach Hawaii geflogen bist, schneiden lassen.«

»Die Locken hängen schief.«

Laney drückt sich die Finger in die Augenhöhlen.

»Jetzt, wo du es sagst, ist es nicht zu übersehen. Auf dieser Seite, richtig?« Theo gestikuliert mit einer Hand über seiner linken Schulter.

Und fast schaue ich nach, ob er recht hat, ehe mir wieder einfällt, dass ich Theo niemals ernst nehmen sollte. »Ja, auf der Seite.«

»Ruf mich an, wenn du irgendwie Hilfe brauchst«, sagt Laney noch einmal.

Bestimmt nicht.

Ich weiß ja nicht mal, ob mein Plan hinhauen wird oder ob es überhaupt richtig ist, das zu tun.

Am Freitagmorgen mit Grey rumzumachen war definitiv nicht richtig, wie der Käse mir ins Gedächtnis ruft.

Aber ihm zu zeigen, was das *Bean & Nugget* für die Gemeinschaft bewirkt, dauert zu lange.

Doch wenn nicht einmal Laney eine bessere Idee hat … dann werde ich es wohl so angehen müssen.

Was auch immer daraus wird.

Es ist ja nicht so, als könnte ich es noch schlimmer machen, oder?

15. Kapitel

Grey

Nachdem Zen mich darüber belehrt hat, dass ich Schlaf nachholen und meinen Stresspegel senken müsse, überlasse ich them das Café am Sonntag. Zumal they damit gedroht hat, mir das Auto abzunehmen, um sich damit tiefer ins Gebirge abzusetzen und einen attraktiven Skilehrer zu finden, der Lust hat, eine Hälfte des Jahres mit them am Strand zu verleben.

Zen braucht offenbar eine Pause von mir.

Mal wieder.

Trotzdem hält Zen mich auf dem Laufenden über die Leute, die wissen wollen, wann wir schließen, um mit den Umbauten zu beginnen, und ob Elsies Scones danach noch auf der Karte stehen werden und wann sie uns etwas zu essen vorbeibringen können.

Mir ist klar, was los ist.

Zen hat beschlossen, dass das Café genau das ist, was die Stadt braucht.

Zen ist meinem früheren Selbst verdammt ähnlich.

Finde jemanden, der dich so annimmt, wie du bist, und du wirst alles für diesen Menschen tun.

Ich knurre leise über meinem Puzzle.

Schön.

Schön.

Ich werde immer noch alles für einen Menschen tun, der mich so annimmt, wie ich bin. Ich glaube bloß niemandem mehr, der behauptet, dazu fähig zu sein.

Nicht, solange die andere Konversation, die mein Handy sprengt, ein Gruppenchat ist, in dem inzwischen auch meine Brüder wissen wollen, warum ich mich nicht an Felicias Geburtstag beteilige.

Eine Frau wird nur einmal dreißig. Und sie ist Duke eine so gute Hundemama. Du solltest deinen Groll aufgeben und bei den Geburtstagsvorbereitungen helfen.

Die relative Ruhe an der Front war schön, solange sie angehalten hat.

In einem Punkt hat Zen zweifellos recht: Ich sollte meine Telefonnummer ändern lassen.

Es gelingt mir, ein wenig zu schlafen – die Nacht durchzumachen bereitet mir nicht mehr so viel Freude wie früher mal, aber mir hat die Ruhe im Café nach Geschäftsschluss gefallen – und mich endlich in das Holzpuzzle eines Löwen zu vertiefen, während ich zugleich darüber nachdenke, was logistisch voraussichtlich für die Beantragung einer Ausschanklizenz in der Stadt erforderlich sein wird.

Davon bin ich derart beansprucht, dass mir die Geräusche, die die Rückkehr meiner Nachbarin ankündigen, beinah entgehen.

Beinah.

Jitter bellt nicht viel. Er ist ein braver Hund. Und obwohl die Wände dünn sind, höre ich außer Sabrinas abendlichem Zähneputzen, das ich jedoch zu verpassen versuche, nur die leisen Geräusche von Telefongesprächen oder den Fernseher, ohne irgendwelche Worte ausmachen zu können.

Nicht, dass sie viel zu Hause wäre.

Sie ist ebenso sehr ein geselliger Schmetterling wie ich ein Einsiedler.

Aber jetzt schaltet sie den Fernseher nicht ein.

Nein, was da durch die Wand dringt, sind ganz andere Laute, bei denen mir das Herz stehen bleibt.

Weinen.

Ich starre auf den Treppenschacht, der, wie ich annehme, mein Wohnzimmer von Sabrinas Wohnzimmer trennt.

»Ach, mein liebes Mädchen«, sagt eine unbekannte Frauenstimme. »Oh, Süße, komm her. Alles wird wieder gut.«

»Sie ist dermaßen wütend auf mich, Mom. Sie ist praktisch geflüchtet, als sie mich kommen sah.«

Jitter winselt.

Es dreht mir den Magen um, und ich schiebe mich dichter an die Wand.

»Sie muss gerade sehr viel verarbeiten«, sagt Sabrinas Mutter.

»Sie hat immer alles gemeinsam mit mir verarbeitet. Mit uns beiden. Mit Laney und mir.«

»Redet sie denn mit Laney?«

»Das weiß ich nicht. Aber sie redet mit Theo. Also sieht sie Laney immerhin. Und Laney hat ihr gesagt, was Chandler getan hat. Nicht ich. Dabei hätte ich es ihr sagen müssen.«

Ich höre gedämpftes Schluchzen.

»Sabrina …«

»Ich hätte es ihr sagen müssen. Aber das habe ich nicht getan. Und jetzt hasst sie mich deswegen.«

Was sich in mir verkrampft, ist nicht bloß mein Magen.

Es ist mein Herz.

Ich sollte das nicht belauschen. Es geht mich nichts an. Es ist nicht mein Problem.

Aber sie leidet.

Ich kenne diese Art Kummer. Den Stachel der Zurückweisung. Die Reue. Und die Ohnmacht.

Ich möchte sie im Arm halten.

Ich möchte sie im Arm halten, sie besänftigen und ihr den Schmerz nehmen, obwohl ich weiß, wie gefährlich sie mir werden könnte, wenn sie alles, was sie über mich erfährt, gegen mich verwendet und ich deshalb ohne die Befriedigung, Chandlers Reaktion auf meinen Plan zu beobachten, Snaggletooth verlassen muss.

»Sie ist im Grunde momentan die berühmteste Nicht-Berühmtheit der Welt, und das nicht aus einem schmeichelhaften Grund«, sagt ihre Mom. »Lass ihr etwas Zeit. Sie hat gerade sehr viel um die Ohren.«

»Ich habe bisher immer gewusst, was ich zu ihr sagen soll. Ich wusste immer, was ich überhaupt zu jemandem sagen sollte.«

»Ihr habt beide in letzter Zeit unerfreuliche Veränderungen erlebt. Erwarte nicht, dass du noch dieselbe bist, die du vor zwei Wochen warst.«

»Es geht mir gut.«

»Sabrina …«

»Nein, wirklich. Ich verdiene das, ich nehme meine Strafe an.«

Scham und Reue treffen mich in die Herzregion.

Ich bestrafe sie.

Sie ist die unbeteiligte Zeugin meines Strebens nach Gerechtigkeit.

Ich bereite ihr Kummer.

»Du verdienst keine Strafe«, sagt ihre Mom. »Du hast das Herz am rechten Fleck, und du hast getan, was du für richtig gehalten hast.«

»Ich wünschte nur … Ich wünschte, ich könnte zurückgehen und machen, dass Emma mich nicht hasst.«

»Sie hasst dich nicht.«

»Ich hasse mich selbst. Wenn ich vor zehn Jahren etwas gesagt hätte, wäre sie heute glücklich verheiratet und würde ihren Traum mit jemandem leben, der sich nicht von einem anständigen Kerl mit Potenzial zu einem totalen Arschloch entwickelt hätte.«

Ich nehme Anstoß an der Vorstellung, dass Chandler Sullivan jemals ein anständiger Kerl war. Und ich habe mich in dieser Woche mehr als einmal gefragt, was eine Frau, die jeder hier zu vergöttern scheint, in ihm gesehen haben mag.

»Oder Emma wäre mit jemandem verheiratet, der nicht mit Kindern umgehen könnte, und ihre Lage wäre womöglich sogar noch schlimmer«, erwidert ihre Mom. »Du kannst die Vergangenheit nicht im Nachhinein infrage stellen, du musst daran glauben, dass alles gut wird.«

Wieder winselt der Hund. Jitter ist bekümmert, weil Sabrina leidet, und ich bin bekümmert, weil sie beide traurig sind.

Das Schlimmste ist, dass es so einfach wäre, sie ebenso zu verachten, wie ich Chandler verachte.

Sie hat alles, was ich mir immer gewünscht habe.

Freunde, eine Familie mit nur einem schwarzen Schaf statt eines ganzen zerfallenden Stalls voller schwarzer Schafe. Gemeinschaft. Ein Zuhause. Eine Aufgabe und einen Lebenszweck, den sie niemals hinterfragen musste und der ihr auch niemals genommen wurde.

Bis jetzt. Von mir.

Ich könnte sie hassen, weil sie mich alles auf den Prüfstand stellen lässt, wofür ich zu stehen glaubte.

»Ich stelle alles auf den Prüfstand, wofür ich zu stehen glaubte«, sagt Sabrina.

Ich zucke zusammen und starre die Wand an.

Habe ich … habe ich mir das eingebildet? Hat sie gerade exakt das gesagt, was ich denke?

Ihre Stimmen werden leiser.

Ich drücke mich gegen die Wand und strenge mich an, um zu lauschen, während ein vertrautes, übles Gefühl mir den Magen umdreht.

Scham.

Ich bin das größte Arschloch von allen.

Ich tue ihr weh. Wissentlich.

Und ich kann nicht damit aufhören.

Die Welt ist nicht im Gleichgewicht.

Meine Welt ist nicht im Gleichgewicht.

Mir ist erst vor vielleicht vier Jahren, als ich noch mit Felicia verheiratet war, bewusst geworden, dass meine Geschwister und meine Eltern den Treuhandfonds beinah durchgebracht hatten. Dass sie mich, als sie mich dazu brachten, ihnen auszuhelfen, nicht aus Gewohnheit beschuldigten, eine Zufallszumutung in ihrem Leben zu sein. Sie brauchten das Geld, das ich dank meines Patents verdiente, um vor ihren Freunden das Gesicht wahren zu können.

Es war der Weckruf meines Lebens, als Zen auf meiner Türschwelle erschien und mich ohne Geringschätzung um Obdach bat.

Der zweitgrößte Weckruf war, mich in Felicia zu verlieben, bis ich, als Zen vom College zurückkam, erkannte, dass meine Frau mich mehr manipulierte, als meine Familie es jemals getan hatte, weil sie einen anderen Menschen aus mir machen wollte. *Zieh dich so und so an. Richte die Lobby deines Labors so und so neu ein. Jemand muss mal mit Zen über seinen Kleidungsstil reden. Und dass er sich eine ordentliche Arbeit sucht. Dein Assistent? Echt jetzt? Dir ist schon klar, wie das aussieht, ja?*

Denn Aussehen war alles.

Allerdings nicht für Zen.

Zen hat mich gelehrt, was Familie bedeutet.

Onkel Grey, hast du dir schon mal überlegt, wie unanständig es von unseren Eltern ist, uns an sämtliche Grundbedürfnisse zu erinnern, die sie gestillt haben, als wir Kinder waren, obwohl wir nicht darum gebeten hatten, als ihre Kinder zur Welt zu kommen?

Mir wäre jedenfalls irgendeine Reality-TV-Familie lieber gewesen als diese. Dabei hasse ich Reality-TV. Oder dabei mitzumachen, nehme ich jedenfalls an.

Onkel Grey, was machst du, wenn deine Geschwister dir sagen, du seist eine Zumutung, obwohl du alles daransetzt, allen jedes Jahr Geburtstagskarten zu schicken, und dich nach ihren Freunden, ihren Träumen und ihrem Leben erkundigst, wie sie es ihrerseits niemals tun?

Onkel Grey, du solltest dich wirklich nicht so von ihnen ausnutzen lassen. Du weißt, der einzige Grund, aus dem sie wollten, dass du Felicia heiratest, war, dass ihr Vater Tante Camille versprochen hatte, sie mit seiner adligen Verwandtschaft bekanntzumachen, ja?

Onkel Grey, ich bin, was ich bin, und Felicia wird mich nicht ändern, auch wenn sie es noch so sehr darauf anlegt.

Zen sieht vieles, was ich einfach aus Gewohnheit hingenommen habe. Zen hinterfragt, wie man mit them umgeht. Zen hinterfragt, wie man mich behandelt.

Und Zen hinterfragt, was Familie bedeutet.

Und ich dachte, ich hätte verstanden, aber verstehen und das Wagnis einzugehen, Menschen wieder zu vertrauen, sind zwei vollkommen unterschiedliche Dinge.

Kann ich das?

Kann ich riskieren, dass mich abermals jemand im Namen des Guten statt der Gerechtigkeit völlig vernichtet?

Ich mag nicht aus einer Kleinstadt kommen, trotzdem weiß ich, was Klatsch anrichten kann.

Ich weiß, dass Sabrina die ganze Stadt mit einem einzigen Satz gegen mich aufbringen könnte. Wahrscheinlich sogar mit drei wohlgesetzten Worten.

Stattdessen quillt mein Kühlschrank dank meiner Nachbarn und hiesigen Restaurants, die mir sämtlich Rabatt gewähren, von Essen über. Wir haben Begrüßungsgeschenke von Nachbarn und Ladenbesitzern bekommen, darunter sechs Flaschen Wein, zwei selbst gebackene Brote, Tüten voller Gemüse sowie einen Topf heimischen Honigs, der mich fasziniert, dessen Quelle ich jedoch noch nicht eruieren konnte.

Wir sind kaum eine Woche hier, und doch nehmen sich alle unserer an, obwohl wir nichts tun, um es uns zu verdienen.

Um noch mehr von dem Gespräch zwischen Sabrina und ihrer Mutter mitzubekommen, presse ich ein Ohr an die Wand, doch ich nehme nichts als Schweigen wahr.

Sind sie in der Küche?

Setzt sie mehr Kaffee auf?

Wann immer ich sie diese Woche gesehen habe, war sie niemals weiter als einen Meter von einer Kaffeetasse oder einem Kaffeebecher entfernt. Sie scheint sich ausschließlich von dem Zeug zu ernähren, was eigentlich nicht bezaubernd sein dürfte, es aber trotzdem ist.

Denn sie lebt, was sie zu lieben angibt.

Aber ich höre auch keinen Kaffeekocher.

Weiß sie, dass ich sie belausche?

Sprechen die beiden jetzt über das Café und die Pläne, die ich dafür habe?

Ich verdiene das, ich nehme meine Strafe an.

Wie oft habe ich das selbst zu mir gesagt, als ich aufwuchs …

Ich kann das nicht.

Ich kann mich nicht rächen, wenn ich dabei unschuldige Menschen verletze.

Es geht gar nicht darum, dass ich mich zu ihr hingezogen fühle. Es geht darum zu tun, was richtig ist. Was absolut richtig ist.

Falls ich herausfinde, was richtig ist.

16. Kapitel

Sabrina

Normalerweise würden Jitter und ich an einem x-beliebigen Sonntagabend früh ins *Silver Horn* oder in den Pub beim Rathaus gehen, um mit Freunden zusammensitzen, bis es so spät ist, dass ich es am Montagmorgen bereuen werde.

Doch heute war ein anstrengender Tag, sodass ich mir nur noch mit einer Tasse Kaffee in der Hand und mit meinem Hund, der mir als Sofakissen dient, einen alten *Razzle-Dazzle*-Film anschauen will, während ich meinen Mut zusammennehme, den ich brauche, um den Plan in die Tat umzusetzen, der, wie mein Bauchgefühl mir versichert, der Schlüssel zur Wiedererlangung meines Cafés ist.

Leider bedeuten Mut und Kaffee auch, dass ich etwa genauso still dasitze wie Theo, daher schalte ich den Film, den ich ohnehin Wort für Wort mitsprechen kann, aus und greife nach meiner Jacke und Jitters Leine.

Wir müssen einen Spaziergang machen.

Es spielt keine Rolle, dass meine Mom heute schon dreiundvierzig Mal mit ihm Gassi war, er ist immer noch voll dabei. Es ist zu dunkel, um Jitter von der Leine zu lassen, denn auch wenn er für manche größeren Raubtiere aus dem Gebirge eine echte Abschreckung darstellt, möchte ich nicht, dass er mir durchgeht und Hirsche oder Elche jagt.

Außer uns ist niemand unterwegs. Keine Nachbarn, bei denen man zum Plaudern stehen bleiben könnte. Als ich eine alte Freundin vom College anrufen will, landet der Anruf direkt auf der Mailbox.

Es ist kalt nach Sonnenuntergang. So kalt, dass einem nach dem Einatmen die Nasenhaare eisig zusammenkleben. Also kürzen Jitter und ich unseren Spaziergang ab.

Schließlich kommen wir an dem Townhouse neben meinem vorbei, in dem derzeit jemand wohnt, an den ich liebend gern nicht länger denken würde, als die Tür aufgeht und er dasteht.

Ein Meter zweiundneunzig schlanke Muskeln in Bluejeans und Stiefeln unter einer dicken Wolljacke – die dank meines Gutscheins für die Reinigung wieder sauber ist –, grauem Wollschal und einer schwarzen Wollmütze. Sein Bart wird, eigentlich undenkbar, immer dichter, und als er aus seinem Haus tritt, streift er sich noch einen schwarzen Handschuh über, bleibt dann jedoch plötzlich stehen und hält sich am Türrahmen fest.

Jitter bellt und stürmt auf ihn zu.

Ich packe fest die Leine. »Platz, Jitter«, befehle ich, aber der Hund will nicht hören.

Er zieht noch fester, um zu Grey zu gelangen.

Aber wisst ihr, was seltsam ist?

Grey reagiert überhaupt nicht auf uns.

Er steht da, klammert sich mit abwesendem Blick an den Türrahmen und atmet tief wie in Trance, während das Verandalicht auf ihn fällt.

Jitter zieht mich den ganzen Weg bis zu ihm, und kein Widerstand meinerseits vermag meinen Hund aufzuhalten. Er ist wild entschlossen.

Schlimmer noch, er winselt.

»Jitter«, rufe ich noch einmal.

Er winselt noch lauter und stupst die freie, zur Faust geballte Hand meines Bosses an.

»Grey?«, sage ich zögernd.

Er holt noch einmal tief Luft und stößt sie langsam aus, während Jitter sich vor seine Füße legt. »Was?«

»Geht es dir gut?«

»Alles gut.«

»Du siehst aber nicht gut aus.«

»Es geht mir gut.«

Er hört sich auch nicht gut an.

Nicht im Entferntesten.

Mein Puls schaltet in den höchsten Gang.

Irgendwas stimmt hier nicht.

Er blinzelt zweimal, schaut mich im gelben Schein der Verandalampe an, seine Wangen färben sich rot, dann dreht er sich um, als wollte er sich im Haus verbarrikadieren und seine übrigen Pläne für den Tag streichen.

Doch zu seinem Unglück ist Jitter ein großer Hund und versperrt ihm den Weg, sodass er sich wieder am Türrahmen festhalten muss.

»Jitter mag dich«, sage ich und ziehe an der Leine.

»Schlechte Menschenkenntnis, der Gute«, brummt er.

Oh ja. Irgendwas stimmt hier ganz und gar nicht.

Jitter jault wieder zu Greys Füßen.

Grey verzieht das Gesicht, fasst Tritt und steigt über den erneut jaulenden Jitter, um ins Haus zurückzukehren.

»Hey, bist du sicher, dass es dir gut geht?«, frage ich, als es mir endlich gelingt, meinen Hund auf die Pfoten und aus dem Hauseingang zu zerren.

Dieses Mal bekomme ich keine Antwort. Dieses Mal will er mir die Tür vor der Nase zuschlagen.

Das ist nicht derselbe Mann, der mir erst neulich den Po

geknetet hat, während er sich durch die halbe Küche an mir rieb.

Aber zu seinem Glück – oder Unglück – bin ich gerade nicht in der Stimmung, mich von ihm aussperren zu lassen.

Jedenfalls nicht, wenn er sich derart seltsam benimmt.

»Jitter, Grey hat Steak«, rufe ich.

Mein Bernhardiner springt die Tür an, stößt sie auf und zieht mich mit hinein.

Grey stolpert rückwärts und greift nach dem Handlauf der Treppe, als würde er sich fürchten, sonst das Gleichgewicht zu verlieren. »Was soll das werden?«

»Mein Cousin Lucky ist Krankenpfleger. Er würde mir einen Tritt in den Hintern verpassen, wenn ich dich jetzt allein ließe.«

»Es geht mir gut.«

Ich widerspreche nicht.

Stattdessen rufe ich im *Bean & Nugget* an. Aber natürlich geht niemand ran, weil es nach fünf an einem Sonntag ist.

Um die Zeit ist niemand mehr im Café.

Was bedeutet, dass mir nichts anderes übrig bleibt, als Zens Privatnummer zu wählen. Da das Auto nicht vor dem Haus steht, nehme ich an, dass Zen damit unterwegs ist.

»Was soll das werden?«, wiederholt Grey.

Er stürzt sich nicht auf mich. Er starrt mich nicht an, als wollte er mir die Kleider vom Leib reißen. Aber auch nicht so, als wollte er mich mit einem rostigen Messer niederstechen.

Er sieht einfach neben der Spur aus, und das gefällt mir überhaupt nicht.

Zen geht beim sechsten Klingeln dran. »Sabrina Sullivan. Was für eine Überraschung. Falls Sie vorhaben, Onkel Greys Leben zu zerstören und zu kündigen, können Sie mir einen

Gefallen tun und ihm ein superlanges Kündigungsschreiben schicken? Zwanzig Seiten, oder so? Alles, was Sie von dieser Entscheidung abbringt.«

Weiß Zen, was ich vorhabe?

Tut Zen so, als würde they mich mögen, damit ich es bleiben lasse?

Oder vertraut mir Zen inzwischen so sehr, dass ich in den Genuss des wahren Ichs komme, das er normalerweise nur Grey zeigt?

Wer spielt hier mit wem, verdammt? »Ihr Onkel hatte gerade in seiner Haustür eine außersinnliche Erfahrung, und er behauptet, es gehe ihm gut, aber so sieht es nicht aus, und ich glaube, er ist entweder wütend auf mich oder traut mir nicht, weil alle in der Stadt zu glauben scheinen, dass wir miteinander schlafen, was ganz klar meine Schuld ist. Könnten Sie also, bitte, kommen und nach ihm sehen, damit ich mir keine Sorgen mehr um ihn machen muss.«

»Es geht mir gut«, blafft Grey.

»Oh, das kenne ich, das ist seine Dickschädelstimme«, antwortet Zen gut gelaunt.

»Ja, bezaubernd. Könnten Sie, bitte, heimkommen und sich um ihn kümmern?«

»Wahrscheinlich ist ihm bloß schwindlig.«

»Kommt das häufiger vor?«

»Ich stehe gleich hier«, bemerkt Grey.

»Und sprichst mit deiner Dickschädelstimme«, blaffe ich zurück. »Außerdem flippt mein Hund aus, was bedeutet, dass sich jemand um dich kümmern muss.«

»Wow, faszinierend«, sagt Zen. »Ich schicke ihm ein Penis-im-Milchkaffee-Bild, und wenn er mir deshalb keinen Stinkefinger zurückschickt, müssen Sie zusehen, dass er die Füße hochlegt.«

Ich ersticke fast an meiner Zunge. Zusehen, dass er die Füße hochlegt? Nehmen die zwei mich auf den Arm, oder ist hier wirklich etwas nicht in Ordnung? »Oh, mein Gott!«

»Ich weiß, Penis-im-Milchkaffee-Kunst ist echt extrem, aber ich erinnere ihn immer gern daran, dass das Leben noch schlimmer sein könnte.«

»Die andere Sache.«

»Ach, das. Er wird nicht daran sterben.«

»Oh, mein Gott.«

»Ich stehe noch immer hier.« Grey presst sich die Handflächen in die Augenhöhlen.

Mein Hund liegt weiterhin auf Greys Füßen, winselnd drückt er seinen Leib gegen Greys Beine, während der Mann selbst sich gegen die Wand unter der Treppe lehnt.

»Echt, er musste erst einmal mit dem Krankenwagen abgeholt werden, und sein Stresspegel ist hier, verglichen mit damals, schon viel niedriger, auch wenn er mit seinen Super-Villain-Man-Plänen für sich selbst alles nur verschlimmert.«

»Ich schwöre bei Karamell-Macchiatos, wenn Sie mich gerade nur verscheißern …«

Da rührt sich Grey, und ich verstumme, um ihn zur Couch zu dirigieren. »Leg dich hin.«

»Es geht mir gut.«

»Er ist wieder grantig. Also, noch grantiger als sonst. Ist das ein gutes oder ein schlechtes Zeichen?«, frage ich Zen.

»Er leidet an geringfügigen Kreislaufproblemen, die sich womöglich in Luft auflösen, wenn er seinen Stresspegel senkt, deshalb wäre es bestimmt besser, wenn er nicht grantig wäre. Haben Sie irgendwas angestellt?«

»Helfen Sie ihm eher, den Stress zu senken, oder schaden Sie mehr?«

»Ich helfe. Was denn sonst? Und Sie? Was haben Sie getan,

um ihn so zu stressen? Haben Sie mal wieder zum Käsepulver gegriffen?«

Habe ich jetzt auch Probleme mit meinem Blutdruck? Ich denke schon. »Ich war mit meinem Hund Gassi.«

»Ah, Jitter ist so ein braver Kerl. Hey, hat er auf sein Handy geguckt? Ich hab ihm eine Nachricht geschickt.«

»Guck auf dein Handy«, wende ich mich an Grey, nachdem ich begriffen habe, dass nicht Jitter auf sein Handy gucken soll.

Grey sieht zuerst den Hund an, dann mich, und lässt sich seufzend auf den Fußboden sinken. »Mein Handy stresst mich.«

»Er sollte seine Nummer ändern lassen, aber er hört nicht auf mich, und wenn ich ihm noch so viele Penis-im-Milchkaffee-Bilder schicke«, sagt Zen. »Oh, da ist es ja, er hat mir den Stinkefinger als Textnachricht geschickt. Es geht ihm gut. Sie können Ihren Tag guten Gewissens fortsetzen, und vielen Dank für Ihre gute Tat.«

»Gern ge…«

Es klickt; die Verbindung ist tot.

»… schehen«, beende ich meinen Satz.

Geringfügige Kreislaufprobleme? Super-Villain-Man?

»Du kannst jetzt gehen«, sagt Grey steif, ohne mich anzusehen.

Jitter hebt den Kopf und leckt Grey das Gesicht.

Das komplette Gesicht.

Die ganze verdammte Fläche.

Doch statt sein Gesicht zu verziehen und den Hund wegzustoßen, lächelt Grey schief und krault Jitter hinter den Ohren. »Lass sein, Großer. Es geht mir gut.«

Mich sieht er noch immer nicht an.

Ich sinke auf den Teppich, schlage die Beine übereinander und beobachte ihn. »Also, Super-Villain-Man?«

Er fährt sich seufzend durchs Gesicht. »Du bist gefeuert.«

»Das musst du schon ein bisschen nachdrücklicher sagen, damit ich dir glaube.«

»Schön, du bist nicht gefeuert, aber geh jetzt bitte nach Hause.«

»Mit meinem Hund oder ohne ihn?«

»Lass ihn hier.«

Mein Herz zerfließt zu klebrig-warmen Pfützen von Turteltauben-Seligkeit, die definitiv nicht zu mir passen.

Ich ziehe die Knie an die Brust, schlinge die Arme um die Knie und beobachte, wie er meinen Blick meidet, während er meinen Hund mit Liebe überhäuft, der aufs Neue versucht, dem Mann auf den Schoß zu klettern. »Ich sag es auch keinem.«

Da heben sich seine verhangenen blauen Augen und blicken mich unverwandt an, und mein Magen stürzt ab wie auf der besten aller Achterbahnen. »Du hältst dich an einen Kodex?«

»Das muss ich, sonst kann ich nicht mit mir leben.«

Sein Blick bleibt auf mich gerichtet, und ich bekomme eine Gänsehaut an den Armen.

Er schaut so eindringlich.

Und das gefällt mir.

Er gefällt mir.

Ungeachtet aller stichhaltigen Gründe, es lieber nicht zu tun, ungeachtet all meiner Vorbehalte dagegen, überhaupt irgendwen zu mögen, mag ich ihn. Er kommt mir vor wie ein Freund. Ein schwieriger Freund, aber ein Freund.

»Mein bester Freund und Geschäftspartner hat mir ein Papier hingeschoben und gemeint, es sei nur eine Bewilligung für neues Laborequipment, das anschaffen zu wollen ich erwähnt hatte«, sagt er jetzt. »In Wahrheit war es die Bewilligung, ein Forschungsprojekt zu veräußern, in das ich sechs Jahre meines Lebens gesteckt hatte, und die Verpflichtung, meine Forschungsergebnisse in den kommenden zehn Jahren direkt an ein Start-up zu verkaufen, an dem er beteiligt war. Ich habe auch einen Kodex. Einen ganz einfachen. *Lüge, verdammt noch mal, niemals, um einem anderen Geld aus der Tasche zu ziehen.* Ergänzt um: *Lies immer das Kleingedruckte* und *Traue niemandem!*«

Ich muss mich schwer zusammenreißen, um mich nicht über meinen Hund hinweg auf ihn zu stürzen und ihm um den Hals zu fallen.

Was ich über Menschen gelernt habe, ist, dass sie nie ganz gut oder ganz schlecht sind.

Chandler?

Der steht auf meiner ewigen Abschussliste, weil er mich verraten hat, aber ich verstehe ihn. Seine Eltern hatten schon seit den frühen Tagen ihrer Beziehung Probleme und haben sich ständig gegenseitig darin überboten, ihn mit Geschenken und Erlebnissen zu überhäufen, statt ihm eine Familie zu sein, woraus ein übertriebenes Selbstwertgefühl resultierte, das im ständigen Widerstreit mit übertriebenen Schuldgefühlen lag. Seine Eltern haben ihn versaut, trotzdem liegt es an ihm, ob er jemals wieder der Mensch sein will, der mir meine Zeit wert ist.

Emma?

Die hat anderen ihr Leben lang einen Vertrauensvorschuss gewährt und wurde deshalb immer wieder ausgenutzt. Laney und ich haben jedes Mal, wenn wir mitbekamen, dass jemand ihre liebenswerte Art ausnutzte, das Schlimmste verhindert, um sie dann auf ihrer eigenen Hochzeit zu enttäuschen – nein, *ich* habe sie enttäuscht.

Laney?

Die ist ein regelkonformer Engel von einer Frau, der sich

unlängst angewöhnt hat, Essensschlachten vom Zaun zu brechen.

Wir sind alle schwierig.

Und Grey?

Der wurde offenbar von anderen verletzt. Ich kenne nicht die ganze Geschichte, kenne mich aber gut genug in der Welt aus, um zu begreifen, wie viel es ihm offenbar abverlangt hat, mir seine Sicht auf dieses Kapitel seiner Geschichte zu erzählen.

Ich halte dieses Vertrauen nicht für selbstverständlich und werde es nicht missbrauchen, auch wenn ich überhaupt keinen Wert auf sein Vertrauen lege.

Und das ist mein größtes Problem damit, dass ich mich zu Grey hingezogen fühle. Wir sind beide schwierig. Wir haben beide Angst. Und ich fürchte, wir verstehen einander auf eine Weise, die ich niemals für möglich gehalten hätte.

»Ich wollte dich auf Hawaii nicht anlügen«, sage ich leise.

Er schüttelt den Kopf. »Spielt keine Rolle.«

»Für mich schon.«

»Es war nicht vorgesehen, dass wir uns hier wiedersehen.«

»Haben wir aber.«

Gott, dieser Blick.

Wenn er mich ansieht, ist es, als wäre ich der Mittelpunkt seines Universums.

So hat er mich bereits auf Hawaii angesehen.

Eine umwerfende Nacht lang war ich seine Welt.

Eine umwerfende Nacht lang dachte ich, er wäre alles, was ich mir jemals hätte wünschen können und was ich überhaupt nicht verdiente.

Und nun ist er hier.

Und ich möchte nicht gehen.

Ich möchte mehr erfahren.

Nicht, weil ich immer alles wissen muss, sondern weil ich ihn kennenlernen will.

Ich will den Mann wiedersehen, dem ich auf Hawaii begegnet bin. Ich will diesen Grey zurück. Den lustigen, selbstironischen, lächelnden Grey alias Duke, der mit mir Gutes tun wollte.

»Du vollbringst immer noch gute Taten für mich«, sagt er.

»Du machst es mir noch immer leicht.«

»Ich bin ein bisschen aus dem Takt mit meinen guten Taten.«

»Wahrscheinlich verträgt sich das nicht damit, Super-Villain-Man sein zu wollen.«

»Es heißt Super-Vengeance-Man.«

»Dann geht es um Gerechtigkeit, wie?«

»Ich habe dich vorhin weinen hören.«

Ich erstarre.

Zu Eis.

Das hatte nur Mom hören sollen.

Sein Blick wankt immer noch nicht. »Ich werde ihn dermaßen fertigmachen.«

Café au Lait, bring mich fort von hier.

Ich glaube ihm.

Und ich will es sehen.

»Aber musst du es zu Lasten meines Cafés tun?«, flüstere ich.

Ich kann jeden Versuch, mich mit Blicken niederzuringen, mit Leichtigkeit im Schlaf kontern. Aber nichts auf der Welt ist so schwer, wie in diesem Moment Greys Blick standzuhalten.

Er schwankt, ich fühle es.

Ich weiß nicht einmal, was Chandler ihm angetan hat, aber was auch immer es war, war schlimm genug, dass dieser Mann, der darauf bestand, eine unglaubliche, welterschütternde Nacht lang gute Taten mit mir und für mich zu vollbringen, nun lediglich schwankt.

Und nicht nachgibt.

Die eiserne Entschlossenheit, meinen Cousin zu vernichten, ist nicht zu übersehen.

Und sie ist höllisch sexy.

Da fliegt die Tür auf, und Zen schlendert herein. »Hast du noch nicht aufgehört zu atmen? Mist. Ich wollte deine Comic-Sammlung.«

Grey unterbricht den Blickkontakt noch immer nicht. Er hat es geschafft, Jitter so zu streicheln, dass mein Hund inzwischen auf seinem Schoß eingeschlafen ist, und er lässt mich nicht aus den Augen.

»Es muss einen anderen Weg geben«, sage ich zu ihm.

»Dann finde ihn!«

Fuck.

Einfach fuck.

Ich weiß eigentlich gar nicht, was Chandler wichtig ist.

Vor einem Monat hätte ich noch behauptet, Emma, aber seit Hawaii glaube ich, dass sie ihm weniger wichtig war als der Gedanke, gewonnen zu haben. Gewonnen, weil *er* die Königin des Abschlussballs heiraten würde.

Doch nun gehört sie ihm nicht mehr.

Aber Emma zu verlieren ist keine ausreichende Strafe, sonst wären wir jetzt nicht hier. Deshalb muss ich herausfinden, womit Grey sich zufriedengeben würde.

Aber ich weiß es nicht.

Und was sagt das über mich und meine Beziehung zu meiner besten Freundin, wenn ich nicht einmal sagen kann, was dem Mann, den sie heiraten wollte, auf der ganzen Welt am meisten bedeutet?

»Ich gebe dir zwei Wochen«, ergänzt er.

»Was geht hier vor?«, will Zen wissen. »Ich kann es nicht fassen, dass ich das sage, aber ich glaube, der Käsezwischenfall hat mir besser gefallen.«

»Abgemacht«, antworte ich, an Grey gewandt. Zwei Wochen, damit lässt sich was anfangen.

So oder so.

17. Kapitel

Grey

Die Welt steht kopf. Aus richtig wird falsch. Aus links wird rechts. Aus süß sauer. Sabrina Sullivan ist meine neue Obsession.

Sie belegt den Platz in meinem Verstand, der normalerweise für Forschungsprojekte reserviert ist, so wie keine Frau, seit ich Felicia kennenlernte.

Und wohin hat *das* geführt?

Trotzdem kann ich nicht aufhören, an Sabrina zu denken.

Es ist Montagvormittag. Der Tag nachdem ich sie weinen gehört habe und sie in mein Haus eindrang, um sich zu vergewissern, dass es mir gut geht, als ich einen meiner ärgerlichen Schwindelanfälle hatte. Und nun versuche ich, mir weiszumachen, dass sie sich nicht in der Küche aufhält und sich deshalb auch nicht von den Orten fernhält, die helfen könnten, dass ich endlich Gerechtigkeit erlangen und eine alte Wunde schließen kann. In diesem Moment fällt mir auf, dass sich plötzlich eine vollkommene Stille über das Café gelegt hat.

Nicht bloß Stille.

Sondern auch eine seltsame Stimmung.

Was mir nicht gefällt.

Denn es erinnert mich an die Stille und die Stimmung, wann immer ich als Kind etwas eigentlich Normales getan habe –

zum Beispiel als ich die Lieblingsvase meiner Mutter zerbrach, während ich sie mit Wasser für den Löwenzahn füllen wollte, den ich im Garten gepflückt hatte. Meine Geschwister, die so viel älter waren als ich, dass sie weniger in Verdacht standen, etwas auszufressen oder kaputt zu machen, warteten bereits auf das bevorstehende Donnerwetter.

Ich beuge mich in meiner Ecknische über ein Puzzle, ohne die Teile eigentlich wahrzunehmen, da meine Gedanken noch immer auf den Sabrina-Kanal eingestellt sind. Als ich den Blick schweifen lasse, um unauffällig in Erfahrung zu bringen, was los ist, lässt sich jemand schwer auf die Polsterbank mir gegenüber fallen.

»Greyson Cartwright, und ich dachte, du bist ein stiller Eigentümer.«

Chandler Sullivan – das Arschloch höchstpersönlich.

Sitzt da mit seinen Glupschaugen, seinem ärgerlich frischen Haarschnitt und seinem adretten Button-down-Hemd unter einer Markenjacke und grinst mich frech an, seine Haut gebräunt, als hätte er nach seiner katastrophalen Hochzeit noch ein paar Extrawochen auf Hawaii drangehängt.

Mein Puls katapultiert sich in den Weltraum. Dunkler Nebel trübt meinen Blick. Mein Mund wird trocken.

Bewusst rufe ich mir ins Gedächtnis, dass er hier keine Macht über mich hat.

Hier kann er mir nicht so schaden wie auf dem College.

Trotzdem bin ich schlau genug, um wachsam zu bleiben, aber der Mann kann mir hier nichts anhaben. Oder irgendwem sonst im Café. Super-Vengeance-Man lässt sich von Typen wie ihm nichts bieten.

Ich blinzle, um wieder klar zu sehen, lasse mich ins Polster sinken und den Blick kurz durch den Raum schweifen, um mich zu versichern, dass alle hier uns tatsächlich beobachten.

Dass ich mir das nicht bloß einbilde.

Sabrinas Cousin – einer der Drillinge – ist nicht hier, wie gelegentlich in der zurückliegenden Woche, dafür jedoch Bitsy, die mir vor einer Weile Hallo gesagt hat. Glaube ich jedenfalls.

Drei Frauen, die ich schon mal gesehen habe, aber nicht mit Namen kenne, sitzen um einen der Fenstertische mit Ausblick auf den zugefrorenen See und die schneebedeckten Berge. Eine Gruppe Pensionäre, die anscheinend einmal pro Woche nach dem morgendlichen Skilaufen hierherkommen, haben den Picknicktisch ganz in meiner Nähe in Beschlag genommen.

Und alle starren uns an.

Wahrscheinlich, um ihr Urteil über mich zu fällen, je nachdem, wie ich auf Chandler reagiere.

Er hebt eines meiner Puzzleteile auf und hält es ins Licht. »Was zum Teufel ist das?«

Jetzt bloß nicht zurückzucken. Jetzt bloß nicht zurückzucken. Jetzt bloß nicht zurückzucken. »Ein Puzzleteil. Wenn man alles in der richtigen Reihenfolge zusammensetzt, ergeben sie ein schönes Bild.«

Bitsy verschluckt sich an ihrem Tee.

Chandler scheint nicht zu bemerken, dass ich ihn gerade beleidigt habe. Immer noch grinsend untersucht er das Puzzleteil. »Willa! Willa, bringen Sie mir einen Cappuccino!«, ruft er dann.

Willa beäugt uns beide von ihrem Platz hinter dem Schalter. Zen erscheint in der Küchentür, und der Geruch nach Zitronen-Scones steigt mir in die Nase. »Ach, scheiß drauf, bringen Sie mir auch drei von Grams Gebäckstücken«, sagt Chandler.

Willa sieht mich an, dann wieder ihn. »Sie zahlen erst mal, wenn Sie hier Kunde sind.«

Er erstarrt.

Aber nur für eine Sekunde, dann grinst er sie an und wendet sich mir zu. »Muss ich hier neuerdings für Speis und Trank bezahlen? Ich dachte, wir sind Freunde.«

Findet außer mir noch jemand sein Grinsen schmierig?

Wahrscheinlich bin ich damit nicht allein.

»Warum sollte er tun, was du nie getan hast, und Essen umsonst weggeben?«, fragt einer der älteren Herren.

»Du weißt aber schon, wer dieser Typ ist, Jimmy?«, schießt Chandler zurück. »Er ist so stinkreich, dass du dagegen richtig pleite aussiehst. Er kann sich ein Getränk und einen Imbiss für einen alten Freund durchaus leisten.«

Meine Schultern fahren hoch. »Kultiviert, Sullivan. Sehr kultiviert.«

»Es ist ja nicht so, dass Sabrina ihnen ihre schmutzigen Geschichten über dich nicht sowieso erzählen würde.« Damit beugt er sich vor und platziert seine Ellbogen auf meinem Puzzle. »Macht sie dir die Hölle heiß? Schließlich glaubt sie, den Laden zu führen.«

»Nein.«

»Oh, fuck, Alter – hast du sie gefeuert?«

Höre ich da Panik?

Hat er Angst vor Sabrina? Oder Angst *um* Sabrina? Sorgt er sich um das Café?

Ich bin vielleicht erst seit kurzer Zeit hier, doch ich weiß, wieso der Laden wie geschmiert läuft.

Wegen ihr.

»Noch nicht«, gebe ich zurück. »Meinst du, ich sollte?«

Es ist Panik.

Schiere Panik.

Er schaut sich wieder nach dem Schalter um. Zen sieht immer noch vom Kücheneingang aus zu. Willa richtet das verbliebene Gebäck im Backwarenfach aus.

Sabrina ist nicht in Sicht.

Doch der Duft der Zitronen-Scones wird stärker. Sie ist irgendwo dahinten und backt.

Ich habe zuerst nicht verstanden, warum sie die Scones nicht frühmorgens backt, aber ich lerne dazu. So verbreitet sich die Kunde, dass sie ofenfrisch sind, und wir bekommen weiteren Zustrom von Mittagsgästen.

Chandler sieht nun wieder mich an und … Fuck!

Das hier wäre einfacher, wenn er nicht erkennbar schlucken würde und seine Miene nicht unleugbar von Besorgnis umwölkt wäre. »Dieser Laden würde ohne sie untergehen.«

»Und?«

Er erbleicht.

Der Wichser erbleicht.

Was noch schlimmer ist, irgendwie tut er mir sogar leid.

Was Super-Vengeance-Man nie passieren würde.

Aber ich verfüge über ein Gewissen, auch wenn ich mir noch so sehr wünsche, es wäre nicht so, wenn es diesen Schandfleck der Menschheit betrifft.

»Mein Großvater würde mich umbringen«, sagt er.

Jetzt fühle ich mich weniger schlecht. Chandler war selbst schuld am Verlust seines Cafés. »Weiß er von deinem Glücksspiel-Problem?«

Chandler klappt den Mund zu und funkelt mich an. Er hat noch immer das Puzzleteil in der Hand, und seine Ellbogen haben die Hälfte meiner bereits vorsortierten Teile verschoben. »Falls es dir noch niemand gesagt hat, man darf nicht glauben, welche Klatschgeschichten manche Leute verbreiten.«

Nur handelt es sich nicht um Klatschgeschichten.

Es steht alles im Bericht des Privatdetektivs, der in meinem Auftrag herausfinden sollte, warum Chandler sein Café verkauft hat.

Ich hätte auch einen vollständigen Bericht über seine Hobbys, Interessen und Sammlungen anfordern sollen, doch ich hatte damals lediglich wissen wollen, wieso er verkaufte und wie groß seine finanziellen Schwierigkeiten waren.

»Tratschen die Leute hier gern?«, frage ich.

Wieder erstarrt er.

Den Blick kenne ich.

Er setzt in Gedanken ein Puzzle zusammen. *Er weiß über meine Spielsucht Bescheid, glaubt aber nicht, dass die Leute hier reden.*

Zen unterbricht uns, indem er mir eine Tasse Tee und einen Scone hinstellt. »Iss. Trink. Sei vergnügt.«

Chandler schaut zu Zen hoch und blinzelt. Wenn er ein einziges böses Wort über Zen äußert, eine einzige falsche Frage stellt oder auch nur mit der Wimper in eine Richtung zuckt, die mir nicht gefällt, ist er Geschichte.

Meine Fäuste ballen sich.

Mein Herzschlag feuert wie Kanonendonner.

Und dann klingelt Chandlers Telefon – schrill –, ehe ihm, was auch immer er denken mag, über die Lippen kommen kann. Er greift danach, während er mit der anderen Hand weiter mein Puzzleteil festhält und blinzelnd Zen mustert. Schließlich meldet er sich. »Was liegt an?«

Bitsy verdreht die Augen.

»Ich dachte immer, er machte das, weil er drei Cafés am Laufen und viel um die Ohren hatte, aber jetzt wissen wir, dass er bloß ein Arschloch ist«, brummt Jimmy.

»Hat dich, was er Emma angetan hat, nicht schon auf den Gedanken gebracht?«, fragt einer der anderen Männer.

Chandler zuckt zusammen, dann lässt er mein Puzzleteil in der Hand verschwinden und erhebt sich aus der Nische. »Ja, hört sich gut an. Bin schon unterwegs.« Er geht Richtung Ausgang. »Nein, ich hab bloß mal reingeschaut, um zu sehen, ob ich dem Neuen in meinem alten Café irgendwie unter die Arme greifen kann. Der Typ ist echt überfordert. Hat ein paar Verrückte neu eingestellt. Wird mich wohl bald um Hilfe bitten.«

Verrückte.

Als ich aus der Nische springen und auf ihn losgehen will, trübt sich erneut mein Blick, und mir wird wieder schwindlig. Ich presse die Lippen aufeinander und atme durch die Nase.

Fuck.

Ich packe die Tischkante und atme.

Und atme.

Und atme.

Unterdrücke das Schwindelgefühl mit schierer Willenskraft und erde mich.

Mein Blick klärt sich, als Chandler den Ausgang erreicht. Dort hält er inne und schaut auf die Holzfigur eines Bären, der die Tür bewacht, dann reibt er dem verfluchten Ding den Kopf und schiebt sich schließlich in den Wintermorgen hinaus.

Und ich sitze die ganze Zeit da und kann kaum mehr tun als atmen.

Und erst da bemerke ich, dass mein Scone fort ist und er ihn in der Hand hält.

Der Wichser hat meinen Scone mitgenommen.

Und was könnte schlimmer sein als ein Arschloch, das glaubt, dich übertrumpft zu haben?

Ihm zuzustimmen.

»Hat er mit Ihrem Gebäck auch Ihr Puzzleteil mitgenommen?«, will Bitsy wissen, als sich die Tür hinter ihm schließt.

Mein Nicken kommt ruckartig.

Sie macht: »Ts, ts, ts.«

Ich spüre, wie sich etwas gewichtig in meinen Hinterkopf bohrt.

Sabrina beobachtet mich mit grimmiger Miene aus der Küche.

Zen, neben ihr, schaut sogar noch grimmiger.

Beide sehen mich an, als wollten sie fragen, was ich als Nächstes vorhätte.

Die Antwort ist ziemlich einfach.

Ich werde, verdammt noch mal, alles zerstören, was er liebt. Allerdings offenbar nicht, solange ich dem Dreckskerl Auge in Auge gegenüberstehe.

Sabrina schaut nach dem Ausgang.

Nach dem geschnitzten Holzbären.

Dann blickt sie wieder mich an.

Sie hat es auch gesehen.

Sie hat gesehen, dass dieses Café ihm etwas bedeutet.

Jetzt zieht sie den Kopf ein und tritt den Rückzug in die Küche an.

Jimmy, einer der älteren Herren, schaut Zen an. »Wenn er Ihnen irgendwie Ärger macht, lassen Sie es mich wissen.«

Zen blinzelt einmal und zieht sich ebenfalls in die Küche zurück.

Jimmy sieht mich an und nickt.

Ich nicke zurück.

Was das Allerschlimmste an meinem Hiersein ist? An dem, was ich hier tue? Dass ich allmählich Gefallen daran finde.

Um meinetwillen. Um Zens willen.

Um des verfluchten Cafés willen.

Aber ich kann etwas Besseres daraus machen. Das kann ich, und das werde ich – mit Bienen im ganzen Laden, sodass der Käsekackhaufen nie wieder einen Fuß hier hineinzusetzen wagt.

Um unser aller willen.

18. Kapitel

Sabrina

Die Arbeit ist scheußlich.

Ich hasse sie, und ich hasse es, meine Arbeit zu hassen.

Selbst an den härtesten Tagen, wenn alles zusammenbricht, wenn die Gäste übellaunig sind, die Lieferanten nicht pünktlich eintreffen oder ich mich an Kaffee oder einer heißen Pfanne verbrühe, liebe ich meine Arbeit und würde sie gegen nichts auf der Welt eintauschen.

Doch seit Chandler sich heute Morgen hier blicken ließ, ist nichts mehr, wie es war.

Grey arbeitet mürrisch und still an seinem Puzzle.

Als er damit fertig ist, lässt er es, mit einem fehlenden Teil in der Mitte, auf dem Tisch liegen.

Zen spricht kaum ein Wort. Willa flüstert mir zu, dass Chandler sich zur Hölle und darüber hinaus scheren sollte. Schließlich wirft mich Cedar aus der Küche. Er ist dermaßen sauer, dass ich ihm lieber nicht widerspreche, auch wenn das bedeutet, dass ich, während ich zur Mittagszeit mit Willa hinter dem Kassenschalter stehe, die ganze Zeit so tue, als wäre ich aufgeräumter Stimmung.

Mindestens zwei Dutzend Leute fragen mich, wie es mir geht. Ich lüge, setze ein fröhliches Gesicht auf und behaupte mit munterer Stimme, es gehe mir fantastisch.

Noch mehr Leute wollen wissen, ob ich etwas von Emma gehört habe.

Es dauert ewig bis zum Ende meiner Schicht, und als es endlich so weit ist, schnappe ich mir Jitter, und wir beide fahren zu einem meiner Lieblingsorte im Sommer, den ich in den seltenen Momenten aufsuche, in denen ich allein sein möchte.

Ich gehe den kurzen Weg vom Parkplatz, der nur zwei Autos Platz bietet, zu dem Aussichtspavillon mit Blick über das Städtchen, den See und den Bahnhof und muss den Picknicktisch im Inneren erst einmal von Schnee befreien, ehe ich mich dort hinsetzen kann.

Ein gutes Zeichen, dass vor mir noch niemand hier war. Und ein ebenso gutes Vorzeichen dafür, dass sonst niemand herkommen wird.

Jitter ist im Himmel. Er könnte ewig im Schnee liegen bleiben.

Obwohl ich weiß, dass ich es nicht länger als eine halbe Stunde hier aushalten werde – nicht, wenn es so kalt ist –, muss ich meine Mitte wiederfinden.

Als ich hinter mir auf der Straße einen Wagen höre, zuckt es in meinen Schultern. Als der Wagen anhält und eine Tür zufällt, mache ich mich bereit, so zu tun, als würde ich bereits frieren, um mich rasch zu verziehen.

Nur kommt mir Jitter zuvor, indem er in allergrößter Freude bellt und losflitzt, um seinen neuen Lieblingsmenschen zu begrüßen.

»Geh weg«, sage ich.

Grey ignoriert mich und navigiert vorsichtig über die Spur, die ich mit meinen Winterstiefeln in die weiße Pracht gedrückt habe, trotzdem sinkt er noch bis zu den Waden ein, während Jitter in seiner Nähe verharrt. Als er den Pavillon schließlich betritt, hebt er einen *Bean-&-Nugget*-Kaffeebecher. »Friedensangebot.«

»Gibst du es auf, mein Café auf den Kopf zu stellen?«

Seufzend stellt er den Becher zwischen uns auf die Picknickbank.

Ich rieche Vanille und Zimt.

Das ist der Tiefpunkt.

Das ist echt der Tiefpunkt.

»Wir könnten gemeinsam etwas Größeres aufbauen«, sagt er, ohne mich anzusehen.

»Dir ist schon klar, wie verletzend sich das für eine Frau anhört, die stolz darauf ist, wie unfassbar hart sie gearbeitet hat, um es zu dem zu machen, was es heute ist?«

»So habe ich es nicht gemeint.«

Ich weiß, worum es ihm geht. Er will einen gemeinsamen Nenner finden. Es ist tatsächlich ein Friedensangebot.

Und ich bin ihm dankbar dafür.

Es tut trotzdem weh. Das *Bean & Nugget* ist vielleicht nicht perfekt, aber es ist der Ort, an den ich gehöre. Mit dem Kaffee und Großmamas Scones-Rezept und seiner Geschichte und der Gemeinschaft und allem, was wir auch in Zukunft beibehalten *könnten*.

»Es tut mir leid, dass Chandler dein Puzzleteil mitgenommen hat. Und deinen Scone.«

»Nicht deine Schuld. Und ich habe einen neuen Scone. Du hättest dabei sein sollen.«

Ätzend. Das ist einfach ätzend.

»Was willst du überhaupt hier?«, frage ich.

»Im Café ist ein Anruf von einem besorgten Bürger eingegangen, der meinte, du seist hierhergefahren und solltest besser nicht allein sein.«

Ich werfe ihm einen schrägen Blick zu.

»Zen hat den Anruf entgegengenommen. Ich kann dir nicht sagen, wie sich der Anrufer angehört hat.«

Der Kaffeeduft reizt meine Sinne.

Eigentlich trinke ich meinen Kaffee schwarz. Alles irgendwie Aufgemotzte ist für besondere Gelegenheiten und schlechte Tage reserviert.

Und heute ist definitiv ein schlechter Tag.

Also gebe ich der Versuchung nach und greife nach dem Becher, rieche daran – ohne jeden Zweifel Vanille und Zimt –, trinke einen Schluck und bekomme das volle Programm.

Ist das gut! Besser als gut.

Süß und sahnig und genau richtig gewürzt. Ein kleiner Funken Freude an einem dunklen, trostlosen, hässlichen Tag, an dem die Sonne trotzdem die Frechheit besitzt zu scheinen.

Verdammt. »Können wir nicht fünf Minuten so tun, als wären wir wieder auf Hawaii und du wärst noch Duke?«

Seine blauen Augen wandern langsam über die Landschaft ringsum, dann ruht sein Blick wieder auf mir – mit mehr Wärme, als ich erwartet hätte.

Meine Schenkel ziehen sich zusammen. Und das nicht, weil es kalt ist, sondern weil er wieder alles ist, was er auf Hawaii war.

Er senkt den Kopf, während Jitter unentwegt mit dem Schwanz wedelt und den Kopf in Greys Hand drückt. »Wie die Lady es wünscht.«

Ich nippe wieder an meinem Milchkaffee, dann deute ich auf das ferne Ende der Main Street. »Siehst du die große Blockhütte?«

»Das Rathaus?«

»Das war im neunzehnten Jahrhundert mal ein Krämerladen, in dem man Goldgräberausrüstung und Lebensmittel kaufen konnte. Aber als der Goldrausch hier verebbte, wurde das Gebäude erweitert. Wenn du an einer Besichtigung teilnimmst, wird Vicky dir die Originalwände zeigen. Sie umgeben jetzt das Standesamt. Sodass alle, die heiraten wollen, ihre Heiratserlaubnis in unserem früheren Krämerladen bekommen.«

Er schaut mich von der Seite an, als wollte er wissen, ob ich aus einem bestimmten Grund vom Heiraten rede, aber alles, was aus seinem Mund kommt, ist: »Faszinierend.«

»Das Denkmal für den Alten Snaggletooth vor dem Rathaus wurde in den Achtzigerjahren aufgestellt. Der Legende nach war er der Erste, der hier in Tooth Gold gefunden hat, aber wenn du die Mine dort besichtigst …«, ich deute in die entgegengesetzte Richtung, auf den alten Holzbau, der sich über dem See aus dem Berghang erhebt, »… wird man dir erzählen, dass wir hier die größte Mine haben, in der niemals Gold gefunden wurde, und dass Snaggletooth wahrscheinlich ein Betrüger war. Trotzdem steht ihm die Ehre zu, die Eisenbahn hierhergebracht zu haben.«

»Wie lautete sein wirklicher Name?«

»Du müsstest die Mine und das Eisenbahndepot am See besichtigen, um alles über die unterschiedlichen Männer zu erfahren, die in Verdacht standen, Snaggletooth gewesen zu sein. Und manche werden dir erzählen, dass der wahre Snaggletooth ein Ladenbesitzer in der Stadt war, dessen abgebrochener Zahn denselben Umriss hatte wie der Creek, wenn man ihn vom Bobcat Peak genau hinter uns betrachtet.«

»Dann war es ganz natürlich für dich, allen in der Stadt Spitznamen zu verpassen.«

»Genau.«

»Miss Donut war gestern im Café, nicht wahr?«

Ich zögere. Was habe ich …? Oh. Und wer …? Noch mal oh.

Ich versuche, mein heißer werdendes Gesicht hinter einem

beiläufigen Schluck Kaffee zu verbergen, doch ich glaube kaum, dass er mir meinen Versuch eines unverbindlichen »Hm« abkauft.

Er grinst, und, verdammt, er ist immer noch hinreißend, wenn er so grinst.

»Hör auf damit«, verlange ich. »Du bist Duke. Du warst nie hier. Ich gebe dir gerade die große Tour.«

Er lehnt sich zurück, drapiert mit einer seiner typischen Gesten die Arme hinter uns auf der Tischplatte. »Verzeihung. Bitte, sprich weiter.«

Wie kann ich einfach weitersprechen, wenn ich mich frage, ob er mich so sehr mag, wie ich ihn nicht mögen will? »Das Gebäude dort mit dem A-förmigen Dach zwei Blocks hinter dem Rathaus, das ist der Friseursalon, in dem meine Mutter ihr Leben lang gearbeitet hat. Das dahinter, das mit dem blauen Dach, ist das Eiscafé, in dem ich zum ersten Mal geküsst wurde. Das braune Haus auf der anderen Straßenseite ist ein Geschenkartikelladen, von dem einmal der größte Skandal ausging, den Tooth seit Jahren erlebt hatte, weil dort ausgestopfte Streifenhörnchen verkauft wurden, die nicht ethisch einwandfrei beschafft worden waren.«

Er legt die Stirn in Falten. »Der Vater von dem *GrippaPeen*-Typ ist Tierpräparator.«

»Ja, der Geschenkeladen hat sie nicht aus dem Sortiment genommen, hatte aber ein Jahr später einen neuen Besitzer, der das dann nachgeholt hat.«

»Hört sich an wie eine Warnung an deinen neuen Chef, sich anständig zu benehmen.«

Langsam bekomme ich einen kalten Hintern. Jitter hält Grey warm, nicht mich. Und die Erwähnung meines »neuen Chefs« löst in meinem Gesicht eine Reaktion aus, die ich nicht unterdrücken kann. »Da wir gerade davon sprechen, habe ich dir erzählt, dass mein Cousin ein absoluter Volltrottel ist, der das Café seiner Familie an einen Kerl verkauft hat, der das übelste Arschloch der Welt sein kann, was ich aber durchaus verstehe? Dass ich einige seiner Probleme verstehe und ihm seine Gefühle nicht vorwerfe?«

Grey zieht den Kopf ein und holt tief Luft.

Doch ich meine es ernst.

Ich gebe nicht ihm die Schuld. Und wenn ich Duke vor mir habe, dann werde ich auch mit Duke reden. Nicht mit Grey. »Ich muss in den nächsten zwölf Tagen die Frage beantworten, wie ich mein Café retten kann, während ich meinen neuen Chef den Frieden finden lasse, der ihm zusteht. Andernfalls muss ich mich der sehr realistischen Möglichkeit stellen, etwas zu verlieren, das mir die Welt bedeutet. Aber die Person, die mir am ehesten helfen könnte, die gerechte Antwort zu finden, ist zurzeit wütend auf mich. Und selbst wenn sie es nicht wäre, würde ich den Namen dieses Super-Hornochsen-Wichsers niemals vor ihr aussprechen. Weil ihr die Zeit zusteht zu trauern, wieder auf die Beine zu kommen und herauszufinden, in welcher neuen Normalität sie leben wird. Ohne sich damit herumschlagen zu müssen, wie er für seine Untaten bezahlen soll.«

Jitter winselt und legt seinen Kopf auf Greys Knie.

Ich muss den Mann nicht mal ansehen, um zu erkennen, dass er seinerseits mit sich ringt. Das verrät mir mein Hund.

Und dass mein Hund es hasst, wenn Grey aufgewühlt ist, trifft mich auch.

Der einzige Mensch, den Jitter dermaßen liebt, ist Theo, was ich früher nie so ganz verstanden habe, inzwischen aber nachvollziehen kann, glaube ich.

Jitter hat ein sehr feines Gespür für Menschen, die verletzt wurden, und will sie dafür lieben.

Ich mustere Grey, um mich zu vergewissern, dass er sich nirgendwo festhalten muss und nicht so ins Leere starrt wie am Sonntagabend, als ich fürchtete, er könnte vor seiner Haustür bewusstlos werden.

Aber es scheint ihm gut zu gehen.

So gut, wie es ihm in dieser Lage, so nehme ich an, überhaupt gehen kann.

»Du denkst nicht, du könntest mit deinem neuen Boss einen Kompromiss finden?«, sagt er.

»Ich denke, es tut weh, mit anzusehen, wie sich dein Lebensinhalt ohne dein Zutun in Rauch auflöst.«

Er wendet den Blick ab. »Das ist eine ganz spezielle Art von Tortur.«

Ich weiß, er weiß, wovon er redet. So viel hat er mir am Sonntagabend verraten. Und wir wissen beide, dass er mir das Gleiche antut, was sein Partner mit ihm gemacht hat, nur dass ich ihn verstehe.

»Was hat Chandler gemacht?«, frage ich.

Er antwortet nicht.

Ich frage mich, ob Emma es weiß.

Als käme es darauf an. Ich werde sie nicht in diese Sache hineinziehen. Ich kann mich selbst kaum überwinden, Theo zu fragen, womit man Chandler am meisten schaden könnte, aus Furcht, er könnte sie fragen, auch wenn ich ihn noch so inständig bitte, es nicht zu tun.

Ich beuge mich weit vor und wärme mir die Hände an meinem Kaffee, die trotz der Handschuhe mit jeder Minute kälter werden.

»Willst du hier in Tooth bleiben?«, frage ich. »Ist es das, was du langfristig vorhast?«

»Ich weiß es nicht.«

»Die Leute kommen nicht zum Frühstück in eine Kombucha-Bar«, sage ich. »Sie kommen nicht auf einen Sprung vorbei, um sich fünf Minuten zu unterhalten, während sie auf ihren fermentierten Morgentee warten, so wie sie kurz reinschauen und auf ihren Milchkaffee warten. Und die Einheimischen werden auch das Wirtshaus und die anderen Restaurants nicht aufgeben, in denen sie zu Mittag essen, nur weil in der Stadt etwas Neues aufgemacht hat.«

»Wenn das der Fall ist, wird sich irgendwann jemand anderes damit befassen müssen.«

Das ist genau die Antwort, die ich befürchtet habe. »Zwing mich bitte nicht zu schmutzigen Tricks. Ehrlich, ich mag dich als Mensch zu sehr, um zu schmutzigen Tricks greifen zu wollen.«

Sein Blick flackert zuerst und verdüstert sich dann, als er sich so hinsetzt, dass er mich unverwandt ansehen kann. »Definiere schmutzig.«

Dass er angefixt ist statt argwöhnisch, dürfte kein Anlass für Erleichterung sein. Und kein Grund für die Spannung in meinen Brüsten. Oder für das Prickeln in meiner Klitoris.

Ich setze mich gerade hin und sehe ihn an, ohne auf den deutlichen Mangel an Abstand zwischen uns zu achten. »Ich werde mein Café mit allen erforderlichen Mitteln verteidigen.«

»Du meinst, du findest die Leichen in meinem Keller.«

Er dürfte sich nicht vorbeugen und seinen Blick auf meine Lippen senken.

Und mir dürfte es nicht annähernd so gut gefallen. »Ich will nicht, dass du Leichen im Keller hast.«

»Du würdest sie nicht gegen mich verwenden.«

»Du hast ja keine Ahnung, was ich tun würde.«

»Okay, Duchess.«

Fuck.

Damit hat der Dreckskerl mich gerade einen Gutmenschen genannt.

»Wenn ich dich küsse, stelle ich mir vor, du bist noch Duke«, hauche ich, während unsere Lippen sich millimeterweise nähern.

»Wenn ich dich küsse, weiß ich, dass du Sabrina bist.«

»Es ist schrecklich, mir so etwas zu sagen.«

Seine Lippen kräuseln sich, doch das Lächeln mindert nicht den Schleier des Verlangens in seinen Augen. »Du bist ein guter Mensch.«

»Du willst bloß nicht, dass ich mit schmutzigen Tricks arbeite.«

»Ganz im Gegenteil. Die Vorstellung, du könntest mit schmutzigen Tricks arbeiten, fasziniert mich. Und ich möchte wissen, was du für schmutzig hältst.«

Ich wünsche mir, dass er schmutzige Dinge mit mir anstellt. Ich wünsche mir, dass er mich in den Vorratsschrank des Cafés zerrt und mit seinem langen Daumen meinen Kitzler streichelt. Ich wünsche mir, dass er mich küsst, bis ich keine Luft mehr bekomme. Ich wünsche mir, dass er mir mein Hemd vom Leib reißt und mich gegen eine Wand drückt und in mich eindringt, während ich ihn reite. Ich möchte seinen Schwanz lutschen und auf seinem Gesicht sitzen. Ich will unsere Nacht auf Hawaii zurück.

»Wir müssen hier verschwinden, bevor wir uns beide in Eiszapfen verwandeln«, hauche ich.

»Mir ist gerade überhaupt nicht kalt.«

Seine Lippen streifen meine. Ich packe seine Jacke, ziehe ihn an mich und lasse mich gehen.

Ich stelle mir vor, wir wären noch auf Hawaii. Als wäre diese Nacht nie zu Ende gegangen. Dass wir uns küssen, unsere Zungen einander umspielen, während wir uns die Klamotten vom Leib reißen. Dass er mich in die Nippel zwickt und hemmungslose Laute purer Lust knurrt, während ich ihm die Hose von den Hüften streife und die Knöpfe seines Hawaiihemds in Angriff nehme. Dass ich durch seine offenen Balkontüren die Brandung höre.

Wie heiß du bist mit deinen guten Taten, sagte er, als er an meinem Ohrläppchen knabberte.

Ich will die ganze Nacht gute Taten an dir vollbringen, habe ich geantwortet.

Ich krieche auf seinen Schoß, setze mich rittlings auf ihn, ohne auf Jitter zu achten, der angewidert knurrt, oder auf meinen Kaffeebecher, der auf den verschneiten Boden prallt.

Er greift in mein Haar und küsst mich tiefer.

Warum kann das alles nicht einfach sein?

Weil Männer für die Frauen in deiner Familie nicht gut sind, rufe ich mir ins Gedächtnis.

Schon okay, ergänze ich. *Hier geht es nur um Sex.*

Als könnte ich das inzwischen noch ernsthaft glauben.

Trotz unserer Differenzen kommt mir Grey vor wie ein Freund. Und das ist etwas, was ich für keinen meiner One-Night-Stands jemals empfunden habe.

»Warum … so gut?«, sagt er, als er mich näher an sich zieht, mich wiegt, sodass meine Klitoris sich an der mächtigen Erektion in seiner Hose reibt.

»Schlecht ist … immer … gut.«

Er knurrt.

Knurrt.

Und es ist dermaßen heiß, dass ein Mann wegen mir knurrt, dass ich fast auf der Stelle komme.

Wieder knurrt er, leiser, erstarrt aber im selben Moment.

»Jitter.«

»Nein«, japse ich und reibe mich weiter an ihm.

Er drückt mich zur Seite und stürzt auf etwas zu. »Nein, Jitter!«

Jitter.

Mein Hund.

Ich habe glatt den Namen meines Hundes vergessen, doch Grey kämpft sich von mir frei, während er den Bernhardiner am Halsband festhält.

Jitter knurrt.

Er knurrt ein … Ach, du Scheiße.

Er knurrt einen Baumstachler an.

»Oh, nein, nein, nein«, zische ich.

»Nicht. Bewegen«, schnauft Grey. »Jitter. Platz. Sofort!«

Jitter winselt und knurrt weiter.

»Jitter, mach Platz«, fauche ich leise.

Ich will den sechzig Zentimeter langen Nager nicht erschrecken, der momentan mit aufgerichteten Stacheln auf einer Felskante direkt hinter dem Pavillon hockt und uns aus dunklen, ängstlichen Augen anstarrt.

Grey hält Jitters Halsband gepackt und zieht ihn daran ein Stück weiter zurück.

Die primitive Sexbestie in mir würde gern wissen, ob sich unter seiner Jacke seine Muskeln straffen.

Doch der Rest von mir ist klug genug, ihr Schweigen zu gebieten, falls wir das hier ohne einen Stachel in meinem Hund oder unseren Gesichtern überstehen wollen.

Der Baumstachler rührt sich nicht von der Stelle.

»Guter Junge«, wendet Grey sich an Jitter. »Braver Hund. Zurück. Wir gehen jetzt schön zurück.«

Jitter weicht wimmernd zu Greys Beinen zurück.

Grey bekommt ihn um den Leib zu fassen, als könnte er meinen hundert Pfund schweren Hund zurückhalten, wenn Jitter sich zum Angriff entschließen würde.

Ich schnappe keuchend nach Luft.

Grey nimmt eine meiner Hände und drückt sie durch den Handschuh, während er Jitter weiter umschlungen hält. »Das wird schon.«

»Eigentlich müsste ich hier die erfahrene Frau aus dem Gebirge sein, die das zu einem Strandvogel wie dir sagt«, flüstere ich zurück.

»Lass die Witze.«

Dann sitzen wir eine gefühlte Ewigkeit schweigend da, Grey drückt meine Hand und hält meinen Hund fest, bis der Urson endlich beschließt, dass wir keine Bedrohung darstellen, und um den Pavillon trottet, um sich darunter zu verkriechen.

»Zeit für den Abgang«, sagt Grey.

»Aber so was von«, stimme ich zu. »Danke. Dafür, dass du … einfach danke.«

Er lässt meine Hand los und greift nach meinem Kaffeebecher, der sich über den Boden entleert hat. Ich binde Jitters Leine vom Picknicktischbein los und halte ihn gut fest, während wir zu unseren Autos zurückeilen.

Grey besteht darauf, mir zuerst beim Einsteigen zu helfen, hält die Tür aber weiter auf, als Jitter und ich längst im Wagen sitzen.

»Ich will dir nicht schaden«, sagt er.

Ich halte seinem Blick stand. »Gleichfalls.«

»Ist das jetzt ein schmutziger Trick?«

»Veränderungen mögen unausweichlich sein, und ich mag den allergrößten Respekt davor haben, dass du Frieden und einen Abschluss finden willst, aber das *Bean & Nugget* ist für unsere Gemeinschaft lebenswichtig. Ich werde es nicht kampflos aufgeben.«

Was er dann macht, erschreckt mich fast zu Tode.

Er beugt sich ins Wageninnere, drückt mir einen Kuss auf

die Wange und sagt leise: »Ich hoffe, du findest, was wir beide brauchen, aber auch wenn nicht, freue ich mich auf jede Minute der kommenden zwölf Tage«, dann schließt er die Tür.

Leise entweicht mir der Atem.

Das Spiel hat begonnen.

Und ich weiß nicht, ob das gut ist oder schlecht.

Für uns beide.

19. Kapitel

Grey

Sabrina Sullivan ist in jedem einzelnen Augenblick an jedem einzelnen Tag in jeden einzelnen meiner Gedanken eingedrungen, und je mehr ich versuche, sie wieder loszuwerden, umso mehr gelingt es ihr, sich noch entschiedener darin festzusetzen.

Schlimmer noch …

… in dem Augenblick, als ich die Worte *Dann finde ihn!* ausgesprochen hatte, hat sich auch die Hoffnung in mir festgesetzt.

Hoffnung darauf, dass sie mit einem Alternativplan aufwartet, der Chandler auf eine Weise vernichtet, die ich selbst nicht habe austüfteln können.

Ich habe ja selbst versucht, mit einem neuen Plan um die Ecke zu kommen, verfüge in dieser Stadt jedoch weder über die Verbindungen noch über das Hintergrundwissen, um Chandler auf eine andere Art zu verletzen.

Seit gestern Morgen nimmt der Typ in meinen Gedanken reichlich Raum ein. Der fünf Minuten dauernde Wortwechsel mit ihm hat mein Bedürfnis zementiert, ihn nicht nur für das, was er mir angetan, sondern stellvertretend für alle, denen er Schaden zugefügt hat, zur Kasse zu bitten.

Nicht einmal, dass seine Hochzeit geplatzt ist und er der

Star des in der Welt am weitesten verbreiteten Videos wurde, hat ihn irgendwie verändert.

Doch seit gestern Abend kann ich an nichts anderes mehr denken als daran, schmutzige Dinge mit Sabrina anzustellen.

Sie mit Küssen um den Verstand zu bringen.

Ihr die Kleider auszuziehen.

Jeden Quadratzentimeter ihres Körpers zu lecken.

Sie in absoluter Ekstase meinen Namen schreien zu lassen.

Meinen richtigen Namen.

Und das ist ein Problem. Weil ich die ganze Zeit gegen meine Erregung ankämpfe, die mir das Denken erschwert.

Man wird nicht erleben, dass Thor sich durch Erektionen von der Rettung der Welt ablenken lässt.

Und nun bin ich noch tiefer hinabgesunken und habe Zen aufgefordert, jede noch so geringfügige Information über Sabrina auszugraben, die zu finden ist.

Ich schließe die Augen und denke an sie.

Ich öffne sie wieder und denke an sie.

Ich gehe ihr aus dem Weg und denke an sie.

Ich begegne ihr und denke an sie.

Ich gebe jemandem ein Essen aus, weil ich mitbekommen habe, wie er oder sie freundlich zu einem anderen Gast war, und denke an sie.

Ich halte jemandem die Tür auf und denke an sie.

Ich rufe die Telefonnummer am Halsband eines ausgebüxten Hundes vor dem Café an und denke an sie.

Der Wind weht nicht mehr so kalt, und – Sie haben es schon erraten – ich denke an sie.

Na schön.

Na schön.

Ich werde Chandler Sullivan zerstören, weil er Sabrina zum Weinen gebracht hat.

Scheiß auf alle anderen in der Stadt.

Er wird untergehen, weil er Sabrina zum Weinen gebracht hat.

Das ist die schlichte, nackte Wahrheit.

»Hast du irgendwas aus ihrer alten Turnlehrerin rausgekriegt?«, frage ich Zen am frühen Freitagmorgen auf dem Weg zum *Bean & Nugget.*

»Ich weiß jetzt, dass ich noch ein Rad schlagen kann«, berichtet Zen.

»Ich dachte eher an irgendwas Hilfreiches.«

»Wenn du mich jemals foltern musst, solltest du mich kopfüber festhalten, weil ich, auch wenn ich noch wie eine Neunjährige ein Rad schlagen kann – dabei hängt übrigens alles vom Schwung ab –, nicht mal, wenn es um mein Leben ginge, einen Handstand hinbekommen würde.«

Ich bleibe, mit eiskalten Händen und taub werdenden Zehen, an der Hintertür stehen und bedeute Zen, dass es nicht das war, worauf ich hinauswollte.

Zen ist wie üblich immun dagegen, doch schließlich gibt they mir lächelnd die Information, auf die ich warte. »Sabrina Sullivan hatte immer ein großes Mundwerk, hat aber auch stets darauf geachtet, es damit während des Turnunterrichts als Kind nicht zu übertreiben und immer hübsch freundlich und hilfsbereit zu bleiben. Wenn sie sich nicht das Knie verrenkt hätte, hätte sie es sicher noch weit gebracht. Ihre Lehrerin hatte allerdings den Verdacht, dass ihre Verletzung nur vorgetäuscht war, konnte es aber nie belegen. Sie meinte aber auch, dass ein Kind, das keine Lust auf Turnen hätte, besser herausfinden sollte, was es lieber machen wollte. Und wenn man bedenkt, dass Sabrina tatsächlich neben der Spüle in der Küche zur Welt kam und dort im Grunde auch aufwuchs, steht außer Frage, dass Sabrina dort hingehört.«

»Und um das herauszufinden, hast du gestern Abend fünf Stunden gebraucht?«

»Nein, ich bin geblieben und habe Turnunterricht für Erwachsene genommen.«

»Du hast Turnunterricht für Erwachsene genommen«, wiederhole ich.

»Hat Spaß gemacht.«

»Du hast teilgenommen.«

»Ja, in einer Cordhose und dem Button-down-Hemd.«

Jetzt bin ich derjenige, der uns vor der Hintertür aufhält, obwohl ich die Kälte sonst um jeden Preis meide. »Und?«

»Klingelt was bei dem Namen Austin George?«

Ich runzle die Stirn. »Ist das einer der Nachbarn, die bei uns Essen abgegeben haben?«

Zen lacht. »Onkel Grey. Das ist ein Turner, der vor zwanzig Jahren eine Goldmedaille gewonnen hat.«

»Oh.«

»Er und sein Mann leiten das Gym in der Stadt, das sie vor acht Jahren gekauft haben. Also nach Sabrinas kurzer Herrschaft als der Schrecken der Turner von Tooth.«

Ich verkneife mir die Frage, inwiefern Sabrina irgendjemandes Schrecken sein sollte. »Was nicht heißt, dass sie damit Zens Gütesiegel verpasst bekommen.«

»Doch, heißt es.«

»Heißt es?«

»Wenn dir einer deiner Kindheitshelden hilft, ein Rad zu schlagen, schlägst du das verfluchte Rad, und anschließend bleibst du und tratschst mit den ganzen fabelhaften Ladys, die zum Unterricht dort waren. Und danach gehst du in den Friseursalon, in dem Sabrinas Mutter arbeitet, zu einem offenbar superspäten Treffen, dem möglicherweise eine hiesige Wicca vorsitzt, die einen echt verhext. Ha, ha.«

Ich weigere mich zuzugeben, wie sehr mein ganzer Körper sich erneut strafft, als Sabrinas Name fällt, und wie wenig mich der Rest des Satzes noch interessiert. »Und?«

»Und ich erinnere mich nicht an die richtigen Namen der Leute dort, also hör dir das lieber unter Vorbehalt an, aber Myrtle hat einen Enkel, der gerade zum vierten Mal sein College-Hauptfach gewechselt hat. Violas Subaru ist so alt, dass sie weiß, sie kann ihn noch zehn Jahre fahren, aber sie weiß auch, dass sie, wenn sie das Auto jetzt verkauft, ein besseres Geschäft macht, als wenn sie noch wartet und ihn dann in Zahlung gibt. Sue Ellens Tochter muss sich dringend scheiden lassen, meint jedenfalls Sue Ellen, aber wenn du mich fragst, ist Sue Ellen eine voreingenommene Hexe, die nur sieht, was sie sehen will, und die keine Ahnung hat, worum es in der Ehe ihrer Tochter wirklich geht.«

»Du bist gefeuert.«

Zen grinst jetzt so breit, wie ich es seit Ewigkeiten nicht gesehen habe. »Myrtle hat auch noch erzählt, dass Sabrina sie davor bewahrt hat, mit einem Kerl auszugehen, der sich als Betrüger auf dem zweifelhaften Gebiet der Modelleisenbahn-Sammlung entpuppt hat. Es ging wohl darum, dass er Nachbauten als Originale ausgegeben hat. Und Viola berichtet, dass Sabrina der Grund dafür war, warum sich der Bürgermeister vor sechs Jahren nicht zur Wiederwahl aufstellen lassen konnte, und dass der neue Bürgermeister der Grund ist, warum Touristen jetzt sogar im Winter noch den Bahnhof und die alte Goldmine besuchen. Oh, und der Umzug zum Valentinstag auf der Main Street nächste Woche war anscheinend auch Sabrinas Idee, und wenn wir den Speeddating-Event nicht ausrichten, wird die weitgehend alleinstehende Bevölkerung von Snaggletooth Creek uns das Geschäft verderben und dafür sorgen, dass die Kombucha-Bar ein Reinfall wird. Sue Ellen glaubt, dass Sabrina etwas über sie weiß, was sie sich für schlechte Tage aufhebt, aber ich konnte nicht aus ihr herauskitzeln, welchen Gossip Sabrina angeblich kennt, also hat sie vermutlich Schulden oder schwärmt heimlich für irgendeinen bärbeißigen alten Sack.«

»Okay, du bist raus, aber auf Bewährung.«

»Onkel Grey, du weißt immer genau, was man sagen muss, damit die Träume eines Menschen wahr werden. P.S.: Nun geh, verdammt noch mal, schon mit Sabrina aus! Sie gehört so was von nicht zum Team Käsekackhaufen. Außerdem steht oder fällt der Laden hier nach der Renovierung mit ihr. Und du tust mir einen Gefallen, wenn du dich mal wieder flachlegen lässt.« Damit öffnet Zen schwungvoll den Hintereingang, und wir betreten eine Katastrophe von Küche.

Katastrophe mag ein wenig übertrieben sein. Doch um fünf Uhr früh sollte sich kein schmutziges Geschirr in der Spüle stapeln. Der Grill sollte nicht eingeschaltet sein. Mir sollte kein so starker Kaffeegeruch in die Nase steigen. Und im Gastraum sollte definitiv weder Licht brennen, noch sollten von dort Stimmen an mein Ohr dringen.

Zen jedoch scheint die Hier-stimmt-was-nicht-Punkte nicht miteinander zu verbinden.

Ich schaue hinter mich.

Wieso stehen sechs Autos auf meinem sonst verlassenen Parkplatz.

Was zur Hölle geht hier vor?

»Wer ist so früh schon hier?«, frage ich Zen, als hätte they eher eine Ahnung als ich.

»Meine Kombinationsgabe sagt mir, jemand ohne viel Sinn für Ordnung.«

»Deine Kombinationsgabe ist um die Tageszeit offenbar besonders ausgeprägt.«

Zen geht grinsend in Richtung Gastraum.

Ich hänge meine Winterjacke auf, die allmählich genauso riecht wie das Café, werfe einen Blick in Jitters Hundehütte, sehe aber enttäuscht, dass er nicht da ist, dann folge ich Zen.

»Zen!«, ruft eine unbekannte Frauenstimme. »Sie haben es geschafft. Gut. Wir haben uns schon Sorgen gemacht.«

»Morgen, Iris«, gibt Zen fröhlich zurück.

»Kommen Sie, setzen Sie sich zu mir«, sagt jemand anderes. »Schau, ich habe die speziellen Kaffeebohnen aus Guatemala von meiner Freundin für Sie. Hier. Probieren Sie mal eine Tasse.«

»Sie sind eine Göttin.«

Was um alles in der Welt?

Ich bleibe in der Tür stehen und schaue mich im Gastraum des *Bean & Nugget* um, der um fünf Uhr früh rund ein Dutzend Leute beherbergt, die allesamt Kaffee trinken und Backwaren genießen.

Ich erkenne Devi, der die Kunstgalerie gehört, und ihre Großmutter, die das Restaurant *House of Curry* leitet, wo man köstliches Essen bekommt, wenn es einem nicht gerade an den Kleidern klebt. Shirlene, die Frau vom Gesundheitsamt. Unsere Nachbarin Marley, deren kleine Tochter regelmäßig an Sabrinas Tür klopft, um mit Jitter zu spielen. Bitsy, die uns neulich den Hackbraten gebracht hat, bei dem uns das Wasser im Mund zusammenlief und der genauso gut war wie ihr Englischer Sonntagsbraten, ein Satz, von dem ich nie gedacht hätte, dass er einmal aus meinem Mund kommen würde, aber wahr ist es trotzdem. Noch ein paar andere Leute kommen mir bekannt vor, doch ich kann ihre Namen – oder wo ich sie schon mal gesehen habe – nicht gleich einordnen.

Und dann sehe ich eine Frau, die Sabrina so erschreckend ähnlich sieht, nur mit einigen wenigen Krähenfüßen mehr um die Augen, dass es sich nur um ihre Mom handeln kann.

Ihre … Mom.

Da kann ein Mann so früh am Morgen schon mal nervös werden.

Ich hole noch mal tief Luft, ermahne meinen Schwanz, Ruhe zu geben, und gönne mir nun auch einen Blick auf Sabrina.

Die natürlich auch hier ist.

Und natürlich ist sie hinreißend, wie sie an ihrem Kaffee nippt und über etwas lacht, das Devi gesagt hat. Sie ist hier völlig in ihrem Element. Ihr Haar ist noch ein wenig feucht, als hätte sie nach dem Duschen keine Zeit gehabt, es vollständig zu trocknen, und sofort fällt mir ihre Aufforderung von Hawaii ein herauszufinden, was ich in der Badewanne mit ihr machen könnte.

Ich werfe noch einen kurzen Blick auf ihre Mutter, was mir hilft, mein bestes Stück im Zaum zu halten.

Dann bemerke ich Jitter, der vor dem Kaminfeuer auf dem Rücken liegt und alle viere von sich streckt, völlig entspannt und im Tiefschlaf.

»Oh, Grey, gut, Sie sind hier.« Bitsy lächelt und winkt mich in den Raum. »Wir brauchen eine Männermeinung zu dem Speeddating-Event am nächsten Wochenende.«

»Dem … was?«

»Speeddating«, hilft Sabrinas Mom aus. »Wie jedes Jahr am Valentinstag im *Bean & Nugget*.«

»Sind Sie dieses Jahr mit dabei?«, fragt mich jemand.

Zen verschluckt sich an seinem Kaffee.

Ich verschlucke mich fast an meiner Spucke.

»Sollten Sie«, meint jemand anders. »Sie sind jetzt wie lange allein … Zwei Jahre?«

Die Hälfte der Leute im Gastraum wirft Sabrina vielsagende Blicke zu. Die andere Hälfte behält mich im Auge.

Einschließlich Sabrina.

Ihr Blick wiegt schwerer als ihr Hund, wenn er seinen massigen Leib an mich drückt, eine Ablenkung, gegen die ich in diesem Moment nichts einzuwenden hätte.

Doch Jitter schlummert, als wäre es für ihn noch zu früh am Morgen.

»Onkel Grey ist überzeugter Junggeselle«, bemerkt Zen.

So ist es … aber irgendwie auch nicht.

Jedenfalls bin ich nicht scharf darauf, noch mal nach der Richtigen zu suchen.

Voraussichtlich.

Es sei denn, es liefe auf eine Art Arrangement à la *Freunde mit besonderen Vorzügen* mit der Frau hinaus, deren Café ich mir zu vernichten geschworen habe.

Wie genau bin ich da nun wieder hineingeraten?

Eine der älteren Damen klatscht in die Hände. »Oh, gut, ich sage meiner Tochter, dass Sie dabei sind.«

»Ich werde nicht …«, beginne ich.

»Einen Augenblick, bitte«, sagt eine noch ältere Dame. »Meine Enkeltochter kommt dafür eigens aus Denver hierher. Und … sie kennt ihn bereits.«

»Bist du sicher, dass es klug ist, wenn Addison gerade jetzt nach Snaggletooth Creek kommt?«, fragt Sabrinas Mutter. »Wie ich höre, ist es nicht besonders gut für sie gelaufen, als sie letzte Woche hier war.«

Die Hälfte der Leute schweigt betreten.

Drei Damen bedeuten einander mit Blicken, dass der Fehdehandschuh damit auf dem Boden liegt.

Ich wünschte, ich wüsste nicht, wie so etwas abläuft.

Ich wünschte, ich wäre nicht der Grund für dieses Hin und Her.

»Könnten wir uns, bitte, alle daran erinnern, dass Chandler

das größte Problem in Tooth ist?«, wirft Sabrina ein. »Marley, hast du schon mit Gail Kingston über die maßgefertigten Papiertaschentücher gesprochen?«

»Nein, ich habe stattdessen mit Laney geredet, als ich ihr gestern das Abendessen gebracht habe. Sie ist so ein kluges Mädchen. Sie meinte, wir sollten draufdrucken: *Er ist die Tränen nicht wert. Trockne sie und erkenne, wer du bist.*

»Und was kriegen die Männer?«, will jemand wissen.

»Das hat Laney auch gefragt. Ich habe geantwortet, sie soll mich überraschen.« Die Frau wendet sich mir zu. »Machen Sie sich keine Sorgen, Grey. Laney ist ein absoluter Profi, und sie ist, solange ich zurückdenken kann, eine von Sabrinas besten Freundinnen. Sie wird nichts tun, womit sie das *Bean & Nugget* bloßstellen könnte.«

»Aber wir haben weitere Fragen an Sie«, ruft jemand anderes. »Wäre es okay, wenn wir drei Extratische aufstellen? Die Veranstaltung ist so beliebt, dass wir niemanden abweisen wollen.«

»So viele Singles und alle so wählerisch«, brummt jemand.

»Sie …«, setze ich an.

»Die Extratische gehen in Ordnung«, sagt Zen.

»Oh, vielen Dank, Zen. Hier, haben Sie schon die Lavendelmuffins von Iris probiert?«

Lavendelmuffins.

Ich spüre, wie mein Blick flackert, und sehe Sabrina scharf an.

Sie lächelt, bedeutet Zen jedoch mit den Augen: *Nein.*

Iris.

Iris ist Mrs Pineapple. Sabrina hat mir auf Hawaii von diesen Muffins berichtet.

Ich möchte mich räuspern, doch es ist bereits zu spät.

Zen beißt kräftig hinein.

Sabrina unterdrückt einen Laut. Unsere Blicke finden sich, und ihre Wangen röten sich.

Ich will schon grinsen ... bis Zen einen unterdrückten Laut von sich gibt.

»Sind sie nicht köstlich?«, fragt Sabrinas Mom.

»Und wie«, lügt Zen und richtet einen unmerklichen, dennoch verzweifelten Blick an mich.

Sabrina quiekt wieder.

Worauf alle sie ansehen.

»Jitter. Du dummes Ding. Was war das denn für ein komisches Geräusch?«

Der Hund schnauft, dreht sich auf eine Seite vor das Kaminfeuer, bis es nicht weitergeht, und wälzt sich wieder herum, auf die andere Seite. Nun entdeckt er mich, bellt einmal vor unbändiger Freude, rappelt sich auf und stürmt los, wobei er das Tablett mit den Muffins umstößt.

»Oh, mein Gott«, flüstert Zen.

Ich reiche them meinen Tee.

Zen trinkt gierig.

Iris blickt them blinzelnd an.

»Ich hab ein Hundehaar verschluckt«, bringt Zen hervor. »Gott, Sie sollten immer einen Staubwedel dabeihaben, wenn Sie Jitter mitbringen.«

»Grey, können wir das Speeddating nächstes Jahr auch noch hier veranstalten?«, will Bitsy wissen. »Es gibt hier dann doch auch noch Tische, oder? Es gibt nichts Schöneres als die Lichterketten auf dem See bei Nacht, und die kann man von nirgendwo so gut sehen wie von hier.«

»Wir könnten das Speeddating auch auf dem See veranstalten«, meint Iris. »Ich wette, so hätten wir viel mehr Erfolge zu vermelden.«

»Nein, es muss hier stattfinden«, erwidert Bitsy. »John und

ich haben uns beim Speeddating hier kennengelernt. Woanders wäre es nicht mehr dasselbe.«

»Zen, alles in Ordnung?«, erkundigt sich Sabrina.

»Hab immer noch was im Hals«, antwortet they heiser.

»Vielleicht sind es ja noch Rückstände vom Käsepulver.«

Wieder schnappen alle ringsum nach Luft, während ihre Blicke zwischen mir und Sabrina hin- und herfliegen und ihre Mutter dasitzt und ihren Kaffee schlürft, als wäre sie vollkommen unschuldig und hätte nicht alle vorsätzlich an das Käsepulver-Desaster erinnert.

»Oh Gott, ich wollte nicht sagen, dass Sie sich auf das Speeddating einlassen sollten«, ruft eine der Frauen. »Gut. Gut, also, Sie und Sabrina …«

»… daten überhaupt nicht«, sagt Sabrina leichthin. »Ich date nicht.«

»Das hat deine Mutter auch behauptet, bevor sie mit dir schwanger wurde«, sagt die älteste Frau im Raum leise.

Ich bin raus.

So was von raus.

Ziehe mich in die Küche zurück, weil ich weiß, wann ich bis zum Hals drinstecke und es keine Rolle spielt, was Sabrinas Mom dazu sagt.

Ich. Muss. Hier. Raus.

Die Stimmen im Gastraum fahren fort.

Ich höre Lachen. Gespräche. Aufregung. Das Klirren von Kaffeetassen auf den Tischen.

Und mittendrin Zen.

Als würde they dazugehören.

Ich habe noch nie erlebt, dass Zen sich so wohlfühlt. Nicht mal in San Diego, nachdem ich Felicia hinausgeworfen hatte und wir beide unter uns waren, hatte er Lust, mir bei irgendwas Gesellschaft zu leisten, das zu meiner Arbeit gehörte.

Deine Kollegen im Labor behandeln mich wie etwas, das man untersuchen muss, hatte Zen einmal zu mir gesagt. *Vielleicht bilde ich mir das nur ein, aber es gefällt mir trotzdem nicht.*

Und was ist hier?

Hier redet Zen mit, als würde they dazugehören. Nimmt sogar am Turnunterricht teil, um Himmels willen. Wenn ich Zen mitteile, dass ich them vor Mrs Pineapelles Lavendelmuffins hatte warnen wollen, wird Zen sich vor Lachen ausschütten und mir morgen vermutlich zur Vergeltung Eiskaffee in meinem Chai-Becher vorsetzen, womit wir dann quitt wären.

Deshalb möchte ich am liebsten auf der Stelle aussteigen. Das Café zum Verkauf anbieten. Oder es einfach Sabrina überlassen.

Zen von hier wegschaffen, bevor they verletzt wird.

Als ich einen schrägen Blick in den Gastraum werfe, erwische ich Sabrina, wie sie die Küchentür beobachtet.

Doch sie wendet den Blick sofort ab, greift nach ihrem Kaffee und sagt etwas zu der Frau neben ihr.

Mir wird zuerst heiß, dann kalt, dann wieder heiß, und dann wird mir schwindlig.

Verdammt.

Ich will gar nicht weg.

Obwohl ich weiß, dass diese Schwärmerei früher oder später enden und dass ich darauf vertrauen muss, dass die Menschen in dieser Gemeinschaft Zen und mich so akzeptieren, wie wir sind, dass meine Sehnsucht nach echter Forschung sich schließlich nicht mit einer dem Thema Bienen und echten Bienenkörben gewidmeten Kombucha-Bar zufriedengeben wird, will ich nicht weg.

Und das jagt mir eine Höllenangst ein.

20. Kapitel

Sabrina

Es gibt rote Linien, von denen ich mir geschworen habe, dass ich sie niemals überquere.

Aber ich habe mich auch noch nie so in die Ecke gedrängt gefühlt und noch keine Aufgabe für so unlösbar gehalten, wie herausfinden zu wollen, was Chandler liebt.

Meine Mutter hat nicht die geringste Ahnung.

Grandpa weiß auch nichts.

Laney hat mich bloß angestarrt, als ich sie danach fragte.

Die Drillinge überschlugen sich und stammelten nur *Golf* und *Autos* und *Hass auf Theo*, aber nichts davon eröffnet uns einen echten Racheplan für Grey. Es würde vermutlich auch nicht reichen, wenn Chandlers Lieblingsgolfplatz uns erlauben würde, *Chandler ist ein Arschloch* auf ein Golfmobil zu pinseln.

Und Emma werde ich damit nicht behelligen. Ganz sicher nicht.

Seit Greys Herausforderung, irgendetwas anderes zu finden, was er gegen Chandler verwenden kann, sind bereits fünf Tage vergangen, und ich habe absolut nichts.

»Was hat Chandler ihm angetan?«, wende ich mich leise an Zen, während wir dem hiesigen Kühlschrankmonteur, der sich endlich um das Leck kümmert, und unserem hiesigen Trockenbauer zuschauen, der die Delle in der Wand hinter dem

Kühlschrank repariert, der während des Käsezwischenfalls fast bis ins Badezimmer dahinter gerutscht wäre.

Käsezwischenfall ist das einzige Wort dafür, zu dem ich mich durchringen kann.

»Die Geschichte kann nicht ich erzählen«, gibt Zen zurück.

»Doch, das werden Sie tun«, entgegne ich zuversichtlich. »In seinem besten Interesse, weil ich meine Arbeit nicht effizient machen kann, wenn ich nicht weiß, welche Umstände zu dieser Mission geführt haben.«

»Onkel Grey liebt Rätsel. Er hat Ihnen sämtliche Hinweise gegeben, die Sie brauchen, um dieses zu lösen. Übrigens, wenn mir das nächste Mal jemand Schmierseife zu essen anbietet, wäre eine rechtzeitige Warnung angebracht.«

»Hab ich versucht, aber Sie haben nicht in meine Richtung geguckt.«

»Geben Sie sich mehr Mühe.«

»Besteht irgendeine Chance, dass er seinen Traum, Super-Vengeance-Man zu sein, aufgibt und uns das *Bean & Nugget* weiterbetreiben lässt, wie es ist?«

Zen seufzt und macht ein verlegenes Gesicht. »Sie wissen, dass er Geld wie Heu hat, oder?«

Wenn ich mit Blicken ausdrücken könnte, wie wenig mich sein Bankkonto interessiert, würde ich es tun.

Zen grinst tatsächlich zurück, beruhigt sich aber sofort wieder. »Finanziell könnte Onkel Grey nichts Schlimmeres passieren, als dass dieser Laden eine gute, alte üppige Steuervergünstigung abwirft. Sie können ihm das Café nicht abkaufen. Wenn ich ihm das Ganze nicht ausreden kann, besteht nicht die geringste Chance, dass Sie ihn davon abbringen können. Und wenn Sie ihm nichts Reelles anbieten, klatscht er, ohne auch nur eine Sekunde zu zögern, eine Biene von der Größe eines Schulbusses an das Gebäude.«

»Das kann er ja machen und uns das Café trotzdem weiterbetreiben lassen.«

»Ich habe gehört, Emma ist in Ihrer Clique die mit der rosaroten Brille.«

Ich zucke zusammen.

Wieder schaut Zen verlegen. »Es tut mir leid, Sabrina, aber ich kann Ihnen nicht helfen. Und ich sage das als jemand, der ebenfalls sämtlichen Klatschgeschichten lauscht, um herauszufinden, ob ich eine andere Möglichkeit sehe, und als jemand, der die ganze Marktforschung betrieben hat, die dafür spricht, dass eine Kombucha-Bar hier beliebter sein könnte, als man denkt. Sagen Sie mir, dass die Skitouristen, die hierherkommen, weil es hier billiger ist als zwanzig Minuten weiter weg von hier, die Bar nicht jeden Abend stürmen würden.«

Da ist was dran, und mir ist die Schwingung, dass der Umbau mehr bringt als kleinliche Rache, keineswegs entgangen. Ebenso wenig, dass Zen klug ist und Grey auch, aber verletzt, und dass die beiden mit ihrer Kombucha-Bar etwas Fabelhaftes auf die Beine stellen könnten.

Zu wissen, dass Grey mit Chandler in einem Streit liegt, der mit nichts weniger als der Zerstörung von etwas, was Chandler gehört hat, beigelegt werden kann, dass sie aber auch einen tragfähigen Plan haben, anschließend etwas Erfolgreiches aus diesem Ort zu machen – und dass Sex nicht genügen wird, um Grey dazu zu bewegen, mir das Café zu überlassen –, lässt mich zum letzten Mittel greifen.

Ich kann entweder eine Grenze überschreiten, die zu überschreiten ich seit dem Tag meiner Geburt niemals erwogen habe, oder ich kann zusehen, wie das Café, das mein Lebensinhalt ist, stirbt.

Also heißt die Lösung Grenzüberschreitung.

Er hat gesagt, er will sehen, wie ich schmutzige Tricks

einsetze. Und was ich vorhabe, ist so schmutzig, wie ich vorgehen und dennoch in den Spiegel schauen kann.

Ich tue es in Laneys Haus, während Jitter draußen auf mich wartet, damit die Nachbarn keine Gelegenheit bekommen, mich durch die Wände zu belauschen. Laney und Theo sind woanders, sodass ich das Haus, abgesehen von ihrem Wurf Kätzchen, für mich allein habe.

Dann fahren Jitter und ich heim, wo ich mir einen Nachmittagsfilterkaffee mache, als beruhigendes Hintergrundrauschen den *Razzle-Dazzle*-Kanal einschalte – wo ein Film gezeigt wird, den Emma, Laney und ich so oft gesehen haben, dass ich ihn auswendig mitsprechen könnte –, dann schreibe ich ihr:

Ich: Es ist vollbracht.

Laney: Ich drück dich, Freundin. Wie ist es gelaufen?

Ich: Besser als gedacht.

Laney: Gut!

Ich: Hoffentlich.

Laney: Denkst du, er kommt dahinter?

Bestimmt. Die Frage ist nur, *wie schnell* er dahinterkommt. Wenn das Café bis zum Wochenende nicht mit einem Schild im Schaufenster dichtgemacht wird, auf dem *SABRINA SULLIVAN IST DAS GRÖSSTE ÜBERGRIFFIGE MISTSTÜCK IM UNIVERSUM* steht, haben wir die Hälfte unserer Antwort.

Laney: Wann hast du das Gespräch beendet?

Ich: Vor zwanzig Minuten.

Laney: Und du bist noch nicht gefeuert?

Ich: Nö.

Laney: Dann vertraue ich auf deinen Instinkt, dass es der richtige Schritt war. Was jetzt?
Ich: Abwarten. Ich halte dich auf dem Laufenden.
Laney: Geht es dir gut?
Ich: Nein.
Laney: Hilft es dir, wenn ich dich daran erinnere, dass deine komplizierten Gefühle und dein Zögern, so weit zu gehen, bedeuten, dass du ein guter Mensch bist, dem nicht viel mehr übrigbleibt, als etwas zu schützen, das du liebst und für unsere Stadt enorm wichtig ist.
Ich: Du bist viel zu loyal.
Laney: Nö. Ich habe bloß die richtigen Überzeugungen.
Ich: Hast du Emma diese Woche gesehen?
Laney: *Finster dreinblickendes Emoji* Und Theo meint, sie schläft womöglich im Büro.
Ich: Hat er sie gesehen?
Laney: Kurz.
Ich: Das ist übel.
Laney: Er hat ihr Frühstück gebracht, damit sie etwas isst, und sie sagt ihm ständig, wie viel Arbeit sie nachholen muss.
Ich: Ich bringe ihr morgen eine Brezel vorbei.
Laney: Gute Idee. Morgen arbeitet sie bestimmt. Ich habe ihr zu Mittag Chickenwings liefern lassen. Und Theo hat mir erzählt, dass ihr Vater und ihr Onkel auch regelmäßig nach ihr sehen. Und ich weiß, dass mindestens drei ihrer Klienten ihr riesige Fresskörbe gebracht haben.
Ich: Das … wusste ich nicht. OH, MEIN GOTT. Außer dir redet KEINER MEHR mit mir über Emma. Schleichen alle auf Zehenspitzen um mich herum? Halten mich alle für schrecklich?
Laney: NEIN. Nein, hör auf damit. Keiner hält dich für schrecklich. Alle finden nur, dass du gerade schon genug um die Ohren hast.
Ich: Ich bin noch nie so im Ungewissen gelassen worden. Ich

habe im Café absolut niemand über Emma tuscheln hören. Über gar nichts mehr seit der Hochzeit und dem Video. Alle fragen mich bloß, wie es ihr geht. Keiner sagt mir, wie es ihr geht.

Laney: Ich komme rüber.

Ich: Ich fahre zu meiner Mom.

Laney: Dann treffen wir uns dort.

Ich: Ich gebe mir wirklich alle Mühe, dir zu sagen, dass du dich nicht um mich sorgen sollst, aber ich bringe es nicht heraus. Ich klappe schon nicht zusammen, Laney. Wieso klappe ich dann zusammen?

Laney: Weil im Moment alles echt scheiße ist.

Ich: Ich liebe die böse Wörter benutzende Laney, falls du es noch nicht wusstest. Diese Laney ist ein Lichtblick.

Laney: Anscheinend hatten sich schon eine Weile ein paar Wörter aufgestaut. Tut gut, sie rauszulassen.

Ich: Ich bin sicher, Theo wird dich angemessen für deine Mühe entlohnen.

Laney: Ich wollte dir nichts unter die Nase reiben. Bleibst du zu Hause, oder fährst du zu deiner Mom?

Ich: Ich fahre zu meiner Mutter.

Laney: Ich komme dahin.

Ich: Ich hole dich ab. Ich kann es mir gerade nicht leisten, mich bei Theo unbeliebt zu machen.

Laney: Ich lasse nicht zu, dass er sauer auf dich ist.

Ich: Ich weiß ehrlich nicht, womit ich dich verdient habe.

Laney: Du bist ein guter Mensch, Sabrina Sullivan. Das ist der Grund. Daran darfst du nicht zweifeln, weil du hart um etwas kämpfst, das sowieso dir gehört.

Ich: Du meinst »schmutzig« kämpfen.

Laney: Nein, du kämpfst hart, nicht schmutzig. Und egal, was du tun musst, du bist nicht allein. Er könnte das Problem lösen, wenn er sich auf andere Weise an Chandler rächen würde, und wir wissen nicht mal, was Chandler ihm angetan hat. Das ist nicht deine Schuld, und du tust, was du tun musst.

Ich: Stopp. Wegen dir tränen mir jetzt die Augen. Rühr dich nicht von der Stelle, ich komme dich holen und dann Mom, und dann lade ich euch beide zum Essen ein. Ich muss mein Karma im Universum ausgleichen.

Laney: Dein Karma ist längst ausgeglichen, aber wenn es das ist, was du brauchst, bin ich für dich da.

21. Kapitel

Grey

Wer ist der Stalker, der jetzt, nachdem er die Haustür hat zufallen hören, durch die Jalousien in seinem Wohnzimmer späht und sieht, wie Sabrina mit längeren Schritten, als man es in Anbetracht ihrer Größe für möglich halten würde, über den Parkplatz stiefelt, während ihr Hund auf dem Weg zu ihrem Auto munter neben ihr hertrottet?

Ich.

Ich bin der Stalker.

Schlimmer noch …

… sie zu beobachten lenkt mich von dem einen Anruf eines Familienmitglieds ab, den ich beantworten wollte, nachdem ich mir endlich meine Sprachnachrichten der beiden letzten Tage angesehen hatte.

»Grey?«, meldet sich Mimi am anderen Ende.

Ich zwinge mich, vom Fenster zurückzutreten, als Sabrina sich bückt und Jitter umarmt, ehe sie die Autotür für ihn öffnet. Die beiden sehen so richtig aus. Und ich wäre am liebsten dort draußen bei ihnen.

»Ja«, sage ich mit zu viel Nachdruck. »Ja, ich glaube, Miami wäre um diese Jahreszeit genau das Richtige für dich.«

»Ich weiß nicht recht«, antwortet sie langsam, wie sie inzwischen alles tut.

Langsam.

Es ist furchtbar, das mitzuerleben. Seit dem Tod ihrer Schwester ist sie immer langsamer und stiller geworden, als würde sie sich allmählich aus dem Leben zurückziehen. Sie hat mich seitdem ein-, zweimal in Kalifornien besucht – ich hasse es, mich in der Nähe meiner Familie aufzuhalten, und sie ist immer gern gereist, also bezahle ich gewöhnlich lieber dafür, dass sie zu mir kommt, als zu ihr zu fahren. Doch ich war immer so damit beschäftigt, etwas entscheidend Neues über meine Bienen zu erfahren, dass ich ihr zu wenig Zeit geschenkt habe.

»Könnte gut sein, dass dort zu viele alte Leute sind«, sagt sie schließlich.

»Aber auch jede Menge junge Leute. Bald ist Spring Break.«

»Oh, da geht es mir zu wild zu.«

»Und was ist mit den Outer Banks? Oder den Carolinas? Da ist es warm. Die Alten sind da jünger und die Jungen älter. Du könntest bestimmt Shuffleboard spielen.«

Als sie darüber ein wenig lacht, lässt der Druck auf meiner Brust nach.

Ich mache mir Sorgen um Mimi.

Sie und Zen sind meine einzigen Angehörigen, die mich so nehmen, wie ich bin, und ich tue, verflucht noch mal, was ich kann, um mich bei ihnen dafür zu revanchieren. Zur beträchtlichen Enttäuschung meines Großvaters war mein Vater ihr einziges Kind. Der alte Bastard hat immer allen sehr deutlich gemacht, dass ihm nichts gut genug war.

Ein Kind? Sie hätte sechs haben sollen, und alle wären sein Eigentum gewesen. Drei Häuser? Sein Kumpel besaß vier, alle mit Pool und Garten. Mimi wurde vor den Frauen seiner Freunde grau und musste sich die Haare färben. Der Junge seines Rechtsanwalts ging auf ein Internat, also mussten sein

Sohn und seine Enkel ein besseres Internat besuchen. Die Vanderbilts besaßen ein Herrenhaus in North Carolina, also mussten die Cartwrights ein Herrenhaus auf ihren Apfelplantagen im Hinterland von New York haben, wodurch sich der Treuhandfonds der Familie schlussendlich erschöpfte.

Aber das war nicht die Schuld meines Großvaters, sondern die fauler Bauunternehmer, die schlampig arbeiteten und dafür zu viel Geld verlangten.

Und obwohl Mimi tat, was sie konnte, wurde mein alter Herr trotzdem genau wie sein alter Herr.

In jüngeren Jahren habe ich sie regelmäßig gefragt, warum sie ihn geheiratet hat.

Weil das Leben nicht immer so spielt, wie du es dir erhofft hast, lautete die einzige Antwort, die sie mir jemals gab. *Aber du, junger Mann, hast ein gutes Herz, einen raschen Verstand und eine reine Seele. Lass dich auf nichts anderes ein als auf das, was dir zusteht.*

Erst nach Felicia fiel mir auf, dass sie nicht gesagt hatte, dass ich mich gut auf Frauen verstehen würde.

»Ich überlege mir noch, wohin ich verreise«, sagt Mimi. »Aber genug von mir. Erzähl mir lieber was über dich.«

Als ich vom Wohnzimmer in die Küche einbiege, fahre ich vor Schreck zusammen.

Zen lehnt im Eingang zum Vorraum und betrachtet mich mit der Sorte Misstrauen im Blick, die man von jemandem erwarten würde, der vermutlich gesehen hat, wie ich meine Nachbarin ausspioniere, und daraufhin beschlossen hat, erst mal still abzuwarten, um mir einen Höllenschreck einzujagen, statt mich wegen meiner Heimlichtuerei zur Rede zu stellen.

Wahrscheinlich hofft Zen – wieder einmal –, dass ich den Kopf aus dem Sand ziehe, mein Vorhaben, das Café umzubauen, aufgebe und mit Sabrina ausgehe.

Wir können ein anderes Ladenlokal für eine Kombucha-Bar finden, hat Zen mehr als einmal zu mir gesagt.

Und ich habe jedes Mal gefragt, weshalb irgendein kluger Geschäftsmann die beste Immobilie der Stadt veräußern sollte.

»Ich bin gesund und munter«, melde ich meiner Großmutter.

Sie gibt einen Laut von sich, als würde sie mir nicht glauben. Desgleichen Zen.

»Wie geht es auf der Arbeit?«, fragt Mimi.

Hitze kriecht mir den Nacken hinauf. »Gut.«

»Zen hat mir erzählt, dass du nicht mal angefangen hast, an die Einrichtung eines neuen Laboratoriums oder an Hintertüren zu denken, um wieder mit Bienen arbeiten zu können.«

»Deshalb ist ja alles gut.«

Diesmal muss sie wirklich lachen. »Und was genau willst du mit der ganzen Zeit anfangen, die dir plötzlich zur Verfügung steht?«

Nun folgen auf die Hitze beißende Schuldgefühle.

Ich belüge Mimi nur ungern, aber ich werde bestimmt nicht zu ihr sagen: *Ich scheitere spektakulär daran, mich an einem alten Tyrannen zu rächen, weil ich es satthabe, mich von Leuten anscheißen zu lassen, die mich eigentlich lieben oder wenigstens nicht hassen sollten.* Und ungeachtet unserer Recherche und unseres Glaubens an die Idee einer Kombucha-Bar hätten wir diesen Weg ohne meinen Rachedurst überhaupt niemals eingeschlagen.

»Ich gehe an einen anderen Strand«, teile ich ihr mit.

Genau genommen war ich vor zwei Wochen an einem anderen Strand.

Zen funkelt mich strenger an.

»Bist du gerade am Strand?« Ihre Stimme verrät einen Anflug von Begeisterung, wie ich sie seit einer Ewigkeit nicht mehr von ihr gehört habe, worauf ich mir noch mehr wie Abschaum vorkomme. »Welcher Strand? Wenn du dort wärst, würde ich jeden Strand in Erwägung ziehen, auch wenn die Leute da zu alt oder zu jung wären.«

»Ich bin bloß noch nicht da.«

Wenn Zen mich noch glühender anfunkelt, schmelzen die Fensterscheiben.

Ich räuspere mich. »Ich muss bloß noch ein paar Sachen abschließen, aber danach mache ich mich auf den Weg.«

»Welcher Strand?«, fragt Mimi noch einmal.

»Hab ich noch nicht entschieden.«

»Und wann entscheidest du dich?«

»Bald.«

Draußen herrschen Temperaturen um vier Grad Celsius.

Seit ich mich, nachdem Vince mir mitgeteilt hatte, dass er mit dem Verkauf meiner Forschung einen Haufen Geld verdient hätte, eigenhändig in einen Krankenwagen verfrachtete, werden meine Finger und Zehen bei jeder Temperatur unter fünfzehn Grad stocktaub.

Aber in diesen Moment schwitze ich.

Ich schwitze so sehr, dass ich mich nicht schnell genug aus meinen Kleiderschichten pellen kann.

Das einzige Mal, dass mir an einem kalten Ort derart warm wurde, war, als Sabrina sich in dem Pavillon rittlings auf mich setzte.

»Gut, dann gib mir Bescheid, wenn du so weit bist«, sagt Mimi jetzt. »Und sag mir auch, ob du dann noch Platz hast, um eine alte Frau mitzunehmen.«

»Du weißt, den habe ich immer.«

»Ist Zen gerade bei dir?«

»Wo sollte Zen sonst sein?«

»Fein, gut zu wissen, dass ihr aufeinander aufpasst.«

»Willst du them guten Tag sagen?«

»Oh nein, wir haben vorhin schon gesprochen, aber drück Zen noch mal von mir.«

Ich blicke Zen direkt in die Augen. They ist offenbar verärgert. Äußerst verärgert. Der Kiefer mahlt, der Blick ist störrisch, und die Hände ballen sich zu Fäusten und lösen sich wieder.

Seit wir hergekommen sind, trägt Zen zwei neue Ringe an der rechten Hand. Einer mit einem Türkis, der andere dient der Stressbewältigung.

Es besteht kaum ein Zweifel, wem dieser Ring geschuldet ist. Nämlich mir.

»Ich freue mich immer, Umarmungen weitergeben zu können«, sage ich zu Mimi.

»Deshalb bist du ja auch mein Lieblingsenkel.«

»Wie klappt es mit deinem neuen Koch?« *Ablenkung. Ablenkung. Ablenkung.*

»Den hab ich rausgeworfen.«

»Mimi!«

»Er hat mir dauernd mein Steak vorgeschnitten, als wäre ich ein Pflegefall.«

»Hast du ihn gebeten, damit aufzuhören?«

»Wiederholt, mit Telekinese. Als er nicht mitbekam, welche Schwingungen ich verbreitete, habe ich die Schlösser austauschen lassen.«

Meine Brauen fahren hoch.

Wenn Mimi wieder zu Sarkasmus greift, muss es ihr wenigstens ein bisschen besser gehen. »Gut für dich, dass du weißt, was du von deinem Koch verlangst.«

»Und wie isst du so?«, will Mimi wissen.

»Sehr gut.« Das wenigstens entspricht der Wahrheit; die Nachbarn und verschiedene Leute aus der Stadt sorgen dafür, dass mein Kühlschrank stets gut gefüllt ist. Aber ich habe sogar etwas von dem Gewicht aufgeholt, das ich verloren hatte, nachdem Vince seine Bombe platzen ließ. Und ich habe auch wieder Lust zu trainieren.

»Prima«, sagt Mimi. »Pass weiter gut auf dich auf, und wenn du dann nichts gegen die Begleitung einer alten Dame einzuwenden hast, sag mir Bescheid, wenn du zum Strand aufbrichst.«

»Du bist mir immer willkommen, Mimi. Freut mich zu hören, dass du wieder Lust hast zu verreisen.«

»Gib mir Zen doch noch mal. Mir ist gerade eingefallen, dass ich them noch etwas wegen der Band fragen wollte, von der they so begeistert ist.«

»Hab dich lieb, Mimi.«

»Hab dich auch lieb, mein bester Junge.«

Ich strecke Zen mein Handy hin.

»Versuch gar nicht erst, dich zu drücken«, brummt Zen.

Schön.

They weiß, dass ich Mimi angelogen habe, was die schlimmste aller Sünden darstellt.

Doch als Zen sich mein Handy ans Ohr drückt, ist they ganz Sonnenschein und Frohsinn. »Hey, Mimi, sag mir nicht, du hast vergessen, mir zu erzählen, dass dich beim Shuffleboard jemand angebaggert hat.«

Zen marschiert ins Wohnzimmer und die Treppe hinauf, die Stimme wird leiser, doch ich bekomme das gesamte Gespräch trotzdem noch deutlich mit.

Und es geht eindeutig um eine Band.

Dann fällt Zens Zimmertür zu. Ich rechne voll damit, dass they entweder vorhat, den ganzen Tag nicht mehr mit mir zu sprechen, weil ich Mimi gegenüber gelogen habe, oder mich zusammenzuscheißen, weil ich Zen zu meinem widerwilligen Mitwisser gemacht habe.

Richtig wäre es, etwas aus dem Kühlschrank aufzuwärmen – es gibt zum Beispiel noch Nudelsuppe mit Huhn, die mich anspricht, und unser Kombucha ist praktisch auch perfekt –, mich ein paar Stunden in meinem Zimmer einzuschließen und das sechste Holzpuzzle zu beginnen, seit wir hergekommen sind.

Diesmal einen leuchtenden Phönix mit besonders verzwickten Puzzleteilen.

Stattdessen trete ich wieder ans Wohnzimmerfenster und luge hinaus.

Sie ist noch nicht fort, sondern telefoniert.

Mit wem spricht sie da? Worum geht es? Soll ich jetzt rausgehen und sie um Entschuldigung bitten?

Ich muss dieses Pflaster abreißen? Also, tu es! Bring es hinter dich!

»Dir ist schon klar, dass du null Chancen bei ihr hast, wenn du ihr Café zerstörst, oder?«, lässt sich Zen vom Treppenabsatz über mir vernehmen.

Ich mache einen Satz. »Ich gehe nicht mit ihr aus.«

»Alle anderen bei der Speeddating-Besprechung dachten, du bist gegangen, weil du nicht besonders gesellig bist«, sagt Zen. »Aber mich kannst du nicht täuschen. Und du steckst bis zum Hals in diesem Super-Vengeance-Man-Quatsch. Aber es ist keine Schande, einen anderen Kurs einzuschlagen, Onkel Grey. Wie auch immer der Kurswechsel aussehen mag.«

Das weiß ich.

Und Zen weiß, dass ich es weiß.

Und Zen weiß auch, dass ich mich nicht gegen seine brutale Offenheit zur Wehr setzen werde.

»Hat Sabrina schon irgendwas gefunden?«, frage ich.

»Meinst du nicht, sie hätte es dir gesagt, wenn es so wäre?«

Auch wieder wahr.

Fuck.

22. Kapitel

Sabrina

Die Arbeit ist heute so unangenehm, wie sie es am Samstagvormittag immer schon war.

Grey ist nett zu mir.

Wobei nett vielleicht nicht das richtige Wort ist.

Eigentlich war er in den zwei Wochen, die er hier ist, meistens freundlich. Oder unwiderstehlich, sodass ich ihn am liebsten wieder küssen würde.

Seit dem Pavillon habe ich den Eindruck, dass wir ein Spiel spielen, bei dem es darum geht, wer zuerst nachgibt und was wir beide davon haben.

Als wäre es unvermeidlich, dass wir unseren Streit im Bett beizulegen versuchen, auch wenn wir auf diese Weise beide nicht bekommen, was wir außerhalb des Schlafzimmers wollen.

Aber das größere Problem ist, dass er sich benimmt, als wüsste er gar nicht, was ich gestern getan habe.

Was entweder bedeutet, dass er sich so gut verstellen kann oder dass er es tatsächlich nicht weiß.

Nicht, dass ich viele Möglichkeiten gehabt hätte.

Ich finde einfach, verdammt noch mal, nichts über Chandler heraus.

Und Emma werde ich nicht danach fragen, solange ich mir

nicht darüber im Klaren bin, ob sie überhaupt schon mit mir reden will.

Mitten am Vormittag, als ich ihm eine frische Tasse Tee hinstelle – was ich, nebenbei gesagt, für jeden Stammgast tun würde –, hält er mich zurück. »Eine Sekunde, bitte.«

»Magst du keinen Chai mehr?«

»Hm? Oh, nein, Chai ist perfekt. Danke. Ich habe nur eben die Rechnung für die Lebensmittellieferung von letzter Woche bekommen.«

Nun mache ich mich auf was gefasst.

»Danke, dass du dich darum gekümmert hast.«

Decker sitzt an einem der Fenstertische, noise-cancelling Kopfhörer auf den Ohren, trotzdem entgeht mir nicht der Blick, den er mir zuwirft.

Der Blick bedeutet hundertpro: *Treibt der Typ Psychospielchen mit dir?*

Ja, ich hab mich um die Lebensmittel gekümmert, wie ich es immer mache, habe aber ein paar Leckerbissen extra für die Mitarbeiter auf die Liste gesetzt und weiß, dass ich damit die Ausgaben überziehe.

Und ich weiß, dass er genug von Zahlen versteht, um es zu bemerken, während er vermutlich weiß, dass ich eine so gute Managerin bin, dass ich die Differenz in den nächsten zwei Wochen ausgleichen kann.

Falls ich das will.

»Das ist meine Aufgabe«, sage ich.

»Ich weiß. Danke.« Nun trinkt Grey einen Schluck Tee, schließt kurz die Augen und seufzt, die Andeutung eines Lächelns kräuselt seine Lippen, dann nickt er mir noch einmal zu. »Und richte bitte den Mitarbeitern aus, dass ich die Urlaubsplanung ändere. Ihr arbeitet alle zu hart und verdient mehr Freizeit.«

Ich greife mir ans Kinn, bevor die Kinnlade auf dem Boden landet.

»Soll das heißen, du belässt das *Bean & Nugget* so, wie es ist?«

Blaue Augen sehen mich an.

Mein Herz bleibt stehen.

Hört einfach auf zu zucken, wie ein Fisch, der schließlich aufgibt, in den Fluss zurückzugelangen.

Wir haben Publikum.

Nicht nur Decker.

Drei Damen eines hiesigen Strickclubs, die regelmäßig herkommen, beobachten uns. Sowie eine der Busenfreundinnen meiner Mom.

»Nein, aber netter Versuch.«

Mistkerl. »Einstweilen. Wenn du den Laden umbaust, kündige ich.«

Seine Brauen wandern langsam aufwärts. »Wenn du kündigst, bist du nicht mehr meine Angestellte.«

Und bei der Andeutung, wir könnten der unerwünschten Anziehung zwischen uns – ohne die Schwierigkeit des *Bean & Nugget* als gewaltigem Stolperstein – tiefer auf den Grund gehen, sinkt mir der Magen in die Kniekehlen. »Ich bin nachtragend.«

»Zen hat mein Bußgeld bereits bezahlt, als er diesen … Pineapple Muffin verspeist hat.«

Fast muss ich lachen.

Ich schwöre, fast lache ich, trotz der mit jedem Tag größer werdenden Gefahr für mein Café.

Stattdessen kneife ich die Lippen zusammen, nicke einmal und begebe mich mit schwingenden Hüften zurück in die Küche.

Decker schreibt mir, dass Grey meinen Hintern dabei nicht aus den Augen gelassen hat.

Grey sagt nichts, weil ich mir eine zwanzigminütige unplanmäßige Pause gegönnt habe, um mich mit einer Freundin zusammenzusetzen, die wegen eines Beziehungsproblems beinah Schnappatmung bekommt und meinen Rat braucht.

Als Marley hereinkommt und sich nach Jitter erkundigt, erklärt ihr Grey, dass der Hund, wenn er ein Wörtchen mitzureden hat, morgen wieder hier sein wird.

Er wird mit jedem Tag so viel mehr der Mann, dem ich auf Hawaii begegnet bin, dass ich mir, als der Mittagsbetrieb nachlässt, Zen vorknöpfe. »Hat er etwas über Chandler herausgefunden und wartet jetzt darauf, dass ich dahinterkomme?«, flüstere ich.

Zen verdreht die Augen. »Nein.«

»Was Menschen betrifft, bin ich Expertin, und ich denke nicht, dass er sich für jemanden, der hier ist, um sich zu rächen, und nicht alle erwünschten Informationen bekommt, normal aufführt.«

»Vielleicht hat er ja alle erwünschten Informationen.«

»Sie haben das Gegenteil behauptet.«

»Ich meinte damit, dass er nicht hat, was er über Chandler wissen will. Nicht dass er nicht wüsste, was er über Sie wissen will.«

Jetzt fällt mir der Magen auf die Füße. »Was soll das heißen?«

»Das heißt, ich bin die einzige Person, die Ihnen verraten kann, ob er weiß, was ich weiß, darüber, was Sie gestern getan haben.«

Alles Blut weicht mir aus dem Gesicht und sammelt sich in meinem Magen – ja, in dem Magen, der auf meinen Zehen liegt –, wo es wie Sauermilch um- und umgerührt wird. »Ich … ich habe gearbeitet und mich dann mit meiner Mom und meiner Freundin Laney getroffen.«

Zen hebt eine gepiercte Braue.

Jetzt ist nicht der richtige Zeitpunkt, um mich daran zu erinnern, dass ich pinkeln muss, wenn ich nervös bin. Es ist schon zu lange her, dass ich dermaßen nervös war.

»Wenn Sie nicht wollten, dass irgendwer mitbekommt, was Sie getan haben«, brummt Zen, »hätten Sie meiner Urgroßmutter nicht Ihren echten Namen nennen dürfen.«

Damit liegt Zen goldrichtig. »Ihrer Urgroßmutter? Habe ich sie gestern getroffen, ohne es zu wissen?«

»Sie haben echt Glück, dass ich Sie ganz fabelhaft finde, und Ihr Hund ist sogar noch besser, und dass ich finde, dass Onkel Grey einen Riesenfehler begeht. Auch wenn ich, ganz ehrlich, damit einverstanden bin, dass der Käsekackhaufen bekommt, was er für jeden Scheiß verdient, den er anderen in seinem Leben angetan hat. Außerdem bin ich unglaublich begeistert von der Idee einer Kombucha-Bar. Und das sind die einzigen Gründe, warum ich Sie nicht verpetze. Sonst wären Sie so was von gefeuert, und dieser Laden würde auf der Stelle dichtgemacht.«

»Versuchen Sie mich jetzt mit einer äußerst unklaren Sache zu erpressen, die ich Ihrer Meinung nach getan habe?«

Die ich ohne jeden Zweifel getan habe.

Ich habe Greys Großmutter angerufen, weil ich weiß – weiß! –, dass er ein sehr gutes Verhältnis zu ihr hat und weil ich ihn unbedingt aufhalten muss.

Ganz gleich, wie sehr ich ihn mag, den Gedanken, dass das *Bean & Nugget* nicht länger das *Bean & Nugget* ist, kann ich unmöglich ertragen.

Doch an Zens jetzt unsicherem Blick erkenne ich, dass ich Zweifel gesät habe, ob wirklich ich es war oder jemand, der sich für mich ausgegeben hat.

Schließlich schnaubt Zen verhalten: »Ich bin in diesem

ganzen Debakel offiziell die Schweiz. Mehr sage ich dazu nicht.«

Damit wendet Zen sich ab, um wieder nach vorn zu gehen, dreht sich aber ebenso plötzlich noch einmal zu mir um. »Nein, eigentlich ist das nicht alles, was ich dazu sage. Folgendes ist mein letztes Wort in der Sache: Wenn Sie noch eine Menschenseele anrufen, die die DNA mit Grey und mir teilt, zünde ich dieses Gebäude eigenhändig an.«

»Ich …«, quieke ich, doch da ist Zen schon fort.

An dieser Stelle würde ich normalerweise Laney und Emma schreiben, um sie aufzufordern, mich – bitte! – daran zu erinnern, dass verzweifelte Zeiten nach verzweifelten Maßnahmen schreien. Ich hätte seine Großmutter niemals angerufen, wenn ich nicht darauf vertraut hätte, dass sie ein gutes Verhältnis zueinander haben.

Und wenn ich nicht eingesehen hätte, dass ich niemals aus Zen herausbekommen würde, was ich über Greys Erwerb des Cafés wissen wollte.

Außerdem würde ich mich an dieser Stelle normalerweise dafür beglückwünschen, dass ich einen weiteren Anhaltspunkt dafür bekommen habe, dass in der Cartwright-Familie nicht alles und jeder auf Rosen gebettet ist, was einen weiteren Weg eröffnet, den ich einschlagen kann, wenn ich schmutzig vorgehen muss.

Stattdessen komme ich mir vor wie die Böse in diesem Spiel.

Ich mag Zen, auch wenn they mir nicht alle Geheimnisse verrät. Und jetzt vertraut they mir nicht mehr.

Eine halbe Stunde später Feierabend zu machen bringt mich auch nicht weiter, weil Feierabend bedeutet, dass mir noch etwas anderes bevorsteht, das mir den Magen verknoten wird.

Kurz bevor ich für heute Schluss mache, bereite ich in einem Mitnahmebecher eine spezielle heiße Schokolade mit Salted

Caramel zu und zahle anschließend dafür sowie für drei Schokocroissants. Dann heißt es: Los geht's, um Jitter abzuholen und eine Brezel zu besorgen.

Wenn ich schon so etwas mache, bringe ich allen ihre Lieblingsdinge mit.

Emmas Büro befindet sich in einem Gebäudekomplex am Berghang über dem historischen Viertel von Tooth, in dem auch mein Zahn- und mein Augenarzt ihre Praxen haben. Als Jitter und ich dort ankommen, steigen wir in den ersten Stock hinauf. Obwohl es Samstag ist, geht die Tür, als ich den Knauf drehe, problemlos auf.

Theo hat recht. Emma vergräbt sich in Arbeit.

»Hallo?«, rufe ich leise.

Em arbeitet allein und hat deshalb auch keinen Empfang. Auch wenn ihr Steuerberatungsbüro so gewachsen ist, dass sie vermutlich bald darüber nachdenken sollte. Ich höre die Räder ihres Schreibtischstuhls quietschen, bevor sie in der halb geschlossenen Tür des inneren Büros erscheint.

Sie trägt einen schwarzen Cardigan und hat ihr blondes Haar zu einem Bleistiftknoten hochgesteckt, doch ihre braunen Augen lassen ihr gewöhnlich heiteres Strahlen vermissen. Stattdessen zeigen sich dunkle Ringe unter den Augen, und ihre Wangen wirken eingefallener als sonst.

Mein Herz überschlägt sich.

Sie hatte ihr Leben lang Mühe, ihr Gewicht zu halten, und was ich sehe, macht es nicht besser.

»Hey.« Ich präsentiere ihr beide Gebäcktüten und den größten wiederverwendbaren Mitnahmebecher, den es im *Bean & Nugget* gibt. »Ein paar leckere Sachen für die Steuersaison.«

Sie betrachtet das Essen und zwingt sich zu lächeln. »Danke. Ich bin tatsächlich etwas eingespannt. Könntest du die Sachen auf dem Schreibtisch draußen abstellen?«

»Nur wenn du versprichst, auch was davon zu essen.« Jitter zieht an der Leine, doch ich halte ihn zurück, und, nein, ich weiß nicht genau, wie ich alles im Gleichgewicht halten soll. »Platz, Jitter!«

»Ich werde was essen«, sagt Emma. »Danke.«

Rasch rollt sie hinter ihren Schreibtisch zurück und damit außer Sicht.

Meine Kehle steht in Flammen. »Es tut mir wirklich leid, Em«, sage ich leise. »Ich bin da, wenn du irgendwas brauchst.«

»Ich weiß«, kommt es ebenso leise zurück. »Danke.«

Weiter sagt sie nichts, und ich weiß auch nicht, was ich noch sagen soll, also lasse ich die heiße Schokolade und die Backwaren auf dem Schreibtisch in ihrem Vorraum, dann ziehe ich mich mit Jitter auf den tief verschneiten Parkplatz zurück.

Nach Hause will ich nicht – da sind mir Grey und meine komplizierten Gefühle für ihn zu nah, auch wenn er jetzt gar nicht dort ist –, deshalb führe ich Jitter in einen Park in der Nachbarschaft. Ich ziehe die Schneeschuhe und Stulpen an, die ich in dieser Jahreszeit immer im Kofferraum mitnehme, dann marschieren mein Hund und ich auf meinen Lieblingswanderweg in die Wildnis hinaus.

Ich bin jedoch noch keine hundert Meter vom Parkplatz entfernt, als ich hinter mir einen Laut vernehme, nach dem ich mich immer umdrehen würde.

Es ist das unverwechselbare Geräusch, mit dem jemand auf dem Weg ausrutscht.

»Alles in Ordnung?«, kommt es aus meinem Mund, bevor ich vollständig verarbeite, was ich vor mir sehe.

Nämlich Grey, der sich aus einer Schneewehe neben dem verschneiten Wanderpfad aufrappelt.

Jitter stürmt, beglückt bellend, los, sein Schwanz wedelt ungestüm, um ein Haar reißt er mich, trotz der zusätzlichen

Bodenhaftung dank meiner Schneeschuhe, von den Füßen. »Langsam, Großer.«

Er hört so gut wie ein Berglöwe, der einen Elch jagt.

»Ich hab das absichtlich gemacht«, sagt Grey, als es ihm gelingt, sich ganz aufzurichten.

Wieder gleitet er auf dem festgetretenen Schnee aus, fängt sich diesmal jedoch rechtzeitig.

Ich kneife die Lider zusammen und zähle langsam bis fünf.

Als ich die Augen wieder aufmache, steht er immer noch da.

Und sieht mich an.

Scheiße, scheiße, scheiße …

Weiß er, dass ich seine Großmutter angerufen habe, und tut nur so, als wüsste er es nicht? Hat er Zen angewiesen zu lügen?

Ist er hier, um mich einen Abhang hinunterzustoßen und dann zu behaupten, es sei ein Unfall gewesen?

Einerseits scheint er mir nicht der Typ dafür zu sein, andererseits hätte ich auch nie gedacht, die Sorte Mensch zu sein, die die Großmutter eines Mannes anruft, um über ihn zu tratschen, weil er das Café meiner Familie gekauft hat.

Was nicht heißen soll, dass Gossip der einzige Grund für meinen Anruf gewesen wäre.

Aber zum größten Teil.

»Was machst du hier?«, frage ich.

»Wow. Guckst du immer so, wenn du misstrauisch bist?«

Es ist sein Grinsen, das mir den Garaus macht, und in meiner Brust breitet sich ein Hauch von Wärme aus. »Nein, so gucke ich, wenn ich besorgt bin. Ein Strandvogel, der sich ständig mit siebzehn Schichten Klamotten warmzuhalten versucht, an Schwindelanfällen leidet und auf einem verschneiten Weg kein festes Schuhwerk trägt, bereitet uns Einheimischen immer Sorgen.«

»Strandvogel? Dauernd nennst du mich so.«

»Du hast die letzten acht Jahre an der kalifornischen Küste gelebt. Ergo bist du ein Strandvogel. Soll ich dir zu deinem Auto zurückhelfen?«

Er lächelt. Lächelt breit über sein ganzes Gesicht.

So, wie er auf Hawaii gelächelt hat. Ich mache eine Geste, die seinen ganzen Kopf umfasst, einschließlich des Lächelns. »Lass stecken. Ich bin dagegen immun.«

Er ignoriert mich. »Hast du schon mal einen so käsigen Strandvogel gesehen?« Er zeigt auf den sehr kleinen Bereich seines Gesichts, in dem ich überhaupt etwas von seiner Haut erkennen kann. Im Grunde nur den oberen Teil seiner Wangen und seine Nase.

Der Rest ist hinter Bart, Mütze, Schal, Winterjacke, Handschuhen, Jeans und Stiefeln versteckt.

Wie ein Model aus einem Wintermodekatalog.

Nur größer.

Nein, ich weiß natürlich nicht, wie groß Models in Wintermodekatalogen normalerweise sind. Ich weiß nur, dass dieser Mann riesig ist, mit riesigen Händen, Füßen und anderen Körperteilen, an die ich jedoch bewusst nicht denke.

»Vielleicht sorgst du ja regelmäßig für exzellente Hautpflege«, sage ich.

»Nein, du verwechselst mich mal wieder mit Zen.«

Mal davon abgesehen, dass beide größer sind als ich, ist das unmöglich, und fast gebe ich nach und lache.

Aber nur fast.

Ich verfüge nicht über die emotionale Kapazität, mich zu diesem Mann hingezogen zu fühlen, weil ich weiß, dass er mich sehr, sehr bald hassen wird.

Ich bin mir nicht mal sicher, ob ich über die Kapazität verfüge, seine Freundin zu sein.

Schließlich gelingt es Jitter, mich ganz bis zu seinem neuen

Lieblingsmenschen zu ziehen, wo er seinen Leib so vehement an ihn drückt, dass Grey abermals ausrutscht.

»Du solltest nach Hause fahren«, teile ich ihm mit.

»Ich wollte mal an die frische Luft.«

»Hier?«

»Ja.«

»Und wie oft warst du schon auf diesem Wanderweg.«

»Noch nie. Bis jetzt. Deshalb bin ich ja hier.«

»Also bist du mir gefolgt.«

»Ich habe gesehen, wie du hier gehalten hast, und wollte eine gute Tat vollbringen und mich vergewissern, dass du nicht in Grundstücksstreitigkeiten zwischen Mr Avocado und Mrs Marshmallow-Fluff hineingerätst.«

Er macht es wieder.

Er wird wieder zu Duke, was mir nicht nur besser gefällt als alles sonst, sondern auch mein Misstrauen weckt. Als der Wind auffrischt, streiche ich mir leise seufzend die Haare aus dem Gesicht. »Ich finde nichts weiter über Chandler heraus, deshalb greife ich jetzt zu schmutzigen Tricks. Geh weg!«

»Darf ein Kerl nicht einfach mal mit einer einnehmenden Frau auf trügerischem Eis und Schnee wandeln?«

»Nein.« Weil ich mir selbst nicht traue und mich womöglich vor ihm niederwerfe und ihm beichte, was ich getan habe, was die Wirkung komplett vermasseln würde. »Jitter, komm, Junge. Wir gehen auf Wanderschaft, und Grey lernt auf die harte Tour, dass Touristen die Lieblingsspeise der Berglöwen sind.«

Jitter schnaubt verächtlich und lässt sich dann genau vor Greys Füßen auf dem Weg nieder.

Grey zuckt die Achseln. »Ich sage es nur ungern, aber wenn Jitter zu mir will, kann ich ihn durch nichts auf der Welt aufhalten.«

Er weiß es.

Er weiß mit tödlicher Sicherheit, dass ich seine Großmutter angerufen habe, und er wird mich so lange quälen und so tun, als wüsste er nichts, bis ich einknicke und ihm alles gestehe.

Ich blicke ihn an.

Er erwidert meinen Blick, als wüsste er, dass dies der Beginn eines Wettstreits ist, und als wüsste er ebenso, dass ich gewinnen würde, dass er es mir aber trotzdem nicht leicht machte.

Und das tut er auch nicht.

Meine Augen brennen, gleichzeitig friert es mich.

Er hält mich mit seinen blauen Augen gefangen. »Darf ich dich, bitte, begleiten?«

»Du hasst die Kälte«, erinnere ich ihn.

»Sagt wer?«

»Meine Beobachtungsgabe.«

Er zuckt mit den Schultern, mit nach oben gewendeten Handflächen und allem, was dazugehört. »Du hast nicht unrecht, aber dein Hund will, dass ich mitkomme, also muss ich da jetzt wohl durch. Nicht ich mache die Regeln, sondern Jitter.«

Ich atme mächtig durch die Nase ein und atme langsam wieder aus, ich habe den Wunsch, ihm nachzugeben, obwohl ich weiß, wie gefährlich das ist.

Und damit meine ich nicht ihn, wie er in seinen Stiefeln über diesen Trampelpfad stapft, wozu ihm wahrlich jedes Talent fehlt.

Seine Jeans wird nass werden, und wenn er vor Kälte in Ohnmacht fällt, werde ich ihn zurücktragen müssen.

»Wird dir nur schwindlig, wenn du gestresst bist?«

»Das vermutet jedenfalls mein Doktor.«

»Trinkst du ausreichend Wasser?«

»Kennst du Zen? Groß, schlank, blond. Eine Nervensäge? Und meine selbst ernannte persönliche Assistenz, die sich jederzeit vor einen heranrasenden Zug werfen würde, um mich zu retten? Glaubst du wirklich, Zen würde zulassen, dass ich zu wenig Wasser trinke?«

»Damit befassen wir uns später.«

»Das wird eine spaßige Unterhaltung.«

Da ist er wieder.

Der Mann, dem ich auf Hawaii begegnet bin, ist wieder voll da, ohne dass ich ihn diesmal dazu eingeladen hätte, doch jede meiner Körperzellen reagiert auf sein Flirten.

Fast kommt es mir vor, als würde Emma mir verzeihen.

Als wäre mit einem meiner Lieblingsmenschen alles wieder gut.

Ich sollte nicht so empfinden, doch ich kann nicht anders. Ich mag ihn.

»Bist du in großen Höhen mehr gefährdet?«, frage ich.

»Nicht, dass ich wüsste.«

»Und was stimmt dann nicht?«

Er hält inne.

Jitter versucht, sich winselnd auf Greys Füße zu wälzen, sodass er noch einen halben Schritt zurückweichen muss und beinah wieder strauchelt. »Stress«, antwortet er. »Zu schnell aufgestanden. Nicht genug gegessen. Nicht genug Flüssigkeit.«

»Stachelschweine und Käsepulver?«

Nun lacht er sogar.

Ich stecke so was von in Schwierigkeiten. »Ist das chronisch?«

»Das ist ein Thema für unterwegs.«

»Warst du überhaupt schon mal auf einem Schneewanderweg unterwegs?«

»Ich bin ein Strandvogel, schon vergessen?«

Ja.

Ich mache es.

Ich gebe dem Charme nach, den er für mich auflegt, was ich bedaure, aber es macht wirklich Spaß.

Ich möchte Spaß. Ich vermisse Spaß.

Und Orgasmen.

Die hier allerdings nicht zur Debatte stehen.

»Bleibt, wo ihr seid. Alle beide. Und nicht bewegen. Nicht mal das Gewicht verlagern. Verstanden?« Ohne eine Antwort abzuwarten, werfe ich Jitter seine Leine hin und marschiere in meinen Schneeschuhen zu meinem SUV zurück.

Lucky und Decker begleiten mich regelmäßig auf meinen Wanderungen, und beide vergessen dabei regelmäßig ihre Schneeschuhe, deshalb habe ich auch immer Extraspikes im Kofferraum. Allerdings keine Extrastulpen, damit Greys Beine trocken bleiben, dafür aber einen Reservesatz Wanderstöcke, also nehme ich die und eine zusätzliche Flasche Wasser und kehre damit zum Ausgangspunkt zurück.

»Zieh die an«, befehle ich dem Mann.

Er hebt die Brauen, dann sieht er mich an und greift nach den Anschnallstollen, die ihm auf dem Wanderweg festen Halt geben werden.

»An …«

»… deine Füße.«

»Ich weiß nicht, ob es dir aufgefallen ist, aber meine Füße sind ein wenig größer als deine.«

»Die gehören meinem Freund.«

Mit loderndem Blick hebt er abrupt den Kopf und sieht mich an.

Sagt, was ihr wollt, über Greyson Cartwright, aber der Mann ist nicht immer der Geschmeidigste.

Grumpy? Ja, manchmal. Eine Nervensäge? Ja, manchmal auch das. Ein hinreißender Charmeur, wenn ihm danach ist? Leider ja.

Aber würde er in einem *Razzle-Dazzle*-Film mitspielen, dann wäre er der linkische Bibliothekar, der unfähig ist, seine ganzen Gefühle zu verbergen. Und obwohl ich Jonas Rutherford, den größten Star des Channels, liebe und obwohl es mich maßlos quält, es zuzugeben, würde ich Grey jederzeit in der Rolle sehen wollen.

Trotz all der Herzbeschwerden, die ich in den letzten Wochen seinetwegen hatte.

»Du hast einen Freund«, spricht er mir nach.

»Eine Fernbeziehung. Noch ganz frisch. Er ist beim Militär, momentan in Korea stationiert. Wir haben jeden Abend, bevor ich ins Bett gehe, Telefonsex.«

»Das ist nur deine elektrische Zahnbürste«, stottert er.

Ich schnappe nach Luft.

Jetzt wird er so rot wie die Herzen, die vor dem Valentinstag überall in der Stadt aufgestiegen sind.

»Bist du dir da sicher?«, frage ich.

Er schnappt sich die Stollen, reicht mir Jitters Leine, geht rasch in die Hocke, beugt sich über seine Füße und findet heraus, wie er die Spikes befestigen muss.

»Mir war nicht bewusst, dass du das Schlafzimmer belegt hast, das sich mit meinem eine Wand teilt«, sage ich. »Sehr gut zu wissen.«

»Du hast keinen anderen Freund.«

Einen anderen? »Bist du dir sicher?«

»Du gehst nicht aus.«

»Vielleicht hab ich meinen Seelenverwandten gefunden und es mir anders überlegt.«

»Gestern?« Er blickt immer noch nach unten und arbeitet erheblich härter, als es erforderlich wäre, daran, die Spikes anzulegen.

Als er sich schließlich aufrichtet, ist es ihm gelungen, wieder ein ungerührtes Gesicht aufzusetzen, auch wenn seine Wangen noch rosig verfärbt sind.

Ich will mal freundlich sein und annehmen, es liegt an der Kälte, die ihm zusetzt.

Ich will kein Spiel mit ihm treiben.

Ich will nicht lügen.

Ich will lediglich mit ihm wandern gehen.

»Wo geht es lang?«, will er wissen und zeigt auf die Weggabelung vor uns.

Ich entscheide über die Richtung und beschreite meinen Lieblingsweg mit einem Mann, zu dem ich mich nicht hingezogen fühlen dürfte, und mit meinem Hund, der ihn liebt.

Ich kann nur hoffen, dass er nicht mit mir allein sein will, weil er weiß, dass ich seine Großmutter angerufen habe.

23. Kapitel

Grey

Sabrina drückt mir Wanderstöcke in die Hände, dann dirigiert sie Jitter auf die linke Abzweigung, ohne abzuwarten, ob ich mit ihnen Schritt halte. Ich setze vorsichtige Schritte, doch die Spikes, die sie mir für meine Stiefel gegeben hat, sorgen für einen guten Halt.

»Wow. Was für ein Unterschied. Danke«, sage ich zu ihr.

»Willkommen in der Welt der Physik.«

»Ich kenne mich aus mit Physik.«

Sie wirft mir einen schrägen Blick zu. »Kennst du dich genauso gut damit aus wie, sagen wir, in der Führung eines Restaurants?«

Das war jetzt kein bisschen hinterhältig. »Mit Physik kenne ich mich besser aus.«

»Das glaube ich gern.«

»Aber ich lerne schnell.«

»Auch das glaube ich gern. Da wir gerade vom Lernen sprechen, ich habe Zen sagen hören, dass deine Schurkenära eigentlich nicht zu dir passt.« Peng. Sie legt an, schießt und trifft.

»Das ist die Krise in der Lebensmitte.«

»Du bist dreiunddreißig.«

»Du hast deine Hausaufgaben gemacht.«

»Du würdest nicht weniger erwarten.«

Damit liegt sie nicht falsch.

Und obwohl ich weiß, dass es gefährlich ist, gefällt es mir, dass sie offenbar genauso oft an mich denkt wie ich an sie.

Und?

Keine Menschenseele hat sich erkundigt, ob ich mich von meinem letzten Schwindelanfall wieder erholt habe. Und außer Sabrina hat mich auch niemand gefragt, was Chandler mir angetan hat oder wie es mir damit geht, dass mein ehemaliger Geschäftspartner tatsächlich ein Schurke ist.

Die Leute haben lediglich angedeutet, dass sie Sabrina und mich verdächtigen, was miteinander zu haben.

Sie postet auch keine Videos über meine Geständnisse im Internet.

Im Unterschied zu jemandem, der ein Video von der Essensschlacht in meiner ersten Woche hier online gestellt hat.

Sabrina scheint ihren Gossip ernst zu nehmen. Sie macht keinen Hehl daraus, dass sie alles weiß und es, falls sie es für erforderlich hält, auch öffentlich preisgeben würde. Ich habe es selbst erlebt, denn die Frau, die das Hochzeitsvideo ins Netz gestellt hat, hat sie zweifellos direkt bedroht.

Abgesehen von Jitters fröhlichem Japsen und dem Knirschen unserer Schuhe und Stöcke im Schnee wandern wir minutenlang schweigend. Es fasziniert mich, dass der Pfad unter einer festen Schneedecke verschwunden ist. Wir sind anscheinend die einzigen Menschen hier. Der blaue Himmel lugt durch die Kiefern, sodass es etwas unerwartet Friedvolles und beinah Vergnügliches hat, hier draußen zu sein.

Meine Finger sind kalt. Meine Zehen sind kalt. Allerdings nicht unerträglich kalt.

»Ist, was dein Geschäftspartner dir angetan hat, der einzige Grund, warum du jetzt in deiner Schurkenära bist?«

Ganz ehrlich?

Das mag ich an ihr.

Keine Zurückhaltung. Keine Spielchen. Kein Small Talk. Sie kommt ohne Umschweife auf den Punkt.

Ich schüttle den Kopf. »Das war nur der Tropfen, der das Fass zum Überlaufen brachte.«

»Und was ist sonst noch im Fass?«

»Lebenslange Manipulation.«

Sie wirft einen Blick in meine Richtung. Weiß sie, dass es um meine Familie geht? Vermutet sie es?

Oder interpretiere ich mehr in diesen Blick, als in Wahrheit darin steckt, weil ich ihr alles erzählen will?

Gestern kam eine ältere Dame ins Café und quetschte Zen wegen their persönlichen Geschichte und unserem Verhältnis zueinander aus, bis Zen sich in their inneres Schneckenhaus zurückzog.

Ich weiß, dass Sabrina das bemerkt hat.

Nicht, dass sie irgendwas gesagt hätte.

Sondern weil sie etwas getan hat. Sie platzte nämlich aus der Küche, in die sie, wie sie bei jeder sich bietenden Gelegenheit noch immer insistiert, gehört, und fragte die Frau nach einer alten Freundin, was diese davon abbrachte, Zen weiter auszuquetschen, um stattdessen auf einen untreuen Ehemann zu sprechen zu kommen.

»Ich bin erst draufgekommen, dass es sich um Manipulation gehandelt hat, als Zen das Wort, nachdem they bei mir eingezogen war, zum ersten Mal dafür verwendete«, ergänze ich.

»Deine Ex?«, will sie wissen.

»Ja, aber sie war nicht die Erste.«

Wieder ein Seitenblick.

»Meine Eltern und meine Geschwister«, stelle ich klar.

»Du bist jünger als die anderen.«

Sie hat wirklich sämtliche Hausaufgaben gemacht. »Ich war der Unbequeme, dem alle vorwarfen, zehn Jahre *nach* dem vorherigen jüngsten Kind gekommen zu sein, weil ich ihm die Rolle des Nesthäkchens wegnahm und Bedürfnisse hatte, denen alle anderen längst entwachsen waren. Ja.«

Sie zieht die Nase kraus. »Hattest du kein Kindermädchen?«

»Als meine Mutter erkannte, was die Stunde für den Familienfonds geschlagen hatte? Kindermädchen gab es von da an nur noch, wenn andere zusahen.«

Als sie mich abermals ansieht, wünsche ich mir die Gabe, Gesichter so lesen zu können, wie sie es anscheinend kann.

Es ist mir nicht bloß wichtig, ehrlich zu ihr zu sein, sondern sie soll auch wissen, *dass* ich ehrlich bin. Ich möchte, dass sie erkennt: Ich setze meine Geheimnisse aufs Spiel und vertraue sie ihr an. Dass sie begreift, ich zerlege ihr Café nicht, weil ich Gefallen daran finde, sie zu bestrafen.

Es geht um Chandler. Ich muss über dieses Arschloch triumphieren.

»Jitter, langsam«, sagt sie jetzt.

Er grinst uns mit seinem überlebensgroßen Hundegrinsen an, dann setzt er seinen Weg fort, nicht im Geringsten beeinträchtigt durch rutschige oder unregelmäßige Stellen auf dem schneebedeckten Wanderweg. Oder gewillt, Anweisungen zu befolgen, wie schnell oder wohin er laufen soll.

»Meine Mutter wollte nie Kinder«, sagt sie leise, nachdem wir zwei weitere Wegbiegungen unter hoch aufragenden Kiefern hinter uns haben. »Sie wollte auch nicht heiraten. Es war ihr Traum, frei wie der Wind zu sein und an jeden Ort auf der Welt gehen zu können, ohne irgendwie gebunden zu sein. Nur so viel zu arbeiten, dass sie über die Runden kommen und ihre Reisen finanzieren konnte. Als sie dann erfuhr, dass sie nach einer flüchtigen Affäre mit einem Typen auf der Durchreise schwanger war, entschied sie, mich zu behalten. Und sie hat mir nie das Gefühl gegeben, ich hätte sie von dem Leben abgehalten, das sie hätte führen können, auch wenn sie seit meiner Geburt nicht mehr viel gereist ist.«

»Ich habe mich immer gefragt, wie es gewesen wäre, wenn ich gewusst hätte, ich bin ein Wunschkind.«

»Und nicht zu Super-Vengeance-Man heranzuwachsen? Tut mir leid, aber dein Kummer war der Preis für das Gute in der Welt.« Sie grinst mich an, und fast wird mir schwindlig.

Auf keine schlechte Art.

Ihr Funkeln habe ich seit Hawaii nicht mehr gesehen, es verschlägt mir angesichts Sabrina Sullivans vor neckischer Schadenfreude blitzenden grünen Augen den Atem.

Meine Schritte werden langsamer.

Ihr Lächeln stockt. »So habe ich es nicht gemeint.«

»Ich weiß.«

»Jeder sollte sich erwünscht fühlen.«

»Es gibt in meinem Leben Menschen, die meine emotionalen Bedürfnisse erfüllen.«

»Trink dein Wasser!«

»Es geht mir gut.«

»Wenn du auf dem Wanderweg ohnmächtig wirst, gehe ich ohne dich zurück zu meinem Auto und überlasse dich den Berglöwen.«

»Das sieht der Frau ähnlich, die du auf Hawaii warst.«

Sie bleibt stehen und wendet sich mir ganz zu. »Ich date nicht.«

Der Muskel in meiner Brust zieht sich zusammen, und mein Mut sinkt, als säße ich einem führerlosen Zug.

Ich will keine neue langfristige Beziehung. Und ich will auch niemanden daten.

Es sei denn, ich kann mir diese Frau nicht aus dem Kopf

schlagen, und je häufiger ich sie hier erlebe, wo sie hingehört und tut, wozu sie geboren wurde, umso dringender möchte ich alles erfahren, was es über sie zu wissen gibt.

Sie ist mein neues Forschungsprojekt.

Fuck.

Fuck.

Ich muss zurück in ein Labor. Und meinem Verstand etwas anderes geben, in das er sich hineinsteigern kann.

Doch der Gedanke daran schmerzt noch, während der Gedanke, etwas in Ordnung zu bringen, überhaupt nicht schmerzt. Besser gesagt, das würde er nicht, wenn es nicht auch ihr wehtun würde.

»Ich auch nicht«, versichere ich ihr mit einer Zuversicht, die ich nicht fühle. »Aber wir könnten Freunde sein, die nicht-daten. Vielleicht aber dann und wann nackt.«

Ihre Pupillen werden weit, und sie schnappt scharf nach Luft.

Mein Schwanz regt sich.

Ich würde sie ohne Frage die ganze nächste Woche *nicht-daten*, wenn wir dabei nackt sein könnten.

Und jetzt bin ich hart.

Geh mit Sabrina wandern, hat mein Verstand gesagt.

Damit wir sie bitten können, sich auszuziehen, hat mein Schwanz gesagt.

Sie beißt sich auf die Unterlippe.

Ich trete einen halben Schritt auf sie zu, am liebsten würde ich selbst in ihre Unterlippe beißen, doch sie zieht den Kopf ein und sieht wieder auf den Wanderweg.

»Komm, Jitter, bald geht die Sonne unter.«

Unmerklich versuche ich, die Beule in meiner Hose zu verbergen, und folge ihr, als Jitter, der eindeutig weiß, wo es hingeht, freudig wieder die Führung übernimmt.

»Ist das ein privater Wanderweg?«, frage ich Sabrina.

»Nee, hier ist nur kurz vor der Dämmerung nicht viel los.«

»Gehst du oft allein hier raus?«

Sie wirft mir einen Blick zu, und ich kann nicht sagen, ob sie noch immer den Wunsch unterdrückt, mich vom Weg zu zerren und mit mir zu tun, was hier in der Natur ganz natürlich passiert, oder ob das nur meine Teenager-Fantasien sind.

»Ich bin nicht allein«, erwidert sie. »Ich habe meinen Hund.«

»Dann hast du das hier schon oft mit Jitter gemacht?«

»Früher sind Laney und Emma häufig mitgekommen.«

»Hm.«

»Laney hat ein gebrochenes Bein.«

»Ist mir aufgefallen.«

»Emma ist zurück.«

»Hab ich gehört.«

»Wenn du zu ihr gehst und ein einziges böses Wort zu ihr sagst, werde ich dich für den Rest deines Lebens heimsuchen.«

»Weil du tot bist?«

»Ich bin eine Streberin, ich kann dich schon zu Lebzeiten heimsuchen.«

»Das macht es wahrscheinlich einfacher.«

Sie wirft mir noch einen kurzen Seitenblick zu. »Weißt du, eigentlich glaube ich nicht, dass du zu Emma böse sein könntest.«

Darüber muss ich lächeln. »Nur weil wir einen gemeinsamen Feind haben.«

»Aber warum ist Chandler dein Feind?«

»Wow, das war eine wirklich schöne Wanderung, bis du das Käsekackhaufen-Wort ausgesprochen hast.«

Als sie hustet, bin ich mir sicher, dass sie damit ein Lachen überspielt, auch wenn ich mir keineswegs sicher bin, ob es ein heiteres oder ein verzweifeltes Lachen ist, und deshalb komme ich mir jetzt wie ein Esel vor.

Ich will ihr nicht wehtun. Aber ich weiß nicht, wie ich das Ruder herumreißen soll, ohne das Gefühl zu haben, mich erneut von jemandem übers Ohr hauen zu lassen.

»Trinkst du auch das Wasser, das ich dir gegeben habe?«, fragt Sabrina.

»Gerade erst einen großen Schluck.«

Sie bleibt stehen und wendet sich mir wieder zu, als die Bäume ringsum zurückweichen. »Dann trink noch einen.«

Felicia hatte niemals Bedenken, mich herumzukommandieren. Genauso wenig wie meine Geschwister für den größten Teil meines Lebens.

Trotzdem gefällt es mir, wenn Sabrina es tut.

Setz dich hin! Trink deinen Tee! Schnall dir zur Sicherheit Spikes unter die Schuhe! Hast du was gegessen?

Was sie sagt, unterscheidet sich gewaltig von: *Kauf mir dies. Fahr hier mit mir hin. Lächle breiter für das Foto. Kannst du nicht wenigstens so tun, als wärst du froh, hier zu sein? Sieh zu, dass Zen eine ordentliche Arbeit findet, damit they nicht mehr so abhängig von dir ist.*

Ich hänge mir die Wanderstöcke über ein Handgelenk und trinke gehorsam aus der Wasserflasche.

Doch als ich sie hebe, fällt mein Blick unversehens auf etwas am Horizont. Erst als ich das Wasser kalt an meinen Mundwinkeln hinunterrinnen fühle, erinnere ich mich wieder daran, dass ich trinke, reiße die Flasche vom Mund und sehe genau hin.

Das mit Kiefern bewachsene Tal öffnet sich zu schneebedeckten Bergen, die an das majestätische orangerote Leuchten der Wolkenschleier am Himmel rühren. Die Gipfel wirken dunstig, weich gezeichnet, der Himmel ist von dem tiefen Blau, das mir heute Morgen auffiel, zu einem zarten Blau geschmolzen, das sich an die leuchtenden Wolken schmiegt.

Deshalb also tolerieren Menschen die Kälte.

Um nicht bloß hinter Glas auf die Landschaft zu blicken, sondern um Teil von ihr zu werden. Um die reine, frostige, aber lebendige Luft zu atmen. Um nichts zwischen mir selbst und dem Himmel zu spüren als ein paar grüne Kiefernzweige. Mit Schnee und Felsgestein unter meinen Sohlen.

Das allerseltsamste Gefühl erfasst mich, und es dauert länger, als es sollte, bis ich begreife.

Zugehörigkeit.

Mit mir im Reinen sein. Teil der Natur. Mit einem Lebenssinn. Von allem um mich herum angenommen, weil die Natur auch mich geformt hat. Einfach ein winziger Punkt vor diesem enormen Panorama reiner Schönheit. Kein Urteil, keine Manipulation.

Ich fühle einen Zug in der Brust. Hier werde ich etwas bewirken. Was etwas vollkommen anderes ist als: *Hier wirst du Frieden durch Gerechtigkeit finden.*

Ich atme scharf ein, der zusätzliche Schwall kalter Luft reißt mich zurück zu mir selbst. Sabrina und Jitter sind zur Seite getreten und stehen auf einem Felsvorsprung. Sabrina hält ihr Handy hoch und schießt ein Foto.

»Du hast dein ganzes Leben hier zugebracht und machst trotzdem noch Fotos?« Ich will sie nicht in ihrer Ruhe stören, aber es ist mir unmöglich, nichts dazu zu sagen.

Sie sieht sich nicht nach mir um. »Es ist immer noch schön.«

Jitter lässt sich in den Schnee fallen und hechelt glücklich, und wieder empfinde ich diesen Zug.

Ich vermisse meinen Hund. Ich vermisse es zu lachen. Ich vermisse es, an das Gute in den Menschen zu glauben.

Und ich habe niemals aufgehört, mir einen Ort auf der Welt zu wünschen, an den ich gehöre. An dem ich nicht nur einer Handvoll Menschen vertrauen könnte.

Ich sehe mich wieder nach den von orangerot leuchtenden Wolken beschatteten Berggipfeln um und frage mich, wie lang dieses Gefühl wohl anhalten wird.

Dann schaue ich wieder verstohlen Sabrina an.

Sie geht neben Jitter in die Hocke, schüttet Wasser für ihn in einen kleinen faltbaren Napf, das er bereits gierig aufzuschlecken beginnt, bevor sie fertig ist. Dann lässt sie die Wasserflasche zuschnappen, schiebt sie in eine Seitentasche ihres Rucksacks zurück und schubbert Jitter den Hals. »Wer ist so ein guter Junge?«

Er grinst sie an und fährt zu trinken fort.

Während er im Schnee liegt.

Er ist dermaßen hinreißend.

»Braver Kerl«, sagt sie noch einmal, dann erhebt sie sich und betrachtet wieder den Sonnenuntergang über den Bergen. »Allerdings müssen wir jetzt bald zurück.«

»Musst du irgendwohin?«

»Ich muss ständig irgendwohin.«

»Du kannst nicht gut still sitzen.«

»Ich kann nicht gut allein sein.«

»Trotzdem datest du niemanden.« *Halt die Klappe, Schwachkopf. Reite nicht darauf herum.*

»Okay, Mr Ich-reise-mit-meinem-Neffen-als-persönlichem-Assistenten.« Wieder beugt sie sich über Jitter, krault ihm die Ohren und küsst ihn auf den Kopf, bevor sie seinen Wassernapf aufnimmt, auswischt, flach zusammenfaltet und schließlich wieder in ihrem Rucksack verstaut. »Komm, Jitter, Zeit, nach Hause zu gehen.«

Der Hund richtet sich auf und streckt sich, bis er größer ist als Sabrina.

Sie lächelt ihn an und streichelt seinen Rücken. »So ein guter Hund.«

Ich wünsche mir, dass sie mich genauso anlächelt. *Schenk mir ein Lächeln. Berühre mich. Küss mich. Hier und jetzt. An diesem frostigen Abend, an dem es von Minute zu Minute kälter wird, während die Sonne tiefer sinkt, aber immer noch die niedrig über den Bergen hängenden Wolken mit ihrem leuchtenden feuerroten Schein erhellt.*

Sabrina schwingt sich ihren Rucksack über eine Schulter, und als sie die Hundeleine in die andere Hand nimmt, strafft sich Jitter und streckt schnüffelnd die Nase in die Luft.

Ich straffe mich ebenfalls.

Als Sabrina den anderen Arm durch die Schlaufe schiebt, spannt Jitter sämtliche Muskeln.

»Jitter, nein …«, setze ich an. Den Blick kenne ich nach dem Zwischenfall mit dem Baumstachler, doch es ist zu spät.

Bellend stürmt er los und zieht Sabrina mit. Ich entdecke einen Rotfuchs, der quer über den Wanderweg huscht und auf dem nächsten Hügel zwischen den Bäumen verschwindet.

»Aah!«, kreischt Sabrina, als sich ihre Schneeschuhe unter ihr verkeilen und sie, mit dem Gesicht voran, in den Schnee stürzt, wobei sie weiter die Leine umklammert.

Ich setze dem Hund nach. »Jitter, stopp!«, befehle ich.

»Jitter, halt«, schreit Sabrina.

Der Hund jault, wird langsamer, bleibt stehen und sieht sich nach uns beiden um. Und jault abermals.

Ich packe die Leine. »Hab ihn. Du kannst loslassen.«

»Das macht er sonst nicht«, brummt sie, während sie ihre Beine zu entwirren versucht, doch ihre Schneeschuhe verhaken sich nur weiter ineinander.

»Ist mir aufgefallen.«

Jitter winselt erneut und lässt sich wieder in den Schnee sinken, setzt den effektvollsten Welpenblick auf und robbt sich näher an Sabrina heran.

»Guter Junge«, versichert sie ihm. »Aber wir jagen keine Wildtiere. Vor allem nicht, wenn wir angeleint sind. Okay?«

Er winselt.

»Kannst du bitte mal meinen Hund streicheln und ihm sagen, dass es mir gut geht.« Sie versucht weiter, Füße und Beine zu entwirren, aber es sieht mühevoll aus.

»Es geht ihr gut, Jitter.« Ich streichle ihn so, wie sie es getan hat, und bereue es im nächsten Moment.

Ich will meinen Hund wiederhaben.

Ich will Freunde, denen ich das sagen kann.

Und ich möchte Sabrina aus dem Schnee heben und sie den Wanderweg hinuntertragen.

»Na also«, sagt sie, als sie ihre Beine befreit hat, und streckt die Hand nach einem ihrer Wanderstöcke aus, während ich mich ihr zuwende, um ihr zu helfen.

Binnen Sekunden steht sie wieder auf eigenen Füßen.

Oh, fuck.

Ich hebe eine Braue.

Sie grummelt in sich hinein und beugt sich vor. Brummt noch irgendwas, was Jitter veranlasst, abermals zu jaulen.

»Alles gut?«, frage ich, gehe neben dem Hund in die Hocke und streichle erneut sein dichtes Fell.

»Der Riemen ist gerissen«, murmelt sie. Sie zieht einen ihrer Schneeschuhe aus und hält ihn mir hin. »So rutscht er mir einfach vom Fuß.«

Wir haben ein Problem.

Aber ich erkenne eine einfache Lösung, über die ich vermutlich erheblich glücklicher bin als sie. »Aha.«

Sie kneift die Lider zusammen und holt gewaltig tief Luft.

»Okay«, sage ich. »Ich nehme dich Huckepack.«

Da ist wieder der misstrauische Blick. »Das wirst du nicht tun.«

»Na, und ob. Es wird dunkel. Ich muss aus der Kälte raus. Du vermutlich auch. Und das ist der schnellste Weg den Wanderpfad hinunter, wenn man einen kaputten Schneeschuh hat. Ist ja nicht so, dass wir unser Schuhwerk tauschen und du mich Huckepack nimmst.«

Ihre hellgrünen Augen erforschen mein Gesicht. Als wollte sie wissen, ob das ein Trick ist. Ob ich den Fuchs ausgesetzt habe, damit Jitter auf ihn losgeht und ich ihr anbieten kann, sie zu tragen. Ob ich vorhabe, sie fallen zu lassen. Oder ob ich es genießen werde, wenn sie ihre Arme und Beine um mich schlingt.

Nur die letzte Frage klingt nach einem Ja.

»Und wer nimmt Jitters Leine?«

»Ich komme mit euch beiden klar.«

Als könnte sie nicht anders, lässt sie ein freches Grinsen aufblitzen. »Große Worte, Boss-Man.«

»Es wäre mir lieber, du würdest mich Super-Vengeance-Man nennen.«

»Das überlege ich mir, wenn du mich sicher zum Auto zurückgebracht hast.«

Ja. »Besteige mich, Duchess.«

»Das hättest du wohl gern«, brummt sie.

»Hawaii hat durchaus Spaß gemacht.«

Wieder verdreht sie die Augen und bedeutet mir, es nicht zu weit zu treiben, aber nachdem sie auch den zweiten Schneeschuh ausgezogen und beide an ihrem Rucksack befestigt hat, kauere ich mich vor sie hin, und sie steigt auf meinen Rücken, schlingt die Arme um meinen Hals, die Beine um meine Hüften und hält sich fest, als hätte sie Angst, ich könnte sie wirklich fallen lassen.

»Der einzige Grund, warum du dich in diesem Moment nicht im Schnee wälzt und mit Schneebällen eingedeckt wirst, ist, dass ich nach Hause will«, sagt sie, als ich mich erhebe.

»Schneit es in diesem Jahr zum letzten Mal?«

»Nicht einmal annähernd. Sag Bescheid, wenn dir schwindelig wird.«

»Mir geht es prima.« Besser als prima.

Und womöglich gleichzeitig furchtbar.

Ich wünsche mir, dass sie mich wieder küsst.

Aber ich weiß, dass ich, wenn sie es tut, wahrscheinlich nachgebe und zustimmen werde, ihr Café nicht umzubauen, anschließend werde ich erkennen, dass ich hier eigentlich nichts mehr zu suchen habe, und schließlich wird das alles mit kreischenden Bremsen zum Stehen kommen.

Wenn ich gar nicht in ein Labor gehöre und wenn ich tatsächlich überhaupt nicht zum Super-Vengeance-Man tauge, wenn ich gar nicht nach Connecticut zurückwill, auch wenn ich Mimi dann näher wäre, wer bin ich dann, und wohin auf der Welt passe ich dann überhaupt?

Eine schwere Frage.

Trotzdem will ich Sabrina küssen. Sie aus sämtlichen Kleiderschichten schälen, bis sie vollkommen nackt ist, um ihre Haut, ihre Kurven, ihre Brüste und alles andere zu erkunden.

Und wenigstens so tun, als würde ich dazugehören.

»Ich hatte einen Hund«, sage ich zu ihr, während ich Jitter den Pfad hinunterfolge und Sabrina ihren Körper fest an mich drückt. »Meine Ex hat ihn nach der Scheidung genommen.«

»Ich weiß.«

»Du weißt?«

»Jemand hat mir gezeigt, was du auf Instagram gepostet hast.«

Das müsste mich alarmieren, stattdessen fühle ich bloß Wärme. »Was weißt du noch?«

»Dass ich jedem, der mir Jitter wegnehmen würde, schreckliche Dinge antun würde. Und dass es mir leidtut. Das muss ein Schlag gewesen sein.«

»Ich habe sie nicht betrogen.«

»Das hätte ich auch nicht von dir gedacht.«

»Sie hat mich vor die Wahl gestellt: *Schmeiß Zen raus, oder ich bin weg.*«

»Das war dumm von ihr.«

Darüber muss ich sogar lachen.

»Wie lange war Zen da schon dein persönlicher Assistent?«, fragt sie.

Ich zögere, aber nur kurz. Ich hätte es Duchess auf Hawaii gesagt, ich kann es ebenso gut Sabrina hier sagen.

Wenn es hart auf hart kommt, verrät sie mich, und ich zerstöre ihr Café.

Der Gedanke hätte komisch sein müssen, doch er bleibt selbst in meinem Kopf hinter den Erwartungen zurück.

»Zen tauchte kurz nach their sechzehnten Geburtstag vor meiner Tür auf. They meinte, ich sei their letzter Verwandter, dem they die Chance geben wollte, them so zu nehmen, wie they ist, bevor they vollständig von der Bildfläche verschwinden würde.«

»Mist.«

»Ich konnte mich kaum erinnern, Zen getroffen zu haben, als ich noch im Osten lebte. Seit ich sie verlassen hatte, um auf die Highschool zu gehen, verbrachte ich nicht mehr viel Zeit mit meiner Familie …«

»Verlassen?«

»Internat.«

»Ist das die Möglichkeit?«

»Und ob das möglich ist.«

»Puh.«

Ich korrigiere meinen Griff um ihre Beine. »Also fragte

mich Zen, ob ich jemanden brauchen würde, der mir den Haushalt macht und für mich kocht, im Tausch gegen Kost und Logis, während they die Highschool abschließt. Mir war schnell klar, dass ich schlecht Nein zu einem Kind sagen konnte, das ungefähr so gut zum Rest der Familie zu passen schien wie ich.«

»Kann Zen kochen?«

»Nee, das Essen schmeckt fürchterlich.«

Sie lacht.

»Wenn du das weitererzählst, wirst du von der Bildfläche verschwinden.«

»Putzt Zen?«

»Ja. Sehr gut.«

Sonst fragt sie mich nichts mehr.

Was allerdings nicht bedeutet, dass ich ihr nicht mehr erzählen will. »Als ich Zen sagte, ich wollte them aufs College schicken, informierte they mich, dass they mein Geld nur dann annehmen würde, wenn they es mir zurückzahlen dürfte.«

»Als dein persönlicher Assistent?«

»Was sich für uns beide bewährt hat. Ich vergesse leicht, etwas zu essen oder zu duschen, wenn ich mitten in der Arbeit bin, während Zen ein angeborenes Misstrauen gegen die Welt im Ganzen hegt. Ich gebe Zen Sicherheit, und wenn ich ehrlich bin, ist es umgekehrt genauso.«

Sie wird still, bettet jedoch den Kopf an meine Schulter.

Und ich könnte tagelang so dahingehen.

Ein weiterer Grund, warum ich meine Pläne aufgeben und verschwinden sollte.

Zen sagt, they hat noch nie wirklich irgendwohin gepasst.

Ich bin mir da auch nicht sicher.

Es wäre zu früh, dem Gedanken auf den Leim zu gehen, wir könnten hierhergehören.

Ich habe keine Ahnung, wie weit wir gegangen sind, als Jitter stehen bleibt und dann hinter einen Strauch am Wegesrand abbiegt.

»Heute nicht, Jitter«, sagt Sabrina.

Winselnd wirft Jitter ihr den mitleiderregendsten Blick zu, den ich jemals gesehen habe. Zwischen seinen wabbligen Lefzen und der schieren Verzweiflung in seinen großen braunen Augen kommt kein Zweifel daran auf, was wir tun sollen.

Jitter die Führung überlassen.

»Hey«, ruft Sabrina, als ich vom Weg abweiche.

»Ich will nur nachsehen«, gebe ich zurück. »Jemand könnte verletzt sein. Vielleicht ist Timmy in den Brunnen gefallen.«

»Timmy? Welcher Timmy?«

»Hast du als Kind nie Wiederholungen von *Lassie* gesehen? Selbst ich habe als Kind *Lassie*-Wiederholungen gesehen.«

»Was ist *Lassie*? Hey. Warte. Nicht …«

»Tut mir leid, aber wenn ein Hund mir mitteilt, ich soll eine bestimmte Richtung einschlagen, und es wirkt dringend, höre ich auf den Hund.«

Es tut mir keineswegs leid.

Ich schiebe den Moment hinaus, in dem ich sie runterlassen muss.

Und Jitter besteht nachdrücklich darauf, dass wir ihm auf den schmalen Trampelpfad zwischen den Kiefern und um größere Felsbrocken herum folgen.

»Es gibt da kein Problem«, sagt Sabrina. »Er will bloß etwas sehen, wo wir heute nicht mehr hinmüssen. Es wird schnell dunkel. Im Ernst, wir müssen zurück zum Parkplatz.

»Was will er sehen?«

»Jitter. Zurück auf den Weg!«

Ich ziehe an der Leine und kehre um. »Komm, Jitter. Sonst enden wir noch beide in der Hundehütte.«

Er schnaubt, gehorcht aber und dreht sich zum Hauptwanderweg um.

»Ich verstehe dich, Kumpel. Da war bestimmt was ganz Tolles.«

Sabrina seufzt. »Nur das alte Haus samt Garten meiner Großeltern, du müsstest es zwischen den Bäumen sehen können.«

Ich spähe blinzelnd ins zunehmende Halbdunkel und entdecke hinter den Bäumen ein einzelnes funkelndes Licht. »Leben sie noch dort?«

»Nein, die Familie hat es nach Grannys Tod und nach Großvaters Umzug in eine Seniorensiedlung vermietet.«

»Dir muss immer noch viel daran gelegen sein, wenn du und Jitter so oft hierherkommen, dass er den Weg kennt.«

»Ich … ja.«

An der Geschichte ist offenbar mehr.

Man hört es am Zögern in ihrer Stimme.

Ich frage mich, ob es etwas mit Chandler zu tun hat.

Nach einer Minute holt sie tief Luft und legt wieder den Kopf an meine Schulter. »Laney, Emma und ich liefen nach der Schule, sooft wir konnten, in diesen Teil des Parks, nachdem wir am Rand von Großvaters und Grannys Grundstück ein altes Baumhaus entdeckt hatten.«

Ich beginne zu lächeln. »Ihr hattet ein Clubhaus.«

»Wir hatten sogar einen Club. Wir waren die *Gesellschaft der hässlichen Erbinnen*.«

Ich klappe den Mund so fest zu, dass mein Kiefer hörbar knackt.

»Das kam von Theo«, erklärt sie. »Emmas Bruder.«

»Der Porno-Typ.«

»Nackt strickender Motivator, aber ja, genau der. Laney und ich lernten ihn im Kindergarten kennen, und Emma übersprang die zweite Klasse und stieß in der Dritten zu uns. Sie ist ein Jahr jünger, aber superschlau. Sie bekam nur Bestnoten, während die Eltern wegen ihm ständig zum Lehrergespräch zitiert wurden. Er und Laney haben sich gehasst, und ich weiß, er hat sich daran gestoßen, dass seine kleine Schwester ihn in der Schule in den Schatten stellte, und schließlich würden wir alle drei etwas erben. Ich das *Bean & Nugget,* Laney *Kingston Photo Gifts* und Emma das Tierpräparator-Geschäft ihres Vaters, das sie allerdings gar nicht haben wollte. Egal, jedenfalls hat er uns den Namen gegeben. Und Laney war darüber so sauer, dass sie zu uns sagte, wir sollten uns den Namen aneignen und ihn den Tag bereuen lassen, an dem er uns noch enger zusammengebracht hat.«

»Hat sie tatsächlich in der dritten Klasse ›den Tag bereuen‹ gesagt?«

»Du hattest noch keine Gelegenheit, dich ausführlicher mit ihr zu unterhalten, nicht wahr?«

»Nein.«

»Sie ist milder geworden seit der dritten Klasse.«

»Sind wir das nicht alle?«

Seufzend fasst sie mich fester. »Ich vermisse diese Zeit«, fügt sie leise hinzu.

Ich kann mir nicht vorstellen, meine Kindheit zu vermissen.

Was ich sicher tun würde, wenn ich so aufgewachsen wäre wie sie.

»Hast du schon mit Emma gesprochen, seit sie wieder zu Hause ist?«, frage ich.

»Oh, gut, der Parkplatz.« Sie windet sich. »Ich denke, du kannst mich jetzt absetzen. Von hier aus müsste der Weg bis zum Auto für Jitter und mich sicher genug sein. Danke für den Transport.«

Wir können von hier aus kaum erkennen, wo die Autos

stehen, trotzdem gehe ich in die Hocke und lasse sie absteigen.

Ich weiß, wann ich es zu weit getrieben habe.

Vielleicht.

»Hast du schon Pläne fürs Abendessen?«, erkundige ich mich. »Zen und ich haben einen Kühlschrank, der von allem, was du dir vorstellen kannst, nur so überquillt.«

»Hab ich. Aber wenn du mit jemandem teilen willst, das Seniorenzentrum wird dein Angebot bestimmt gern annehmen. Ich hoffe, du hast nicht zu sehr gefroren. Wir sehen uns morgen bei der Arbeit.«

»Sabrina …«

»Du bist viel zu attraktiv, um gut für mich zu sein. Also, danke für die Hilfe. Und danke, dass du nett zu meinem Hund warst. Danke, dass du darüber nachdenkst, im *Bean & Nugget* alles beim Alten zu lassen. Aber ich muss jetzt los, ehe ich noch eine Dummheit begehe.«

»Vielleicht wäre es keine …«

»Oh doch, wäre es. Vertrau mir, es wäre so was von dumm.«

24. Kapitel

Sabrina

Ich verbringe den Sonntag mit Mom und Jitter bei der Arbeit im Seniorenzentrum. Jitter leistet mit all der Freude, die er den Bewohnern bereitet, wahrscheinlich weit mehr als ich. Großvater zu sehen und den Geschichten von früher zuzuhören, die alle im Zentrum erzählen, genügt gewöhnlich völlig, um mich aufzuheitern, heute jedoch nicht.

Mom sagt mir den ganzen Tag, ich solle Emma besuchen.

Ich beharre darauf, dass Emma zu mir kommen wird, wenn sie so weit ist. Dass sie Arbeit nachholen muss. Dass sie allerhand verarbeiten muss und dazu Abstand braucht.

Ich weiß, dass ich die Grenze der Belastbarkeit erreicht habe.

Als ich heimkomme, soll ich nur Zentimeter von Grey entfernt schlafen, in dem Wissen, dass er auf der anderen Seite der Wand ist? Ich höre, wie er dort umhergeht, wie er sich gelegentlich räuspert oder im Badezimmer das Wasser laufen lässt.

Das alles ist reine Quälerei. Absolute Quälerei.

Ich schlafe miserabel. Im Halbschlaf träume ich, dass Emma mich an eine Giraffe verfüttert, die ihr Vater für sein Tierpräparator-Geschäft ausstopft, und dass sie immer wieder sagt: *Gossip ist was für Arschlöcher,* während Laney auf sich paarenden Nilpferden reitet.

Es geht mir nicht gut, und schließlich klappe ich zusammen.

Ich melde mich krank, ziehe mich, so weit wie möglich von der Wand entfernt, die ich mit Zen und Grey teile, in meine Küche zurück und rufe Laney an. »Arbeitest du heute?«

»Mal sehen … heute ist Montag, also würde ich normalerweise alles machen, was ich an einem Arbeitstag mache, nur dass ich die neuerdings mehr auf Vergnügen bedachte Seite meiner Persönlichkeit erforsche, aber als ich das letzte Mal meine Arbeit schwänzte, habe ich mir ein Bein gebrochen, also …«

»Du hast dir das Bein nicht gebrochen, weil du die Arbeit geschwänzt hast«, vernehme ich im Hintergrund Theo.

Ich lasse mich vor meinen Kühlschrank auf den Fußboden gleiten und kraule Jitters Bauch, der sich seinerseits fallen lässt und herumwälzt, als wollte er mir auf den Schoß krabbeln. »Bemerkenswert, wie oft ich neuerdings mit ihm einer Meinung bin.«

»Wenn ich an dem Tag nicht die Arbeit geschwänzt hätte …«, setzt sie an, unterbricht sich aber und kreischt stattdessen vor Lachen. »Okay, okay, dann hätte ich mir das Bein eben einfach im Pausenraum gebrochen!«

»Kitzelt er dich?« Ich bin nicht eifersüchtig auf meine Freundin. Ich will keinen Mann in meinem Leben. Ich überlege nicht, an die Tür meines Nachbarn zu klopfen und ihn zu fragen, ob wir uns nicht im Namen des Stressabbaus nackig machen können, während ich insgeheim denke, dass es um so viel mehr geht als das, so wie ich stark vermute, dass er es, nach allem, was wir seit seiner Ankunft in der Stadt miteinander getrieben haben, ebenfalls für mehr als das halten würde.

Verdammt.

»Nein, er überhäuft mich mit Kätzchen, die mir auf den Kopf klettern«, antwortet Laney. »Und ich arbeite heute von zu Hause aus. Arbeitest du heute?«

»Hab mich krankgemeldet.«

»Bist du krank?«

»Körperlich? Nein.«

»Gehst du deinem Chef aus dem Weg?«

»Irgendwie schon.«

»Du würdest gern mit Emma reden, oder?«

Das ist es, was Laney und Emma und mich immer verbunden hat. Wir kennen uns schon so lange, dass wir praktisch die Gedanken der anderen lesen können.

»Ich habe sie Samstag gesehen, aber sie ist einfach nicht sie selbst, und ich hasse das«, sage ich zu Laney.

»Und sie würde wissen, was Chandler liebt.«

»Nein. Nein.« Meine Finger krallen sich in Jitters Fell. »Ich werde sie nicht da hineinziehen?«

»Ich könnte das tun«, ruft Theo.

»Geh deine Katzen füttern oder schaufle Katzenstreu«, gebe ich zurück. »Belästige sie nicht mit meinen Problemen. Ich weigere mich, Informationen aus ihr herauszuquetschen. Ich will …«

»… dass alles wieder so wird, wie es war«, beendet Laney den Satz für mich.

Aber nichts wird wieder normal, wenn wir nicht miteinander reden.

Wir haben so vieles zusammen erlebt. Den Tod von Emmas Mutter, als wir in der Mittelschule waren. Strenge Lehrer. Den Herzschmerz der Trennung von unseren ersten Freunden. Die geflüsterten Geschichten über den Verlust unserer Jungfräulichkeit. Die Sorgen darüber, welches College wir uns würden leisten können oder für welches wir ein Stipendium zu bekommen hofften.

Den Ärger, den ich mir mit meinem Mundwerk einhandelte.

Laneys übertriebenes Streben nach Perfektion.

Emmas Tagträume vom Kauf des Hauses meiner Großeltern, in dem sie mit ihrem perfekten Ken leben, eine Million Babys und Hunde und Katzen haben und zusehen wollte, wie Hirsche und Elche und Füchse und Bären durch ihren Garten laufen, während sie den Abwasch macht.

Ihr Tagtraum beinhaltete den Abwasch. Wirklich.

Was so perfekt zu Emma passte, dass weder Laney noch ich ihre Träume hinterfragten. Ich würde es immer noch nicht tun.

»Komm her und hol mich ab«, sagt Laney. »Ich kann meine Meetings umplanen. Ich begleite dich.«

Eine Stunde später halte ich vor dem alten Trailer am Rand des Grundstücks ihres Vaters, in dem Theo gewohnt hat, bevor er sich seine Hütte in den Bergen, in einem abgelegeneren Gebiet und auf einem viel, viel größeren Grundstück gekauft hat.

Ich dachte, ich wüsste über alles Bescheid, aber ich kann nicht mit Theo Monroe konkurrieren, wenn er etwas herausfinden will, und er hat Emmas Bewegungen anscheinend sehr genau verfolgt. Ich hätte mit ihrem Büro angefangen, doch Theo bestand sehr nachdrücklich darauf, zu seinem alten Trailer zu fahren: *Sie hat gestern Abend lange gearbeitet, dann ist sie zu Dad gefahren. Sie müsste früh auf sein.*

Doch es brennt kein Licht. Wird sie sauer sein, wenn wir sie wecken? Oder sollen wir lieber hier draußen warten? Wird sie die Sachen in meinem Auto würdigen, die ich ihr als Friedensangebot mitbringe? Funktionieren sie überhaupt auf Schnee?

»Wird schon«, sagt Laney vom Beifahrersitz.

»Ich habe gar nichts gesagt.«

»Dein Gesicht schon. Es wird funktionieren.«

Ich parke meinen SUV rückwärts auf dem kleinsten Platz, auf den er passt und von dem Laney den kürzesten Weg zum

Eingang hat. Es hat seit ein paar Tagen nicht mehr geschneit, sodass ich nicht sagen kann, ob die Spuren um Emmas gegenwärtiges Versteck alt oder neu sind. Im Trailer ist keinerlei Bewegung zu erkennen.

»Hätte ich ihr zuerst schreiben sollen?«, frage ich Laney. »Hätten wir bis nach ihrer Arbeit heute warten sollen? Meinst du, sie schläft noch?«

»Nein zu allem.«

»Bist du dir sicher?«

»Reich mir meine Krücken.«

Okay. Sie ist sich sicher.

Ich steige aus und gehe zu ihrer Seite herum, ziehe ihre Gehhilfen von der Rückbank und mache ihr die Tür auf.

Sie schwingt sich heraus, als wäre sie auf Krücken geboren, und nähert sich dem Eingang.

Ich öffne die Heckklappe.

Fünf Minuten später, als Emma endlich auf Laneys Klopfen reagiert, habe ich bereits eines der großen Hamsterräder aufgepumpt.

»Ähm, hi.« Em schaut zwischen uns hin und her, als würde sie es bereuen, die Tür geöffnet zu haben. »Was gibt es?«

»Ich liebe dich, und ich vermisse dich, und es tut mir leid, deshalb blase ich deine Hamsterräder für dich auf, damit wir es ausfechten können.«

Blinzelnd sieht sie mich an, dann Laney und dann die Hamsterräder.

»Sind das die, die Theo mir zur Hochzeit geschenkt hat?«, fragt sie superleise.

Doch ich höre sie. Und nicke. »Es tut mir so leid, Em. Falls du dich besser fühlst, wenn du sie platzen lässt und mir ins Gesicht schmeißt, macht mir das nichts aus. Falls du mich den Abhang hinunterstoßen willst, wenn ich in dem hier stecke, macht mir das auch nichts aus. Was immer erforderlich ist. Aber ich vermisse dich. Und ich mache mir Sorgen um dich. Und ich will es wiedergutmachen. Und ich …«

»Ich bin nicht wütend«, sagt Em, und ihre Stimme kippt. »Ich will nicht … Sabrina. Ich fühle mich gedemütigt. Die ganze Welt hat gesehen, dass ich eine Idiotin bin, die sich von einem Mann hinters Licht führen ließ, der mich nur geliebt hat, weil es bedeutete, dass er gewonnen hatte. Und du hättest mich gewarnt, aber du wusstest, ich würde nicht auf dich hören, weil ich eine Idiotin war. Ich verdiene dich nicht. Ich verdiene euch beide nicht. Wie kann man einen Menschen lieben, der so dämlich ist wie ich?«

»Em …«, beginnt Laney, als Emma auf dem Boden zusammensackt.

»Oh Gott, Em!« Ich lasse die Hamsterräder, wo sie sind, und stürme die gebrechlichen Stufen zum Trailer hinauf. Der Generator pumpt kaum ausreichend Wärme ins Innere.

Theo hasst Hitze so sehr wie Grey offenbar die Kälte.

Er hätte nichts gegen die Temperatur einzuwenden gehabt.

Während Emma unter ihrem gewaltigen Quilt inzwischen praktisch blau anläuft.

»Geh zurück ins Auto«, wende ich mich an Laney. »Em, zieh dir Schuhe an. Wir werden … werden …«

Ich sehe Laney an? In ihr Haus?

Zu emsige Nachbarschaft.

In mein Haus?

Zu emsige Nachbarschaft.

»Theos Haus«, bekräftigt Laney.

»Ich verstehe nicht, warum er mich nicht hasst«, schluchzt Emma. »Schließlich hätte ich fast einen Kerl geheiratet, der ihn dazu gebracht hat, ins Gefängnis zu gehen.«

»Weil er weiß, dass Menschen Fehler machen, Süße.« Ich

ziehe meine Freundin in eine Umarmung. »Und wir lieben dich und machen uns Sorgen um dich, und wir wollen für dich da sein, und du bist nicht dämlich. Du folgst deinem Herzen, und das mag ich am meisten an dir.«

»Mein Herz … ist ein schlechter R…ratgeber«, japst sie. »Es hat falsch gewählt.«

»Dein Herz hat die Richtung gewählt, in der es meisten Gutes tun zu können glaubte«, sagt Laney.

Em schluchzt noch lauter.

Ich unterdrücke die gesamte Frustration darüber, ihre Lage nicht verbessern zu können, und umarme sie noch fester. »Scheiß auf die Leute, die wegen dieses verfluchten Videos gegen dich eingenommen sind, Em. Scheiß auf Addison, weil sie es gepostet hat. Scheiß auf alle, die dir wehgetan haben. Scheiß auf sie alle. Lass mich das regeln. Lass *uns* das regeln. Bitte, Em.«

»Ich habe alle, die nichts anderes wollten, als mir zu zeigen, dass ich etwas Besseres verdiene, ignoriert«, schluchzt sie. »Ihr wolltet alle nur, dass ich aufwache und endlich begreife, was für ein Mensch er wirklich ist. Ich verdiene euch nicht.«

»Emma.« Laney stapft mit ihren Krücken vorwärts, bis sie nah genug ist, um sie fallen zu lassen und sich hinzukauern, um uns beide in die Arme zu schließen. »Genug. Du verdienst uns beide und noch so vieles mehr. Sabrina hat recht. Wir holen dich hier raus … und aus deinen Gedanken. Zuerst in Theos Haus, und heute Abend gehen wir aus.«

»Laney, nein, ich kann auf keinen Fall …«

»Was? Dich keinen Tag länger vor den Menschen in dieser Stadt verstecken, die dich anbeten und vor Sorge um dich krank sind?«, fällt ihr Laney ins Wort.

»Und wenn auch nur einer von denen das Wort Video in den Mund nimmt, plaudere ich sämtliche Geheimnisse aus, die ich verzweifelt zu vergessen versuche«, versichere ich ihr. »Und danach höre ich mit dem Gossip auf. Bald. Ich schwöre. Ich …«

»Nein, bleib, wie du bist«, sagt Emma jetzt. »Es hat sich schon zu viel geändert. Ändere du dich nicht auch noch.«

»Ich habe dich vermisst.« Nun stehe ich auch kurz davor zu heulen. Ich hasse es zu heulen. Ich hasse es wirklich. »Es tut mir so leid, Em.«

»Nein, mir tut es leid.« Ihre Tränen tropfen in meine Haare, aber es ist mir egal. »Es tut mir leid, dass ich dich von mir gestoßen habe. Aber ich habe mich so geschämt, und ich tue so, als wäre alles in Ordnung, dabei ist gar nichts in Ordnung.«

»Das wird es werden«, sagt Laney.

»Wir bringen es in Ordnung«, pflichte ich ihr bei.

»Wir bringen es auf der Stelle wieder in Ordnung.«

»Sobald wir dich aufgewärmt haben.«

»Dann hasst ihr mich nicht?«, flüstert Emma.

»Niemals«, antwortet Laney für uns beide.

»Ich dachte, du würdest mich hassen«, teile ich ihr mit, und, verdammt, jetzt versagt mir die Stimme.

Das genügt.

Em beginnt von Neuem zu schluchzen.

Weil ich eine Idiotin bin.

Aber eine Idiotin, die das hier regeln kann. »Du kannst mich wirklich in einem Hamsterrad den Abhang hinunterstoßen, wenn du dich dann besser fühlst, auch wenn du überhaupt nicht wütend auf mich bist«, sage ich.

Em lacht trotz ihrer Tränen. »Hör auf, ich werde dich nicht in diesem Hamsterrad den Abhang hinunterstoßen.«

»Theo würde dir vermutlich ein Haus kaufen, wenn er zugucken dürfte«, meint Laney.

Emma hört auf zu weinen.

Ich schaue zu Laney hoch.

Ein Grinsen erhellt ihr Gesicht.

Und dann brechen wir alle drei in hysterisches Gelächter aus.

Normal ist das nicht.

Noch nicht.

Aber ein guter Anfang.

25. Kapitel

Grey

Sabrina ist heute nicht zur Arbeit gekommen. Sie hat sich krankgemeldet. Aber sie ist nicht krank.

Jedenfalls nicht laut Shirlene, die auf einen Kaffee hereingekommen ist und erwähnte, dass sie Sabrina mit einer Tüte aus dem *House of Curry* kommen sah, die prall genug gefüllt war, um sechs Leute zu verköstigen. Oder laut Myrtle, die gegen Tagesende in der Hoffnung auf einen Zitronen-Scone kam und unverkennbar derart empört darüber war, dass Sabrina vor ihrer Krankmeldung keine gebacken hatte, dass sie sich verschwörerisch vorbeugte und sagte: *Sie ist keineswegs krank. Ich habe gehört, sie geht heute Abend mit Emma und Laney ins Silver Horn.* Oder laut Fiona, die wegen eines Sandwichs ins Café kam, mich von oben bis unten musterte und sagte: *Kein Wunder, dass sie sich ausgerechnet heute für den freien Tag ausgesucht hat, den sie seit Monaten gebraucht hat.*

Sieht ganz aus, als würde Sabrina nach den vielen Malen, da ich ihr in der letzten Woche ihre Freizeit vermasselt habe, nicht in meine Nähe kommen wollen.

Als wäre ich ein verdammter Stalker.

»Du hast ein Problem«, grummelt Zen immer wieder.

»Ja, ich finde keine Firma, die mir die Fiberglas-Biene herstellt«, erwidere ich einmal.

Oder ein andermal: »Mein SCOBY ist modrig geworden. Das ist echt ein Problem. Man kann mit modrigem SCOBY kein Kombucha machen. Wahrscheinlich habe ich den Behälter nicht ordentlich desinfiziert.«

Aber Zen glaubt nicht, dass *das* mein Problem ist.

Ich glaube auch nicht, dass *das* mein Problem ist.

Aber Zen stellt mich nicht zur Rede.

Nicht ausdrücklich.

Stattdessen vermittelt Zen mir unmissverständlich den lieben langen Tag, dass ich die Lösung meiner Probleme kennen würde und dass es meine eigene Schuld sei, wenn ich diese nicht zur Anwendung brächte.

Ich schlafe beschissen, und als ich um drei Uhr nachts erkenne, dass die Schneemassen, über die die Leute schon die ganze Woche getuschelt haben, nun da sind, quäle ich mich aus dem Bett.

Ich kann nicht schlafen. Ich kann nicht stillsitzen. Ich kann Sabrina nicht hinter der Wand atmen hören.

Ich weiß, sie ist zu Hause.

Ich habe wieder ihre Zahnbürste gehört.

Ich habe dabei wieder einen Ständer bekommen.

Und wieder mit mir selbst darüber gestritten, ob ich das Zimmer mit Zen tauschen soll, um zu dem Schluss zu kommen, dass es mir gefällt, mich zu quälen.

Jetzt bin ich auf. Zen sagt, dass wahrscheinlich die halbe Innenstadt dichtgemacht wird, wenn wir so viel Schnee bekommen wie vorhergesagt. Als verantwortlicher Geschäftsinhaber ist es meine Aufgabe, ins Café zu fahren und die Bereitstellung von Kaffee und Grundnahrungsmitteln für die wenigen Gäste zu planen, falls der Rest der Belegschaft es später nicht durch den Schneesturm schafft.

Ich lasse Zen den Wagen und eine Nachricht da, schnalle

mir die Spikes um, die ich mir gestern im Sportbekleidungsgeschäft gekauft habe, und gehe zu Fuß ins Stadtzentrum.

Wo ich einsehe, dass ich zwar eine Kanne Tee kochen kann, aber mich an der Cappuccino-Maschine als praktisch nutzlos erweise. Nur gut, dass ich mich mit YouTube auskenne.

Dumm ist nur: Etwas daran, mich mit der Maschine vertraut zu machen, löst den Wunsch in mir aus, das eine oder andere auszuprobieren.

Als wäre ich wieder in einem Labor.

Nicht mit Bienen – ich vermisse meine Bienen –, aber jede Gelegenheit, meinen Verstand mit der Frage *Was wäre, wenn?* zu beschäftigen, hat mich immer schon mit einem Glücksgefühl erfüllt.

Als ich endlich mit der Cappuccino-Maschine klarkomme, ist plötzlich alles in mir in höchster Alarmbereitschaft.

Jedoch nicht, als wäre gerade ein Bär in die Küche spaziert. Eher so, als würde ich spüren, dass Sabrina sich auf der anderen Seite meiner Schlafzimmerwand aufhält.

Fast blende ich das Gefühl aus – wenn ich vor einem Rätsel stehe, verliere ich den Sinn für Zeit und Raum und meinen eigenen Namen und vergesse, wo ich bin –, doch dann trägt mich die Hoffnung zur Hintertür.

Und als ich sie öffne und Schneeflocken um zwei dunkle, rasch näher kommende Gestalten wirbeln sehe, die so dicht vor mir abrupt zum Stehen kommen, dass ich Hund und Besitzerin ausmache, kann ich mir ein Lächeln nicht verkneifen. »Sabrina, du bist früh dran.«

Sie erstarrt, als hätte ich sie mit der Hand im Honigtopf erwischt. »Guten Morgen.«

»Geht es dir heute besser?«

Ich sehe null Schuldgefühle in dem Blick, den sie auf mich richtet. Wachsamkeit, ja, aber keine Schuldgefühle. »Ja.«

»Fein.«

»Hast du hier geschlafen?«, fragt sie.

»Nein.«

Jitter macht einen Satz, zerrt an der Leine und zieht sie hinter sich her, bis er meine Hand lecken kann.

»Bist du hier die ganze Nacht wach geblieben?«, drängt sie.

Lächle ich breiter, weil sie sich sorgt? Ja, ja, das tue ich. »Nein, ich dachte nur, ich komme vor dem Schnee her und kümmere mich hier um alles.«

Sie blinzelt.

Und blinzelt abermals, als wäre es gegen meine Natur, tatsächlich mal zu arbeiten.

Ungeachtet der in die Küche drängenden frostigen Temperaturen erwärmen sich meine Wangen. »Selbst Super-Vengeance-Man muss lernen, wie man Getränke zubereitet. Komm rein. Ich habe mir beigebracht, wie man die Cappuccino-Maschine bedient, aber da ich nicht auf Kaffee stehe, kann ich mich, was das Resultat meiner Bemühungen angeht, nicht eindeutig festlegen.«

Wieder fehlt es ihr an einer raschen Antwort. Was nicht an Kaffeemangel liegt. In der freien Hand hält sie ihren Thermobecher.

Und vielleicht spielt mir nur das Licht einen Streich, aber ich glaube, sie wird nachgiebiger.

Als könnte sie es irgendwie süß finden, wenn ich mich Super-Vengeance-Man nenne.

Ich finde sie jedenfalls süß, wie sie da im wirbelnden Schnee steht und mich über ihrem Kaffeebecher betrachtet. Und ich finde es süß, wie sie geschickt ihren riesigen Hund festhält, obwohl der, wie es den Anschein hat, an seiner Leine zieht, um sich an mich zu schmiegen und hechelnd zu mir hochzusehen.

»Hältst du es wirklich für klug, Getränke von jemandem anzunehmen, der sich Super-Vengeance-Man nennt?«

»Ich versuche, mich nicht an dir zu rächen.«

Sie verzieht das Gesicht. »Noch nicht.«

Richtig.

Die Deadline.

Es liegt mir auf der Zunge, ihr zu sagen, dass ich auch noch länger warten und mich stattdessen an Vince rächen kann … und dass es darauf inzwischen nicht mehr ankommt.

Doch es kommt durchaus noch darauf an.

Ich habe Leute, die Scheiße bauen und damit davonkommen, dermaßen satt. Wenn ich jetzt nicht standhaft bleibe, wann dann?

Und ich vertraue auf sie. Ich bin sicher, sie findet etwas, selbst wenn ich es nicht kann.

»Jetzt kommt schon rein.« Ich halte die Tür weiter auf und winke beide herein. »Es ist kalt hier draußen. Jitter, willst du ein Leckerchen? Drinnen hab ich eine ganze Tüte davon.«

Jitter bellt und stürmt los.

»Alles Täuschung«, sagt Sabrina, als sie hinter ihm hereinstolpert.

Ich grinse den Hund an. »Braver Junge. Platz.«

Jitter macht Platz.

Ich nehme die Tüte mit Leckerchen aus der obersten Schreibtischschublade und schaue Sabrina an. Offenbar muss ich mich versichern, dass sie nichts dagegen hat.

Ihre Augen werden schmal. »Du kannst ihm jetzt unmöglich nichts geben.«

Ja. »Das sind die Gleichen, die du ihm gibst.«

»Woher weißt du das?«

»Ich habe deine Mom gefragt.«

»Wann hast du meine Mom getroffen?«

»Als ich einen Haarschnitt brauchte.«

Sie macht eine so bestürzte Miene, dass ich mich frage, ob ich damit eine unsichtbare Linie übertreten habe.

Oder liegt es daran, dass sie es noch nicht wusste?

Als ich Jitter ein Leckerchen gebe, belohnt er mich aufs Neue, indem er sich an meine Beine lehnt und mich mit solcher Verehrung ansieht, dass man meinen könnte, ich hätte ihm zum Abendessen ein ganzes Steak vorgesetzt.

»Ab in deine Hütte«, sagt Sabrina zu Jitter.

Der darauf mich ansieht.

Sabrina verschränkt die Arme und blickt ihren Hund an.

Doch der lässt sich fallen, wälzt sich auf den Rücken und drängt mich drei Schritte zurück.

»Hütte«, wiederholt sie.

Jitter winselt.

»Er wird sich einsam fühlen«, bemerke ich.

»Dann geh doch mit ihm in die Hütte.«

Jitter bellt, dreht sich wieder auf den Bauch, erhebt sich und trottet zu seiner Hundehütte.

Dort sieht er sich noch mal nach uns um, als hätte er haargenau verstanden, was wir gesagt haben, und als würde er nun auf mich warten.

»Ich muss zusehen, wie deine Mom den Kaffee probiert, den ich gemacht habe«, teile ich ihm achselzuckend mit.

Jitter schnaubt, setzt den Weg in seine Hütte dann jedoch fort, wo er sich wieder fallen lässt, die Nase so zwischen die Pfoten schiebt, dass die Lefzen über seine Beine hängen, und uns mit einem denkbar herzerweichenden Welpenblick anschaut.

»Hast du ihm das beigebracht, oder ist er damit auf die Welt gekommen, einem ein schlechtes Gewissen zu machen?«

»Genau aus diesem Grund ist er mein Hund.«

»Es ist süß, dass deine Mom ihn vergöttert, aber trotzdem Angst hat, er könnte dich im Schlaf zerquetschen.«

»Hattest du vor Duke schon mal ein Haustier?«

Seltsamerweise scheint die Frage nicht aus dem Nirgendwo zu kommen. Und sie trifft mich auch nicht so, wie ich es erwartet hatte. Ich schüttle den Kopf und bedeute ihr, mit mir nach vorn zu kommen. »Nein.«

»Was hat dich dann dazu gebracht, dir einen Hund zuzulegen?«

»Er zog in meine Mülltonne, und Zen hat ihn dann adoptiert.«

»Ich hätte mein erstes Haustier fast auf dem gleichen Weg bekommen, doch meine Mutter weigerte sich, einen Waschbären ins Haus zu lassen.«

Was für eine bezaubernde Geschichte. Ich kann mir vorstellen, wie sie in Babysprache auf einen Waschbären einredet, ihn mit Essensresten füttert und ihm auf dem Fußboden neben ihrem Bett einen Schlafplatz einrichtet, und ich muss darüber lächeln.

Einmal mehr.

Ich wüsste nicht, dass ich so häufig gelächelt habe, als ich mit Felicia zusammen war. Ein Gedanke, der längst nicht so furchterregend ist, wie er es sein müsste.

Ich bedeute Sabrina, herumzukommen und auf einem der Hocker auf der anderen Seite des Tresens Platz zu nehmen.

»Hier.« Als sie sich niedergelassen hat, stelle ich einen großen Kaffeebecher vor sie hin. »Wie findest du den Geschmack?«

Ich finde, es schmeckt schlimm, andererseits finde ich, Kaffee schmeckt immer schlimm. Zen hält das für einen Gendefekt meinerseits.

Sabrina hebt den Becher an die Nase und schnüffelt,

schließt die Augen und schnuppert noch einmal, dann probiert sie einen Schluck.

Etwas daran, wie sie ein von mir zubereitetes Getränk kostet, haut mich völlig um.

Ich kann eine Kanne Tee zubereiten.

Ich kann putzen.

Ich kann kochen.

Aber ich mache das alles nicht oft, weil wir nur zu zweit sind und Zen darauf besteht, diese Aufgaben zu erledigen, und sich außerdem lieber Essen liefern lässt.

Aber zu beobachten, wie Sabrina etwas trinkt, das ich gemacht habe … Nein, Moment mal.

Mist!

Sie trinkt ja gar nicht.

Sie erbricht sich fast in den Kaffeebecher.

»Hm«, macht sie, ohne mir in die Augen zu schauen. »Köstlich.«

Ist es nicht. »Köstlich?«, frage ich zurück.

»Absolut einzigartig. Und gewagt. Und sehr stark.«

»Es ist mies.«

»Nein, nein, es ist … Ja, gut, es ist mies. Objektiv miserabel. Hast du ihn mit dreckigem Spülwasser gemacht?«

»Nein.«

Sie riecht wieder daran und rümpft die Nase. »Hast du die Kaffeebohnen in einem Feld verfaulender Zitronen fermentiert?«

Das sollte nicht komisch sein, trotzdem kann ich ein schnaubendes Lachen nicht unterdrücken. »Schon näher dran.«

»Nichts für ungut, aber Super-Coffee-Murderer wäre ein zutreffenderer Spitzname für dich: Bean Meanie. Latte Villain. Ist das …? Hast du den mit Kiefernnadeln gekocht?« Sie gibt ein übertrieben abgehacktes Husten von sich und klopft sich auf die

Brust, sodass ihr Busen wackelt, worauf mein Schwanz sich ihr entgegenstreckt. »Ich glaube, ich habe Kiefernharz im Hals.«

»Das ist ein Aufguss mit erhitztem Kombucha und das Ganze dann mit dem Cappuccino-Dings aufgeschäumt«, erkläre ich ihr, und, jawohl, ich bin stolz darauf, das Wort Aufguss gelernt zu haben.

»Das ist nichts … was ich jemals zu kosten geglaubt hätte.«

»Weiß nicht, ob es ankommt, wenn du es nicht kostest.«

»Das hier war unglaublich einfallsreich von dir, aber es wird ganz sicher nicht ankommen.« Sie runzelt die Stirn. »Wieso grinst du immer breiter, je mehr ich dich beleidige?«

»Du beleidigst mich nicht.« Nun schiebe ich ihr eine zweite Tasse hin. »Fehler machen die Hälfte des Lernprozesses aus, wenn man experimentiert. Hier. Probiere das auch mal.«

»Hast du das auch mit Kombucha gemacht?«

»Nein, hierfür habe ich meine dreckigen Socken als Filter benutzt.«

Sie schnaubt, doch ein Lächeln kitzelt ihre Lippen, und das Funkeln tritt wieder in ihre Augen, als sie die zweite Tasse zum Mund hebt. »Ich rieche Zimt.«

»Deine Nase bekommt eine Goldmedaille.«

»Ich rieche keinen Kaffee.«

»Der Kaffee ist verzaubert.«

Sie nippt. Und würgt. »Oh, mein Gott, das mit den Socken war kein Witz. Bist du sicher, dass hier nichts Giftiges drin ist?«

»Im Herzen bin ich Wissenschaftler. Du kannst mir vertrauen.«

»Was ist das?«

»Im Grunde warmer Zimt-Kombucha.«

»Nein.«

»Doch.«

»Ich wusste, das ist kein Kaffee.«

»Wieder eine Goldmedaille.«

»Ich kann nicht glauben, dass du dieses Zeug magst, aber keinen Kaffee.«

»Menschen sind seltsam. Hier. Die letzte Probe.«

Sie beäugt den Becher, über dessen Rand, vermutlich zu hoch, Schaum ragt.

»Das ist tatsächlich Kaffee. Mit Milch.« Ich schiebe den Becher näher zu ihr hin.

Sie nimmt ihn und schnuppert. Und schnuppert intensiver.

Ich beuge mich vor. Der Schnee ist aus ihren Locken geschmolzen, ihre Wangen sind noch rosig, wahrscheinlich von der Kälte. Der Duft des Shampoos, das sie verwendet, vermischt sich mit dem Geruch nach Kaffee und Chai, und ich möchte sie küssen.

Wieder einmal.

Mehr will ich nicht tun. Sie küssen. Sie berühren. Sie ausziehen. Meine Hände in ihrem Haar vergraben und ihren Duft einatmen. Sie lecken. Sie verschlingen. Sie nehmen.

Ihre Augen schließen sich langsam, als sie noch einmal am Kaffee riecht, und ich wünsche mir, der Becher zu sein, als sie ihn an ihre Lippen hebt.

Sie trinkt einen kleinen Schluck, dann liegt ein leises »Mhm« in der Luft.

Wäre ich nicht längst erregt gewesen, hätte dieser Laut mich vollends zur Strecke gebracht.

Unfassbar.

Jetzt bin ich so hart, dass es wehtut.

Dennoch würde ich diesen Schmerz gegen nichts in der Welt eintauschen.

»Wow.« Sie leckt sich den Schaum von der Oberlippe. »Das ist wirklich gut.«

»Danke.«

Ihr Blick fliegt zu mir.

Was nicht an der Selbstgefälligkeit meines Dankes liegt.

Sondern eher daran, dass meine Stimme belegt klingt.

Ich lehne mich so weit über den Tresen, dass nicht viel fehlt, um ihre Lippen küssen zu können.

Draußen fällt wirbelnd der Schnee. Keine Autos fahren vorbei. Niemand ist in den benachbarten Geschäften.

Ich könnte es tun.

Ich könnte sie küssen, und niemand würde es wissen. Außer uns beiden.

»Hast du den selbst gemacht?«

»Ich, die Cappuccino-Maschine und YouTube. Ich habe auf YouTube und auf mich selbst vertraut. Die Maschine war die Unbekannte.«

Sie lacht nicht über meinen Scherz.

»Sabrina …«

»Du willst das nicht tun«, sagt sie leise.

»Was will ich nicht tun?«

»Mit mir flirten.«

»Mit dir zu flirten war der Höhepunkt des Jahres für mich.«

»Und es führt nirgendwohin.«

»Wieso nicht?«

»Ist das jetzt dein Ernst? Wieso nicht? Weil dieser Riesenelefant in Gestalt meines Cafés zwischen uns steht. Weil ich alles tun werde, um es zu retten. Weil du mir nicht trauen kannst. Ich arbeite mit schmutzigen Tricks. Bevor das Wochenende vorüber ist, wirst du mich hassen.«

»Es ist seltsam beruhigend, jemanden *Du kannst mir nicht trauen* sagen zu hören.«

»So etwas sagt man normalerweise auch nicht.«

»Schurken versichern einem immer, dass man ihnen trauen

kann. Dass du selbst an dir zweifelst, spricht sehr dafür, dass du wahrscheinlich keine Serienmörderin oder Narzisstin bist. Soll ich ein paar Studien dazu aufrufen? Ich wette um einen weiteren Schluck von dem miesen Kaffee, dass ich in weniger als einer Minute sechs finden kann, die beweisen, dass ich recht habe.«

Sie blickt mich über den guten Kaffee an. »Es ist wirklich gut, dass wir wegen des *Bean & Nugget* nie zu einer Einigung gelangen werden.«

Das dreht mir den Magen um.

Was nicht zu den Dingen gehört, die ich kontrollieren kann. Aber zu denen, die ich bis auf den Grund meines Daseins spüre.

Ich will Sabrina nicht schaden, aber ich kann unmöglich hinnehmen, dass noch jemand mich manipuliert und damit durchgekommen ist.

Sie sieht mich an, als wüsste sie genau, was ich fühle.

Vielleicht tut sie das sogar.

Vielleicht ist sie zum Teil deshalb so gut darin, Gossip zu verbreiten. Weil sie weiß, was am meisten wehtut.

»Was hat Chandler dir angetan?«

Vielleicht bin ich heute besonders weich, vielleicht liegt es aber auch an der trügerischen Sicherheit, die der Gedanke, hier mit ihr eingeschneit zu sein, mit sich bringt, auf jeden Fall fällt mir die Antwort auf diese Frage leichter, als ich gedacht hätte. »In meinem ersten Jahr auf dem College tauchte er auf dem Campus auf und freundete sich mit meinem Mitbewohner an. Wogegen nichts einzuwenden gewesen wäre, allerdings machte er es auch zu seiner Lieblingsbeschäftigung, mich zu quälen.«

Sie windet sich. »Das ist leider sehr glaubwürdig.«

»Ich kam damit klar – es war auch nicht schlimmer als das, womit ich es auf der Highschool oder manchmal seitens meiner Geschwister zu tun gehabt hatte –, aber schließlich setzte er meine Forschung in Brand und schob es mir in die Schuhe.«

»Er hat deine Bienen verbrannt?«

Es sollte mich nicht überraschen, dass sie Nachforschungen angestellt hat. Sie ist Sabrina. Selbstverständlich hat sie das getan. »Sechs Bienenstöcke ausgelöscht. Zehn Jahre genetischer Arbeit mit Bienen für einen meiner Professoren. Chandler hat sich mit meinem Passwort Zugang zum Labor verschafft, deshalb sah es schlecht für mich aus. Ich konnte das College davon überzeugen, dass ich es nicht war, aber das Vertrauen war erschüttert, sodass ich nicht mehr unbeaufsichtigt ins Labor durfte. Ich musste die Schule wechseln.«

»Davon haben wir hier nichts mitbekommen.«

»Schockierend.«

»Es tut mir leid, dass er dir das angetan hat.«

Ihre Entschuldigung lässt mich angespannter sein, als ihre Fragen es vermocht haben. »War ja nicht deine Schuld.«

»Wir haben sein Benehmen immer als Teil seiner Persönlichkeit entschuldigt. Das hätten wir nicht tun dürfen.«

»Hast du etwas daraus gelernt?«

Sie verzieht das Gesicht. »Nur ein bisschen.«

»Gut. Vergiss es nicht.«

Sie trinkt noch einen Schluck Kaffee, und auf ihren Lippen erscheint ein kleines Lächeln, als sie sich den Schaum ableckt. »Der ist echt gut. Du solltest ein Café betreiben.«

»Mein Kombucha-Latte ist sogar noch besser.«

Ich muss lachen, als sie angewidert das Gesicht verzieht.

Mit ihr zu lachen weckt wieder den Wunsch in mir, sie zu küssen.

»Ich mag dich, dabei mag ich Menschen eigentlich gar nicht«, höre ich mich sagen.

»Ich mag dich auch, aber ich gehe keine Beziehungen ein.«

»Warum nicht?«

»Ich stamme von einer langen Reihe Frauen ab, die nicht mit den Männern schliefen, von denen alle annahmen, dass sie es tun würden, deshalb habe ich Probleme damit, anderen zu vertrauen.«

Meine Lippen teilen sich. »Du vertraust deiner Mutter nicht?«

»Meine Großmutter war eine erstaunliche Frau. Meine Mutter ist auch eine erstaunliche Frau. Ich vertraue ihnen bedingungslos. Aber beide wurden von den Männern, die sie schwängerten, komplett verkorkst. Ich traue Männern nicht zu, das Richtige zu tun.«

Von allem, was sie hätte sagen können, hatte ich damit am wenigsten gerechnet.

»Mein Großvater ist nicht mein Großvater.« Sie beobachtet mich, während sie spricht, als könnte sie, je nach meiner Reaktion, mehr über sich selbst erfahren. »Jedenfalls nicht biologisch. Ich bin nicht einmal eine Sullivan. Was ich eigentlich nicht wissen sollte – nur sehr, sehr wenige Menschen wissen es –, aber ich weiß es, und das ist einer der Gründe, weshalb ich meinen Großvater bis ans Ende aller Tage verehren werde. Weil er bereit war, meine Großmutter zu heiraten und für sie zu sorgen und meine Mutter als sein eigen Fleisch und Blut anzunehmen, dadurch hatten sie ein weit angenehmeres Leben, als sie es sonst geführt hätten, auch wenn es nicht gerade die große Liebesgeschichte war. Eher eine Geschichte, getragen von gegenseitigem Respekt. Alle glauben, mein großes genetisches Geheimnis drehe sich darum, wer mein Vater, und nicht, wer mein Großvater ist.«

»Kennst du deinen Vater denn?«

»Ich weiß, wer er ist. Das ist mehr als genug.«

»Aber … du sagst mir nicht, wir sind insgeheim verwandt?«

Ihr Blick lodert hell, dann legt sie den Kopf in den Nacken und lacht. »Wenn du so witzig bist, dann komm nächsten Montag, vielleicht bin ich dann sogar einverstanden, mit dir auszugehen.«

»Falls ich nächsten Montag so witzig bin, habe ich womöglich bessere Optionen.«

Sie schnaubt so heftig, dass sie sich die Nase putzen muss. »Oh Gott, sag mir, dass du das nicht gesehen hast.«

»Du bist ein Mensch. Oh Schreck. Wie gut, dass ich am Montag was Besseres vorhabe.«

Ihr schallendes Gelächter erhellt meine ganze Seele.

Ich möchte sie nicht einfach küssen.

Ich muss es tun.

»Sabrina …«

Sie schnaubt und winselt.

Dann niest sie krachend.

Ihr Schnauben ist okay.

Aber das Niesen erschreckt mich so, dass ich einen Satz mache.

Weil nicht Sabrina geniest hat.

Das Niesen kam aus der Küche.

Sabrina schiebt sich bereits von ihrem Hocker. »Soll das ein Witz sein?«, schreit sie. »Es ist, verflucht noch mal, vier Uhr früh.«

»Halb fünf«, lässt sich die Stimme eines Mannes vernehmen, der definitiv nichts in der Küche zu suchen hat. »Em ist schon auf und will einen Zimt-Milchkaffee, mag aber nicht danach fragen. Laney meint, ich soll sie überraschen. Und ich hätte gern einen Zitronen-Scone.«

Ich folge Sabrina in die Küche und stoße dort auf einen Mann mit braunem Haar und von oben bis unten tätowierten Armen, der vor Jitters Hundehütte kauert, dem Hund das Fell streichelt und dafür Hundeküsse über das ganze Gesicht erntet.

Eifersucht erhebt sich, und ich blaffe »Wer zur Hölle sind Sie?«, ehe mir aufgeht, was hier passiert.

Der Typ wirft einen Blick über die Schulter und grinst mich an, und … Fuck!

Das ist der Kerl, der nackt strickt.

»Entertainment vor dem Morgengrauen«, sagt er trocken. »Sie müssen Grey sein.«

»Sie sind Theo.«

»Der normalerweise den Vordereingang nimmt.« Sabrina reicht ihm meine Packung Leckerchen für Jitter.

»Ihr hattet noch nicht auf«, bemerkt Theo.

»Scones brauchen eine Stunde.«

»Ich kann warten.«

Mein Augenlid zuckt.

Sie wird *keine* Scones backen, nur weil er sie darum gebeten hat, während sie für mich schon seit zu vielen Tagen keine mehr gemacht hat.

»Komm mal wieder runter«, wendet sich Sabrina an mich, als sie nach ihrer Schürze greift. »Wenn er so dringend Scones will, hat er das Rezept auch selbst zu Hause.«

»Und weil ich so kess war, wird sie mir das Doppelte abknöpfen«, stimmt Theo zu.

»Kess?« Sie grinst ihn an. »Woher hast du denn das Wort?«

»Laney lässt mich das Wörterbuch lesen.«

»Und du bist schon bei K?«

»Mir wurde langweilig, da hab ich wahllos vorgeblättert.«

»Ich bin sicher, sie wäre geschockt, wenn sie das wüsste.«

»Total entgeistert.«

»Du hast wirklich vor- und zurückgeblättert?«

Mein Kiefer mahlt. Logisch ist mir klar, dass die beiden nur alte Freunde sind, die sich aus Spaß gegenseitig necken.

Emotional möchte ich ihn, jedes Mal, wenn sie ihn anlächelt, in Stücke reißen.

Und er grinst mich an, als wüsste er Bescheid.

»Hast du schon mal Kombucha getrunken?«, fragt Sabrina ihn.

»Die Frage müsste lauten, hatte ich schon mal Kombucha, wenn ich wusste, was ich da trinke?«

Und ein Witzbold ist er auch noch, der Sabrinas Hund streichelt, während Sabrina lacht und die Augen verdreht.

Die beiden gehören hierher.

Sie passen hierher.

Und ich bin bloß hier, um Rache zu nehmen.

Irgendwo hingehören?

Das ist wohl nichts für mich.

26. Kapitel

Sabrina

Am zweiten Abend in Folge treffen Jitter und ich im *Silver Horn* auf Emma, Laney und Theo.

Noch immer fällt Schnee. Die Straßen sind eine Katastrophe. Der Laden hier ist praktisch verwaist. Doch da Alina und Jerry, die Besitzer, einen Stock höher wohnen, konnten wir sie leicht überreden, für uns zu öffnen.

Eine großartige Gelegenheit für Emma, endlich wieder aus ihrem Versteck zu kommen. Und für mich, um an einem Ort mit Freunden zusammen zu sein, der für Grey unerreichbar ist.

»Ist er schrecklich?«, will Emma wissen, als wir uns über eine Aufschnittplatte hermachen.

»Wer?«

»Dein neuer Chef?«

»Nicht, wenn er ihr schöne Augen macht«, wirft Theo ein.

Und, ja, Jitter sitzt mal wieder auf Theos Schoß, obwohl ich beide ermahnt habe, den Hund auf dem Boden zu lassen.

»Er ist schwierig«, souffliert Laney.

Die beiden benehmen sich heute Abend viel weniger wie ein verliebtes Paar, und ich bin überzeugt, sie halten sich wegen Emma so zurück.

Und ich bin überzeugt, sie weiß es.

»Inwiefern schwierig?«, fragt Emma.

Laney sieht Theo an.

Theo sieht mich an.

In Gedanken überschlage ich schnell, womit ich ihr am wenigsten wehtue, als sie die Stirn in Falten legt.

»Du musst nichts beschönigen«, sagt sie dann. »Ich bin traurig, nicht schwach.«

»Er ist ein sehr netter Mensch, der das Café zu einer Kombucha-Bar machen will.«

»Nein. Sabrina. Oh, nein, geht es dir gut?«

»Ich arbeite daran, eine andere Lösung für ihn aufzutun, damit alle bekommen, was sie wollen. Bisher ohne Erfolg, aber ich habe etwas getan, das morgen eintritt und ihn womöglich umstimmt. Hoffe ich jedenfalls. Kann aber auch sein, dass er mich auf der Stelle rausschmeißt. Wir werden sehen.«

»War er überhaupt schon mal hier im Ort?«

Ich schüttle den Kopf und nehme mir einen Happen Käse.

»Tiara Falls würde sich über eine Kombucha-Bar wahrscheinlich nicht mehr einkriegen. Warum macht er das nicht im *Bean & Nugget* dort?«

Ich kneife die Augen zu. »Muss ich darauf antworten?«

»Chandler hat ihn reingelegt«, erklärt Theo. »Hier geht es um Rache.«

»Er hat eine riesige Fiberglas-Biene in Auftrag gegeben, die er draußen am Café anbringen lassen will«, fügt Laney leise hinzu.

Ich öffne ein Auge und spähe damit nach Emmas Reaktion.

Und die ist nicht gut.

Ein schnelles Blinzeln. Dann senkt sie den Blick auf ihr Gingerale. Ein schweres Seufzen. »Ich rede mit ihm.«

»Du wirst nicht mit Chandler reden«, knurrt Theo.

Sie reckt das Kinn, was sonst gar nicht Emmas Art ist, aber

falsch ist es auch nicht. »Ich werde tun, was ich, verdammt noch mal, tun muss, um hinter mir zu lassen, was er verbrochen hat, und meiner Wege zu gehen.« Sie wirft mir einen Seitenblick zu. »Ich meinte, ich rede mit deinem neuen Chef. Vielleicht hört er ja auf jemanden, der von demselben Kerl ans Messer geliefert wurde wie er.« Sie zuckt zusammen und lässt ihre schmalen Schultern hängen. »Oder er denkt, ich bin genauso ein Teil des Problems.«

»Du musst aber nicht …«, beginne ich, nur um von meinem Hund unterbrochen zu werden, der bellt und aufspringt.

Genau, während er noch auf Theos Schoß sitzt.

Theo macht große Augen, krümmt sich zusammen und presst die Hände auf seine Kronjuwelen.

Laney schnappt entsetzt nach Luft.

Emma desgleichen.

Unfähig zu irgendeinem anderen Laut quieke ich nur.

»Daneben«, verkündet Theo erstickt.

»Bist du sicher?« Laneys Stimme klingt schrill.

»Ich hatte Panik. Das war knapp. Aber ich bin sicher.«

»Jitter«, presse ich schließlich hervor. »Runter. Und hör auf zu bellen. Du weißt, dass du das nicht sollst.«

Er winselt und lugt über die Sitzbank zur Tür. Was einem Hund seiner Größe nicht schwerfällt, nicht mal, wenn er auf dem Fußboden liegen würde, aber nun stützt er sich mit den Hinterpfoten aufs Kissen und mit den Vorderpfoten auf die Rückenlehne. So ist er größer als ich auf der Bank.

Aber das Problem ist nicht die Größe meines Hundes.

Nicht angesichts dessen, worauf er seinen Blick richtet.

»Oh, jetzt bin ich im Arsch«, brumme ich.

Theo dreht sich um.

Als Laney sich ebenfalls umdrehen will, wird sie ächzend von ihrem Gipsbein gebremst.

Emma gibt einen erstickten Laut von sich und rückt näher an mich heran. »Ist er das? Ist das dein neuer Boss?«

»Wer hat ihm das Passwort verraten?«, zische ich.

»Ich habe gehört, er hat Blossom neulich Abend im Pub fünfhundert Dollar Trinkgeld gegeben«, flüstert Laney, worauf meine Schultern weiter nach oben wandern. Warum habe ich davon noch nichts gehört? »Ich schätze, da ist sie eingeknickt.«

»Ich war's«, ruft Zen, der um Greys Schulter späht, um Blickkontakt mit mir aufzunehmen, als wüsste they genau, worüber wir tuscheln. »Niemand kann diesem Gesicht widerstehen. Ich habe das Passwort deiner Mom abgeschwatzt, als sie mir heute Nachmittag die Haare geschnitten hat.«

Zen trägt eine Anzughose, ein schwarz-weiß gemustertes Button-down-Hemd sowie einen Trenchcoat, und das ist so sehr Zens Stil, dass ich them beinah verzeihe, Grey hier angeschleppt zu haben, einfach weil er so fabelhaft aussieht.

Grey dagegen kommt in einer dunklen Jeans und einem schlichten blauen Button-down-Hemd. Sein dunkler Bart wird allmählich undurchdringlich, und ohne die Wollmütze, die er sonst überall trägt, kann ich erkennen, dass meine Mutter auch ihm einen fantastischen Haarschnitt verpasst hat.

Davon abgesehen werden wir ein ernstes Wort darüber wechseln müssen, dass sie mir Bescheid sagen muss, wenn sie meinem größten Problem begegnet.

Zen vergeht das Lächeln, als sein Blick auf Emma fällt.

Emma wirkt plötzlich angespannt.

Zens Kinn bebt. They blinzelt rasch, dann stupst they Grey an und murmelt etwas, das ich nicht hören kann. Grey sieht Zen darauf stirnrunzelnd an.

Allerdings keineswegs missbilligend.

Sondern besorgt.

Zen stupst ihn noch einmal und funkelt ihn an, Grey hebt kapitulierend die Hände, dann nähert er sich der Bar.

Jitter springt von der Sitzbank, um sich ihm anzuschließen.

Und in der Zeit, die Laney braucht, um »Was war das denn? Was hat das alles zu bedeuten?« zu flüstern, hat Zen auf dem kürzesten Weg die Strecke vom Eingang zu unserer Kuschelecke zurückgelegt.

Dann geht Zen vor Emma in die Hocke. »Ich würde dich so gern in den Arm nehmen. Ich weiß, wie es ist, wenn man sich jahrelang bemüht, die Menschen für sich einzunehmen, obwohl sie gar nicht dazu in der Lage sind.«

Em atmet scharf ein.

Und Zen weicht rasch zurück. »Sorry. Ich wollte nur … Du wurdest gelinkt. Ich hasse es, wenn Menschen, die ein gutes Herz haben, dermaßen gelinkt werden, und ich kenne dich nicht, aber alle hier lieben dich. Und ich mag die Leute hier, also musst du ein guter Mensch sein. Deine Drinks gehen auf uns. Auf meinen Onkel, meine ich. Der weiß auch, wie es sich anfühlt, gelinkt zu werden.«

»Emma, das ist Zen«, sage ich leise. »Zen ist der Aufpasser meines neuen Chefs und bewältigt die Aufgabe trotz der Härten des Jobs eins a.«

Em streckt eine Hand aus. »Es freut mich, dich kennenzulernen, Zen.«

»Ich wurde damals auf dem College auf dem ganzen Campus berühmt, nachdem jemand mich beim Singen unter der Dusche aufgenommen hatte«, platzt es aus Zen heraus, als they Emmas Hand schüttelt.

Greys Kopf fährt herum, als hätte er diese Geschichte noch

nie gehört und als wäre er bereit, in seinen Super-Vengeance-Man-Anzug zu schlüpfen und sich jeden vorzuknöpfen, der Zen auf dem College irgendwann mal verletzt hat.

»Reg dich ab«, sagt Zen über die Schulter, offenbar weiß they genau, was hinter them vorgeht.

»Inwiefern?«, will Grey wissen. Er verstaut seine Brieftasche und nähert sich unserer Gruppe mit weit größerer Zurückhaltung als Zen.

»Das fällt unter: *Musst du nicht wissen*«, gibt Zen zurück.

»Setzt euch«, sagt Emma. »Bitte, setzt euch zu uns. Seid ihr hungrig? Wir haben reichlich zu essen.«

Grey beäugt Theo.

Theo beäugt ihn.

Keiner der beiden Männer spricht ein Wort mit dem anderen, während Zen auf Emmas anderer Seite auf die geschwungene Sitzbank rutscht, womit für Grey nur noch der Stuhl an meinem Ende übrigbleibt.

Laney sieht mich an und schneidet eine Grimasse, und ich gebe mir alle Mühe, ihr mental mitzuteilen: *Es gab einen Schwanzvergleich darum, wer heute früh mehr von meiner Aufmerksamkeit beanspruchen konnte.*

Ich bin mir ziemlich sicher, dass die Nachricht angekommen ist, denn Laney kneift auf ihre typische Art die Lippen aufeinander, um mir zu bedeuten, dass sie sich jetzt über so etwas Albernes nicht vor Lachen ausschütten wird.

Kaum hat Grey Platz genommen, springt Jitter ihm auf den Schoß.

»Jitter, runter da«, befehle ich ihm.

Jitter jault.

Grey zieht ein Leckerchen aus der Tasche, befiehlt dem Hund, sich zu setzen, was der auch prompt tut, nämlich auf Greys Schoß, und gibt ihm das Leckerchen.

Dann sieht er mich achselzuckend an. »Er ist so ein braver Junge.«

Emma wendet den Blick ihrer braunen Augen in seine Richtung, dann sieht sie wieder mich an.

Wieso ist dein Hund in den Kerl verliebt, der dein Café übernehmen will?, stellt sich hier unverkennbar die Frage.

Und hätte ich darauf nicht selbst gern eine Antwort?

Zen scheint plötzlich aufzufallen, dass mehr Leute als lediglich Emma hier sind. »Du bist Theo. Oh, mein Gott, ist es seltsam, wenn ich das sage, ich habe deinen Channel geliebt. Wenn ja, sage ich es nicht. Aber, na ja, du hast mir durch eine echt harte Zeit auf dem College geholfen, als meine sämtlichen Freunde schon ihren Abschluss gemacht hatten und ich in ein übel tiefes Loch fiel, weil ich mich selbst nicht mehr leiden konnte.«

»Aha, ich hab dir doch gesagt, du hast die Arbeit eines Superhelden verrichtet.« Laney lächelt Theo an.

Grey beißt so fest die Zähne aufeinander, dass dabei sein Bart in Bewegung gerät. »Warum habe ich nichts von deinen Problemen auf dem College erfahren?«

Zen macht eine wegwerfende Geste. »Weil du damals auf Felicia scharf warst und ich deinem Glück nicht im Weg stehen wollte.« Zen schaut wieder Theo an. »Ich werde nicht wieder darauf zu sprechen kommen. Aber da die Leute Vorurteile über Pornostars haben, wollte ich nur sagen, dass du Gutes in der Welt bewirkt hast.«

»Nackt strickender Motivator«, erwidert Theo.

»Wenn du das jemals wieder machst, solltest du mit deinen Füßen stricken, vertrau mir.«

Emma bricht in Lachen aus.

Sie bricht tatsächlich in echtes Lachen aus.

Meine Augen beginnen zu brennen, und ich muss meine

gesamte Kraft aufwenden, um mich Zen nicht an den Hals zu werfen. So gut tut es, Emma lachen zu hören.

»Aber wenn er das macht, hat er es nicht von mir«, wendet sich Zen an Emma. »Sorry, ich hatte vergessen, dass ihr beide miteinander verwandt seid. Apropos verwandt, Sabrina, ich habe deine Cousins getroffen. Sie wollten wissen, ob ich dich mit irgendeiner Zauberkraft dazu bringen kann, einen DNA-Test zu machen. Worum geht es dabei?«

Oberflächlich betrachtet weiß ich, es geht darum, dass die Drillinge Laney mittels Gruppendruck dazu bewegen wollen, ebenfalls einen DNA-Test zu machen.

Unter der Oberfläche jedoch – wenn Grey Zen berichtet hat, was ich ihm heute früh über meinen Großvater verraten habe, verdiene ich es nicht besser.

Deshalb habe ich es ihm ja anvertraut.

Damit er sich, wenn seine Großmutter morgen hier eintrifft, dafür entscheiden kann, der ganzen Stadt mein eigenes größtes Geheimnis mitzuteilen. Das größte Geheimnis meiner Mutter. Und das größte Geheimnis meiner Großmutter.

Ich spiele mit dem Feuer.

Es ist nur fair, auch ihm eine Waffe in die Hand zu geben.

»Was geht hier vor?« Ich deute mit einer vagen Kreisbewegung auf Zen. »Du hast eine Woche benötigt, bis du dich so für mich erwärmt hattest, dass du mich grüßen konntest, und jetzt kommst du hierher, plauderst dunkle Geheimnisse aus und bist beim ersten Zusammentreffen mit Theo, Laney und Emma ganz du selbst. Was hat das zu bedeuten?«

Zen weist mit einer Kopfbewegung auf Theo. »Ich vertraue seinem Geschmack. Ich wusste bisher nicht, dass ihr Freunde seid. Aber du hast die offizielle Freigabe, weil ein Mann für dich bürgt, den ich nackt gesehen habe. Oh, sorry, Laney.«

Emma kichert schnaubend.

Laney zuckt die Achseln. »Du durftest gucken, aber ich ganz allein darf ihn anfassen.«

Emma kichert und schnaubt jetzt noch heftiger.

»Also, Sabrina …« Zen sieht wieder mich an. »Ich rieche hier eine Geschichte. Warum wollen deine Cousins, dass du einen DNA-Test machen lässt?«

»Die sind in den Kaninchenbau über DNA-Überraschungen in den sozialen Netzwerken geplumpst, und jetzt sind sie auf der Suche nach Dramen in unserer kleinen Stadt«, antwortet Laney.

Zen schaut sie blinzelnd an. »Ihr braucht Vaterschaftstests, obwohl ihr Sabrina habt?«

»Hey«, sage ich.

Zen grinst mich an. »Das war ganz liebevoll gemeint. Ich bin scharf auf deine Superkräfte.«

»Hast du Zen Koffein eingeflößt?«, frage ich Grey. »So viele Wörter habe ich wirklich noch nie aus their Mund kommen hören.«

»Zen ist ein Riesenfan«, gibt Grey brummend zurück.

»Ich bin bloß guter Stimmung, weil uns Gutes bevorsteht«, verkündet Zen.

Und damit trifft they ins Schwarze.

Zen weiß, dass ich morgen gegrillt werde. Und ich glaube, Zen freut sich ehrlich darauf, their Großmutter zu sehen, die in den nächsten Stunden in Denver landen müsste.

Die Stadt ist von unserem Schneesturm nicht betroffen, der sich nur hier oben in den Bergen austobt.

»Alles klar«, sagt Grey. »Jetzt bin ich besorgt.«

Was er auch sein sollte.

Alina bringt uns eine weitere Aufschnittplatte und füllt unser aller Gläser auf. Laney beansprucht Grey mit Fragen über Bienen. Zen bestürmt Emma und Theo mit Fragen über ausgestopfte Tiere und welche der Geschichten, die they über Theos Jugendsünden gehört hat, tatsächlich wahr sind.

Alle sind wahr, was sonst?

Und, ganz ehrlich, es macht Spaß zuzusehen, wie meine Freunde neue Freunde finden.

Vor allem, wenn es sich um Freunde handelt, die ich viel mehr mag, als es gut für mich ist.

Ich weiß, es ist eine befristete optische Täuschung, dass Grey meinen Hund streichelt, Zen sich mit Theo und Emma amüsiert und alles ganz normal zu sein scheint.

Etwas, das nur heute Abend währt.

So, wie auch Hawaii befristet war.

Ich denke, ich sollte mir Jitter schnappen und heimgehen, als Emma Grey während einer Gesprächsflaute von der Seite anschaut.

»Chandler hat dir auch geschadet«, sagt sie dann. »Das tut mir leid. Ich wünschte, ich könnte mehr tun, aber für den Moment kann ich nur sagen, es tut mir leid.«

Greys blaue Augen richten sich flackernd auf mich, und er zieht ein wenig die Schultern hoch. So gering sie ist, die Veränderung sorgt dafür, dass Jitter sein glückliches Hecheln unterbricht und ihn leise winselnd ansieht.

Das hat sie nicht von mir.

Ich möchte ihm sagen, dass ich nichts von dem, was er mir über sein Zerwürfnis mit Chandler berichtet hat, verraten habe.

Aber würde er mir glauben?

Nun richtet er seine Aufmerksamkeit wieder auf Emma. »Nicht deine Schuld.«

»Er hat mir kurz nach Thanksgiving von dir erzählt. Er sagte, du seist auf der Suche nach Investoren für ein Geschäftsmodell, allerdings hat er mir nicht gesagt, dass er das Café an dich verkaufen würde.«

Grey windet sich sichtlich.

»Warum haben alle diesem notorischen Lügner geglaubt?«, fragt Zen.

»Weil es schwerfällt einzusehen, dass jemand, den du seit einer Ewigkeit kennst und dem du vertraust, dazu fähig ist, dich zu verletzen, zu manipulieren und zu gaslighten«, sagt Laney.

»Selbst wenn man wissen müsste, dass es weder normal noch in Ordnung ist«, wirft Emma leise ein.

»Hör auf damit.« Theo beugt sich über den niedrigen Tisch zwischen uns und drückt ihr Knie. »Es ist nicht deine Schuld, dass ich dir nichts gesagt habe.«

»Doch, ist es.«

Er knurrt.

»Hast du noch nie jemanden in dein Leben gelassen, von dem du dachtest, du könntest ihn ändern, wenn du dich nur genug darum bemühst?«, wende ich mich an Zen, um their Frage damit vielleicht zu beantworten. »Hast du noch nie gesehen, wozu jemand fähig sein könnte, und ihm helfen wollen, sein Potenzial zu verwirklichen?«

Zen zieht die Nase kraus. »Mich wegen Onkel Grey anzugehen, während er dabeisitzt, ist aber nicht sehr höflich von dir.«

Grey wirft eine Serviette nach Zen, und they lässt ein Grinsen aufblitzen. »Schon gut, schon gut, du bist nicht unbelehrbar. Du ziehst dich neuerdings schon viel besser an als damals, als ich dich aufgetrieben habe. Immerhin ein Anfang.«

»Wie hast du ihn gefunden?«, will Laney wissen.

»Ich habe ihn ertappt, wie er in meinem Müll wühlte – nein, stimmt nicht, das war sein Hund.«

»Du bist *so weit* davon entfernt, zu Fuß nach Hause zu gehen«, sagt Grey.

Zen grinst. »Dann fahre ich eben mit Sabrina. Also, einmal gab es dieses Familientreffen, und zum ersten Mal seit Jahren tauchte auch Onkel Grey auf, und ich denke so: *Wer ist der Verrückte, der Experimente mit dem Kartoffelsalat anstellt?*, und als ich hörte, dass er manchmal zu duschen oder seine Klamotten zu waschen vergaß, habe ich beschlossen, ihn zu adoptieren.«

Ich bin mir hundertprozentig sicher, dass niemand Zen glaubt, andererseits stellt keiner meiner Freunde die Version infrage.

Der Rest des Abends verläuft eigenartig vergnüglich.

Eigenartig nur, weil ich weiß, dass dieses Gefühl freundschaftlicher Verbundenheit nicht anhalten wird.

Und dann ist es vorbei.

Alle machen sich fertig, um nach Hause aufzubrechen.

Während ich mich frage, wie schnell sich alles ändern wird, sobald Greys Großmutter morgen in der Stadt eintrifft.

27. Kapitel

Grey

»Hör auf, so ein Stalker zu sein«, sagt Zen, worauf ich von meinem Beobachtungsposten hinter den Wohnzimmerjalousien zurückzucke.

Es ist noch nicht ganz fünf Uhr am Morgen. Ich habe darauf gewartet, dass Zen endlich fertig wird, damit wir ins *Bean & Nugget* fahren können.

Und während ich gewartet habe, habe ich gelauscht.

Und während ich gelauscht habe, habe ich Sabrina nebenan herumgehen hören.

Als ihre Haustür sich öffnete, lugte ich nach draußen, um sie und Jitter zu ihrem Morgenspaziergang aufbrechen zu sehen.

»Ich habe nur gecheckt, ob es über Nacht weiter geschneit hat«, sage ich zu Zen.

»Es hat nicht mehr geschneit, seit wir gestern Abend die Bar betreten haben, und du weißt, dass mindestens für eine Woche kein Neuschnee vorhergesagt ist.« Damit marschiert Zen zur Tür, reißt sie auf und lehnt sich hinaus.

»Morgen Sabrina«, ruft Zen, als they ohne Jacke hinaustritt.

»Morgen Zen«, kommt es zurück.

»Verkatert heute früh?«

»Kein bisschen. Du?«

»Mir geht es fabelhaft. Wer ist ein guter Hund?«

Meine Haustür schließt sich, und ich höre nicht mehr, was draußen vorgeht.

Ich kann hören, was in der Wohneinheit nebenan geschieht – einschließlich der Zahnbürste, bei deren Geräusch ich immer noch auf gute Weise Sterne sehe, wenn ich mir die Vorstellung gestatte, dass Sabrina sich mit einem Vibrator selbst befriedigt –, aber nicht, was sich draußen abspielt.

Also tue ich, was jeder gesunde Mann tun würde, der von einer Frau besessen ist, die er nicht haben kann. Ich ziehe Jacke, Mütze und Handschuhe an und schließe mich ihnen an.

Selbstverständlich unter dem Vorwand, dass es ohnehin Zeit zum Aufbruch ist.

Beide verstummen, als ich die Tür öffne.

Sabrina trägt Leggings unter einer dicken, bauschigen Jacke, die jedoch ihre Kurven erkennen lässt. Ihre Augen funkeln unter dem Verandalicht. Ihr Haar wirkt heute noch lockiger als sonst, und ich möchte es mir um meine Finger wickeln, während ich mich hinunterbeuge und …

Ich räuspere mich und ermahne mich einmal mehr, die Grenzen anderer Menschen zu respektieren. »Morgen, Sabrina.«

»Guten Morgen, Boss-Man«, gibt sie fröhlich zurück, während ihr Hund auf mich losstürmt und seine Haare über meine Jacke und Hose verteilt.

Ärgerlich.

Nicht der Hund.

Boss-Man genannt zu werden, meine ich.

Was mich ärgert, weil es mich daran erinnert, dass die Frist, die ich ihr gesetzt habe, fast abgelaufen ist. Und sosehr ich auch in sie vernarrt sein mag, kann ich mich nicht überwinden, ihr zu sagen, dass sie mit mir darüber reden soll, wie sie ihr Café von mir zurückkaufen könnte, und sei es für einen Dollar pro Monat.

»Bist du so weit, Zen?«, frage ich.

»Ähm, nein. Ich habe noch nicht gefrühstückt, und ich bin noch im Schlafanzug.«

»Dann wirst du wohl zur Arbeit laufen müssen.«

»Ich nehme dich mit«, sagt Sabrina.

»Perfekt. Wir sehen uns auf der Arbeit, Onkel Grey.«

Ich will nicht ins Café fahren.

Ich muss nicht mal ins Café fahren.

Zum ersten Mal seit Jahren möchte ich in der Nähe einer Frau bleiben, der ich noch immer nicht vollständig vertraue, der ich jedoch gern vertrauen würde.

Besser, ich fahre ins Café, als weiter wie ein Stalker hier herumzustehen.

Willa ist heute schon früh erschienen und hat das *Bean & Nugget* zum Valentinstag dekoriert.

In den Fenstern zum See hängen Herzen an Fäden; vom Kamin im Zentrum zu den Außenwänden winden sich pinkfarbene und rote Luftschlangen, herzförmige Kerzen flackern in roten Kerzenhaltern.

»Werden Sie dabei sein?«, fragt sie, als ich alles auf mich wirken lasse.

»Nein.«

Sie wirft mir einen Blick zu, den ich als: *Weil Sie heimlich Sabrina daten, oder gibt es dafür einen anderen Grund?* interpretiere. »Ich habe gehört, Sie waren gestern Abend mit Sabrina und ihren Freunden im *Silver Horn*?«

»Zufall.«

»Aber ihr Hund hat auf Ihnen gesessen.«

»Ihr Hund ist ein furchtbarer Menschenkenner.«

»Unsinn. Theo ist nach Sabrina sein Liebling, und Theo ist ein guter Mensch. Und, lassen Sie, bitte, die Finger von der Cappuccino-Maschine, bis wir Sie angelernt haben.«

Angesichts des Dekors und der unverkennbaren Sie-verursachen-hier-Probleme-Stimmung in der Luft, beschließe ich, mich besser zu verziehen und heute Morgen nach Tiara Falls hinüberzufahren. Es gibt ein Problem mit dem dortigen *Bean & Nugget*, das ich verkaufen will, und ich bin froh, meinen gesamten Vormittag diesem Problem widmen zu können.

Anschließend gehe ich in Tiara Falls mittagessen. Und da Sabrinas Schicht bis dahin vorüber sein müsste, fahre ich anschließend zurück nach Snaggletooth Creek und das dortige Café.

Was ich vorfinde, ist ein wahrer Zoo. Der Parkplatz ist so voll, dass ich ein Stück die Straße hinunter parken und zu Fuß zurücklaufen muss.

Seltsam für den Nachmittag. Eigentlich wird es um diese Tageszeit immer sehr viel ruhiger.

Die Küche ist verlassen, als ich durch die Hintertür eintrete.

Doch das Crescendo der Stimmen ist lauter als alles, was ich jemals aus dem Gastraum vernommen habe.

Ich folge den Stimmen nach vorn, und bei dem Anblick, der sich mir bietet, wird mir schwindlig, und ich muss mich am Türrahmen festhalten.

Was nicht daran liegt, dass sich anscheinend die Hälfte der Einwohner von Snaggletooth hier versammelt hat. Oder daran, dass niemand die Kasse besetzt, wo eine kleine Schlange Gäste darauf wartet, etwas bestellen zu können. Nicht einmal daran, dass Sabrina noch hier ist und auf meinem Lieblingsplatz vor dem Gaskaminofen sitzt, während ihr Hund auf dem Fußboden liegt und voller Bewunderung zu der Person in dem zweiten Sessel aufschaut.

Es liegt daran, dass Mimi hier ist.

»Internat«, ruft Sabrina, während sich alle anderen um sie drängen. »Das erklärt einiges. War es ein spezielles Internat oder ein allgemeines?«

»Antworte nicht darauf«, sage ich zu meiner Großmutter, als mein Blick sich klärt und ich mich verspätet daran erinnere, dass ich Sabrina selbst erzählt habe, dass ich auf einem Internat war.

Meine Großmutter.

Sie dürfte nicht hier sein.

Und sie lächelt auf eine Weise, wie ich sie seit Monaten nicht habe lächeln sehen. Womöglich länger.

Ihr glattes silbergraues Haar ist definitiv erst seit Kurzem schick geschnitten, und mir schießt für einen Sekundenbruchteil der Gedanke durch den Kopf, dass Sabrinas Mutter dafür verantwortlich ist.

Lächerlich.

Natürlich nicht.

Mimi hat rosa Lippenstift aufgetragen, an ihren Ohren baumeln leuchtend rote tränenförmige Ohrringe, durch die ihre Ohren länger wirken. Ihre gefurchten Wangen furchen sich noch tiefer, als sie mir das hellste Lächeln schenkt, das ich seit Langem in ihrem Gesicht gesehen habe – seit dem Tod ihrer Schwester vor fast einem Jahr, der sie in eine Trauer gestürzt hat, die tiefer war als das, was ich nach dem Tod meines Großvaters erlebt habe. Nicht verwunderlich, wenn man bedenkt, was für ein Arsch er war.

Doch es war furchtbar zu sehen, wie sie sich immer weiter zurückzog, weil sie ihre beste Freundin auf der Welt vermisste, bis sie nur noch die Hülle ihres früheren Selbst war.

»Grey«, sagt sie jetzt. »Du bist wieder da. Sabrina hat mir gerade erzählt, wie gut du zu ihr warst, als du ihrer Familie dieses malerische, kleine Café abgekauft und sie dadurch vor einem Schuldenberg bewahrt hast. Ohne mir etwas davon zu sagen.«

»Was machst du hier?«

Ihre Augen funkeln. Sie funkeln. Ihre Augen haben so lange nicht mehr gefunkelt. »Freundschaften schließen.«

»Sabrina ist die Queen of Gossip in dieser Stadt«, platze ich heraus, bevor ich mich daran erinnern kann, dass ich auf gutem Fuß mit ihr stehen möchte. »Sag ihr nichts, das sonst keiner wissen soll.«

Alle im Raum fangen an zu lachen.

Alle.

Auch Zen. Und Mimi.

»Schatz, wenn du in meinem Alter bist, wird es dich auch nicht mehr interessieren, wer was über dich sagt, die Leute eingeschlossen, die dich nackt gesehen haben.«

Sofort stelle ich mir Sabrina nackt vor.

Unter mir.

Und auf mir.

Von der Seite und kopfüber und in einem Schlafzimmer und am Strand und an einem Baum.

Fuck.

»Aber mach dir keine Sorgen«, fährt sie fort. »Ich werde niemandem etwas über meinen Lieblingsenkel verraten, was sie mit einer einfachen Internetrecherche nicht selbst herausfinden könnten.«

Sabrina stützt eine Wange auf eine Faust, während sie mit der anderen Hand einen Kaffeebecher umfasst hält. »Ihr Liebling, hm?«

»So ein süßer Junge. Er war ein Nachzügler, mit dem keiner mehr gerechnet hatte, und der arme Kerl zog überall den Kürzeren. Ausgelaugte Eltern, der Treuhandfonds der Familie fast erschöpft …«

»Wie bist du hierhergekommen?«, unterbreche ich sie. Zen war praktisch ununterbrochen bei mir. They hat sie nicht abgeholt. Unmöglich, denn ich hatte das Auto.

Und Zen hat nichts davon gesagt, dass Mimi herkommen würde. They hätte es mir doch gesagt, oder?

»Zu Fuß«, antwortet Mimi trocken, trinkt Kaffee, schließt die Augen und seufzt in tiefer Befriedigung. »Köstlich. Woher, sagten Sie, kommen die Bohnen?«

»Honduras«, antwortet Sabrina. »Die bieten wir hier nicht an, was nicht meine Entscheidung ist, aber als Sie sagten, Sie lieben Kaffee, habe ich etwas vom besten Stoff von meinem heimischen Vorrat abgezweigt.«

Ich schaue Zen an, they scheint jedoch den Blickkontakt mit mir offenbar tunlichst zu vermeiden.

»Zen …«, setze ich an, doch Mimi fällt mir ins Wort.

»Grey, du musst diese Bohnen hier anbieten.« Sie trinkt und seufzt abermals, und es spielt keine Rolle mehr, wie daneben das alles hier ist oder wer wem was erzählt hat.

Sie sieht glücklich aus.

Zum ersten Mal seit über einem Jahr ist Mimi nicht in eine Wolke aus Traurigkeit und Schwermut gehüllt.

»Was immer du willst, Mimi«, quetsche ich durch einen unerwarteten Kloß im Hals. »Wann bist du angekommen?«

»Gestern Abend. Ich habe in dem Hotel am Flughafen übernachtet, und Sabrinas Freund Theo hat den ganzen Weg auf sich genommen, um mich heute Morgen dort abzuholen. Du weißt schon. Der, der nackt strickt. Ist es nicht bezaubernd von ihnen, dass sie sich so für mich krummlegen?«

Sabrinas Freund Theo hat mich abgeholt.

Sie haben sich für mich krummgelegt.

Wieder schaue ich Zen an.

Diesmal erwidert they meinen Blick, ein Anflug von schlechten Gewissen färbt die Wangen rot, doch die Streitlust, mit der they mich unverwandt anschaut, sagt mir, dass Zen in dieser Sache nicht auf meiner Seite steht.

»Du bist zu einem Wildfremden ins Auto gestiegen?« Ich kann kaum meine Stimme im Zaum halten.

»Natürlich nicht. Auch wenn ich nach dem Video nicht genau wusste, wer alle hier sind, bin ich doch noch scharfsinnig genug, um das Detektivbüro der Familie zu engagieren, bevor ich einer Nebenfigur in einem viralen Video und ihrem Pornostar-Freund über den Weg traue, die mich in ihre Stadt eingeladen haben.«

Sabrina verschluckt sich an ihrem Kaffee und fängt dann an zu lachen, auch wenn ihr Gesicht, wenn man weiß, worauf man achten muss, ein wenig angespannt wirkt.

Und ich weiß, worauf ich achten muss.

»Oh, mein Gott, was hat er über uns rausgekriegt?«, fragt Sabrina.

»Sie«, entgegnet Mimi naseweis.

»Hat sie etwas Gutes herausgefunden?«

»Nicht über Sie. Sie sind bemerkenswert langweilig für eine so starke Persönlichkeit, die alles weiß, was es über alle anderen zu wissen gibt.«

Sabrina wirkt sichtlich erleichtert.

Was außer mir keinem aufzufallen scheint. Und ich glaube nicht, dass ich mir das einbilde, nur weil ich ein paar ihrer Geheimnisse kenne.

Mimi lächelt. »Aber Theo. Du meine Güte, ich kann nicht glauben, dass ich das sage, aber nach allem, was sie über ihn in Erfahrung gebracht hat, war er persönlich wahrhaftig eine Enttäuschung.«

Sabrina lacht wieder. »Ms Madeleine, Sie sind die Größte.«

»Das beruht ganz auf Gegenseitigkeit.« Damit wendet sie

sich an mich. »Nun zu dir, Greyson, du hast mir vorenthalten, dass du ein Café am Polarkreis gekauft hast. Das musste ich erst von einer Fremden erfahren, die mich angerufen hat, um ihrer Sorge über dein allgemeines Wohlbefinden Ausdruck zu verleihen.«

Eine Fremde, die ihrer Sorge Ausdruck verleiht?

Nun färben sich auch Sabrinas Wangen rosa.

Allerdings nicht in einem irgendwie possierlichen Rosa, sondern in einem schuldbewussten Rosa.

Erheblich schuldbewusster als Zens Rosa.

Mein Blutdruck geht durch die Decke, was keine gute Richtung für meinen Blutdruck ist.

Wie lange hatte sie das schon geplant? Hat sie deshalb Abstand zu mir gehalten?

Weil sie wusste, dass ich sie dafür umbringen würde?

»Sabrina.« Ich weise mit dem Daumen in Richtung Küche. »Auf ein Wort.«

Sie hält meinem Blick stand, während sie einen großen Schluck aus ihrem Kaffeebecher trinkt, obwohl die Röte in ihren Wangen weiter zunimmt, dann sagt sie ganz einfach: »Nein danke.«

Als hätte sie, weil sie Mimi hergeholt hat, die Oberhand.

»Wir brauchen Popcorn«, sagt Zen leise zu Mimi.

»Sieht ganz so aus«, gibt Mimi zurück.

Sabrina erhebt sich. »Du solltest dich lieber mit deiner Großmutter unterhalten. Das ist wichtiger, als mir die Kündigung anzudrohen. Jitter, komm. Wer ist ein braver Hund, der einen Spaziergang machen will, wo Mamis Schicht jetzt vorbei ist? Wer ist ein braver Hund?«

»Auf ein Wort«, wiederhole ich. Schließlich gibt es Grenzen. Dies ist eine davon.

Und das weiß sie.

Wie oft hat sie mir angekündigt, sie würde zu schmutzigen Tricks greifen?

Und wie wütend bin ich auf mich, weil ich mich trotz allem sorge, ihre Geheimnisse könnten ans Licht kommen, weil Mimi eine Privatdetektivin beauftragt hat, auch wenn Sabrina daran selbst schuld ist?

»Sofort«, sage ich.

Doch sie ignoriert mich.

Zen und Mimi tragen beide entsprechend amüsiert verzogene Lippen zur Schau, während ich nach einem verdammten Stuhl greifen muss, weil ich Punkte in meinem Blickfeld sehe und den vertrauten Druck hinter den Augen spüre, der mir verrät, dass mir ein Schwindelanfall bevorsteht.

Und kein so leichter Schwindelanfall wie der vor einer Minute. Ein echt heftiger Schwindelanfall.

»Oh nein«, sagt Sabrina weit entfernt, während die Menschen ringsum ins Wanken geraten.

Ganz in der Nähe winselt der Hund, dann lässt sich etwas Schweres auf meinen Füßen nieder und drängt gegen meine Beine, während mir beinah schwarz vor Augen wird.

Da schrammt ein Stuhl über die Steinfliesen, und jemand packt meinen Arm. »Setz dich, Onkel Grey«, befiehlt Zen.

Die Stimme hört sich an wie in einer Echokammer.

Genau wie das Winseln des Hundes.

Ich folge der Anweisung und setze mich, kippe fast nach vorn, doch Zen und der Hund verhindern es glücklicherweise.

Dann lässt der Druck nach, mein Blick beginnt sich zu klären.

Und ich höre wieder deutlicher.

Und höre nichts.

Es ist still.

Alle starren mich an.

Die halbe Stadt hat mitbekommen, wie ich um ein Haar in Ohnmacht gefallen wäre. Schwäche zeigte. Angeschlagen wirkte.

Defekt.

»Willa, wir haben Gäste«, ruft Sabrina. »Iris, hast du die Valentinstag-Deko gesehen? Das hat Willa doch wirklich super hinbekommen, nicht? Portia, habe ich richtig gehört, dein Bruder kommt heute Abend zum Speeddating? Lebt er nicht inzwischen in South Dakota? Kommt er ganz nach Hause zurück oder nur, um sich mal prächtig zu amüsieren?«

Allmählich kehren die Stimmen zurück.

»Das war ein übler Anfall«, meint Zen neben mir.

»Findest du?«, brumme ich, während ich weiter auf den Fußboden starre und mir die Finger gegen die Schläfen presse.

Nein, nicht auf den Fußboden.

Auf Jitter, der zu mir hochblickt, als hätte ich ihm offiziell eine Höllenangst eingejagt und als wäre es ihm lieber, wenn ich das niemals wieder tun würde.

Nichts stimmt mehr.

Nichts ist mehr okay.

Außer dass Mimi hier ist, deren Stock unverwechselbar auf den Boden klopft, als sie ihre schlanke Gestalt quer durch das Café bewegt, um sich neben mich zu setzen.

»Zu viel Stress, Grey«, bemerkt sie leise und drückt meine Hand. »Wie wäre es, wenn du einer alten Dame weniger Anlass zur Sorge geben würdest, hm?«

»Ich arbeite daran.«

»So, wie es aussieht, nicht sehr erfolgreich.«

Für den Bruchteil einer Sekunde, bevor auf dem Tisch neben mir eine Tasse klirrt, steigt mir der Geruch von Chai in die Nase.

Und nicht Zens Hand hält die Teetasse.

Das sind zweifellos Sabrinas schmale Finger und gepflegte Nägel.

Sie spricht kein Wort.

Jedenfalls nicht mit mir.

»Braver Junge«, sagt sie leise zu dem Hund, während sie ihn hinter den Ohren krault. »Du bleibst hier. Ich bin gleich wieder da.«

Ich will nicht, dass sie geht.

Ich will, dass sie sich hinsetzt und mich hinter den Ohren krault.

Ich möchte ihr dafür danken, dass sie alle hier mühelos dazu gebracht hat, sich wieder auf etwas anderes als auf den Umstand zu konzentrieren, dass ich beinah mitten im Café bewusstlos geworden wäre.

Scheiße, ich möchte ihr sogar dafür danken, dass sie Mimi hergebracht hat, auch wenn ich mich bei der Vorstellung, dass sie hinter meinem Rücken mit meiner Großmutter gesprochen und ihr erzählt hat, was ich hier treibe, komplett bloßgestellt fühle.

Und ich will nicht, dass irgendwer hier erfährt, dass ich irgendwelche Schwachstellen habe.

Schwächen machen einen verwundbar. Verwundbarkeit führt dazu, dass andere einen übervorteilen.

Und jetzt weiß die gesamte Stadt, dass mit mir etwas nicht stimmt.

28. Kapitel

Sabrina

Die Schlange vor der Speeddating-Anmeldung nimmt kein Ende.

Und sämtliche Frauen stellen dieselbe Frage: »Kommt Grey Cartwright heute Abend auch her?«

Die Hälfte fügt die entscheidende Frage hinzu: »Geht es ihm gut? Ich habe gehört, er ist hier heute früh fast ohnmächtig geworden.«

»Er hatte nichts gegessen«, lautet meine naseweise Antwort. »Ihr wisst ja, wie Männer sind.«

Ich habe null Zweifel, dass die Essenspatrouille sich, noch ehe der heutige Abend vorüber ist, bemüßigt fühlen wird, ihm, zusätzlich zum Abendessen, jetzt auch noch Frühstück und Mittagessen vorbeizubringen. Oder dass wenigstens jemand Zen hilft, darauf zu achten, dass Grey die Mahlzeiten hier zu sich nimmt.

Was wir Klatschbasen eben so machen, damit Neuankömmlinge sich in einer Gemeinschaft willkommen fühlen. Und um sie psychologisch und nahrungstechnisch dazu zu bewegen, noch einmal darüber nachzudenken, was sie ebendieser Gemeinschaft antun.

Aber was das Schlimmste an allen Grey betreffenden Fragen ist …

Ich will nicht, dass die anderen ihn mögen.

Weil er mir gehört.

Verdammt.

Auch wenn ich weiß, dass er stinksauer auf mich ist, und das ganz zu Recht, wünsche ich mir, dass er mir gehört.

Ich wünsche mir, dass er der Freund ist, der Duke auf Hawaii war.

Weil es sich so richtig angefühlt hat. So einfach. Und ich habe das Gefühl, dass ich ihm, trotz unserer Differenzen, vertrauen kann.

Schließlich hat er mir ein paar harte Brocken über sich selbst anvertraut. Offenbar glaubt er, dass ich es wert bin.

Oder er hat es geglaubt.

Bis heute Morgen.

»Nimmst du auch teil, Sabrina?«, fragt Kayla.

Die Frage kommt überraschend – sie ist die Erste, die mich das heute Abend fragt –, schlimmer noch, sie weckt den Wunsch in mir, mich umzudrehen, um herauszufinden, ob er mich beobachtet.

Er ist jetzt seit vier langen Stunden sauer auf mich.

Und ich habe ihn während dieser vier langen Stunden erfolgreich gemieden, auch wenn ich die Hälfte davon hier im *Bean & Nugget* zugebracht und das Café für das Speeddating vorbereitet habe.

Jitter gleicht einem Briefbeschwerer für Menschen. Und heute war er ein Grey-Beschwerer, der geholfen hat, ihn von mir fernzuhalten.

»Ich weiß, dass du sonst immer dabei bist«, sagt Kayla leise. »Aber ich habe gehört, du hast einen Freund, über den du nicht sprechen willst, deshalb wusste ich nicht …«

Ich habe einen was?

Ich habe ganz sicher keinen … Oh, mein Gott.

Ich platze mit einem Lachen heraus und schlage mir die Hand vor den Mund.

Grey hat ein Gerücht über mich verbreitet.

Sie beugt sich zu mir. »Wem hast du erzählt, dass du einen Freund hast, und wieso überhaupt? Du hattest noch nie einen Freund. Noch nie. Aber Yolanda hat geschworen, Fiona hätte behauptet, ihre Quelle sei einwandfrei, auch wenn sie nicht sagen könne, wer ihre Quelle war.«

Grey beobachtet mich.

Dank der Dunkelheit draußen kann ich sein Spiegelbild im Fenster sehen, und er behält mich ohne jeden Zweifel im Auge. Ein Schauer rieselt mir den Rücken hinunter.

»Menschen ändern sich«, teile ich ihr mit. »Aber aus dieser speziellen Beziehung ist nichts geworden.«

»Dann *hattest* du einen Freund?«

»Ich war in einer sehr kurzlebigen Beziehung.« Mit mir selbst. Die ich auch fortgesetzt hätte, allerdings gönne ich mir eine Auszeit von mir selbst, während ich zu verdauen versuche, dass es mir nicht gefällt, mich zu einem Mann hingezogen zu fühlen, zu dem hingezogen zu fühlen ich absolut nicht gebrauchen kann.

»Wie du es am liebsten hast, stimmt's?«

Sie lacht.

Ich lache.

Weil es stimmt.

»Der Nächste bitte«, sage ich und winke sie lächelnd herein.

Doch mein Lächeln stirbt prompt einen schrecklichen Tod, als ich sehe, wer der Nächste in der Schlange ist.

»Wir sind ausgebucht, verpiss dich«, sage ich zu Chandler.

»Sabrina«, ermahnt mich mein Großvater, der direkt hinter Chandler steht – seine gebeugte, weißhaarige Gestalt verschwindet ohne Weiteres hinter dem massigen Idioten.

Und es überrascht mich nicht im Geringsten, dass Großvater ihm verziehen haben könnte, auch wenn ich noch so gut weiß, wie sehr es ihn verletzt hat, dass das Café nicht mehr in Familienbesitz ist.

Großvater verzeiht vieles. Er ist wahrhaftig der beste Mensch im gesamten Universum.

»Entschuldige, Grandpa«, sage ich lächelnd, stecke das Lächeln jedoch weg, als ich mich wieder Chandler zuwende. Ihn nur anzusehen lässt meinen Blutdruck ansteigen. »Wir hätten noch Platz, aber die Regel schreibt vor, dass man nicht am Speeddating teilnehmen kann, wenn man im Monat davor heiraten wollte.«

Großvater beäugt mich, natürlich weiß er, dass ich mir diese Regel gerade spontan ausgedacht habe, und natürlich denkt er, dass ich mich ebenfalls in Vergebung üben sollte.

Ich zucke die Achseln. »Man könnte sagen, ich versuche, sein Ego zu schonen, weil keiner hier mit ihm reden will, aber meinetwegen ... Hundert Dollar für den Eintritt, bitte.«

Chandler verschluckt sich. »Einhundert Dollar?«

»Oh, hast du etwa schon alles ausgegeben, was dir der Verkauf des Cafés eingebracht hat? Schade.«

»Auf dem Schild steht fünfundzwanzig.«

»Es sind hundert«, sagt Devi, als sie neben mir auftaucht. »Fünfundzwanzig kostet es für Senioren.«

»Dann ist hoffentlich ein Blowjob im Preis mit drin«, brummt Chandler.

»Ich habe gehört, dafür gibt es Maschinen«, entgegne ich frech.

Worauf ich mit einem weiteren strengen Blick von Großvater rechne, womöglich begleitet von einem leisen, aber tadelnden »Sabrina«, aber der Hinweis bleibt aus.

Warum?

Weil er blinzelnd etwas am anderen Ende des Cafés zu erkennen versucht.

Ihr habt doch nicht angenommen, dass ich Greys Großmutter nur hergerufen habe, weil er mein Café gekauft hat und damit droht, es zu ruinieren, oder?

Bitte …

»Wer ist das?«, will Großvater wissen.

»Wer?«, frage ich zurück.

»Die Frau da, die mich die ganze Zeit anstarrt. Sie scheint … Sie ist nicht von hier, aber es kommt mir so vor, als würde ich sie kennen.«

Ich blicke hinter mich. »Madeleine Cartwright? Greys Großmutter. Hast du Grey schon kennengelernt? Ihm gehört jetzt das Café. Ich glaube, du würdest ihn mögen.«

»Könntest du, bitte, die Klappe halten«, brummt Chandler, während er mir vier Zwanziger hinschiebt.

»Nein, kann sie nicht«, antwortet Devi für mich. »Und du schuldest uns noch zwei Zwanziger.«

»Das ist Wucher.«

Da hat er recht. Zu dem ohnehin überhöhten Preis, den wir ihm aufgedrückt haben, fehlt nur noch *ein* Zwanziger, aber wenn es um Chandler geht, würde ich mich jederzeit auf Devis Seite schlagen.

Ich würde mich, wenn es um Chandler geht, sogar jederzeit auf die Seite einer giftigen Kröte schlagen.

»Du könntest versuchen, ohne Speeddating eine neue Freundin zu finden«, sagt Devi. »Vielleicht irgendwo in Florida. Oder in Europa. Oder Sibirien. Im Grunde überall, nur bitte Tausende Meilen von hier.«

Ich bedeute ihr, meinen Platz einzunehmen. »Übernimm du. Großvater, komm, ich stelle dich vor.«

Als ich mich erhebe und mich umdrehe, sehe ich jedoch, wie

Zen Mimi hilft, sich in die Küche zu verdrücken, zusätzlich stellen sich uns sechs Leute in den Weg.

Ja, inzwischen ist sie für mich unbedingt Mimi.

Darauf hat sie bestanden.

Mein erster Eindruck nach diesem Nachmittag ist, dass ich sie persönlich ebenso sehr verehre wie zuvor bereits am Telefon.

Aufgeregtes Murmeln erhebt sich, als Iris die Damen auffordert, Platz zu nehmen. Sie hat in diesem Jahr die Leitung übernommen.

»Nimmt Grey teil?«, will noch eine Frau von mir wissen. »Der arme Mann. Seine Scheidung war fürchterlich.«

Und mehr braucht es nicht, um die stille Post zu starten.

»Ich habe ein Foto auf Insta gesehen, auf dem es aussieht, als wäre seine Schwester immer noch dick mit seiner Ex-Frau befreundet. Sie waren sogar zusammen im Urlaub.«

»Ich habe gehört, sie hat ihm seinen Hund weggenommen.«

»Ich habe in einem Artikel gelesen, dass er ihr, wegen einer Lücke im Ehevertrag, zehn Millionen Dollar auszahlen muss.«

»Oh, mein Gott.«

»Meine Damen«, ruft Iris noch einmal. »Bitte Platz zu nehmen! Meine Herren, lassen Sie bitte die Damen durch. Die Damen werden sitzen, während Sie von Tisch zu Tisch wechseln.«

Großvater hält inne und schaut nach der Küche.

»Madeleine Cartwright?«, wendet er sich dann an mich.

»So hat sie mir gesagt, würde sie heißen, ja. Aber weißt du was? Ich habe gehört, sie war auch auf der Carnegie Mellon. Ungefähr zur selben Zeit wie du. Ich frage mich, ob ihr euch gekannt habt.«

Er betrachtet mich aus hellblauen Augen, die in den Winkeln ein wenig feucht werden. »Du bist eine Plage.«

»Du wolltest wohl sagen, die Beste.« Ich drücke seinen Arm. »Soll ich dir einen Fensterplatz besorgen, damit du zusehen kannst, wie alle komplett durchdrehen, weil wir uns von unserer besten Seite zeigen?«

Sein Blick wankt. Er schaut weiter in Richtung Küche, doch dann sieht er sich nach dem Tisch am Rand des Schaufensters um, an dem er es sich früher gern gemütlich gemacht hat, um Gehaltsabrechnungen und Bestandsaufnahme zu erledigen oder bei einer Tasse Kaffee mit Künstlern, die ihre Werke bei uns ausstellen wollten, oder mit anderen Geschäftsinhabern der Main Street zu plaudern.

Er hat nie selbst am Speeddating teilgenommen, aber immer schon gern zugeschaut. Auch Granny kam für gewöhnlich dazu.

»Ich setze mich«, sagt er nun. »Du suchst dir einen Tisch. Finde einen netten Mann, der dich glücklich macht.«

Eher nicht.

Da packt jemand meinen Arm und schubst mich auf den nächsten Platz. »Die Zahlen gehen nicht auf.«

»Wir könnten Chandler rausschmeißen«, flüstert Kayla.

»Wir sind keine Arschlöcher«, widerspricht Zen. »Außerdem wird es bestimmt lustig zu sehen, wie er heute Abend verkackt.«

»Bist du bereit?«, fragt Frannie vom Nachbartisch. »Wirklich verrückt, dass Laney nicht zu uns stößt, oder?«

»Laney war eh schon seit drei Jahren nicht mehr dabei.«

»Weiß ich, aber ich dachte, sie macht nach ihrer üblen Trennung ein Jahr Pause und kommt dann zurück. Jetzt haben wir dich an ihrer Stelle. Echt witzig.«

»Die Herren, aufstellen«, ruft Iris. »Und … los!«

Drei Viertel der Männer schwärmen auf der Suche nach einem freien Tisch aus.

Decker gleitet auf den Stuhl mir gegenüber.

»Wir sind verwandt«, erinnere ich ihn grinsend.

Er zwinkert. »Anscheinend nicht blutsverwandt. Was dich zu einem angemessenen Opfer meines unwiderstehlichen Charmes macht.«

Darüber muss ich lachen, auch wenn es mir bei dem Gedanken ein kleines bisschen hochkommt.

Würde ich das Ganze von außen betrachten, wäre es gewiss saukomisch. So freut es mich, allen anderen Frauen hier nahezulegen, dass mein Cousin ein guter Fang ist.

Ich bin nicht die Einzige in der Familie, die nicht im Geringsten vorhat, sesshaft zu werden.

Decker lehnt sich mit breitem Grinsen zurück und verschränkt über dem langärmeligen T-Shirt mit der Aufschrift *Don't piss off the writer or he might kill you in a book* die Finger ineinander. »Jack und Lucky werden dermaßen eifersüchtig sein, weil ich als Erster eine Chance bei dir habe.«

»Mach dich nicht lächerlich.«

»Und du dir keinen Stress.«

»Niemals.« Ich bin so was von gestresst.

»Wo ist Jitter?«

»Mom hat ihn geholt. Hier sind heute Abend zu viele Leute.«

»Die Uhr läuft zur ersten Runde«, ruft Iris. »Ihr habt drei Minuten.«

Ich lasse den Blick schweifen und entdecke meine beiden anderen Cousins.

Jack hat anscheinend getrödelt. Seine Miene sagt, dass die drei Minuten ihn vermutlich killen werden, als er sich zurücklehnt, während Addison Hunter sich vorbeugt und mit den Fingern etwas auf die Tischplatte zeichnet.

Wahrscheinlich erläutert sie gerade, dass sie, da er im Finanzwesen tätig und sie Ingenieurin ist, schlaue, kompetente und schöne Kinder machen würden.

»Puh«, brummt Decker.

Lucky dagegen sehe ich auf der anderen Seite des Raums, wo er tatkräftig in eine lebhafte Unterhaltung mit Viola Hammerbach vertieft ist, die fünfundzwanzig Jahre älter ist als er. Und im Kindergarten seine Erzieherin war.

»Erzählen sie sich, was inzwischen passiert ist, oder flirtet er mit ihr?«, frage ich Decker.

»Ich habe ihn gestern erst gefragt, wer seine Lieblingslehrerin war, und er hat sie genannt, das bleibt also dahingestellt. Schade um ihren Gatten. Aber gut für sie, dass sie mal wieder rauskommt.«

Ich schaue mich um, wo Großvater sich an der Wand niederlassen wollte.

Aber da ist er nicht.

Was auch Grey aufgefallen ist.

Er sitzt zwei Tische weiter, offenbar hat man ihn gedrängt, den Männermangel auszugleichen, was ich tunlichst zu ignorieren versuche. Apropos ignorieren, er ignoriert seinerseits völlig, was auch immer Kayla an ihrem Tisch zu ihm sagt.

»Also, wer ist sie?«, fragt Decker.

»Oh, mein Gott, hast du dich zu mir gesetzt, weil du es auf eine alte Dame abgesehen hast und meinst, ich würde mir den Knüller einfach entgehen lassen? Schon vergessen, ich bin fertig mit Gerüchten.«

Er lacht schallend.

Was nur gerecht ist.

Weil ich ihn natürlich total verscheißert habe. »Ich habe gehört, sie ist Mr Cartwrights Großmutter«, murmle ich.

»Hast du gehört?«

»Hm…hm.«

»Und wie sicher ist das?«

»Nach allem, was wir über Genetik wissen …«

»Sie hat in seinem Leben die Großmutterrolle gespielt, richtig?«, stellt Decker klar.

»Richtig.«

»Und du bist dir sicher?«

»Ja.«

»Und sie war die Frau auf dem Foto, das ich in Großvaters Jahrbuch entdeckt habe?«

»Das nehme ich an.«

»Wieso ist sie hier?«

»Weil sie in ein Flugzeug gestiegen und von da, wo sie herkommt, hierhergeflogen ist.«

»Sabrina.«

»Nächste Runde«, ruft Iris. »Alle aufrücken. Nein, da lang. Lucky. Die andere Richtung. Ja, so ist richtig. Mrs Hammerbach hat dir ganz schön den Kopf verdreht, was? Fangt an, sobald ihr sitzt. Von jetzt an gibt es keine zusätzliche Zeit mehr fürs Plätzewechseln.«

»Warst du das?«, fragt Decker, als er sich erhebt.

»Lucky seiner Kindergartenerzieherin vorzustellen? Nein. Und, nein, die Regeln für heute Abend habe ich auch nicht gemacht.«

»Wir reden später darüber, warum Großvater verschwindet, nachdem er den neuen, alten heißen Feger in der Stadt angeguckt hat, als hätte er ein Gespenst gesehen, und wieso du mir nicht erzählt hast, dass du sie angerufen hast. Leugne es nicht. Ich weiß, dass du es getan hast.«

»Hau ab, Decker, sonst denken die Leute noch, du fragst mich nach meiner Telefonnummer.«

Er macht ein erschrockenes Gesicht, stürzt sich auf den Tisch in der nächsten Reihe und lässt sich vor Devi nieder.

Vor mir sitzt Walter Blunderman, den ich kenne, seit er Laney, Emma und mich jedes Mal angebrüllt hat, wenn es in unserem Baumhaus zu laut zuging, da sein Grundstück an Großvaters und Großmutters Garten stieß.

Grey nimmt am Tisch neben mir Platz.

Verflucht. Ich hatte gehofft, es ginge andersherum.

»Hi, Mr Blunderman«, sage ich mit aufgesetzter Begeisterung. »War die Arthritis letzte Nacht schlimm?«

»Wird besser. Der Kräutertee, den Fiona für mich gebraut hatte, hat alles nur verschlimmert, seit ich davon weg bin, geht es mir besser. Du weißt immer noch zu viel über jede und jeden?«

»Nee. Ich bin fertig mit Klatschgeschichten.«

»Da hab ich was anderes gehört.«

Ich gebe vor, nach Luft zu schnappen. »Mr Blunderman, sind Sie etwa in meine frühere Rolle geschlüpft? Das gefällt mir. Berichten Sie mir doch, was Sie sonst noch gehört haben.«

»Oh nein, du bist doch fertig mit Klatschgeschichten. Meine Knochen mögen knirschen, aber meine Ohren funktionieren noch.«

Die Hälfte von dem, was er sagt, entgeht mir. Nicht, weil ich ihm nicht zuhören will, sondern weil jedes Mal, wenn Grey etwas zu Isabella neben mir sagt, seine Stimme in mein Ohr poltert und alles andere übertönt.

Reiß dich zusammen, Sabrina.

Das bist nicht du.

Männer sind Schweine. Solche wie Großvater Harry werden heutzutage nicht mehr hergestellt. Denk nur, was Laneys Vater getan hat. Denk, was dein eigener Vater getan hat. Oder was Chandler getan hat. Sogar Theo ist ein Schwein, aber wenigstens ein bekanntes Schwein, und er weiß, ich schneide ihm seinen Schwanz ab, wenn er sich Laney gegenüber wie ein Schwein benimmt.

Ich bin keine Männerhasserin. Ich bin bloß, nach allem, was ich mit den Jahren mitbekommen habe, verflucht misstrauisch. Paare, die es packen, die einander an jedem Tag ihres Lebens ehren, achten und annehmen, sind verflucht selten.

Da bleibe ich lieber mit meinem Hund allein und pflege meine engen Freundschaften.

Und wenn meine Freundinnen mal Kinder haben, werde ich die verdammt beste Tante sein, die es je gab.

Sie sind meine Familie.

Die drei Minuten verfliegen viel zu schnell, während ich mich verzweifelt davon zu überzeugen versuche, dass ich noch immer keine Beziehung eingehen und nichts mit diesem verletzten, verwundbaren, manchmal bescheuerten, aber immer heißen Mann am Nachbartisch zu tun haben will.

Mein Magen zieht sich zusammen. Mein Puls flattert. Meine Finger werden steif. Und viel zu schnell wünsche ich Mr Blunderman noch einen vergnüglichen Abend, während er sich von seinem Stuhl stemmt und zur nächsten Reihe hastet.

Dann lässt sich Grey auf den freien Platz sinken, und sein Blick verrät, dass sich jede einzelne Sekunde der nächsten drei Minuten zu einer Ewigkeit strecken wird.

Es ist an der Zeit, die Suppe auszulöffeln, die ich mir eingebrockt habe.

29. Kapitel

Grey

Sabrina Sullivan hat echt Mut.

Sie hat die Nerven, mich anzulächeln, als ich während dieses fürchterlichen Bäumchen-wechsel-dich-Spiels vor ihr Platz nehme, an dem letzten Ort der Welt, an dem ich jetzt sein möchte.

Während der verfluchte Chandler Sullivan nur ein paar Tische weiter hockt und glaubt, wieder einmal die Oberhand gewonnen zu haben, weil ich mich nicht gegen sein arschiges Gebaren in der letzten Woche gewehrt habe.

»Grey. Lange nicht gesehen.« Sabrina schnippt einen Plastikbecher von dem Plastikbecherturm vor ihr und füllt ihn mit Wasser aus einer Karaffe, wie auf jedem Tisch eine steht, und schiebt ihn mir hin. »Trink. Du schaust dehydriert aus. Wie gefällt es deiner Großmutter in der Stadt?«

»Du hast, verdammt noch mal, meine Großmutter angerufen«, zische ich.

Sie wölbt die Brauen, die so kupferrot sind wie ihr Haar, das heute Abend lockiger ist. Eine einzelne Strähne hat sich gelöst und liegt über ihrem Busen, eine Welle fängt jedes Mal, wenn sie sich bewegt, das Licht ein, sodass ich zum totalen Höhlenmenschen werden und mich über den Tisch werfen und sie küssen will, bis sie mich um Entschuldigung bittet.

»Ich kenne sämtliche Großmütter in der Stadt«, sagt sie. »Oder habe sie gekannt, falls sie nicht mehr unter uns weilen. Ich wollte sie nur wissen lassen, wie sehr es die Gemeinde hier zu schätzen weiß, dass du meine Familie davor bewahrt hast, wegen Steuerschulden unser gesamtes Ansehen zu verlieren, ganz gleich, was du als Nächstes mit dem Gebäude anstellst.«

Ich weiß nicht, was mich wütender macht. Dass sie es überhaupt getan hat oder dass sie jetzt so tut, als hätte sie es aus irgendeinem anderen Grund getan, als mit meiner Großmutter über einen erwachsenen Mann zu lästern.

Als sie sagte, sie würde zu schmutzigen Tricks greifen, hatte ich nicht damit gerechnet, dass ihre Tricks derart schmutzig sein würden.

Wenn man hinzunimmt, wie verflucht gut es sich anfühlt, Mimi hierzuhaben, sodass ich sie aufs Neue küssen und ihr danken will, bin ich echt im Arsch.

Ein komplettes Desaster komplizierter Gefühle.

»Lass. Meine. Großmutter. Da. Raus!«, gelingt es mir zu sagen.

Sie hebt beide Hände. »Klar. Ich werde nicht mehr mit ihr reden. Ich kann dir allerdings nichts versprechen, wenn sie mir eine direkte Frage stellt. Manieren und so, du weißt schon.«

Ich spüre, wie der Schwindel übernimmt, und erinnere mich daran zu atmen.

Mein Sichtfeld trübt sich in den Winkeln, doch ich kann noch erkennen, wie sie einen Schluck Wasser trinkt, während sie mich betrachtet, als wüsste sie genau, was sie mit meinem Blutdruck anstellt.

Atme.

Atme.

Wasser.

Verfluchte Scheiße. Sie hatte recht mit dem Wasser.

Ich trinke. Ich atme. Mein Blick klärt sich wieder.

Beobachten mich die Leute?

Beobachtet mich der verdammte Chandler?

Himmelherrgott. Fuck. Er hat bestimmt was gehört. Er hat bestimmt gehört, was alle anderen gehört haben: *Grey Cartwright war dermaßen überwältigt vom Anblick seiner Großmutter, dass er auf der Stelle in Ohnmacht gefallen ist.*

Beschissener Scheißkerl. So hatte das alles absolut nicht ablaufen sollen.

»Lass meine Großmutter in Frieden«, sage ich noch einmal zu Sabrina, diesmal ruhiger.

Ich muss ruhig bleiben.

Sie hält meinem Blick stand, ohne zu blinzeln, was das verdammt Ärgerlichste überhaupt an ihr ist. Diese Frau kann einen stumm zu einem Duell mit Blicken herausfordern und es dann für sich entscheiden, ohne auch nur mit einem Augenlid zu zucken.

Liegt das daran, dass sie so viel Kaffee trinkt?

Oder übt sie Blickduelle im Spiegel? Ist das ihre drittliebste Freizeitbeschäftigung, nach dem Kaffeetrinken und dem Gebrauch ihrer Zahnbürste?

»Mir ist klar, ich sollte bedauern, was ich getan habe, aber ich …«, beginnt sie, nur um von der Moderatorin unterbrochen zu werden, die die Runde beendet.

Ich schaue nach dem Kerl rechts von mir, der glaubt, meinen Platz einnehmen zu können. »Hier sitze ich. Nimm den Nächsten.«

»Yeah, Sabrina«, sagt der Kerl und streckt die Hand zum Faustcheck aus. »Wir wussten alle, dass es mehr wird als ein One-Night-Stand.«

»Heilige Scheiße in Honigwaben«, brumme ich.

Sie unterdrückt ein Kichern, während sie dem Faustchecker

bedeutet, sich zu verziehen. »Oh, mein Gott, das war niedlich. Aber kein schönes Bild vor dem inneren Auge.«

Ich hole noch einmal tief Luft und leere meinen Wasserbecher.

Bevor ich gehen kann, füllt sie den Becher auf.

Fuck.

Nicht ich habe hier die Kontrolle.

»Ich habe sie nicht angerufen, um über dich zu reden«, erklärt sie, während alle ringsum ihre Plätze einnehmen. »Ich meine, ja, wir kamen auf dich zu sprechen. Vielleicht sollte ich lieber sagen, ich habe sie nicht *nur* angerufen, um über dich zu reden. Du bist der Grund, aus dem ich zum Hörer gegriffen habe, doch schlussendlich hatte es sehr wenig mit dir zu tun.«

»Sehr wenig mit mir zu tun?«

»Korrekt.«

»Sie sagt, du hättest ihr gesagt, dass ich beinah vor meiner Haustür das Bewusstsein verloren hätte.« Ich senke meine Stimme, so weit ich kann. Ich schwöre, es ist hier drin nicht mehr so laut wie noch fünf Minuten zuvor.

Schauen uns alle an?

Hören uns alle zu?

»Sie wollte wissen, wie es dir geht, ich sagte, es gehe dir gut, dann fragte sie mich, ob du noch einen deiner Schwindelanfälle gehabt hättest, und da du der einzige Mensch bist, dem ich Lügen auftische, habe ich ihr die Wahrheit gesagt.«

»Das sind eine Menge Wörter für: *Ich habe deine Großmutter angerufen, um dir ein schlechtes Gewissen zu machen, damit du nicht umsetzt, was du hier vorhast.*«

Abermals gießt sie mir Wasser nach.

Shit.

Ich habe nicht mal gemerkt, dass ich ausgetrunken hatte.

Ich beuge mich noch weiter vor. Gott, sie ist hinreißend. Die grünen Augen. Die niedliche Nase. Die Andeutung von Sommersprossen darauf. Ihr Haar. Die eine Haarsträhne auf dem schwarzen Sweater, die zurückzustreichen ich mich in der Öffentlichkeit nicht traue.

Oder privat.

Oder überhaupt.

Unsere Lage hat jede Menge übelster Aussichten. Doch die allerübelste ist im Augenblick, dass ich ihr Mimi anvertraue.

Ich räuspere mich. »Mimi hält mich für einen verkackten Erlöser, weil ihr in dieser verfluchten Stadt jeder weisgemacht hat, ich hätte das Café gerettet, während sie absolut niemand darüber aufgeklärt hat, dass ich vorhabe, den Laden komplett auf links zu drehen.«

»Du kannst immer noch zum Erlöser werden. Ich könnte dafür sorgen, dass dir andere Geschäftsgebäude zum Verkauf angeboten werden. Lass Emma Zeit, wieder auf die Beine zu kommen, und wir finden etwas Passendes, um zu gewährleisten, dass hier jemand begreift, dass seine Zeit, den Charmebolzen zu spielen, während er in Wahrheit alle hinter ihrem Rücken verarscht, abgelaufen ist.«

»Ich bin niemandes Erlöser.« Aber ich wäre es verdammt gern.

»Wenn man sich ansieht, auf wie viele Arten einen Menschen enttäuschen können, liegt die Latte dafür, zum Erlöser zu werden, heutzutage ausgesprochen niedrig. Aber ich halte dich gar nicht für einen Erlöser. Ich halte dich für einen sehr komplizierten Mann, der es verdient, endlich einen Schlussstrich ziehen zu können.«

»Nächste Runde«, erklingt es wieder.

Sabrina verdreht die Augen und winkt den nächsten Kerl durch. »Wir wissen doch beide, wohin das führen würde, nicht wahr, Jeremy?«

»Ich hätte nichts gegen eine weitere vergnügliche Nacht einzuwenden«, gibt er zurück.

Ich blicke hoch.

Der Typ ist schlaksig. Brillenträger. Große Nase. An einer Braue dreht sich ein langes Haar quer in seine Stirn.

»Ich weiß das Angebot zu schätzen, aber drei Tische weiter oder so kommst du eher zum Schuss«, entgegnet Sabrina.

»Gib Bescheid, falls du es dir anders überlegst.« Er zwinkert anzüglich.

Fast springe ich vom Stuhl auf, um ihm eine zu scheuern.

»Mit dem hast du geschlafen?«, zische ich, als der Kerl zur nächsten Tischreihe schlurft.

»Kleine Stadt, dürftige Auswahl. Ich hab mit einigen von den Typen hier geschlafen.«

Ich rufe mir ins Gedächtnis, dass sie meinen Blutdruck in die Höhe jagen will, und trinke noch einen Riesenschluck Wasser.

Sie beugt sich hinüber, um die Wasserkaraffe vom Nachbartisch zu stibitzen, dann bedeutet sie gestikulierend jemandem hinter mir irgendetwas.

»Ich habe deine Großmutter angerufen, weil ich im College-Jahrbuch meines Großvaters ein Foto von ihm mit deiner Grandma entdeckt hatte«, sagt sie ohne Umschweife.

Mir klappt die Kinnlade runter. Doch ich klappe sie wieder zu.

»Wenn du willst, zeige ich es dir. Sie sahen befreundet aus. Mein Großvater fühlt sich seit dem Tod meiner Großmutter einsam, und da du schon mal hier bist und alles, was ich im Internet finden konnte, den Schluss nahelegte, dass deine Großmutter ebenfalls verwitwet ist, habe ich sie eben angerufen, um herauszufinden, ob sie sich an ihn erinnert und ob sie Lust hätte, herzukommen und euch beide zu treffen.«

»Du … hast meine Großmutter angerufen … um sie mit deinem Großvater … zu verkuppeln.«

Sie legt die Stirn in Falten. Und schaut blinzelnd an die Decke. Tippt sich mit dem Zeigefinger ans Kinn, während sie den Kopf vor- und zurückwiegt, als würde sie überlegen, ob sie mir verraten will, dass sie genau das getan hat, oder ob sie mit ihrer Geschichte lieber in eine andere Richtung abbiegen will.

Dann zuckt sie nur mit den Schultern. »Ja, sicher, passt schon. Um der Wahrheit die Ehre zu geben, habe ich sie auch angerufen, um mich zu vergewissern, ob sie dir womöglich ausreden kann, mein Café in eine Kombucha-Bar zu verwandeln. Aber zu einem großen Teil auch, weil ich es nicht ausstehen kann, wenn Menschen einsam sind. Es ist mir egal, ob die beiden Freunde werden oder ob irgendwas Romantischeres passiert, ich dachte bloß, es wäre schön, zwei alte Leute miteinander zu verbinden, von denen ich annahm, sie würden sich gern wiedersehen, nachdem jeder von ihnen einen wichtigen Menschen verloren hat. Das mit deiner Großtante tut mir übrigens sehr leid. Sie schien mir ein netter Mensch gewesen zu sein.«

»Du hast dich auch über meine Tante informiert?«

»Nein. Zen hat mir von ihr erzählt. Jeder Mensch, den Zen verehrt, muss ein guter Mensch sein.«

»Nächste Runde«, ertönt es, und jemand tauscht die Wasserkaraffen auf unserem Tisch aus.

Ehe ich es selbst tun kann, gießt Sabrina mir Wasser nach.

Ich erhebe mich nicht von meinem Stuhl.

Sabrina winkt mich nicht weiter.

»Rückst du endlich mal auf, du alter Mistkerl?«, ruft Chandler Sullivan viel zu dicht an meinem Ohr.

Bevor ich reagieren kann, ist Sabrina bereits aufgesprungen und schreit ihm ins Gesicht. »Hau ab!«

»Zwing mich doch«, gibt Chandler zurück.

»Auf leise oder laute Art?«

Ich erhebe mich jetzt auch von meinem Stuhl.

Ich werde nicht zulassen, dass jemand anderes diese Schlacht für mich schlägt, und ich werde ihn nicht noch einmal mit so einem Scheiß davonkommen lassen, wie er ihn letzte Woche abgezogen hat.

Und die leise Stimme in meinem Kopf, die mir sagt, dass Sabrina nicht bloß so tut, als würde sie den Mann hassen, der mich auf dem College drangsaliert hat, kann sich zum Teufel scheren und schweigen.

Dafür habe ich jetzt keine Zeit.

Chandler wendet sich mir zu. Weicht einen Schritt zurück. Schaut hoch.

Hoch.

Der Arsch schaut zu mir hoch.

Das war früher nicht so.

»Scheiße, Alter, du bist groß geworden«, bemerkt er. »Ist mir gar nicht aufgefallen, als du gesessen hast. Würdest du diesem Miststück bitte sagen …«

Ich nehme ihn mir auf Augenhöhe zur Brust, noch ehe er den Satz beenden kann. Der Arsch ist nicht leicht, aber die Kraft der Wut ist auf meiner Seite. »Du wirst aus dieser verfluchten Tür gehen, dann wirst du aus dieser verfluchten Stadt verschwinden und niemals wieder zurückkommen, wenn du nicht willst, dass jeder Einzelne in diesem Raum erfährt, auf wie viele Arten du dein Leben lang ein vollkommener Drecksack gewesen bist. Geh, verdammt noch mal, jemand anderen drangsalieren. Noch besser, geh und drangsaliere dich selbst, und lass den Rest der Welt in Frieden.«

Ich gebe ihn frei.

Er kommt taumelnd auf die Füße, allerdings ohne zu stürzen, wird jedoch zu meiner vollen Zufriedenheit blasser als ein Geist.

»Muss ich mich wiederholen?« Mein Blick trübt sich schon wieder, mein Kopf wird gefährlich leicht.

Aber ich habe es, verdammt noch mal, vollbracht. Ich habe ihm die Stirn geboten.

»Dann schläfst du also mit einer Frau …«, setzt er an, bringt den Satz aber nicht zu Ende.

»Noch eine Silbe, du Saftarschosaurus«, sagt Sabrina, »und jeder hier erfährt, was du in der Nacht, nachdem deine Hochzeit geplatzt war, getrieben hast.«

»Was hat er denn getan?«, lässt sich aus einer Ecke einer der Drillinge vernehmen.

»Davon hast du uns noch gar nichts erzählt«, ruft ein zweiter Drilling aus der gegenüberliegenden Ecke.

Rasch nähert sich uns Iris. »Chandler Sullivan, du bist raus! Raus hier. Raus, bevor ich deinen Großvater hole. Und deine Eltern. Und … Emma.«

Sabrina atmet scharf ein.

So wie die Hälfte der Menschen im Raum.

Chandler blinzelt. Dann blinzelt er noch einmal.

»Wo ist Emma?«, will er wissen.

»Das geht dich, Herrgott noch mal, gar nichts an«, knurre ich durch die Punkte vor meinen Augen.

»Er hat eine Stunde nach seiner geplatzten Hochzeit mit einem Reality-TV-Starlet gepennt, das er am Strand aufgegabelt hatte«, teilt Sabrina dem ganzen Raum mit. »Verschwinde, oder ich komme darauf zurück, was du nach Großmutters Tod dem *Bean & Nugget* angetan hast.«

Er starrt sie finster an.

»An deiner Stelle würde ich tun, was sie sagt«, empfehle ich ihm, wobei mir nicht gefällt, wie ich mich am Stuhl festhalten muss, um nicht umzukippen, doch ich tue es trotzdem. Ich halte mich aufrecht, und ich bin ziemlich sicher, dass ich ihn unverwandt anblitze.

»Wichser, ich dachte, wir wären Freunde.«

»Freunde zerstöre nicht das Leben des anderen und lassen denjenigen den Kopf dafür hinhalten.«

»Vielleicht findest du ja neue Freunde bei McDonald's«, sagt Sabrina.

McDonald's? Es gibt hier gar keinen McDonald's.

Das ist ziemlich weit hergeholt.

Das ist viel zu weit hergeholt.

Das ist – heilige Scheiße.

Tante Appleby und Onkel Five Guys führen insgeheim eine offene Ehe, weil sie einander und ihr liebes Kind McDonald nicht ausstehen können.

»Die Ehe seiner Eltern …«, hebe ich an, und dann geschieht das Allerschönste auf der ganzen Welt.

Chandler Sullivan kreischt tatsächlich vor Angst laut auf.

Er kreischt. Und er schreckt zurück. Und wird knallrot im Gesicht. »Halt dein verdammtes …« Weiter kommt er nicht, weil ich mich ihm gefährlich nähere und er darauf noch weiter zurückfährt.

»Verschwinde, oder wir werden alles, was du jemals geliebt hast, unwiderruflich bis auf die Grundmauern zerstören«, knurre ich. »Und fürs Protokoll, ich fange schon mal damit an. Es werden Bienen kommen. So viele Bienen. Überall Bienen.«

»Verdammt, ich verschwinde, ihr Volltrottel«, faucht er. »Es gibt hier sowieso keinen, den zu kennen sich lohnt. Fickt euch alle.«

Chandler hält Wort und stürmt zum Ausgang, wo er sich noch mal umdreht und allen im Raum den Mittelfinger zeigt.

»Jemand sollte sich Addisons Handy schnappen«, ruft der dritte Drilling.

»Ich bin dann mal raus«, wendet sich Sabrina an Iris. »Grey, trink lieber gleich aus der Karaffe. Hey, erinnert ihr euch alle noch an das Jahr, in dem die Lichterketten um das Denkmal des Alten Snaggletooth einen Kurzschluss hatten und wir dachten, sein Kopf würde in Flammen aufgehen?«

Einige kichern nervös.

Jemand schnappt nach Luft.

Vermutlich Addison, weil man sie in eine Ecke gedrängt und ihr das Handy abgenommen hat.

»Tja, man kann nicht behaupten, dass das heute nicht der denkwürdigste Speeddating-Abend sein wird, den Tooth jemals erlebt hat«, ruft Sabrina. »Wer würde gern bei seiner Hochzeit davon erzählen? Bestimmt hat sich hier heute Abend irgendwer verliebt, nicht wahr? Hey, Bitsy, willst du die nächste Runde starten? Iris, gib uns Bescheid, ja? Los geht's!«

Überall im Raum werden wieder Stimmen laut.

»Los, los, los«, ruft Iris und schließt die Tür hinter Chandler.

»Noch viel Spaß heute Abend«, sagt Sabrina leise zu mir. »Und viel Glück.«

»Warte …«, beginne ich, doch sie wartet nicht.

Stattdessen drängt sich dreist eine Blondine zwischen uns.

»Hi«, sagt sie. »Ich bin Oakleigh. Wir kennen uns noch nicht. Sie sollten an meinen Tisch kommen, aber ich dachte, ich komme einfach zu Ihnen.«

Ich will sie anlächeln, kann es aber nicht, weil ich Sabrina durch die Küche eilen sehe und befürchte, dass sie zur Hintertür hinausschlüpfen und Gott weiß wohin in dieser Stadt entkommen wird.

»Sorry«, sage ich, »aber ich muss gehen.«

Und ich gehe.

Ich habe Chandler die Stirn geboten.

Ich habe vollbracht, was mich hierhergeführt hat.

Aber ich glaube, es gibt noch etwas anderes, das der wahre Zweck meines Hierseins ist.

Etwas Größeres.

Etwas Furchteinflößendes.

Doch ich bin fertig damit, vor irgendwas Angst zu haben. Es ist Zeit, Super-Vengeance-Man schlafen zu legen und stattdessen zu Super Grey zu werden.

Einfach ich selbst.

Ganz allein.

Alles zu geben und es darauf ankommen zu lassen.

30. Kapitel

Sabrina

Lächelnd erkläre ich Zen, ich müsse fort, weil meine Mom angerufen und gesagt hat, dass Jitter Dünnpfiff hat, obwohl mir klar ist, dass Zen weiß, das ist gelogen. Dann schleiche ich mich zur Tür hinaus, ohne ein Wort zu Großvater oder Mimi, die am Tisch in der Küche sitzen, die Köpfe zusammenstecken und mehr miteinander reden, als ich Großvater seit einer Ewigkeit habe reden hören.

Ich schnappe Wörter und Satzfetzen wie *drei Kinder* oder *Lieblingsenkel* oder *der schwere Verlust meiner Schwester* auf.

Als wollten sie keine Minute vergeuden und nach fast siebzig Jahren der Trennung alles in einer halben Stunde nachholen, weshalb ihre Sätze wild durcheinanderpurzeln.

Ich bin mir ziemlich sicher, dass sie nicht mal bemerken, dass ich mich verdrücke.

Schlitternd schaffe ich es zu meinem Auto im hintersten, allerhintersten Winkel des Parkplatzes. Aber als ich eben auf den Fahrersitz gleite, geht die Tür auf der Beifahrerseite auf, und Grey steigt ein. Mein Herz rast in heilloser Panik. Mein Fight-or-Flight-Instinkt entscheidet, dass reglos dazusitzen jetzt die passende Reaktion ist.

Dann geschieht etwas Schlimmes. Zwei Tränen rinnen mir über die Wangen.

»Geh weg.«

»Du hast mir von deiner Mutter und deiner Granny erzählt, damit wir quitt sind, wenn Mimi hierherkommt. Damit ich es gegen dich verwenden kann.«

»Für einen Mathematiker bist du ziemlich dumm.« Er ist ein verflucht brillanter Kopf. Und er gehört nicht hierher.

Nicht, weil wir hier keine intelligenten Leute hätten, sondern weil er nicht dazu bestimmt ist, ein Café oder eine Kombucha-Bar zu leiten. Er ist dafür bestimmt, Rätsel zu lösen und seinen Verstand zu benutzen, um die Probleme der Welt zu lösen.

Manchmal kommt es mir vor, als würde ich ihn kaum kennen, dann sehe ich ihn wieder an einem der Cafétische auf ein Puzzle starren oder über einer Blaupause brüten oder sich einfach in seinen Gedanken verlieren, und dann weiß ich – dann weiß ich, dass er im Leben etwas Größeres braucht.

Dass er momentan verletzt ist. Dass die Menschen, die ihm zu Hause, bei der Arbeit und in der Schule hätten beistehen müssen, ihn samt und sonders enttäuscht haben.

Er war erst Mitte zwanzig, als er einen besseren Cerealien-Beutel erfand.

Dieser Mann könnte so viel mehr aus seinem Leben machen. So viel mehr zum Allgemeinwohl der ganzen Welt beitragen.

Wenn die Menschen nur aufhören würden, ihm wehzutun.

Ich will die Frau sein, die damit aufhört.

Ich will die Frau sein, die ihm zeigt, dass es Menschen gibt, die das Beste für ihn wollen.

Und zum ersten Mal im Leben verstehe ich, warum Menschen sich verlieben. Warum sie sich darauf einlassen. Warum es sich lohnt, das Risiko einzugehen.

Ich habe mein Leben lang versucht, die Welt mit den Informationen, die ich in Erfahrung gebracht habe, zu verbessern.

Was, wenn die Liebe zu jemandem die Welt besser macht?

»Sabrina.«

»Bitte, geh. Ich will nicht, dass du mich so siehst.« *Ich will nicht, dass du freundlich bist, denn das wäre der Tropfen, der das Fass zum Überlaufen brächte und mich an Dinge glauben lassen würdet, die mir noch immer Angst machen.*

Er nimmt eine meiner Hände, seine langen Finger schließen sich um meinen Handrücken, sein Daumen streicht über meine Haut, und da erst bemerke ich, dass er keine Winterjacke trägt.

Keine Jacke. Keine Handschuhe. Keine Mütze.

Er hat nicht angehalten, um nach irgendetwas davon zu greifen, als er mir nach draußen gefolgt ist.

Dennoch ist seine Hand warm, sein Griff auf die beste Art fest, und allein seine Berührung sorgt dafür, dass meine Panik schwindet und mein Herz aus anderen Gründen rast.

Meine Nippel werden hart.

Und endlich befreit sich meine Vagina aus dem Stahlkorsett, in das ich sie in den letzten Wochen gezwungen hatte.

»Letztendlich wird es Chandler egal sein, was du mit dem Café anstellst«, flüstere ich. »Auch wenn er manches daran geliebt haben mag, würde es ihn nicht so treffen, wie du es gern hättest.«

»Er hat dir wehgetan«, sagt er.

»Er hat Emma wehgetan, nicht mir; mich hat er nur stinksauer gemacht.«

»Er hat dir wehgetan.«

»Chandler und das, was er denkt, müssten mir etwas bedeuten, damit er mir wehtun könnte.«

»Sabrina.«

Ich möchte ihn anschauen, fürchte mich jedoch vor dem, was ich sehen könnte.

Empathie.

Verständnis.

Grey als Super-Vengeance-Man, wild entschlossen, meinen Cousin Stück für Stück auseinanderzunehmen, weil er das Café meiner Familie aufs Spiel gesetzt hat.

Aber nichts wäre schlimmer als Super-Vengeance-Man, der mich und meine Wunden rächen wollte. Absolut nichts.

»Sag mir, bitte, einfach, dass du mich hasst, weil ich deine Großmutter angerufen habe, und dass ich gefeuert bin und dass du die komplette Innenstadt aufkaufst, sodass ich wegziehen müsste, wenn ich dich niemals wiedersehen wollte.«

»Warum willst du, dass ich dich hasse?«

»Weil ich dich zu sehr mag, und das ist auf viel schlimmere Weise furchterregend als meine Wut auf Chandler.«

Er sagt dazu nichts.

Jedenfalls nicht mit Worten. Aber mit seinen Händen. Er fährt mit dem Daumen über die Haut meines Handrückens. Mit der anderen Hand streicht er mir sanft das Haar über die Schulter zurück und wickelt dann meine Locken um seine Finger.

Dann hebt er meine Hand an seinen Mund und presst seine Lippen in die Handinnenfläche, sodass mir der Magen auf die Oberschenkel plumpst.

»Ich wollte nach Hawaii schon einen Privatdetektiv beauftragen, um dich ausfindig zu machen.« Seine Stimme klingt belegt, tiefer, seine Worte kommen langsamer, als würde dieses Geständnis schwerer wiegen, als es seine Stimmbänder zu bewältigen vermögen. »Sogar nachdem du verschwunden warst. Selbst nach dem Desaster mit dem Zimmermädchen und deiner Nachricht. Du warst bezaubernd. Du warst der bezaubernde, funkelnde, resolute Engel von einer Frau, und ich wollte wissen, was dir so viel Kummer bereitet, und es für dich regeln. Und jetzt bin ich es, der dir Kummer bereitet. Ich tue dir weh.«

»Deine Idee – was du vorhast – ist großartig. Es ist aufregend. Und neu. Die Leute hier werden es lieben.«

»Du aber nicht.«

»Doch, das werde ich. Ich werde mich anpassen. Ich finde eine andere Bestimmung. Es geht gar nicht um das *Bean & Nugget*. Es geht um Snaggletooth Creek. Um die Gemeinschaft. Die ich … die ich immer finden kann, ich muss es mir nur ins Gedächtnis zurückrufen.«

»Sabrina.« Wieder küsst er meine Handfläche, beim Gefühl seiner heißen Lippen auf meiner Haut beginnt meine Vagina zu pochen.

»Bitte, geh wieder rein.«

»Ist es das, was du willst?«

»Nein.« Verdammt.

Ich mache den Mund auf, um mich zu verbessern, um zu sagen, was ich sagen sollte, auch wenn es gelogen wäre. Doch ehe mir ein einziger Laut über die Lippen kommt, streicht er mit seinen Lippen darüber.

Und, Gott, wie gut sie sich anfühlen.

Als wären sie dafür geschaffen, mich zu küssen.

Ich drücke seine Hand und lege meine andere Hand in seinen Nacken, um ihn für einen leidenschaftlicheren Kuss an mich zu ziehen.

Das ist nicht, was ich tun sollte, aber das, was ich tun will.

Ich will diesen lustigen, intensiven, verletzlichen Mann. Ich will, dass er mich küsst und mit mir nach Hause kommt. Ich will ihn in meinem Bett. Ich will morgens bei Tee und Kaffee mit ihm lachen. Ich will, dass er meinen Hund mit mir ausführt. Ich will ihm mein Heim zeigen, meine Stadt, einfach alles, und ich will zuschauen, wie er sich in alles hier verliebt, so wie er sich in die Aussicht während unserer Schneewanderung verliebt hat.

Ich möchte, dass er mich ansieht, wie er den Sonnenuntergang angesehen hat.

Ich möchte ihn von den Leuten abschirmen, die ihn verletzt haben, und ich möchte, dass er der Schutzschild zwischen mir und den Leuten ist, die mir wehgetan haben.

Ich intensiviere den Kuss, strecke mich über die Mittelkonsole und auf seine Seite. Bei dem leisen, lustvollen Grollen hinten in seiner Kehle, während seine Hände über meinen Rücken nach unten wandern, erschauere ich.

Wir sind ganz hinten auf dem Parkplatz.

Alle anderen sind im Haus.

Keiner wird uns sehen.

Und dieser Gedankengang lässt mich über die Mittelkonsole auf seinen Schoß klettern, wo ich zwischen ihm und dem Armaturenbrett eingequetscht sitze.

Er tastet nach der Sitzregelung.

»Lass deine Hände auf mir.« Ich lecke den Hals unter seinem Bart und lange nach dem Hebel. »Hab's.«

»Nicht loslassen.«

Gott, dieses heisere Begehren in seiner Stimme.

Ich bekomme davon ein feuchtes Höschen.

Der Sitz quietscht, gleitet langsam, langsam, langsam nach hinten und gibt uns mehr Spielraum.

Er gluckst schnaufend, und … Oh, Gott des Café au lait, ist das anbetungswürdig.

Wieso ist er so dermaßen sexy und unwiderstehlich?

»Mach das nicht«, verlange ich.

»Was?«

»Lachen.«

»Es gefällt dir, wenn ich lache.«

Ich versiegle seine Lippen mit meinen, bringe ihn so zum Schweigen und schiebe ihm meine Zunge in den Mund, bis er wieder das verzweifelte Grollen in seiner Kehle hören lässt. Ich verändere meine Position auf seinem Schoß, sodass ich rittlings auf ihm sitze, und greife zugleich nach unten, um auch die Lehne nach hinten zu kippen.

Langsam, *sehr* langsam neigen wir uns rückwärts.

Und jetzt bin ich dran.

Jetzt küsse ich ihn, taste mit der freien Hand nach seinen Hemdknöpfen und bin diejenige, die kichert.

Wieder gluckst er schnaufend.

Doch dann schiebt er seine Hand unter meinen Rock, und ich höre sofort auf zu lachen.

Mein Atem stockt.

Ich kann nur noch die Schenkel weiter spreizen, während seine Hand meinen Hintern erkundet, ihn zuerst sanft streichelt und dann knetet, bis er sich schließlich in mein Höschen schleicht, um mit dem Fingerknöchel meinen Kitzler zu berühren.

»Warte«, zwinge ich mich zu sagen.

Er erstarrt.

Ich schnappe gierig nach Luft und lasse den Kopf an seine Brust sinken. Wir sind halb zurückgesunken, und er hat seine Hand in meiner Unterwäsche, und ich will nicht, dass er jetzt aufhört.

Aber er muss damit aufhören.

Nur für eine Minute.

»Ich will das Café nicht.«

»Sabrina …«

Ich schiele fast, als ich mich erneut umsetze und mit meiner Klitoris seine reglose Hand streife, doch ich zwinge mich, ihm unverwandt in die Augen zu blicken. »Nein. Nein. Hör mir zu. Ich kann mit dir schlafen, oder ich kann mit dir um das *Bean & Nugget* kämpfen, aber ich kann unmöglich beides tun und trotzdem noch in den Spiegel schauen. Ich will dich. Man ist nicht in einem Gebäude zu Hause. Man ist nicht in seiner Vergangenheit zu Hause. Man ist dort zu Hause, wo man geliebt wird. Das – das hier – bedeutet mehr. Für mich.«

Immer noch sitzt er wie erstarrt und hat seine Hand in meinem Slip.

»Ich werde im Leben niemandem mehr so wehtun, wie ich Emma wehgetan habe«, flüstere ich, dann versagt meine Stimme.

Ich meine es ernst.

Das Café gehört ihm. Ich werde ihm zur Seite stehen und ihm helfen, es in alles zu verwandeln, was er sich wünscht. Er versucht, sich von all dem, was ihm in seiner Vergangenheit geschadet hat, zu befreien, während ich an allem festhalten will, was mir in meiner eigenen Vergangenheit Freude bereitet hat, ohne jemals von mir zu verlangen, über das hinauszusehen, was mir ohne mein Zutun in den Schoß fällt.

»Ich glaube dir.«

»Warum?«

»Weil ich dich beobachtet habe. Weil ich dich studiert habe. Ich habe mir Mühe gegeben, dich nicht zu mögen, aber ganz gleich, was du tust oder wie du von dem Augenblick unserer ersten Begegnung an gehandelt hast, kann ich nicht anders, als den allergrößten Respekt vor dir zu haben.«

»Dabei müsstest du mich ein Miststück nennen, weil du weißt, dass ich Sex einsetze, um das Café zurückzubekommen.«

»Um mich dazu zu bewegen, dir das Café zurückzugeben, ist mehr als Sex nötig.«

»Ich will es ja gar nicht.«

Er grinst.

Der verfluchte Griesgram grinst. »Darf ich jetzt, bitte, meine Hand bewegen?«

»Um Gutes oder um Schlechtes damit zu tun?«

»Beides?«

Wieder zieht sich meine Vagina zusammen. »Kannst du das Gute zuerst tun?«

Da krümmt er einen Finger zwischen meinen Schenkeln, und ich beginne wieder zu schielen.

Wimmernd wiege ich mich gegen ihn, als er seinen Finger in mich gleiten lässt.

»Ungefähr so?«, murmelt er, als er mir mit der anderen Hand ins Haar greift und mich näher an sich zieht, um mir das Ohrläppchen zu lecken.

»Mehr«, ist alles, was ich sagen kann.

»Gefällt dir das?« Er lässt einen zweiten Finger folgen, krümmt beide und lässt sie kreisen, während ich mich gegen ihn dränge.

»Ja«, keuche ich. »Ich … verdiene … das nicht … Oh, fuck, ja, genau da.«

Das hier ist nicht richtig.

Ich sollte nicht die Einzige sein, der es in diesem Moment dermaßen gut geht. Ich müsste ihm die Hose ausziehen. Seinen prachtvollen Schwanz massieren. Seinen prachtvollen Schwanz lecken. An seinem prachtvollen … »Oh, ja, ja, ja, Gott, ja, bitte, bitte, aah!«

Sterne explodieren hinter meinen Augen, als ich mich über die Klippe und in den Abgrund eines köstlich berauschenden Orgasmus stürze. Meine Schenkel schließen sich um seine Hand, als mich Empfindungen, wie ich sie seit Hawaii nicht mehr erlebt habe, bis ins Mark erschüttern.

»So verflucht schön«, japst er, während seine Finger nicht stoppen.

»So gut«, keuche ich von den höchsten Höhen des Himmels hinab, in die Grey Cartwright mich katapultiert.

Aber das ist nicht genug.

Ich beuge mich vor und küsse ihn, während das Beben in meinem Körper nachlässt, sauge an seiner Unterlippe, als mir wieder einfällt, dass ich über zwei gesunde Hände verfüge, mit denen ich mich jetzt an seiner Hose zu schaffen mache. »Nimm mein Höschen«, befehle ich ihm zwischen Küssen.

»Noch eins?«

»Oh, mein Gott, hör auf, noch hinreißender witzig zu sein.«

»Nur wenn du aufhörst, so verflucht sexy zu sein.«

Das … das ist der Mann, der mir auf Hawaii unter die Haut gegangen ist. Der Mann, der mir das Gefühl gab, okay zu sein, als ich sicher war, nie wieder jemandem genügen zu können. Der Mann, der von so vielen Menschen verletzt wurde und trotzdem gewillt ist, mir zu vertrauen.

Ich lasse seinen Hosenknopf aufspringen und befreie seinen Schwanz aus all dem Stoff, dann rutsche ich in den Fußraum meines Wagens, um seinen wunderschönen, großen, harten Schwanz besser lecken zu können.

»Sabrina …«

Er unterbricht sich mit einem erstickten Stöhnen, als ich mit der Zunge seine Eichel umkreise.

Ganz schön eng hier unten. Während ich nach seiner Schwanzwurzel greife und mich gerade so weit aufstütze, dass ich seine Schwanzspitze in den Mund nehmen kann, stoße ich mir an der Fahrertür den Ellbogen und pralle mit dem anderen Ellbogen gegen die Gangschaltung. Ich habe kaum ausreichend Platz für meine Hüften, und mein Rücken wird gegen das Armaturenbrett gepresst, als ich ihn tiefer in den Mund sauge und er die unglaublichsten Laute von sich gibt.

»Sabrina«, stöhnt er.

Ich fahre mit der Zunge an der Unterseite seines Schwanzes entlang, umkreise abermals die Eichel, um ihn anschließend tief aufzunehmen.

Er gurgelt etwas Unverständliches und krallt seine Finger in meine Haare. Ich umfasse seine Hoden und rolle sie in der Hand, während sein Becken unter meinem Arm vibriert, als wollte er sich zurückhalten, um nicht zu tief in meinen Mund zu stoßen.

Ich sauge.

Ich reize ihn.

Ich liebe es.

Ihn so weit zu treiben, dass er die Kontrolle verliert, ihm Lust zu bereiten, ihn zu verwöhnen, weckt den dringenden Wunsch in mir, ihn aufs Neue in mir zu spüren. Ich will, dass er mit meinen Brüsten und meiner Pussy spielt und mich küsst, bis ich keine Luft mehr bekomme.

Ich wünsche mir, dass er in meinem Bett einschläft und mich weckt, indem er mich in die Brustwarzen kneift, um mich anschließend von hinten zu nehmen. Ich möchte auf seinem Schoß sitzen und ihn zum Frühstück mit Scones füttern, und dann möchte ich, dass er mich ins Bett zurückträgt.

Ich möchte Jitter mit ihm ausführen.

Ich wünsche mir Schneeballschlachten mit ihm.

Ich möchte mit ihm zum Marmot Cliff gehen und ihm in einer mondlosen Nacht die Sterne zeigen.

Ich. Will. Ihn. Sonst nichts. Ich will ihn auf eine Weise, die, wie ich weiß, hochgefährlich, aber auch einfach richtig ist.

Seine Finger in meinem Haar packen fester zu. »Ich kann … mich nicht zurückhalten … Sabrina … Ich …«

Ich drücke seine Hoden und streiche noch einmal mit der Zunge über seine Schwanzunterseite, als er plötzlich zuckt und sich tiefer in meinen Mund schiebt. Dann ergießt er sich mit einem Stöhnen schierer Erregung in meinen Hals.

So. Sehr. Wir.

Wir beide. Wie wir lachen. Streiten. Und uns wieder vertragen.

Ich bin Hals über Kopf in diesen Mann verliebt.

»Sabrina«, keucht er, als sein Körper erschlafft.

Ich gebe ihn frei, drücke jedoch noch einen Kuss auf die Spitze, bevor ich versuche, wieder hochzukommen. »Und, hast du Lust, heute Nacht auf meiner Seite der Wand zu schlafen?«, frage ich ihn.

»Nein.«

Alles in mir erstarrt vor Furcht. »N…nein?«

»Ich will lieber die ganze Nacht auf deiner Seite der Wand wach bleiben.«

Hinter meinen Augenlidern treten Tränen aus. »Du bist so ein Blödmann.«

»Aber das gefällt dir ja.«

»Ja.«

Seine Augen fallen zu, und er scheint einzuschlafen, brummt nur ein leises »Mhm«, als ich ihn wieder mit seiner Boxershorts verhülle.

Ich kann mir unmöglich ein Lächeln verkneifen, als ich ihn derart entspannt sehe. Fast so unmöglich, wie wieder auf den Fahrersitz zu kommen.

Schlussendlich kippe ich einfach auf seiner Seite aus dem Auto, als Grey sich gerade so weit regt, dass er mitbekommt, wo das Problem liegt, und mir hinaushilft.

Aber es lohnt sich.

Vor allem, nachdem wir wieder bei mir zu Hause sind.

31. Kapitel

Grey

Sabrinas Badewanne ist so groß wie bei normalen Menschen der begehbare Kleiderschrank, und ich muss mir ins Gedächtnis rufen, dass ich mir ein eigenes Haus mit einer so großen Badewanne leisten könnte, bevor ich etwas so Verrücktes tue, wie ihr einen Heiratsantrag zu machen, nur um jederzeit in ihre Wanne steigen zu können.

»Soll ich wirklich zu dir hineinklettern?«, will Sabrina wissen.

»Hm.« Meine Augen sind halb geschlossen, trotzdem sehe ich sie splitterfasernackt im Kerzenschein auf mich zukommen.

Ich hatte nicht vor, als Erster in die Wanne zu steigen, doch der Fußboden war kalt, und von dem aus dem Hahn rauschenden Wasser stieg Dampf auf, und sie hatte geschworen, nur kurz nach unten zu laufen, um für uns beide etwas zu trinken zu holen, würde aber sofort zurückkommen, sodass ich annahm, es wäre okay.

Und nun bin ich im Himmel.

Im siebten Himmel.

»Ist das Wasser heiß genug?«, fragt sie.

»Ich liebe die Wärme.«

»Ist mir aufgefallen.« Schaum und Badewasser platschen um

meine Brust, als sie sich, abermals rittlings auf meinen Oberschenkeln, ihrerseits in die Wanne setzt. »Bin ich warm genug?«

Ich schlinge meine Arme unter Wasser um sie. »Hm-hm.«

Sie presst die Lippen auf meinen Hals und streicht mit den Händen über meine Seiten. Prompt regt sich mein Schwanz.

Schon wieder.

Es ist zwei Uhr morgens.

Wir haben nicht geschlafen, seit sie die letzte Lüge, dass es nur um Sex geht, mit dem Blowjob auf dem Beifahrersitz ihres Autos einfach so weggewischt hat.

Ich mag diese Frau.

Ich mag sie mehr, als ich jemals eine andere Frau zu mögen geglaubt habe.

Als sie mir sagte, sie wollte mich nicht länger davon abbringen, das *Bean & Nugget* umzubauen, habe ich ihr geglaubt.

Vielleicht bin ich ein Narr. Vielleicht bin ich ein Trottel. Aber ich mache lieber noch einen Riesenfehler und weiß, dass ich mit dem Herzen dabei bin, als weiter die Rolle des Super-Vengeance-Man zu mimen.

»Was bedeutet dein Tattoo?«, murmelt Sabrina, während sie eine Fährte aus Küssen über mein Schlüsselbein tupft und ihre Fingerspitzen an meinem Brustkorb verharren.

»Taten statt Worte.«

»Latein?«

»Ja.«

»Wann hast du es stechen lassen?«

»Als ich die Uni gewechselt habe.« Ich vergrabe meine Nase in ihrem Haar. »Würde ich mir noch eines stechen lassen, müsste ich herausfinden, was *Sei kein Vollpfosten mehr und hör auf, die Geschichte zu wiederholen* auf Latein heißt.«

»Hier bist du sicher.«

Mein Herz quillt über.

Und wieder glaube ich ihr.

Ich weiß, ich sollte misstrauisch sein, aber drauf geschissen. Ich denke, was da am Rand meiner Seele wartet, ist innerer Frieden. Und was da zwischen uns wartet, muss wohl mein harter Schwanz sein.

Sie reibt sich daran, sodass er sich noch weiter aufrichtet.

Man sollte nicht meinen, wir hätten bereits zweimal Sex gehabt, seit wir zur Hintertür ins Haus gestolpert sind.

»Du bist bei mir auch sicher«, teile ich ihr mit.

»Das sagt mir dein Mund, der kleine Kerl zwischen uns sagt mir, dass ich morgen nicht werde laufen können.«

»Klein?«

Ihr Kichern vibriert in meiner Brust, als sie den Kopf an meine Schulter legt und mit einer Hand auf der Höhe des Schaums in meine Brustwarze zwickt und mit der anderen lässig Muster auf mir zeichnet. »Verglichen mit der Länge deines Beins ist er eher klein.«

»Er ist majestätisch.«

Sie hebt ihr Becken und lässt sich auf meinem Schwanz nieder, wobei sie sich weiter an mich kuschelt.

»Fuck«, keuche ich, als sie mich so festhält.

»Stimmt«, flüstert sie. »Er ist majestätisch. Ich mag ihn.«

Ich hatte seit Jahren keinen Sex mehr ohne Kondom. Felicia wollte keine Kinder und bestand deshalb jedes Mal auf doppelten Schutz. Und nach ihr hatte es bis zu Sabrina auf Hawaii keine mehr gegeben.

Aber ich bin dahintergekommen, woran ich erkenne, wenn sie lügt, und sie hat keineswegs gelogen, als sie mir in die Augen schaute und mir versicherte, sie würde verhüten und dass ich seit ihrer letzten Kontrolluntersuchung im Dezember, nach der ihr ein astreines Gesundheitszeugnis ausgestellt worden war, der Einzige war.

Ich lasse Super-Vengeance-Man links liegen und werde zu Super-Brave-Man.

Klingt bescheuert.

Wer nicht wagt, der nicht gewinnt.

Wer viel wagt, der viel gewinnt.

Aber wer sich die Finger einmal verbrannt hat, wird nicht mehr viel wagen wollen.

Sabrina allerdings – wie viel Herzblut sie in ihre Gemeinde investiert, ohne sich dessen überhaupt bewusst zu sein, der moralische Kompass, mit dem sie ihren Gossip handhabt, wie unumwunden sie darauf beharrt, dass sie ihr Café auch mit schmutzigen Tricks retten würde – erinnert mich daran, dass noch immer eine große Strecke Leben vor mir liegt. Dass es noch viel für mich zu lernen gibt. Und zu entdecken. Und vieles, wofür es sich zu kämpfen lohnt.

Jetzt hebt sie ihr Becken und lässt sich wieder auf mich sinken, langsam und gleichmäßig, während sie meine mit sanften Küssen pflastert.

Dies ist schläfriger Sex in einem heißen Schaumbad, und ich bin verrückt danach. Ich bin verrückt nach ihr.

So, so sehr.

Sie hebt das Becken weiter an und lässt sich wieder auf mir nieder – langsam, gleichmäßig. Langsam baut sich der nächste Orgasmus auf.

»Ich müsste längst weggetreten sein, aber ich fürchte, ich bin süchtig nach dir«, sagt sie leise. »Ich kann einfach nicht aufhören.«

»Du kannst morgen schlafen.«

»Wenn mein Boss mich nicht rauswirft, weil ich mich wieder krankmelde.«

»Ich rede mit ihm.«

Lachend spannt sie ihre inneren Muskeln an, und der entspannte Spaziergang durch ein Schaumbad ins Land der Höhepunkte verwandelt sich in das dringende Verlangen, in sie zu stoßen.

Als ich mein Becken hebe, spannt sie sich in meinen Armen an. »Oh, das gefällt mir.«

»Tatsächlich?«

»Wie der gute kleine Kerl zwischen uns.«

Ich neige mein Becken und dringe tief in sie ein.

»Mehr.« Sie reckt den Kopf und hebt sich so weit, dass ich fast aus ihr herausgleite, dann nimmt sie mein Gesicht in ihre schaumbedeckten Hände und küsst mich, als ich mich gegen sie dränge und sie sich wieder auf mich herabsinken lässt.

Wir sind nicht mehr langsam, aber auch nicht wie rasend. Ihre Lippen sind geschwollen und kirschrot, und auf ihrer Schulter bildet sich ein Knutschfleck, der definitiv mein Werk ist.

Sie gehört mir, flüstert es in meinem Kopf, während der wachsende Druck in meinen Hoden mich warnt, dass ich gleich so weit bin.

Sie gehört mir, flüstert es lauter, als sich ihre Lider schließen und sie den Kopf zurückwirft, sodass ihre herrlichen roten Locken in den Schaum sinken, während die Kontraktionen ihres Höhepunkts mich noch fester umschließen.

Sie gehört mir, klingt es wie ein Schrei, als sie meinen Namen keucht und mich über die Grenze zu meinem eigenen Höhepunkt treibt, tief in ihren sicheren Kokon gehüllt, in dem nichts sonst existiert und nichts sonst von Bedeutung ist.

Sie gehört mir.

Nur mir.

Die Röte auf ihren Wangen. Ihre Augen, die auf nichts gerichtet zu sein scheinen und trotzdem meinen Blick erfassen. Wie sie ihre Brust reibt, als würde sie die Erlösung im Busen spüren und als ginge sie über ihre Kraft.

Als würde sie es auch fühlen.

Dass wir so viel mehr füreinander sein könnten, als wir jetzt sind.

Wenn nur einer von uns mutig genug ist.

Wenn nur einer von uns es ausspricht.

Wenn nur einer von uns den Sprung wagt.

Ihre Schultern sinken, und sie sackt gegen meine Brust zurück. »Wie?«, fragt sie leise.

»Man nennt mich auch Super-Orgasm-Man«, murmle ich in ihr Haar, während mein Schwanz noch tief in ihr zuckt.

Sie lacht.

Ich hole scharf Luft. Super-Sensitive-Cock-Man wäre in diesem Augenblick wohl passender.

»Besitzt du wirklich eine Comic-Sammlung?«, fragt Sabrina.

Ich straffe mich. Nur ein Reflex.

»Ich habe immer Jacks Comics gelesen, wenn ich bei den Drillingen bleiben musste, wenn meine Mom mal ausgehen wollte«, flüstert sie. »Und ich konnte es nicht ausstehen, wenn ich das Gefühl hatte, das Beste an den Geschichten irgendwie nicht zu kapieren. Als wäre mir einiges entgangen, weil seit letztem Mal neue Bände herausgekommen und unter seinem Bett verschwunden sind.«

»Die Feinheiten«, brumme ich. »Du hast natürlich besonders die Feinheiten geliebt.«

»Und die Details.«

»Den Klatsch am Rande.«

»Stimmt genau.«

»Ich habe mich von Felicia scheiden lassen, als ich erfuhr, dass sie einen Podcast über das Leben mit schwierigen Männern betrieb.« Scheiße, wo kam das jetzt her?

»Hinter deinem Rücken?«, will Sabrina wissen.

Als ich zögere, schlingt sie ihre Arme fester um mich.

»Ja«, bestätige ich schließlich.

»Wie bist du dahintergekommen?«

»Vince – mein langjähriger Geschäftspartner – wusste Bescheid. Er hörte sich das an. Eines Tages kam ich ins Labor und hörte, wie er sich vor Lachen bepisste, und als ich hinging, um herauszufinden, was so lustig war, hörte ich ihre Stimme. Zuerst dachte ich, sie wäre am Telefon. Als ich dann begriff, was los war – abgesehen von ihrem Aufstand wegen Zen –, war ich fertig mit ihr. Meine Familie meinte, ich könnte keinen Spaß verstehen, aber …«

»… der Ehepartner ist der einzige Mensch, der einen ohne Wenn und Aber respektieren sollte«, beendet sie den Satz.

»Ja.«

»Grey?«

»Ja?«

»Ich meine es ernst; du bist hier sicher. Nicht nur hier in meiner Badewanne, ich meine in ganz Tooth. Du bist hier sicher.«

Ich schließe die Augen, versenke abermals meine Nase in ihrem Haar und halte sie eng umschlungen.

Ich glaube ihr.

Ich mag ein Narr sein, aber ich glaube ihr.

Und als ich ein leises Schnarchen von meiner Brust aufsteigen höre und das Wasser sich allmählich unangenehm abkühlt, hebe ich uns beide aus der Wanne, trockne uns ab und trage sie in ihr Bett, wo ich sie für den Rest der Nacht in meinen Armen halte.

32. Kapitel

Grey

Sabrina am frühen Morgen schlafend allein zurückzulassen fühlt sich an, als wollte ich eine alte Wunde wieder aufreißen.

Als würde sich ihr Townhouse, wenn ich das nächste Mal herkomme, in Luft aufgelöst haben. Als würde ich sie weder im Café noch sonst irgendwo in Snaggletooth Creek wiedersehen. Als würde ich mich mutwillig der Möglichkeit aussetzen, dass sie zum zweiten Mal einfach verschwindet.

Aber ich bin zum Frühstück mit Mimi verabredet, und ich möchte wissen, wie ihr Abend war.

Wenigstens bis zu einem gewissen Punkt.

Falls der Abend für sie so ausging wie für mich, benötige ich keine Einzelheiten.

Allerdings benötige ich ihren Rat.

»So ein Gesicht hast du auch gemacht, als du herausfinden wolltest, wie man Plastik mit Bienenwachs kombiniert, auch wenn ich annehme, dass du dich gerade mit etwas weit Schwerwiegenderem befasst«, sagt Mimi, als ich im Wintergarten der Frühstückspension, die Sabrina ihr vermittelt hat, zu ihr und Zen stoße. Obwohl es hier sechs Tische für vier Personen gibt, sind wir heute Vormittag die einzigen Gäste.

Eine Fensterfront überschaut einen verschneiten Garten und ferne, von Kiefern bewachsene Berggipfel. Über dem

Frühstücksbüfett auf der anderen Seite des Raums hängt das farbenfrohe Bild eines Bären, der Tee- und Kaffeegeschirr trägt. Winterliche Wochentage scheinen bei den Frühstücksgästen nicht sehr beliebt zu sein. Vielleicht sind wir aber auch nur spät dran. »Und du hast dieses Gesicht auf- und wieder abgesetzt, seit ich gestern hier angekommen bin«, fügt sie hinzu.

»Hast du schon mal über Gerechtigkeit nachgedacht, Mimi?«, frage ich, während ich meine Serviette im Schoß ausbreite. Mein Tee zieht, und ich empfinde zum ersten Mal seit Monaten so etwas wie Frieden.

Oder jedenfalls Zuversicht.

Die dank Zen nur von kurzer Dauer ist, da they über dem Kaffee einen Laut von sich gibt, der alles von *Endlich kommen wir mal zu Potte* bis *Onkel Grey ist ein Schwachkopf* bedeuten könnte.

»Ein- oder zweimal«, antwortet Mimi. »Ich war zu viele Jahrzehnte mit deinem Großvater verheiratet.«

»Warum hast du ihn überhaupt geheiratet?«, erkundigt sich Zen.

»Man hat mich aufs College geschickt, um dort einen Ehemann zu finden. Als meine erste Wahl durchfiel, ließ ich mich auf den Ersatzmann ein, der allerdings ein armseliger Ersatz war.«

»Warum bist du bei ihm geblieben?«

»Weil Mord illegal ist und er sich bessere Scheidungsanwälte leisten konnte.«

Wir lachen beide noch, als die Wirtin mit drei Tellern fantastischer Eier Benedict hereinkommt, dazu Joghurt-Parfait und Orangenscheiben.

Zen erinnert sich nicht an meinen Großvater, wofür ich auf ewig dankbar sein werde.

Er war ein furchterregender alter Bastard, was er, trotz Mimis Mühen, meinem Vater vererbt hat, was wiederum alles erklärt, was man über meine Familie wissen muss.

»An welche Art Gerechtigkeit denkst du?« Mimi lässt die Gabel über ihrem Teller schweben und schaut mir zu, während ich meinen Tee zubereite.

Die Antwort darauf fällt mir jetzt, da ich weiß, wieso Mimi hier ist, erheblich schwerer.

Sie hat Sabrinas Geschichte gestern Nachmittag bestätigt, und am Schluss meinte sie: *Früher habe ich manchmal gedacht, wie es wohl gewesen wäre, wenn ich in den Bergen gelebt und mit dem Mann meiner Träume eine kleine Bäckerei betrieben hätte, aber wozu taugen Träume, die niemals wahr werden können?*

»Grey?«, souffliert Mimi.

Ich schüttle den Kopf. »Es gibt hier jemanden, der … mir geschadet hat. Und da dachte ich …«

Ich unterbreche mich mit einem Seufzen.

Es gehörte nie zu meinem Plan, dass es mir hier gefallen könnte. Aber so ist es nun mal. Es gefällt mir hier wesentlich besser, als es mir meiner Meinung nach zusteht.

»Du hast geglaubt, etwas zu zerstören, was ihm gehört, so wie er etwas zerstört hatte, das dir gehörte, wäre Gerechtigkeit?«, ermuntert mich Zen. »Aber dann hast du herausgefunden, dass du damit auch jede Menge unschuldiger Menschen treffen würdest?«

Ich begegne Zens Blick. Meine Jahre auf dem College sind nichts, worüber wir jemals diskutiert hätten. Alles, was ich über den Erwerb von Chandlers Café gesagt habe, war: *Ich freue mich darauf zu sehen, wie es sich anfühlt, wenn ich den Spieß umdrehe.*

Aber ich habe so ein Gefühl, als wüsste Zen mehr, wenn nicht sogar das Allermeiste darüber.

»Wissen ist Macht«, bemerkt Zen leise. »Manchmal die einzige Macht, über die man verfügt.«

»Verstehe ich das richtig?«, fragt Mimi. »Du hast ein Café gekauft und einen Mann vor dem finanziellen Ruin bewahrt, weil du … dich rächen wolltest?«

»Ich habe es ihm unter Wert abgekauft«, brumme ich.

»Sieh es ein, Onkel Grey.« Zen schiebt sich einen Bissen Ei Benedict in den Mund, »du bist nicht dafür geschaffen, ein blutrünstiger Rächer zu sein.«

»Bin ich nicht.« Am allerwenigsten, wenn ich Sabrina mit meinem Vorhaben schade.

Sie sagt, sie würde sich anpassen, dass sie mich in der vergangenen Nacht mehr begehrt hat als ihr Café, trotzdem scheint es mir nicht richtig zu sein.

Nicht, weil ich glaube, dass sie gelogen hat.

Im Gegenteil, ich glaube, sie hat es vollkommen ernst gemeint.

Sondern weil ich nicht finde, dass das *Bean & Nugget* am Ende ist.

Ich finde es wunderschön.

Und es ist wunderschön, weil es ihr Café ist.

Sie gehört zu Snaggletooth Creek, und Snaggletooth Creek gehört zu ihr.

Dasselbe gilt für das *Bean & Nugget.*

»Es ist nie zu spät, etwas Hässliches in etwas Schönes zu verwandeln«, meint Mimi.

Ich werfe auch ihr einen Seitenblick zu, da ich weiß, dass sie recht hat, und endlich zu begreifen beginne, was ich unternehmen muss, um den Frieden zu finden, den ich an diesem Ort gesucht habe. »Ich muss sagen, du warst ziemlich zugeknöpft, was dein Gespräch mit Harry Sullivan gestern Abend betrifft.«

»Quatsch, ich bin nicht zugeknöpft, ich kann mich bloß nicht erinnern.«

»Sie will dir nicht verraten, dass sie heiraten wollen«, meldet sich Zen zu Wort.

»Zenbow.«

»Du kannst mich so viel bei meinem vollen Namen nennen, wie du willst; ich weiß trotzdem, worauf das hinausläuft.«

»Ich bin zu alt zum Heiraten.«

»Dann mach eine Probefahrt mit ihm, und schau, ob du dich in seine Seniorensiedlung einladen willst.«

»Hör auf zu labern«, befehle ich Zen.

»Bitte, sie ist einsam gewesen, nicht tot. Aber benutz ein Kondom, Mimi; dass du nicht mehr schwanger wirst, heißt nicht, dass du dir keine Infektion einhandeln kannst. Hast du eine Ahnung, wie viele Artikel ich über die rasante Ausbreitung von Geschlechtskrankheiten in Altenpflegeeinrichtungen gelesen habe?«

»Habe ich Zen nicht gerade gesagt, dass they aufhören soll zu labern?«, wende ich mich an Mimi.

Außerdem werde ich jetzt besser nicht rot.

»Als würdest du es nicht auch noch gern mit den Damen treiben, wenn du mal über neunzig bist«, sagt Zen.

Ich schüttele den Kopf. Und dann höre ich mich selbst sprechen. »Mimi, wie würde es dir gefallen, wenn deine Träume wahr werden und du hättest ein Café – leider keine Bäckerei – in den Bergen, während wir gemeinsam herausfinden, ob dieser Typ, auf den du offenbar ein Auge geworfen hast, deine Zeit wert ist?«

Und alle Teile dieses Puzzles rasten ein.

So werde ich es machen: Ich überlasse Mimi das Café unter der Bedingung, dass sie es Sabrina vermacht, wenn sie selbst damit durch ist.

»Oh, das hört sich mal nach einem hübschen Plan an«, sagt sie. »Muss ich auch irgendwas dazu tun?«

»Du musst nur in der Ecke sitzen und dich mit den ganzen alten Leuten über das Wetter unterhalten«, antwortet Zen. »Alles andere haben Sabrina und ich unter Kontrolle.«

»Und wenn ich mich mit den jungen Leuten über ihr Leben unterhalten möchte?«

»Das kannst du auch machen«, sagt Zen. »Aber du solltest wissen, dass es hier ein sehr engagiertes Kontingent von alten Leuten gibt, das darauf besteht, dass die Cafébesitzer mindestens einmal am Tag mit ihnen das Wetter würdigen. Außerdem könntest du als neue Besitzerin die Bauvorhaben stoppen.«

»Bauvorhaben?«

»Onkel Grey sitzt auf einem Vertrag, der vorsieht, das Café komplett zu entkernen und zu einer Kombucha-Bar umzubauen – oh, Verzeihung, eine Kombrewchery mit Namen *The Hive*, in der er seinen eigenen Kombucha herstellen und den Landkreis dazu bewegen will, ihm eine Schanklizenz auszustellen, damit er dort auch Honigwein anbieten und verkaufen kann. Und außen am Gebäude will er eine riesige Biene anbringen lassen, damit Chippy Choochoo Sullivan jedes Mal ausflippt, wenn er an dem Café vorbeikommt, das mal ihm gehört hat. Tut mir leid, Mimi, die meisten von Harrys Enkeln sind toll, der Käsekackhaufen allerdings nicht.«

»Nimm das Café, Mimi«, sage ich.

Sie lacht.

»Ich meine es ernst«, entgegne ich mit Bedacht. »Für einen Tag. Für eine Woche. So lange, wie du es möchtest.«

Wieder lacht sie in ihr Frühstück.

»War Harry Sullivan deine erste Wahl?«, dränge ich sie. »War er der Mann, den du an Großvaters Stelle heiraten wolltest?«

Da hört sie auf zu lachen und beäugt mich stattdessen, als wollte sie nicht, dass ich die Teile dieses Puzzles zusammensetze.

»War er es?«

»Das war vor siebzig Jahren, junger Mann.«

»Warum habt ihr euch getrennt?«

Sie seufzt. »Das zu erzählen ist nicht meine Aufgabe.«

Verdammte Klatschgeschichten. »Kanntest du Elsie Sullivan?«

Zen hört auf zu essen und schaut zwischen uns hin und her. »Was geht hier vor? Was weißt du?«

»Kanntest du sie?«, hake ich nach.

Alles, was Sabrina gestern Abend über den anderen Grund, warum sie Mimi angerufen hat, sagte, überschlägt sich in meinen Gedanken und klickt dann wie ein Schlüssel im Schloss.

Mimi hält meinem Blick stand. Sie ist nicht betrübt. Nicht langsam. Und nicht schwach.

»Für sehr kurze Zeit.«

Ich hebe die Brauen.

»Sie war die kleine Schwester von Harrys bestem Freund.«

»Von hier oder von der Schule?«

»Beides. Sie waren hier zusammen aufgewachsen und gingen dann beide auf die Carnegie Tech, bevor daraus die Carnegie Mellon wurde.«

»Und Elsie?«

»Kam manchmal zu Besuch.«

Ich schlucke.

Die nächste Frage kann ich nicht stellen.

Ich kann nicht fragen und das Vertrauen verraten, das ich mir von Sabrina in mich wünsche.

»Sie haben geheiratet, als sie schwanger wurde«, sagt Mimi.

»Harry hielt es für wichtig, sich der kleinen Schwester seines besten Freundes gegenüber anständig zu verhalten.«

Ich blicke Mimi an.

Und ich spüre, dass Zen mich anblickt.

Aber ich werde nicht fragen, was ich gern fragen würde.

War Harry wirklich der Vater von Elsies Baby?

»Er brach mir das Herz, aber aus dem besten aller Gründe«, erklärt Mimi.

Und dann widmet sie sich wieder ihrem Frühstück, als hätte sie nicht gerade gesagt: *Ich vergebe ihm, dass er mir den Laufpass gegeben hat, um eine Frau zu heiraten, die mit dem Kind von einem anderen schwanger war.*

»Wie konnte es so weit kommen, dass ich ein Café kaufe, um mich an dem Enkel des Mannes zu rächen, der dir auf dem College das Herz gebrochen hat?«, frage ich Mimi.

Von dem Sabrina behauptet, er sei nicht ihr richtiger Großvater. Von dem sie außerdem sagt, er sei der Goldstandard, an dem sie alle anderen Männer misst.

Mimi lacht. »Die Welt funktioniert nach seltsamen Regeln. Aber jetzt esst. Ich bin in einer Stunde mit Harry verabredet, und ich werde nicht mit euch hier herumsitzen, bis ihr irgendwann fertig seid, während ich stattdessen meine Haare machen und mich schminken könnte.«

Ich stürze mich auf mein Frühstück.

Es tut gut zu essen. Die letzte Nacht hat mir definitiv Appetit gemacht.

»Ich habe es ernst gemeint«, sage ich zu Mimi. »Wenn du ein Café in den Bergen leiten willst, dann gehört es dir. Für fünf Jahre oder für fünf Minuten. Das ist mir egal, verbringe einfach etwas Zeit damit, deinen Traum zu verwirklichen.«

»Greyson, das ist eine lächerliche Art, dein Geld auszugeben.«

Zen schnaubt schier vergnügt. »Nimm das Café, Mimi. Nach meinen Berechnungen könnte er jeden Monat ein Café kaufen und vor die Wand fahren und trotzdem in sieben Jahren zum Milliardär werden.«

»Willst du weiter als mein persönlicher Assistent arbeiten oder nicht?«, unterbreche ich them.

Zen grinst, ohne zu antworten. Jedenfalls nicht direkt.

»Als du mir gesagt hast, wir würden nach Colorado gehen, damit du dich an einem x-beliebigen Typen rächen kannst, dem ein Café gehörte, hatte ich keine Ahnung, dass es mir hier so gut gefallen könnte, wie es das tut. Vielleicht will ich ja gar nicht mehr für dich arbeiten. Vielleicht will ich ja bleiben und für Mimi in ihrem Café arbeiten und meine Zeit mit ihr und ihren Freunden verbringen statt mit dir.«

»Oh, Schatz, Harry ist nicht mein Freund«, sagt Mimi. »Und ich brauche auch kein Café.«

Zen verdreht die Augen. »Du bist in den Neunzigern, Mimi, du kannst deine Zeit nicht damit verschwenden, darüber zu streiten, ob ihr Boyfriend und Girlfriend sein wollt oder ob du ein paar alte Träume verwirklichen willst. Vergeben, vergessen und weitergemacht, wo ihr aufgehört habt. Rette Onkel Grey vor seinem furchtbaren Plan, allen Ernstes Super-Vengeance-Man zu sein, und pack das Leben bei dem Schopf, der ihm noch geblieben ist.«

»Das … ist schon eher die romantische Seite, die ich von dir erwarte«, sage ich zu Zen.

»Ich lege es darauf an, äußerst direkt zu sein, und toleriere null Bockmist von den Menschen in meinem Leben.«

Mimis Augen funkeln. Sie funkeln tatsächlich. »Du meinst also, ich sollte dieses Café übernehmen?«

»Bitte, Mimi, befreie mich von meinem schrecklichen Chef und weise mir eine neue Richtung im Leben.«

Sie lacht. »Ich überlege es mir. Bis dahin, Greyson, kümmere du dich bitte heute um mein Café. Und gib Harrys Enkeltochter mehr Geld. Sie arbeitet hart. Sie hat es sich verdient.«

Ja, sie arbeitet hart.

Sie ist der Grund, warum das Café so gut läuft.

Und sie hat recht.

Es zu zerstören würde Chandler überhaupt nichts ausmachen.

Super-Vengeance-Man war eine blöde Idee.

Hierherzukommen jedoch nicht.

Hierherzukommen hat mir gezeigt, was ich eigentlich will. Was ich brauche, um mit den Menschen abzuschließen, die mir in den Rücken gefallen sind. Und wie ich den Rest meines Lebens zubringen will.

»Kannst du heute das Café übernehmen?«, frage ich Zen.

Zen blinzelt mich an, blinzelt noch einmal und schaut dann aufs Handy. Their Brauen schießen in die Höhe, und Zen grinst mich an. »Das wird auch Zeit, Onkel Grey, aber du solltest einen Menschen vorwarnen, wenn du weißt, dass die Geschäftsführerin heute nicht erscheint, weil sie letzte Nacht kein Auge zugetan hat.«

Jetzt färben sich meine Wangen definitiv rosa. »Ich will das Café wiederhaben, wenn du genug davon hast«, wende ich mich an Mimi.

»Für deine Kombrewchery?«, will sie wissen.

Ich schüttle den Kopf. »Für etwas viel Besseres. Entschuldigt mich, ich muss ein paar Nachforschungen anstellen.« Ich küsse beide auf den Scheitel, dann breche ich auf.

Genau.

Ich weiß ganz genau, was ich tun muss.

Und es ist perfekt und gerecht und richtig.

Endlich.

33. Kapitel

Sabrina

Mit einem blinkenden Neonschild zu verkünden, dass ich letzte Nacht Sex mit Grey hatte, wäre vermutlich weniger auffällig gewesen als die zahlreichen wissenden Blicke, die mich empfangen, als ich mit vier Stunden Verspätung zu meiner Schicht ins *Bean & Nugget* stolpere. Samt Kaffee, den Grey zwar nicht für mich gebraut, aber immerhin aufgesetzt hat, um meine Logik an diesem Morgen zu vernebeln.

Mit meinem liebsten Thermobecher. Meiner Kaffeemühle. Meinen Bohnen. Meinen Filtertüten. Meinem Teekessel voll Wasser.

Alles da und dazu eine Nachricht auf dem Küchentresen.

Danke für eine der besten Nächte meines Lebens. G

Was soll das nun wieder bedeuten?

Und was hat es zu bedeuten, dass ich Grey den ganzen Tag noch nicht gesehen habe?

Und dass Mimi jetzt anscheinend mein neuer Boss ist?

Und dass ich am liebsten darüber heulen würde, wie absolut süß es ist, dass Zen allen erzählt, dass Grey das Café nur gekauft hat, um Mimi eine Gelegenheit zu geben, ihren Traum zu verwirklichen, den sie als junge Frau hatte?

Ich glaube, ich liebe ihn.

Ich glaube, ich bin verloren.

Und ich bin dermaßen okay damit, wie ich es niemals für möglich gehalten hätte.

Er hat mich von meiner schlechtesten Seite erlebt. Und ist trotzdem noch da.

Oder er war es zumindest. Letzte Nacht.

Mit ihm könnte es funktionieren, flüstert der misstrauischste Teil meines Verstandes. *Er ist der Einzige für dich.*

»Geh nach Hause«, sagt Zen eine Stunde nach dem Ende meiner Schicht zu mir.

»Ich will die Verspätung wiedergutmachen.«

»Sabrina. Geh nach Hause.«

»Ich kümmere mich um sie, Zen«, ruft Decker. Er ist mit den ganzen übrigen Dekorationen des gestrigen Speeddating-Abends hier hängen geblieben.

»Wo steckt Grey?«, frage ich Zen.

Zen verdreht die Augen. »Sein Gesichtsausdruck heute Morgen hätte alles Mögliche bedeuten können, von: *Wir verschwinden aus diesem Nest zurück nach San Diego, wo es warm ist* bis *Ich habe herausgefunden, dass Schmetterlinge das Geheimnis sauberer Energie sind, deshalb werde ich jetzt im Namen der Forschung jedes Zeit- und Raumgefühl verlieren.*«

Meine Lippen teilen sich, doch mein Verstand benötigt eine brennende Sekunde, bis ich ihm folgen kann. »Und wer versorgt ihn mit Essen?«

»Ähm, wenn er im Townhouse ist, die komplette Nachbarschaft. Wenn nicht, kann ich ihn über sein Handy aufspüren, bevor er verhungert.«

»Komm, Sabrina.« Decker hakt einen Finger unter den Saum meines Shirts. »Zeit für einen Nap. Ich bin sicher, du wirst deinen Liebling noch früh genug wiedersehen.«

»Könntest du dich vielleicht noch ein bisschen kindischer aufführen?«

Er grinst.

Die Drillinge sind ein paar Jahre jünger als ich, benehmen sich aber nur an ihren ganz speziellen Tagen so.

Ich lasse mich von Decker in mein Auto dirigieren und nach Hause verfolgen, damit er sich vergewissern kann, dass ich sicher dort ankomme. Doch kaum hat er den Parkplatz verlassen, stürze ich ins Freie und klopfe an Greys Haustür.

Keine Reaktion.

Ich klopfe noch einmal.

Dann fällt mir ein, dass mein Hund immer noch bei meiner Mom ist, also schwinge ich mich hinters Lenkrad und fahre zurück in die Stadt.

Jitter ist der Liebling des Friseursalons, und Mom teilt mir mit, dass ich ihn nicht mehr zurückbekomme. Außerdem sagt sie, dass ich Schwierigkeiten kriege, wenn Mimi Großvater wehtut.

»Zen sagt, Grey hat Mimi das Café überlassen«, sage ich zu ihr.

»Und wie findest du das?«

Meine Augen schwimmen plötzlich in Tränen. Ich versuche noch, sie fortzublinzeln, doch es gelingt mir nicht. »Wirklich gut«, sage ich leise.

Es kommt mir vor, als wollte er mir damit sagen, dass er bekommen hat, was er braucht, um quitt mit Chandler zu sein.

Was ich zwar nicht verstehe, aber irgendwie nachempfinden kann.

Ich sehe ihn den ganzen Tag nicht wieder.

Den Samstag verbringt mein Großvater komplett mit Mimi, die sich voller Elan auf die Speisekarte stürzt, Kaffeesorten probiert und wissen will, ob sie Hafermehl-Cranberry-Cookies backen und in der Auslage anbieten kann.

»Dein Café, Mimi«, sagt Zen.

Grey ist nicht da.

Zen setzt ein ausdrucksloses Gesicht auf, sobald irgendwer nach ihm fragt.

Sogar bei mir.

Heute ist Valentinstag.

Und ich habe seit gestern früh nichts mehr von ihm gehört.

Und vor gestern hätte ich mir dabei überhaupt nichts gedacht.

Aber jetzt?

Jetzt finde ich es komisch. Und besorgniserregend.

Mir ist bewusst, dass alles Mögliche passieren kann. Dass immer irgendwas dazwischenkommen kann. Und ich weiß, das hat vielleicht gar nichts mit mir zu tun.

Trotzdem fange ich Zen ab, als meine Schicht zu Ende ist. »Habe ich irgendwas falsch gemacht?«

Zen schneidet ein Gesicht, und dann geschieht das Undenkbare. Zen umarmt mich. Und nicht bloß ein bisschen. Zen schließt mich fest in die Arme.

»Kannst du heute Abend auf Mimi und Harry aufpassen und dafür sorgen, dass sie nichts kaputt machen?«

»Was habe ich getan?«

»Du hast Mimi angerufen und die beiden zusammengeführt, also bist du auch für sie verantwortlich, wenn sie um Mitternacht bei fragwürdiger Beleuchtung auf einem zugefrorenen See eislaufen gehen wollen.«

»Was ich Grey getan habe.«

Nun umarmt Zen mich noch fester. »Er hat mir aufgetragen, die Papiere fertig zu machen, die nötig sind, damit du das Café bekommst, wenn Mimi genug davon hat.«

Ich hole scharf Luft. »Aber ich will das Café nicht.«

»Okay, Queen of Gossip in Snaggletooth Creek.«

»Ich will es nicht! Und das habe ich ihm auch gesagt.«

»Alles, was ich aus ihm rausgekriegt habe, ehe er verschwunden ist, war, dass er einen Schlussstrich ziehen wollte.«

»Verschwunden?«

Zen lässt mich los und rollt mit den Augen. »Und genau deshalb wollte ich dir nichts sagen.«

»Wird er zurückkommen?«

Zen windet sich.

Mein Herz plumpst auf den Fußboden und richtet Schlimmeres an als die Kartoffelbrei-Schlacht oder der Käsepulver-Zwischenfall.

»Kannst du ihm meine Telefonnummer geben?«, flüstere ich. »Das habe ich nie getan.«

»Soll das …? Nein, natürlich nimmst du mich nicht auf den Arm. Natürlich nicht. Ihr zwei seid echt albern.«

Das Eislaufen am Valentinstag ist ätzend.

Alle amüsieren sich königlich, während Emma und ich mit Devi für den Kleinunternehmerverband aus einer Bude heißen Kakao verkaufen; verdrießlich blicken wir auf die mitternächtlichen Schlittschuhläufer und den von Lichterketten erhellten See. Doch die einzigen Lichtblicke für uns sind Laney und Theo – Theo schiebt Laney in einem Rollstuhl übers Eis – sowie Mimi und Großvater Harry.

»Mir ist eine bessere Rache als die Vernichtung des *Bean & Nugget* eingefallen«, wendet sich Em an mich, als es allmählich ruhiger wird. »Aber jetzt ist Grey fort, und wir wissen nicht, warum, und ich kann nichts mehr ausrichten.«

»Würde es dir damit besser gehen?«, frage ich sie.

Sie grinst ihr aufrichtiges Emma-Grinsen, bei dem ich mich ein Jahrzehnt jünger fühle. Dann schüttelt sie den Kopf. »Nicht so sehr, wie es ihm helfen würde, aber ich überlege, es allein durchzuziehen, falls er nicht zurückkommt.«

»Meinst du, er kommt zurück?«

»Ich glaube, ich hoffe, er kommt zurück, weil ich noch nie erlebt habe, dass du so auf einen Mann abfährst.«

»Wir hatten schon an meinem letzten Abend auf Hawaii was miteinander«, sage ich leise.

Sie schnappt nach Luft. »Oh, mein Gott, und das sagst du mir erst jetzt? Einzelheiten, Sabrina. Ich muss sämtliche Einzelheiten hören.«

»Ich habe mich nach deiner Hochzeit wie die allergrößte Übeltäterin gefühlt, Emma, deshalb wollte ich unbedingt ein paar gute Taten vollbringen …«

Ihre Miene hellt sich immer mehr auf, als ich ihr alles erzähle, woran ich mich von dem Moment unseres Kennenlernens bis zu dem Moment, in dem ich ihn sitzen ließ, erinnern kann, und ich spüre, wie sich etwas in mir löst.

Das schlechte Gewissen.

Das schlechte Gewissen verschwindet, jetzt, da wir endlich miteinander reden können.

»Er … war dort, um an deinem Hochzeitstag Ärger zu machen«, teile ich ihr mit.

»Weißt du, was Chandler ihm angetan hat?«

»Ja.«

»Hätte Chandler es verdient?«

»Du jedenfalls nicht.«

Sie drückt meine Hand. »Ich glaube, mein Leben wird ohne Chandler um einiges besser sein.«

»Wenn du willst, dass ich Grey wegen dem, was er euch an deinem Hochzeitstag antun wollte, vergesse …«

»Nein. Nein. Typen, die ihre großen Rachepläne aufgeben, um ihrer Großmutter ein Café zu schenken, und sie darin unterstützen, eine alte Flamme von vor siebzig Jahren wiederzusehen, gehören eindeutig zu den Guten. Und selbst wenn er der Grund dafür wäre, dass meine Hochzeit geplatzt ist, kann ich trotz allem froh darüber sein, wenn ich bedenke, was ans Licht gekommen ist. Das Universum hat mich gerettet, und nur darauf kommt es an.«

Ich schlinge die Arme um meine Freundin, wobei mein Kopf kaum an ihren Busen reicht, weil sie so viel größer ist als ich. »Ich liebe dich, Em.«

»Ich liebe dich mehr, Sabrina.«

»Ich bin glücklich, dass ich den Valentinstag mit dir verbringen kann.«

»Darf ich dir eine heiße Schokolade mit einem Schuss Espresso ausgeben?«

»Du weißt wirklich, wie man ein Mädchenherz gewinnt.«

Am nächsten Morgen weckt mich eine rätselhafte Textnachricht von einem unbekannten Teilnehmer: *Wirkliche Gerechtigkeit ist keine einfache Sache. Bin bald zurück.*

Was soll das heißen?, schreibe ich, als in meinem Herzen neue Hoffnung aufkeimt, bekomme jedoch keine Antwort.

»Wahrscheinlich hat er verschwitzt, sein Handy aufzuladen«, meint Zen, als ich an meinem freien Tag ins *Bean & Nugget* stürme.

»Wo. Zum. Henker. Steckt. Er?«

»Ich könnte es dir verraten, aber Mimi hat soeben beschlossen, lange genug Café-Inhaberin gewesen zu sein. Der Papierkram, um dir den Laden zu überschreiben, wird morgen früh fertig sein, du wirst hier also schon sehr bald alle Hände voll zu tun haben.«

»Zum. Allerletzten. Mal. Ich. Will. Das. Café. Nicht. Ich will. Wissen. Wo. Zur. Hölle. Grey. Ist.«

»Er zettelt einen Putsch an und kauft die Firma auf, die seine Forschungsergebnisse aufgekauft hat«, meldet sich Mimi zu Wort. »Ganz mein blitzgescheiter Junge.«

Ich starre sie an. »Er geht zurück nach San Diego?«

»Dort ist es zu dieser Jahreszeit sehr schön«, sagt sie. »Eigentlich zu jeder Jahreszeit.«

Drauf geschissen.

Absolut drauf geschissen.

Auf alles.

Von jetzt an bis in alle Ewigkeit.

Ich habe die Schnauze voll von Super-Vengeance-Man.

34. Kapitel

Grey

Es ist ein guter Tag, um zurückzuholen, was mir gehört.

Und ein noch schönerer Tag, um die Gesichter der vier Männer zu betrachten, deren Leben demnächst überaus ungemütlich werden wird.

Ich klappe meinen Ordner zu und lehne mich auf meinem Stuhl zurück. »Mein letztes Angebot, Gentlemen.«

Vince lässt seine ausgeklinkte Kinnlade wieder einrasten, seine kreideweiße Haut zeigt violette Flecken. »Ist das dein verfluchter Ernst? Das ist der idiotischste, kindischste Scheiß, den du jemals abgezogen hast.«

»Aha, verstehe, ich verhalte mich idiotisch. Was natürlich viel übler ist, als manipulativ zu sein und einen Mann in die Ecke zu drängen, der lediglich in Ruhe seine Arbeit fortsetzen will. Wie hoch war übrigens deine Provision für dieses Geschäft? Hoffentlich hoch genug, um die Anwälte bezahlen zu können, die du brauchen wirst, wenn eure Geldgeber erfahren, dass das Ganze eine abgekartete Sache war.«

Die drei übrigen Männer am Tisch erstarren.

»Die sind übrigens raus.« Ich schaue sie über den Rand meines Kombucha-Glases an. Himbeer-Minze-Geschmack. Ziemlich lecker. »Wir hatten gestern einen faszinierenden Brunch zusammen. Sie. Ich. Mein Anwalt. Ihre Anwälte. Ich muss wirklich sagen, ich hatte bisher keine Ahnung, wie kompliziert und vielschichtig so ein Zivilprozess ist.«

Wir sitzen auf der den Yachthafen überblickenden Terrasse eines meiner liebsten Steakhäuser in San Diego, während ich den Männern die Bedingungen ihrer Kapitulation erläutere.

Und ich meine buchstäbliche Kapitulation.

Die Kosten, mich nach dem Ausscheiden aus der Forschung zu ersetzen, werden durch die Kosten des Verkaufs ihrer Firma mit Verlust an mich bei Weitem übertroffen. Vor allem, nachdem die Risikokapitalgeber, die das Start-up finanziert haben, dem Vince als angeblich stiller Teilhaber angehörte, entschieden haben, nicht länger an der Zusammenarbeit mit Leuten interessiert zu sein, die ihrem eigenen Wissenschaftler in den Rücken gefallen sind.

Und sobald mir das Unternehmen gehört, bin ich auch wieder Herr meiner Forschungen. Und sobald ich Herr meiner Forschungen bin, kann ich sie zu Ende bringen. In einem Labor, wo ich will, ohne Geschäftspartner, dafür aber mit einem Leben.

Ich habe nicht mehr geschlafen, seit ich Snaggletooth Creek verlassen habe. Ich habe gegessen, aber erst, wenn mir schwindlig wurde. Ich habe Fragen gestellt. Ich habe Gerüchte ausgetauscht. Ich habe nach dem gesucht, gesucht und gesucht, was ich brauchte, und es schließlich gefunden.

Den Beweis, dass der Firma zwar meine Forschungsergebnisse gehören, nicht aber ich. Und dass meine Weigerung, weitere Forschungen durchzuführen, die Firma vor Probleme stellt.

»Mein Angebot erlischt um Mitternacht«, teile ich ihnen mit. »An Ihrer Stelle würde ich dieses Angebot annehmen. Das nächste wird am Ende mindestens eine Null weniger haben. Genießt euer Abendessen. Die Rechnung geht auf mich.«

Ich will mich erheben, als hinter mir Unruhe entsteht. »Verzeihung, haben Sie eine Ahnung, wer ich bin?«, lässt sich eine alarmierend bekannte Stimme vernehmen.

Ich wende schnell den Kopf.

»Nein, Ma'am, ich habe keine Ahnung, wer Sie sind«, entgegnet der Empfangschef.

Sabrina Sullivan, die Göttin, die jede meiner zehnminütigen Schlafphasen in den letzten drei Tagen heimgesucht hat, reckt ihre Nase, während ihr riesiger Hund ein erfreutes Bellen von sich gibt. »Fein, dann können Sie auch niemandem verraten, wer gerade ihren Hund mit hereingebracht hat. Ich liebe es, ein Niemand zu sein.«

»Ma'am«, schnappt der Empfangschef, als Sabrina an ihm vorbeischlendert.

Halluziniere ich?

Ist es das, was Schlafmangel und die Aufgabe, der Gerechtigkeit Genüge zu tun, mit einem Mann anstellt?

Oder marschiert Sabrina gerade wirklich am Empfangspult vorbei, entdeckt mich und verwandelt sich in einen Racheengel der Klatschgeschichten und der Zerstörung, während ihre Augen zu Schlitzen werden und Flammen aus ihren Ohren schlagen?

Trägt sie wirklich einen Avengers-Anzug?

Ich blinzle.

Nein, das war eindeutig eine auf meiner Fantasie gründende Halluzination. Aber das Sommerkleid und die hochhackigen Riemchensandalen und wie ihre roten Locken im Wind wehen, katapultiert mich ohne Umwege an den Ort meines Glücks.

Sie ist hier.

»Ma'am, Sie müssen stehen bleiben«, ruft der Empfangschef noch einmal.

Doch ich bin inzwischen von einem überaus großen braunweißen Bernhardiner entdeckt worden, der begeistert bellt und auf mich zustürzt.

Die Menschen an den wenigen übrigen besetzten Tischen drehen sich um. Eine Frau bringt sich in Sicherheit.

»Ma'am, ich rufe die Polizei, wenn Sie nicht …«

Endlich finde ich meine Stimme wieder. »Sie gehört zu mir.«

»Oh, das hättest du wohl gern«, kontert Sabrina, als Jitter zu mir gelangt. »Was zur Hölle glaubst du eigentlich. Hören Sie sofort auf, das mitzuschneiden, denn wenn Sie glauben, ich würde Ihr Handy nicht über das Balkongeländer schmeißen und anschließend jedes Ihrer Geheimnisse, das jede erdenkliche Person auf dieser Welt jemals gekannt hat, ausgraben und gegen Sie verwenden, um Sie bis ans Ende Ihrer Tage zu verfolgen, dann sind Sie verdammt schief gewickelt. Ich habe schon mal ein virales Video überstanden, und ich werde es ganz gewiss nicht noch einmal tun.«

Sie schaut sich prüfend auf der Terrasse um.

Sämtliche Gäste an den sieben besetzten Tischen stecken ihre Handys weg.

Ich muss lächeln.

Ich kann nicht anders.

»Und du kannst das da auch wegstecken«, befiehlt sie und deutet auf mein Gesicht. »Wenn du meinst, du könntest dich mit einem Grinsen aus der Affäre ziehen, steht dir auch ein langes, reuevolles Leben bevor.«

Ich muss aufhören zu lächeln.

Und ich höre auf.

Sie hat allen Grund, wütend auf mich zu sein. Ich habe sie nicht angerufen, weil ich ihre Nummer nicht hatte, bis Zen sie mir geschickt hat. Aber ich hatte wohl alle Hände voll damit zu tun zu finden, wonach ich suchte, dass ich darüber womöglich vergessen habe, nachzuschauen, ob sie zurückgeschrieben hat.

»Es tut mir leid«, sage ich, als Jitter sich gegen mich drängt und so heftig mit dem Schwanz wedelt, dass er beinah einen Stuhl am Nachbartisch umstößt.

»So siehst du aber nicht aus«, meint Sabrina.

Genau, ich lächle immer noch. »Du bist hier.«

»Was treibst du hier?«

Ich deute mit dem Daumen über die Schulter. »Das Leben dieser Typen da zerstören.«

»Oh, mein Gott, Grey.« Sie holt scharf Luft.

Das kenne ich schon.

Wenn sie so Luft holt, fleht sie Java um Geduld an.

»Der da ist Vince«, teile ich ihr mit. »Mein früherer Freund und Partner. Die anderen sind die Hosenscheißer, denen er meine Forschungsergebnisse verkauft hat.«

Sie beäugt die Männer am Tisch. »Oh, Süßer, stell mich nicht auf die Probe«, sagt sie. »Gib. Mir. Das. Handy.«

Ich könnte schwören, ich höre Vince schlucken.

Sie krümmt die Finger.

Er versucht, das Handy verschwinden zu lassen.

»Jitter, bring das Handy.«

»Sehr witzig, Ms Niemand.«

»Geben Sie ihr das Handy, bevor er sein Angebot zurückzieht, Sie Idiot.« Sagt einer seiner Komplizen niederträchtiger Taten.

»Kann er nicht.«

»Jitter, bring's«, wiederholt Sabrina und deutet auf Vince.

Jitter bellt.

Der Empfangschef zeigt mir den wütendsten aller wütenden Blicke.

Ihn grinse ich auch an.

»Ich habe so eine Ahnung, dass es das war mit dem Angebot«, überlege ich laut und mit einem pointierten Blick auf Vince. »Gib ihr das Handy. Entsperrt. Damit sie das Video löschen kann.«

»Grey …«, setzt er an.

»Ich weiß über Ihre Probleme mit den Alimenten Bescheid«, wendet sich Sabrina an ihn.

Fuck, ich liebe sie.

Mir geht das Herz auf, meine Augen kribbeln, als ich mir darüber klar werde, aber es ist wahr.

Ich liebe sie.

Ich muss gar nicht mehr nach Snaggletooth Creek zurück, um herauszufinden, ob das mit uns zu irgendetwas führt.

Für mich hat es bereits zu etwas geführt.

Ich liebe diese Frau.

Ich liebe ihr Selbstvertrauen.

Ich liebe ihren Mut.

Ich liebe die Regeln, nach denen sie lebt und gossipt.

Ich liebe es, dass Vince erkennbar zittert, als er ihr sein Handy übergibt, damit sie das Video löschen kann, das er von uns aufgenommen hat.

Schnell bringt sie hinter sich, was sie tun muss, während Jitter sich an mich drückt, glücklich hechelt und so kräftig mit dem Schwanz wedelt, dass man sein Wedeln als Restaurantvernichtungsangriff klassifizieren müsste, während ich ihm das dichte Fell an seinem ganzen zappeligen übergroßen Hundekörper kraule.

»Wenn ich die Sorte Mensch wäre, die Elektrogeräte ins Meer wirft, wäre das Ding hier längst Vergangenheit. Sie können froh sein, dass ich nicht mit einem Steakmesser darauf einsteche. Respektieren Sie gefälligst die Privatsphäre anderer, Sie Arschloch.« Sabrina deutet auf den Tisch und beschreibt mit dem Finger einen Kreis ringsum. »Ich weiß nicht, was hier sonst noch los war, aber was auch immer er Ihnen anscheinend angeboten hat, nehmen Sie es an. Vertrauen Sie mir.«

»Sir«, sagt der Empfangschef zu mir. »Der Hund muss hier raus.«

»Duchess?«, sage ich leise.

»Versuch gar nicht erst, dich jetzt mit diesem Lächeln bei mir einzuschleimen«, wiederholt sie schnippisch. Dann nickt sie dem Empfangschef zu. »Danke für Ihr Verständnis. Jitter, komm. Grey, du auch. Sofort!«

Ich grinse erneut, als ich ihr aus dem Restaurant und auf die Straße hinausfolge. »Du bist hier.«

»Du hast mich verlassen.«

»Ich wollte zurückkommen.«

»Davon hast du mir nichts gesagt.«

»Ich war vollauf mit Nachforschungen und damit beschäftigt, meinen Umhang glatt zu streichen.«

Trete ich so nah vor sie hin, wie Jitter mich lässt, lege meine Hände an ihre Hüften und lächle dabei weiter so, als hätte ich vergessen, wie man die Stirn runzelt?

Ja. Ja, das tue ich.

Dann blinzelt sie, und ihre Augen überziehen sich mit einem Glanz, der Tränen vermuten lässt, sodass ich nicht länger zu lächeln vermag. »Sabrina, ich lache nicht über dich. Ich bin nur so verflucht froh, dich zu sehen, und ich kann nicht …«

Sie packt meine Arme. »Immer wieder habe ich mir gesagt, du hast mich nicht sitzen lassen, um es mir wegen Hawaii heimzuzahlen … dass ich es besser weiß, aber ich wusste es überhaupt nicht besser. Und ich vermisse dich, dabei dürfte ich dich nicht vermissen. Ich besitze ein Herz aus Stahl, was Männer anbetrifft, aber du hast Mimi das Café gegeben. Das hat mein Großvater auch für meine Großmutter getan, als sie geheiratet haben. Er hat das Café für meine Großmutter gebaut, wegen ihres Kummers darüber, dass der Mann, den sie geliebt hatte, sie zuerst geschwängert und dann sitzen gelassen hat, und weil sie wusste, dass Großvater sie gar nicht liebte. Immer wieder sagte sie ihm, sie wüsste, was für eine Last sie für ihn sei. Aber auch wenn es ihm das Herz brach, wollte er ihr niemals das Gefühl geben, sie sei eine Belastung. Also tat er das Einzige, womit er sie glücklich machen konnte. Hast du überhaupt eine Ahnung, wie unmöglich es war, nicht zu glauben, dass du ganz genau so bist wie mein Großvater, als du das Gleiche getan hast wie er? Weil du etwas aufbaust, um einen anderen Menschen glücklich zu machen, koste es dich, was es wolle?«

Ich räuspere mich und blinzle ein paarmal. »Ich habe nichts aufgebaut.«

»Aber du hast es bewahrt, und du hast es ihr gegeben, und dann hast du, verdammt noch mal, nicht auf mich gehört, und jetzt gibt es einen auf meinen Namen ausgestellten Besitzanspruch. Und, verdammt, wie kannst du dich unterstehen? Ist dir klar, was ich jetzt tun muss? Jetzt muss ich es umbauen. Ich muss es umbauen und es in *Bee & Nugget* umtaufen und deine Bienenstöcke in den Fenstern installieren und deine riesige, protzige Fiberglas-Biene draußen anbringen lassen und Kombucha verkaufen, damit es *unser* Café ist, nicht meins oder deins.« Sie schnieft.

Jitter winselt und kann sich nicht entscheiden, ob er sich gegen meine oder ihre Beine drängen soll.

»Wenn du nach Hause kommst«, fügt sie flüsternd hinzu. »Wenn du, bitte, nach Hause kommst und das mit mir gemeinsam machst.«

Nach Hause.

Ich neige mich zu ihr hinunter und schlinge meine Arme um

sie, wobei ich Jitter zwischen uns einquetsche, sodass er keine Entscheidung mehr treffen muss, dann vergrabe ich mein Gesicht in ihren herrlichen Locken und atme sie ganz und gar ein. Das unterschwellige Kaffeearoma. Das leichte, sauber riechende Haarwaschmittel. Die Zitronen. »Und ja, ich will mit dir nach Hause gehen. Aber ich wollte vorher heilen. Statt für die Rache zu leben. Statt an meinem Selbstwert zu zweifeln.«

»Ich habe dich so viel mehr vermisst, als ich jemals einen Menschen hätte vermissen dürfen.«

»Ich wollte am Dienstag nach Hause kommen.«

»Am Dienstag.«

»Am *Random-Acts-of-Kindness*-Tag. Das schien mir ein besserer Feiertag zu sein, um ihn mit meiner Duchess zu verbringen, als dieser Kunstherz-Feiertag.«

»Hör auf, mich zum Weinen zu bringen«, haucht sie.

»Ich küsse dir sämtliche Tränen fort, bis ich dich wieder zum Lachen bringe.«

»Ich sollte dich nicht lieben, aber ich kann anscheinend nicht anders.«

Mir geht so schnell und heftig das Herz über, dass ich fürchte, mir könnte wieder schwindlig werden.

Stattdessen fühle ich nichts als Wärme.

Wärme und Frieden und Einverständnis und Zugehörigkeit und Liebe.

»Ich bin dazu bestimmt, dich zu lieben«, erwidere ich leise. »Das ist es, was das Leben mich zu lehren versucht hat. Und nun bin ich dazu bereit. Ich bin bereit, dich mein Leben lang zu lieben.«

»Und mich zurückzurufen«, sagt sie lachend und schniefend.

Ich küsse ihr Ohr. Ihre Wange. Ihre Nase. »Ich werde dich immer zurückrufen.«

»Nein, wirst du nicht, aber das ist okay.« Ihr Funkeln ist zurück. »Aber meistens. Wenn du nicht zu tief in deinen Forschungen versunken bist. Meistens rufst du zurück.«

»Sehr wahrscheinlich.« Ich wische ihr mit dem Daumen die Tränen von den Wangen. »Ich bin so froh, dass du hier bist.«

»Ich bin so froh, dass du nach Hause kommst.«

Nach Hause.

Ich *bin* zu Hause.

Und ich werde nach Hause zurückkehren. Zu der Frau, die ich liebe, zu ihrem Hund und ihrer Gemeinschaft, zu meiner Großmutter und Zen, meinem besten Freund, an den Ort, an dem es mir so leichtfällt, mich zugehörig zu fühlen.

»*Bee & Nugget*, hm?«, frage ich.

»Zen bestellt schon das Ladenschild. Stell mich nicht auf die Probe.«

Lächelnd ziehe ich sie an mich, um sie zu küssen, im vollen Bewusstsein, dass uns abermals Leute dabei zusehen und uns womöglich filmen, um uns irgendwo im Internet bloßzustellen, aber auch in dem Wissen, dass dieses Video nicht viral gehen wird, weil sich niemand um zwei Menschen schert, die einander küssen.

Weil nichts daran skandalös ist.

»Ich liebe dich, Sabrina Sullivan. Du wirst immer die Duchess meines Herzens sein.«

»Ich liebe dich noch mehr, Grey Cartwright, und ich kann es nicht erwarten, dir einen Superhelden-Umhang für deine nächste Ära zu besorgen.«

Epilog

Sabrina

»Ich werde ihn heiraten«, teile ich Laney, Emma und Zen mit, als wir drei Wochen, nachdem Grey und ich von unserer langen, von zufälligen Wohltaten begleiteten Fahrt von Kalifornien nach Colorado zurückgekehrt sind, in der Garage des Hauses, in dem Emma eigentlich mit Chandler leben wollte, etwas zusammen trinken.

Laney, die endlich den Gips los ist und stattdessen Stiefel trägt, quiekt und hüpft auf den Zehenspitzen auf und ab.

Zen grinst. »Ich werde dich einen Ehevertrag unterschreiben lassen.«

»Dann schreib rein, dass er das Café bekommt, falls wir uns scheiden lassen«, weise ich Zen an. »Und ich will keinen Cent von seinem Geld. Schreib das auch mit rein.«

»Hat er dir einen Antrag gemacht?«, will Emma wissen.

»Nein, aber wenn er es in fünf Jahren tut, werde ich bestimmt Ja sagen.«

Alle drei lachen schallend.

Die Männer, die sich derweil über Emmas geplantes Hochzeitsgeschenk für Chandler beugen – ein 57er Cadillac-Cabriolet, von dem er ihr offenbar gesagt hat, dass er es sich schon seit Jahren wünschen würde, und von dem er offenbar bereits wusste, dass er es zur Hochzeit bekommen würde –, halten inne und schauen uns an. Desgleichen Jitter, der in seiner Lieblingsecke neben dem Garagentor liegt.

Zusammen mit Duke.

Ja, mit Duke, Greys Hund.

Er hat die Rechnungen für die Geburtstagsfeier seiner Ex-Frau bezahlt und dafür seinen Hund zurückbekommen, sodass ich jetzt mit dem besten Mann der ganzen Welt und unseren Hunden zusammenlebe, die rasch Freundschaft geschlossen haben.

»Müssen wir Verdacht schöpfen?«, fragt uns Theo.

Er und Grey haben fast die ganze Zeit vergnügt gegluckst und gelacht, seit Emma den Wagen enthüllt und uns den Grund ihrer Einladung hierher mitgeteilt hat. Die Drillinge sind wegen ihrer unterschiedlich gelagerten Sachkenntnis hinsichtlich der Restauration und Neulackierung klassischer Fahrzeuge dabei. Und um ehrlich zu sein, die drei kichern ebenfalls.

»Weiter.« Zen macht eine scheuchende Geste. »Ihr müsst noch nichts über den Mädchenklatsch wissen. Außerdem bin ich dafür, die Türen in Flügel zu verwandeln, statt Extraflügel anzubringen. Habt ihr euch schon mal Bienenflügel aus der Nähe angesehen? Das sähe doch grandios aus, wenn man die Türen aufmacht.«

Grey prustet los.

Kein Scherz, er prustet tatsächlich, und ich weiß, warum ich hier bin.

»Meinetwegen kannst du die Türflügel haben, aber bei der Antenne lasse ich mich auf verdammt gar nichts ein«, sagt Theo.

»Fühler«, verbessert ihn Zen. »Zwei. Einer auf jeder Seite der Windschutzscheibe.«

»Aber wir müssen darauf achten, dass das Verdeck sich richtig schließt.«

»Ich vertraue dir«, sagt Lucky.

Decker neigt sich über das Heck des Wagens. »Wenn ihr den Stachel weglasst, schmeiße ich euch vom Marmot Cliff.«

Emma grinst in ihr Ginger Ale.

»Wirst du damit einen Schlussstrich ziehen können?«, will Laney von ihr wissen.

Sie nickt. »Aus meiner Hochzeit auf Hawaii ist viel Gutes hervorgegangen. Du und Theo. Die Kätzchen. Sabrina und Grey. Die Veränderungen im *Bean & Nugget*. Zens Umzug hierher. Mimis Umzug hierher. Dein DNA-Test.«

Ich fahre zu Laney herum. »Du hast den Test gemacht?«

»Gestern«, nickt sie.

»Und, was empfindest du?«

»Eigentlich Erleichterung. Mir ist bewusst, wie schwer es für meine Mom sein könnte, wenn das Ergebnis kommt und mein Dad der Vater der Drillinge ist, aber es steht ihnen zu, die Wahrheit zu erfahren. Also, egal, was dabei rauskommt, es gibt nichts zu bereuen. Es ist ja nicht so, als würden alle verlieren, weißt du? Unser Mr Super-Vengeance-Man da drüben würde vermutlich sagen, dass die Wahrheit immer für alle ein Gewinn ist.«

Da hat sie recht. Grey steht auf die Wahrheit. »Also bitte, er ist jetzt Super-Bee-Man. Der Umhang ist schon bestellt.«

»Oh, ich habe einen Entwurf«, wirft Laney ein. »Hab ich vergessen, euch zu sagen. Erinnert mich daran, mein Handy zu holen, wenn wir ins Haus gehen.«

»Fantastisch.«

»Wissen deine Eltern, dass du dich testen lässt?«, fragt Emma.

Laney schüttelt den Kopf. »Die Entscheidung, was ich ihnen sage, steht an einem anderen Tag an. Die Drillinge wollen auch nicht, dass ihr Dad jetzt schon davon erfährt. Sie wollen überlegen, was sie machen, wenn sie wissen, dass sie recht hatten.«

Ihr Dad, mein Onkel, der Mann, der sie großgezogen hat.

»Was auch sein wird, ihr werdet alle super damit klarkommen«, mein Zen. »Wir sind hier in Tooth. So macht man das hier.«

Da liegt they nicht falsch.

Greys Geschwister kamen, kurz nachdem wir aus Kalifornien zurück waren, in die Stadt und behaupteten, sich wegen Mimis geistiger und körperlicher Gesundheit zu sorgen, nachdem Grey sie an einen derart kalten und unwirtlichen Ort verpflanzt und ihr einen Freund beschafft hätte, doch wir hier in Tooth sind mit ihnen verfahren, wie wir es in Tooth eben tun.

Und da sie samt und sonders einen an der Klatsche hatten, kamen sie mit unserer netten Art so schlecht klar, dass sie innerhalb von sechsunddreißig Stunden wieder verschwanden, nachdem sie Grey, Zen und Mimi kaum gesehen hatten.

Grey hat jetzt eine neue Nummer.

Und ihm gehört die Firma, die sein Labor aufgekauft hatte.

Und er hat ein unbebautes Grundstück in der Nähe von Theo erworben, wo er ein besseres Labor errichten will, um Bienen in großer Höhe zu erforschen.

Und die Kirsche auf der Sahnetorte ist, dass ich weder Theo noch einem der Drillinge drohen musste, um sich mit Grey anzufreunden. Er passt einfach hierher. Besonders jetzt, nachdem er auf die allerbeste Weise Frieden mit dem schließen konnte, was Chandler ihm auf dem College angetan hatte.

»Und was ist gut für dich?«, frage ich Emma.

»Das hier, keine Frage.« Sie deutet mit ihrem Glas auf das Auto und die Männer, die immer noch über ihr Vorhaben lachen, es wie eine Biene herzurichten und zu lackieren. Was Emma Grey rundheraus vorgeschlagen hatte.

»Ich weiß, er hat dir wehgetan, und ich hoffe, du findest in dieser Hinsicht ein wenig Frieden.«

Grey bestand darauf, ein Gemeinschaftsauto daraus zu machen, das jeder von uns fahren könnte, wann immer ihm oder ihr danach wäre. Damit das *Beemobil* noch häufiger in der Stadt unterwegs ist und die Chance größer wird, dass Chandler es sieht.

»Fünf heiße Kerle in deiner Garage?«, fragt Zen. »Emma, ich hatte ja keine Ahnung, dass du der Star in einer *Why-Choose*-Romance werden wolltest.«

Sie lacht. »Nein, du Vollpfosten. Sie glücklich zu sehen tut mir gut.«

»Und was ist mit der Rache?«, will Laney wissen.

»Nennen wir es Schlussstrich.« Em trinkt noch einen Schluck Gingerale. »Chandler und ich haben seit etwa Oktober nicht mehr miteinander geschlafen. Er meinte, die Hochzeit würde ihn stressen, aber in Wahrheit wollte er mich überhaupt nicht heiraten. Er wollte nur, dass alle anderen ihn für toll halten. Es ist schwer, das einzusehen, aber irgendwie auch ein Segen, oder?«

»Meinst du, du wirst irgendwann wieder daten?«, fragt Zen.

Ich stupse them an. »Echt jetzt?«

»Vielleicht schieben wir diese hochnotpeinliche Befragung noch ein wenig auf«, meint Laney.

»Nein, nein, ist schon in Ordnung«, widerspricht Emma. »Jeder weiß, dass ich immer schon einen Ehemann und Kinder und einen Lattenzaun vor dem Haus wollte, nicht wahr? Die Frage ist durchaus berechtigt.«

Ich lege einen Arm um sie und drücke sie.

Laney macht das Gleiche von der anderen Seite.

»Immerhin bekomme ich nun etwas davon«, sagt Emma leise.

Zen nickt. »Und zwar einen geilen weißen Zaun vor dem Haus. Sobald wir dir einen bauen.«

»Nein«, sagt Em nun ebenso leise. »Etwas anderes.«

Ich erstarre.

Laney gibt einen erstickten Laut von sich.

Zen sieht Em blinzelnd an.

»Als ich allein in den Flitterwochen war, ist etwas geschehen.« Em spricht jetzt so leise, dass wir uns alle vorbeugen, um ihr zu lauschen. »Jemand, um genau zu sein. Jemand Wundervolles.«

»Emma«, japst Laney. »Raus damit. Aber plötzlich.«

Die Männer drehen sich wie auf Kommando um und starren uns an.

»Es ist vorbei«, sagt sie rasch. »Es war eine von den Affären, auf die sich beide einlassen, wenn sie gerade eine superharte Trennung oder so hinter sich haben. Ihr wisst schon, um sich gegenseitig aufzuhelfen. Aber … ich habe … ein unerwartetes Andenken mit heimgebracht.«

Ich kriege tatsächlich kein Wort raus.

Laneys Mund formt ein perfektes O.

Zen schnappt nach Luft und packt meine Schulter, als würde they sonst umfallen.

Em fächert ihren feuchten Augen Luft zu. »Es ist etwas Gutes. Wirklich etwas sehr Gutes. Ich glaube … ich glaube, so sollte mein Glücklich-bis-ans-Ende-meiner-Tage immer schon aussehen. Nur mein Baby und ich.«

»Weißt du nicht, wer er ist?«, flüstert Laney.

»Doch, und ich werde es ihm auch sagen. Aber ich denke nicht … ich denke nicht, dass er etwas damit zu tun haben will. Es ist kompliziert. Und, ganz ehrlich, es ist wahrscheinlich besser so.«

»Oh, mein Gott, Emma«, haucht Laney.

Die Männer starren immer noch.

Meine Augen beginnen zu brennen.

»Und das soll gut sein? Bist du dir sicher?«, will Laney wissen.

Emma trotzt lächelnd den Tränen. »Ehrlich? So ist es am allerbesten. Wenn ich schon nicht alles bekommen kann, was ich mir gewünscht habe, dann habe ich mir *das* am meisten gewünscht.«

»Dein Kind wird die besten Tanten und Onkel aller Zeiten haben«, sagt Zen ehrfürchtig. »Darf ich ein Ehrentantel sein, bitte? Bitte?«

»Selbstverständlich«, gibt Emma zurück.

»Wen. Zum. Henker. Muss. Ich. Töten?«, will Theo wissen.

Em lacht. »Setz dich und sei still.«

»Kein Witz, Em, ich habe eine Gehe-nicht-ins-Gefängnis-Karte vom Sheriff. Die ich, ohne zu zögern, für einen Mord nutzen würde.«

»Ich kann recherchieren, wie man eine Leiche verschwinden lässt«, sagt Grey.

»Schon erledigt«, wirft Decker ein.

Grey sieht ihn blinzelnd an.

»Ich schreibe Romane, du willst gar nicht wissen, was alles in meinem Suchverlauf vorkommt.«

Lucky und Jack fallen beide auf ein Knie und beginnen, einander beiseitezuschubsen.

»Ich werde eine ehrenhafte Frau aus ihr machen.«

»Halt die Klappe. *Ich* werde eine unbescholtene Frau aus ihr machen.«

»Hoch mit euch, alle beide!«, befiehlt Theo. »Meint ihr, wir leben noch in den Fünfzigern? Em, sag mir, welches Haus in der Stadt ich für dich kaufen soll, und es gehört dir.«

Emma schnieft wieder. »Ich liebe euch. Alle, wie ihr da steht.«

»Was immer du brauchst, wir sind für dich da«, versichert ihr Laney.

»Auch wenn es darum geht, diese Kerle loszuwerden, damit du nach deiner Fasson Mutter werden kannst«, stimme ich zu.

Theo macht noch immer große Augen, aber wir wissen alle, dass er Emma wie niemand sonst unterstützen wird.

Die Drillinge werden mit allem aufwarten, worum sie bittet. Genau wie Grey und Zen. Und die ganze Stadt.

So machen wir es hier.

Immer.

»Bist du sicher, dass der Vater nicht involviert sein will?«, erkundigt sich Laney bei Em.

Sie nickt, allerdings nicht, ohne zu zögern. »Ja, ich bin sicher. Es ist am besten so. Ist es wirklich. Wirklich!«

»Aber du willst es ihm sagen?«

Dieses Mal zeigt ihr Nicken kein Zögern.

»Du wirst ein Kind bekommen«, flüstere ich.

»Ich werde ein Kind bekommen«, gibt sie leise zurück.

Da brechen wir alle in Tränen aus.

In Tränen absoluter Freude.

Sie hat recht.

Ihre Hochzeit war eine Katastrophe, die jedoch zu so viel Glück bis ans Ende unserer Tage geführt hat. Und als die Männer uns umringen, damit wir uns alle gemeinsam in den Armen liegen können, wird mir klar, dass der nächste Teil unserer Geschichte noch besser werden wird.

Welche Komplikationen oder unerwartete Wendungen sich uns auch in den Weg stellen werden.

Bonus-Epilog

Jitter alias ein sehr braver Hund

Die Menschen feiern ein Fest in meinem Café, das besser ist als alles bisher.

Es gibt Kuchen.

Und Geschenke.

Und Luftballons, hinter denen ich herjagen kann.

Und obwohl mein Bruder Duke lieber daheim bleiben wollte, bin ich nicht allein, weil sich in einer Geschenktüte eine Katze versteckt hat, die jetzt in meiner Hütte in der Küche abhängt.

»Hi«, sage ich zu dem Kater, als ich ihn dort entdecke. »Ich bin Jitter. Ich bin ein braver Hund. Und wer bist du?«

»Ich bin dein schlimmster Albtraum«, faucht er.

»Ich liebe Albträume. Meine Menschen streicheln mich, haben mich lieb und trösten mich, wenn ich einen Albtraum hatte.«

»Du bist ein sehr sonderbares Tier.«

»Warum versteckst du dich?« Ich beschnüffle ihn aus der Nähe; er riecht nach Bacon und Cookies mit Schokoladensplittern. »Dafür gibt es doch überhaupt keinen Grund, die Menschen hier lieben Tiere.«

Er verkriecht sich tiefer in die Ecke. »Ich bin der schlimmste Albtraum der Menschen.«

»Du bist echt lustig. Ich mag dich. Ich heiße Jitter. Wie heißt du?«

»Teufel.«

»Ha, ha, ha. Echt jetzt? Ich bin vielleicht noch jung, aber leichtgläubig bin ich nicht, jedenfalls nicht immer. Ich habe viel von meinem Menschen gelernt, seitdem ich bei ihr lebe. Sie kann wirklich schlau sein. Sie hat mir alles beigebracht.«

Der Kater betrachtet mich, als wäre ich doof.

»Oh«, sage ich, als die Rädchen in meinen Kopf einrasten. »Du bist Fred. Mein Frau-Mensch spricht von dir. Du bist in den Küchenschrank geklettert, und deine Frau-Mensch hat geschrien, weil es eine Fehlfunktion mit dem Mehlbehälter gab.«

»Das war nicht Fred, das war Cream Puff.«

»Ha, ha, du bist Fred. Und du bist lustig. Wusstest du, dass du heute einen Ausflug machen würdest, oder bist du versehentlich hier?«

»Bist du schon mal einem Superhirn begegnet?«

»Meinem Mann-Menschen. Und deinem Mann-Menschen. Dein Mann-Mensch ist ein größeres Superhirn als meiner. Aber verrate ihnen nicht, dass ich das gesagt habe.«

»Ich bin ein Superhirn, du unbedeutender Köter.«

Was für ein frecher Kater. Ich mag ihn. Er ist lustig. Aber ich bin so groß wie dreißig von seiner Sorte. Oder zwanzig. Zählen kann ich nicht so gut. Aber ich bin ein Hund, ich muss nicht zählen können.

»Also bist du absichtlich hergekommen?«, frage ich.

»Natürlich.«

»Wieso?«

Er wirft Blicke um sich, als wollte er sich vergewissern, dass uns keiner belauscht.

Das dürfte kein Problem sein.

Heute ist Geschenketag für die Frau mit dem Ball im Bauch.

Deshalb gibt es auch Kuchen. Wenn es Geschenke gibt, gibt es auch immer Kuchen. Außer es gibt Cookies zu den Geschenken. Freds Frau-Mensch mag lieber Cookies zu ihren Geschenken. Das weiß ich. Ich hab's gesehen. Ich war auch auf ihrer Party, auch wenn sie keinen Ball im Bauch hat. Aber es gab Luftballons, und die anderen haben für sie gesungen. Ich hab durchs Fenster zugeschaut, weil ich nicht in ihr Haus darf. Sie meinen, ich würde ihre Katzen fressen.

Aber seht mich an!

Hier bin ich mit Fred, und ich fresse ihn nicht.

»Ich will Kaffee«, sagt Fred.

»Ich darf keinen Kaffee trinken. Ich hab mal Kaffee probiert, als mein Frau-Mensch welchen verschüttet hatte, und danach hatte ich Zoomies für vierzehn Jahre.«

»Das ist zeitlich unmöglich.«

»Ich weiß nicht, was das bedeutet, aber ich weiß, dass ich keinen Kaffee mehr trinken darf. Du trinkst besser auch keinen. Der ist nicht gut für dich. Du fängst dann an, Sachen zu sehen, die du nicht ungesehen machen kannst.«

»Zum Beispiel.«

»Ich hab Blasen gesehen.«

»Blasen?«

»Blasen sind unheimlich, Fred. Sie ergeben keinen Sinn, und wenn ich Kaffee trinke, sehe ich sie.«

»Du bist ein sehr seltsamer Hund.«

»Ich weiß. Deshalb lieben mich meine Menschen ja so.«

»Mir ist egal, ob meine Menschen mich lieben.«

Ich muss winseln. »Das muss schrecklich einsam sein.«

»Ich bin niemals einsam. Ich bin niemals allein. Weißt du, wie es ist, mit deiner Mutter und sechs Geschwistern zu leben. Das ist Folter. Immer nur: *Fred, mach dies, Fred, mach jenes nicht, Fred, achte auf dieses, Fred, komm aus jenem wieder raus.*«

»Ich habe gehört, du weckst sie gern auf.«

»Ich erinnere sie gern daran, wer der Herr im Haus ist. Hey, ich will, dass du etwas für mich tust.«

»Warum?« Mir ist klar, dass Fred einsam ist und Kummer hat und dass er einen Freund braucht und dass er mich vielleicht zu irgendwelchen Untaten anstiftet.

Ich weiß aber auch, dass ein Fred-Kater, wenn er einsam ist und Kummer hat und einen Freund braucht, meinen Vertrauensvorschuss verdient.

»Ich habe ein Geschenk für den Frau-Menschen mit dem Baby.«

»Was für ein Baby?«

»In ihrem Bauch, Blödmann.«

»Nee, das ist ein Ball.«

Fred verdreht die Augen. »Ich habe ein Geschenk für den Frau-Menschen mit dem wachsenden Ball im Bauch.«

Ich belle. Ich liebe diesen Frau-Menschen.

»Pst«, zischt Fred. »Es ist hinten, in dem größten Ball, den du je gesehen hast. Kannst du es für mich holen gehen?«

»Wie sieht es denn aus?«

»Der Ball?«

»Das Geschenk!«

»Oh, das wirst du wissen, wenn du es siehst. Du kannst es unmöglich übersehen, wenn du erst mal in den großen Ball dahinten geklettert bist.«

»Warum kannst du es nicht selbst holen?«

Er verdreht wieder die Augen. »Weil ich hierbleiben muss, für den Fall, dass sie mich finden und sich aufregen, sodass alle Menschen mir Liebe geben.«

Das … ergibt irgendwie keinen Sinn. Er muss so tun, als würde er alle hassen, damit sie ihm Extrastreicheleinheiten geben, wenn sie glauben, er wäre gestresst.

Wow.

Er ist echt ein Superhirn.

»Okay! Okay! Ich liebe diesen Menschen. Ich bin dabei. Ich gehe das Geschenk holen.«

Ich flitze zur Hintertür und belle noch einmal, worauf Zen den Kopf in die Küche streckt. »Willst du mich verscheißern?«, fragt they. »War Sabrina nicht mit dir Gassi, ehe sie dich hiergelassen hat?«

Ich belle noch mal.

Zen seufzt. »Mach das größte Geschenk nicht ohne mich auf«, ruft they in den Gastraum zurück. »Ich lasse nur eben Jitter raus. Bin gleich wieder da.«

Ich kratze an der Tür, obwohl ich weiß, dass ich das nicht soll.

Aber das ist es wert.

Ich will helfen, damit der Frau-Mensch noch ein Geschenk bekommt.

Als die Tür aufgeht, schieße ich schnüffelnd ins Freie, und da ist er.

Ein Ball.

Ein großer Ball.

Was für ein Riesenball. Größer als ich. Millionen Mal größer als ich. Vielleicht auch bloß achtmal größer.

Mit Zahlen kenn ich mich nicht gut aus, aber er ist so viel größer als ich.

Ich schnüffle drumherum, bis ich die Öffnung finde, und während Zen »Jitter!« schreit, klettere ich hinein.

Es gibt ein Geschenk.

Irgendwo hier gibt es ein Geschenk … Ui.

Uiuiui.

Ui.

Der Ball bewegt sich.

Ich laufe dagegen an, doch ich bin in dem Ball, und der bewegt sich und kullert auf ein Auto zu, und … uiuiui … ich drehe mich.

Ich drehe mich.

Und kippe zur Seite.

Und laufe.

Und Zen ruft meinen Namen und rennt hinter mir her, und ich habe keine Ahnung, wo das Geschenk ist.

Hab ich das Geschenk fallen gelassen.

Ups, ups, ui …

Uiuiui …

Ich rolle, rolle, ROLLE …

Hals über Kopf rolle ich durch eine verkehrte Welt.

Dann stoße ich irgendwo an.

Und es macht »Plopp«.

Und ich rolle nicht mehr, nur mein Kopf dreht sich noch, und … oh.

Die Biene hat mich gerettet.

Die Biene ist riesig, und mein Mann-Mensch und mein Frau-Mensch fahren gern damit herum, während ich auf der Rückbank meine Lefzen im Wind flattern lasse.

Der Ball drückt sich um mich zusammen.

Keuchend und schreiend und lachend greift Zen nach mir. »Jitter, was zum Henker?«, sagt they dann. »Komm da raus. Raus da!«

»Jitter?«, ruft mein Frau-Mensch. »Oh, mein Gott, Jitter!«

Ich plumpse aus dem großen Ball, der jetzt immer kleiner wird.

»Der Stachel hat ihn platzen lassen«, sagt Zen zu meinem Frau-Mensch. »Das Bienenauto hat Jitter gerettet.«

»Hat er sich wehgetan? Hat er sich verletzt? Jitter, rede mit mir, mein Süßer. Rede mit Mama.«

Und da ist sie.

Mein Frau-Mensch, sie wiegt meinen Kopf, in dem es sich noch dreht, während ich überlege, mein Frühstück auszuspucken. »Warum bist du da reingeklettert, du Dummerchen? Braver Junge. Braver Hund. Ich bringe die Drillinge um. Was haben die sich dabei gedacht, dieses Ding hierherzubringen?«

»Wahrscheinlich nicht, dass dein Hund eine Spritztour damit machen könnte«, meint Zen.

»Jitter?«, sagt mein Mann-Mensch ganz in der Nähe.

Ich springe bellend auf und stürme auf ihn zu, bloß dass ich tatsächlich über meine eigenen Pfoten stolpere, weil sich noch immer alles um mich dreht.

Da wird doch der Hund in der Pfanne verrückt.

Was für ein Ritt.

Und das Geschenk hab ich auch nicht.

Ich jaule.

»Als wäre er betrunken«, sagt Zen.

Mein Mann-Mensch seufzt, aber dann kommt das Allerbeste; er hebt mich auf seine Arme.

»Vorsicht«, sagt mein Frau-Mensch zu ihm.

»Entspann dich, ich hatte seit Monaten keinen Schwindelanfall mehr. Ich habe ihn.«

»Beschrei es nicht«, sagt Zen.

Doch mein Mann-Mensch trägt mich problemlos ins Haus und setzt mich vor meiner Hundehütte in der Küche ab.

Wo ich Fred anschaue.

Alle drei Freds. »Ich hab das Geschenk nicht.«

Fred gackert wie ein Huhn. »Ha, ha, da war gar kein Geschenk! Ich habe dich reingelegt! Ich habe dich reingelegt, damit du rausgehst.«

Ich knurre ihn an.

»Jitter«, sagt mein Frau-Mensch.

Und da fällt mir eine Lektion ein, die mir mein Mann-Mensch beigebracht hat.

Ich knurre lauter und fletsche die Zähne vor meiner Hütte.

Fred schnappt nach Luft und weicht zurück.

Mein Frau-Mensch beugt sich vor und lugt in die Hundehütte. »Oh, mein Gott, Fred? Laney! Laney! Fred ist hier!«

»Verräter«, faucht Fred.

»Leg andere nicht rein, damit sie in verrückten Bällen herumkullern«, schnaube ich zurück.

Dann jaule und winsle ich und dränge mich an meine Menschen, die sich auf den Boden sinken lassen und mich mit Liebe überhäufen.

Der Laney-Mensch steigt über mich hinweg, um Fred aus der Hundehütte zu holen. »Du kleiner blinder Passagier«, sagt sie zu dem halb ausgewachsenen Kätzchen. »Was sollen wir bloß mit dir machen?«

»Ich hab ein paar Kartons«, sagt mein Mann-Mensch, während er mit meinen Ohren spielt. »Wir könnten ihn in einem davon unterbringen.«

Ich liebe es, wenn er mit meinen Ohren spielt.

Aber es gefällt mir sogar noch besser, wenn Fred, nur mit ein paar Luftlöchern, eingesperrt wird, während ich mit meinem eigenen Party-Hütchen auf die Party gehen kann und alle dem Mädchen mit dem Ball im Bauch noch mehr Geschenke machen.

Oder mit einem Baby.

Was das angeht, könnte Fred recht haben.

Und es wäre toll, wenn er recht hätte.

Ich kann es nicht erwarten, noch einen Menschen lieben zu können.

Sabrinas Zitronen-Scones

Zutaten

1 Zitrone (oder 2, je nach Bedarf)
⅔ Tasse Zucker
2 Tassen Mehl
2 Esslöffel Backpulver
½ Teelöffel Backnatron
½ Teelöffel Salz
½ Tasse Butter
1 Ei
½ Tasse dicke Schlagsahne
1 Tasse Puderzucker
1 Messerspitze Salz

Bemerkung: Dies ist die Mit-Liebe-und-aller-Zeit-der-Welt-Version. Jeder Schritt, der Sitzfleisch erfordert, kann nach Belieben übersprungen oder abgekürzt werden.

So wird's gemacht:

1. Waschen Sie die Zitrone und reiben Sie die Schale in eine Tasse. Geben Sie anschließend den Zucker dazu und dem Ganzen eine halbe Stunde bis über Nacht Zeit. (Sie können eine große Menge Zitronenzucker

auf einmal herstellen und je nach Gusto mehr oder weniger Zitronenschale verwenden. Sie können Ihre Zitronen-Zucker-Mixtur auch in einen Mixer oder eine Küchenmaschine geben, damit das Aroma ein wenig kräftiger wird.) Pressen Sie die Zitrone aus und stellen Sie den Saft für die Glasur beiseite.

2. Mischen Sie Mehl, Backpulver, Backnatron und Salz und geben Sie Butter hinzu, bis die Mischung für Sie stimmig ist.
3. Stellen Sie die Mischung eine halbe Stunde ins Gefrierfach, bis die Butter eiskalt ist.
4. Heizen Sie Ihren Backofen auf 180 Grad vor.
5. Sobald die Butter-Mehl-Mixtur ihre Auszeit in der Kälte hinter sich hat, fügen Sie die Tasse Zitronenzucker hinzu und mixen das Ganze erneut.
6. Mischen Sie das Ei und die Sahne.
7. Heben Sie diese Mischung unter die gekühlte Zucker-Mehl-Butter-Mixtur.
8. Walzen Sie die bröcklige Masse, sobald sie sich zu Teig verbindet und nichts daran mehr feucht wirkt, auf einer mit Mehl bestäubten Unterlage aus. Danach kneten Sie sie von Hand zu einem Teigklumpen.
9. Rollen Sie anschließend den Teig etwa 2,5 Zentimeter dick aus und stechen Sie Kreise aus. Legen Sie diese auf ein Backblech. Achten Sie darauf, dass die Scones einander nicht berühren, damit sie besser aufgehen können.
10. Die Backzeit beträgt 20 bis 25 Minuten oder eben, bis die Scones fertig sind. (Sie kennen Ihren Backofen am besten.)
11. Mischen Sie für die Glasur Puderzucker, Salz und den gepressten Zitronensaft. Verwenden Sie mehr oder weniger Zitronensaft, je nachdem, wie dick oder dünn

die Glasur ausfallen soll. Bepinseln Sie die Scones damit, während sie abkühlen.

12. Essen Sie.
13. Seufze Sie genüsslich.
14. Und verstehen Sie, wie Sabrinas Liebe zu Grey durch dessen Magen ging, auch wenn das nicht ihre ursprüngliche Absicht war.

Drei Tage, zwei Enemies, ein Bett – was kann da schon schiefgehen?

Pippa Grant
I DO HATE YOU
Aus dem amerikanischen
Englisch von
Ralf Schmitz
512 Seiten
ISBN 978-3-7363-2351-3

Delaney Kingston würde alles tun, damit die Hochzeit ihrer besten Freundin reibungslos über die Bühne geht. Auch Aufpasserin für Emmas älteren Bruder Theo spielen und sich zu allem Überfluss auch noch ein Zimmer mit ihm teilen, obwohl dieser ihr Erzfeind seit der dritten Klasse ist. Die beiden könnten unterschiedlicher nicht sein, doch schnell erkennt Laney, dass sich hinter Theos Fassade des charmanten Troublemakers so viel mehr verbirgt. Und plötzlich erwischt sie sich dabei, dass ihr Herz jedes Mal ein bisschen schneller schlägt, wenn sie mit Theo zusammen ist …

»Eine absolute Leseempfehlung!« *ANGELA'S BOOK ADDICTION*

LYX

Bei ihm ist es Liebe auf den ersten Blick, doch sie verbannt ihn in die Friendzone …

Vi Keeland / Penelope Ward
MEN OF MANHATTAN -
THE RULES OF DATING
Aus dem amerikanischen
Englisch von
Antje Görnig
432 Seiten
ISBN 978-3-7363-1983-7

Nach einer schmerzhaften Trennung schwört Tattoo-Artist Billie den Männern ab. Doch ihr guter Vorsatz geht – fast! – flöten, als ihr neuer Vermieter Colby Lennon vor ihrer Tür steht. Der Geschäftsmann ist attraktiv, charmant und daran gewöhnt, dass er immer bekommt, was er will. Und jetzt will er sie. Aber mehr als Freundschaft ist für Billie nicht drin! Aus diesem Grund stellt sie strikte Regeln für ihre sogenannten Nicht-Dates mit dem Single-Dad auf und verflucht sich bei jedem Treffen ein bisschen mehr dafür, dass sie Colby in die Friendzone verbannt hat …
»Lustig, romantisch und so, so hinreißend!« *BOOKS AND TEQUILA*

LYX

Dein neuer Kollege? Unromantisch, kühl und gar nicht so leicht zu entschlüsseln ...

Anna Lane
LOVE, DECODED

480 Seiten
ISBN 978-3-7363-2350-6

Als Entwicklerin bei einer Dating-App glaubt Emmy ans Happy End, obwohl ihr eigenes Liebesleben stillsteht. Stattdessen liefert sie Frauen mit ihrem geheimen Broken Hearts Ghosting Service Antworten, wenn Dates sich nicht mehr melden – und zeigt Männern Konsequenzen. Auch bei Leon, der ihre beste Freundin geghostet hat. Leon ist abweisend, aber unverschämt attraktiv und entpuppt sich zudem als Emmys neuer Kollege. Sie soll ihn einarbeiten – und kommt ihm dabei näher. Doch könnte sie sich wirklich in so einen unromantischen Typen verlieben ...

»Mit charmanten Figuren, coolem Setting und einem herrlichen Schreibstil.« *APRIL DAWSON*

LYX